Die Frau in der Literatur

Elizabeth von Arnim und ihre Hunde

ELIZABETH VON ARNIM

Die Farm im Jasmin

›The Jasmine Farm‹

Roman

Aus dem Englischen übersetzt von
Elisabeth Hartmann

Ullstein

Die Frau in der Literatur
Ullstein Buch Nr. 30372
im Verlag Ullstein GmbH,
Frankfurt/M – Berlin

Neu übersetzt für die
Taschenbuchausgabe

Umschlaggestaltung:
Theodor Bayer-Eynck
Illustration:

Frontispiz:
Vorlage: Elizabeth von Arnim-Privatarchiv Pöthe

Printed in Germany 1995
Gesamtherstellung:
Ebner Ulm
ISBN 3 548 30372 2

Mai 1995

Die Deutsche Bibliothek – CIP-Einheitsaufnahme

Arnim, Mary A. von:
Die Farm im Jasmin : Roman / Elizabeth von Arnim.
Aus dem Engl. übers. von Elisabeth Hartmann. –
Taschenbuchausg., neu übers. –
Frankfurt/M ; Berlin : Ullstein, 1995
(Ullstein-Buch ; Nr. 30373 : Die Frau in der Literatur)
ISBN 3-548-30372-2
NE: GT

Erster Teil

1

An jenem Wochenende, dem Wochenende vor Pfingsten, wurde auf Shillerton Stachelbeertorte zum Sonntagslunch serviert – oder war es eine Pastete? Daisy Midhurst, in deren Haus man speiste, war nie ganz sicher. Jedenfalls befand sich der Teig obenauf statt unter dem Obst, und die Stachelbeertorte war warm, weil Gebäck warm am besten ist, wenngleich es nichts Schlimmeres gibt als heiße Stachelbeeren; und den Gästen, die sie gegessen hatten, war nun heiß, und nicht nur heiß, sondern unbehaglich, denn die Stachelbeeren, so sauer, daß weder Unmengen von Zucker noch Sahne auch nur die geringste Wirkung zeigten, begannen fast unmittelbar nach dem Essen zu gären.

Das schien der Tropfen zu sein, der das Faß endgültig zum Überlaufen brachte. Derartige Tropfen hatte es, wie die Gäste insgeheim meinten, ohnehin reichlich gegeben, seit sie am Freitag so zuversichtlich und unbeschwert, so voller Vorfreude, so froh, wieder dabeizusein, eingetroffen waren – denn eine Einladung in eines von Lady Midhursts Häusern war selbst für die geladenen Gäste wie ein Gütestempel auf Silber, eine Garantie, daß sie das Gelbe vom Ei, noch das Gelbe vom Ei, waren.

Worin diese Tropfen nun genau bestanden, hätte jedoch niemand sagen können. Natürlich spielte das Wetter eine Rolle, das über Südengland plötzlich eine der Jahreszeit nicht angemessene Hitzeglocke stülpte, jede Bewegung beschwerlich machte und das Reden zur Last werden ließ; und dann war da noch Mrs. Andrew Leigh, die keiner der Gäste, ausgenommen natürlich ihr Gatte, je zuvor gesehen hatte und deren Anwesenheit, so wie sie aussah, in eben diesem Haus eine ungeheure Überraschung war. Doch das alles reichte nicht als Erklärung für die zunehmende Unruhe und Unbehaglichkeit unter den Gästen. Etwas anderes lag in der Luft, etwas, das sich nicht benennen ließ und doch, um nur ein Beispiel zu nennen, in den sonderbar nachlässigen Speisen anklang, den einfallslosen Speisen, den sich wiederholenden Speisen, der Art von Speisen, wie sie zuletzt auf Shillerton zu erwarten waren, wo stets erfreuliche Sorge für das Wohlbehagen und die Unterhaltung der Gäste getragen wurde.

Es paßt so gar nicht zu Daisy, fingen sie schließlich untereinander zu tuscheln an, immer wieder Stachelbeeren aufzutischen. Was mochte sie sich dabei denken? Die garstigen Dinger, sehr frühreif und grauslich sauer, waren seit Freitag bei jeder Mahlzeit in Erscheinung getreten, zuerst als Eis, dann als Soufflé und schließlich als Sahnespeise. Nachdem sie sie anfangs kaum wahrgenommen hatten, obwohl schon Freitagabend einige Gäste sehr nachdenklich zu Bett gegangen waren, waren sie letztlich doch gezwungen, sie sehr wohl zur Kenntnis zu nehmen. Als die Beeren am Sonntag, mitten an einem glühendheißen Tag, zum Lunch erneut auftauchten, und diesmal nicht einmal kalt wie bislang zumindest, sondern in Gestalt einer glühendheißen Pastete, betrachtete man es mit Recht als den besagten Tropfen, der das Faß zum Überlaufen bringt.

Die Gedanken, die um den Tisch schwirrten, wurden spitzer, die Gespräche gereizt. Aus irgendeinem Grund zeigte Daisy nicht die übliche Geschicklichkeit in der Zusammenstellung der Mahlzeiten. Vielleicht hatte sie sie nicht zusammengestellt, und wenn das der Fall war und das hier das Ergebnis, hätte sie doch die Zusammenstellung übernehmen sollen. Es sah tatsächlich so aus, als hätte sie das ihrer Sekretärin überlassen – unverzeihlich; oder dem Mädchen – unklug; oder der Köchin – fatal. Miss Simpson war zweifellos großartig in der Führung des Terminkalenders, doch man brauchte sie nur anzusehen, um zu wissen, daß sie in puncto Bewirtung sehr einfallslos sein würde. Terence Chilgrove – nun, sie taugte nicht dazu, weil sie zu diesen jungen Frauen von edler Gesinnung gehörte, die lieber die Armen speisen statt die Reichen. Und die Köchin, im Wissen, daß Stachelbeeren so früh im Jahr als Delikatesse gelten, und wie die meisten Bediensteten ohne einen Funken Phantasie, würde wahrscheinlich denken, von etwas Gutem könne man nie genug bekommen.

Doch man konnte. Spätestens am Sonntag zur Mittagszeit

wußten die Gäste sehr wohl, daß man konnte. Außerdem waren vernünftige Menschen, vernünftige, erwachsene Menschen wohl zu keiner Zeit der Ansicht, unreife Stachelbeeren könnten etwas anderes als schlecht sein.

»Kein Magen«, meinte der Anwalt unter den Gästen, Mr. Justice Lattington – oder auch, privat, Sir Lydford Lattington, »kein Magen«, murmelte er vor sich hin, die dünnen, richterlichen Lippen mißbilligend verzogen, »kann das ertragen.« Er schob seinen Teller von sich und versank in Düsterkeit.

Er hatte wirklich sein Bestes getan, dachte er, um diesen scheußlichen ersten Frühlingsfrüchten treulich gerecht zu werden, sooft sie auch in Erscheinung traten; das hatte er ganz gewiß, wie es sich für einen guten Gast und treuen Freund geziemt. Doch sosehr er Lady Midhurst auch schätzte, sosehr er bemüht war, sich in ihrem Haus dankbar zu zeigen, die glühendheiße Pastete konnte er nicht verwinden. Der Inhalt der Zuckerdose befand sich zur Hälfte auf seinem Teller und hatte nichts gegen die widerborstig, ja böswillig sauren, dampfenden grünen Beeren ausrichten können.

Ja, dachte er, sie beißen; sie beißen einen im eigenen Mund, statt wie anständige Nahrung sich selbst beißen zu lassen. Und gegenwärtig sah er sich gezwungen zu bemerken, daß sie noch weiter gingen, denn sie schienen immer noch zu beißen, nachdem sie schon lange geschluckt waren.

Nun, das ist ja hübsch, sagte er mit verzeihlichem Ärger zu sich selbst, daß so etwas einem Mann zustößt, der eine Einladung zu einem, wie er natürlich erwarten darf, angenehmen oder zumindest gesunden Wochenende im Haus einer Freundin annimmt. Nach der Mahlzeit am Abend zuvor, nachdem er diese teuflische Sahnespeise verzehrt hatte, hatte er sich unbehaglich gefühlt, allerdings nicht vergleichbar mit seinem jetzigen Zustand. Lady Midhurst – eine entzückende Dame, doch auch ihr waren Grenzen gesetzt in bezug auf das, was sie anderen antun durfte – hatte kein Recht, ihre Gäste derart zu verköstigen. Und ihm stand am nächsten Tag bei Gericht wichtige Arbeit bevor, Arbeit, die exaktester und gewissenhaftester Aufmerksamkeit bedurfte, und wie, hätte er gern gewußt, sollte er aufmerksam sein, wenn er unablässig im Innern gebissen wurde?

Düster schaute er über den Tisch hinweg auf seine Gastgeberin, die fern von ihm mit dem Rücken zum Fenster saß. Er konnte sie aufgrund der Länge des Tisches und der verdunkelten Fenster nicht sonderlich gut sehen, doch offenbar redete sie mit den Leuten zu beiden Seiten, als hätte sie nicht die geringste Ahnung, daß hier alle vergiftet wurden.

Jemand sollte es ihr sagen, dachte er und rutschte auf seinem Stuhl herum, das klar geschnittene Gesicht, dieses Gesicht, das unter der Perücke so vorteilhaft zur Wirkung kam, war ausgesprochen finster. Seine Nachbarin – oder bildete er es sich nur ein? – rutschte ebenfalls auf ihrem Stuhl herum. Nein, er bildete es sich nicht ein, natürlich rutschte sie. Jeder rutschte. Im nächsten Moment würde überall am Tisch Unruhe ausbrechen. Behandelte man so seine vertrauensvollen Gäste? Er hielt Lady Midhurst ebenso hoch in Ehren wie alle anderen auch, und er bewunderte und achtete sie maßlos, war aber doch der Meinung, daß sie in dieser Angelegenheit eines Tadels oder zumindest der Anleitung bedurfte, und daß irgendwer es ihr unbedingt sagen mußte.

Aber wer?

Sir Lydfords Düsterkeit vertiefte sich. Wer konnte diesen reichen, kühlen, überaus gefragten Frauen überhaupt etwas sagen, die taten, was sie wollten, und die feste Überzeugung hegten, daß jeder entzückt war von allem, was sie zu tun beschlossen? Ein Gatte vielleicht, doch selbst daran – Sir Lydford hatte in der Ausübung seiner Pflichten reichlich, wenn auch einseitig, Bekanntschaft mit Gatten geschlossen – zweifelte er. Außerdem war im vorliegenden Fall keiner vorhanden. Der arme Midhurst war gefallen – unter dem Einfluß seiner gegenwärtigen Situation neigte Sir Lydford dazu zu denken, daß solch ein Tod wohl doch nicht zur Unzeit gekommen war – war im letzten Kriegsjahr gefallen, und seine Witwe hatte ihn nie, trotz ihrer damals auffallenden Schönheit, die noch lange blieb und selbst jetzt noch in gewissem, möglichst dämmerigen Licht durchschimmerte, durch einen anderen ersetzt. Der arme Midhurst. Sir Lydford hatte ihn nicht gekannt, doch plötzlich regte sich in seinem Innern starke Sympathie für und Mitleid mit dem armen Kerl. Für einen Augenblick war er nicht sicher. . . und dann wieder, im nächsten Augenblick, war er sicher. . . Diese Stachelbeeren. Diese verfluchten Stachelbeeren. Konnten keine Ruhe geben. Nichts da, der arme Midhurst.

Er zog sich auf vollkommenes Schweigen zurück. Ihm gegenüber aß der Minister unter den Gästen mannhaft den letzten auf seinem Teller verbliebenen Löffelvoll. Sir Lydford musterte ihn in finsterer Verwunderung. Der Mann hatte wahrhaftig alles weggeputzt. Er mußte einen Magen haben wie ein Strauß. Typisch für das derzeitige Kabinett, dachte er. Soll er nur warten, in ein paar Minuten wird auch er unvermeidlich . . .

Mr. Torrens jedoch brauchte nicht zu warten. Schon jetzt fühlte er sich sonderbar. Er hatte die Pastete – er gehörte zu denen, die Torten als Pasteten bezeichneten – nur aus Rücksicht auf Daisy gegessen, die er sehr mochte. Der Anstand erforderte seiner Meinung nach, daß Gäste das, was die Gastgeberin auftischte, aßen, als würde es ihnen schmecken. Es war natürlich sehr eigenartig und gar nicht ihre Art, derartige Speisen zu servieren, und er, der das gute Leben schätzte, hatte sie keineswegs gern gegessen. Als sich seine Portion dem Ende zu neigte, war er sogar eindeutig verstört. Trotzdem, fragte er sich und schluckte tapfer, was bedeuten schon ein paar Stachelbeeren mehr oder weniger, wenn sie erst einmal unten sind?

Er sollte es bald erfahren. In seinem Eifer, Daisy zu unterstützen, die unverständlicherweise wohl stolz auf die Dinger war – warum sonst ließ sie sie immer wieder auftragen? –, hatte er bis zu diesem Zeitpunkt entschieden mehr statt weniger davon gegessen, hatte, das Eis, das Soufflé und die Sahnespeise der vorangegangenen Mahlzeiten hinzugenommen, regelrechte Mengen verspeist. Heißt es, fragte er sich in dem Versuch, seine Aufmerksamkeit von den beinahe unmittelbar in seinem Inneren einsetzenden Vorgängen abzulenken, Mengen von Stachelbeeren oder eine Anzahl? Das einzige, was seine Mutter, soweit er sich erinnern konnte, ihm in der Zeit, als er noch auf ihrem Schoß saß, beigebracht hatte, war, niemals Mengen zu sagen, wenn er eine Anzahl meinte. In einem Fall wie diesem, würde man da . . .

Mit einer hastigen Bewegung wandte er sich an die Person neben ihm und bat um ihre Meinung.

Sie, die in den letzten paar Minuten völlig stumm gewesen war, erwiderte kurz angebunden, daß sie keine Meinung habe.

»Nein, aber wirklich«, beharrte Mr. Torrens, von seinem Verlangen nach Ablenkung zur Unterhaltung angetrieben. »Sie würden ja zum Beispiel auch nicht vom Buch der Mengen reden, wenn Sie das Buch Numeri meinen, nicht wahr?« Denn sie war die Gattin des Geistlichen unter den Gästen, und trotz seines persönlichen Unbehagens hielt er die Frage für passend.

Sie sah ihn einen Augenblick kalt an und wandte dann die schwerlidrigen Augen ab. Sie fühlte sich nicht sonderlich gut. Diese Stachelbeeren – unreif, versteht sich, zu dieser Jahreszeit, und all die fette Sahne und die schreckliche Hitze im Raum, die schreckliche Hitze überall, die schreckliche Hitze jetzt auch in ihrem Innern – warum war sie diesen Dingen ausgesetzt, warum war eine Gastgeberin, gewöhnlich perfekt in ihrer Sorge und Rücksichtnahme für ihre Gäste, ihrem Wohlergehen, ja sogar ihrer Gesundheit gegenüber plötzlich so gleichgültig?

»Was meinen Sie?« beharrte Mr. Torrens, ohne sich an ihren kalten Blicken zu stören. Ja, er genoß sie vielmehr angesichts der herrschenden Hitze.

Sie fragte sich, ob sie sich die Mühe einer Antwort machen sollte. Spötteleien in bezug auf die Bibel zeugten immer von schlechtem Geschmack. Wer sich der Frau eines Bischofs gegenüber so etwas leistete, zeigte geradezu abscheulichen Geschmack. Dabei war es nicht einmal die Regierung dieses Gentleman, die dem Bischof sein Bistum gegeben hatte, noch hatte er, dessen war sie sicher, auch nur die geringste Chance, selbst einmal Premierminister zu werden. Demnach bestand eigentlich kein Grund für sie, höflich zu sein. Doch wie stand es mit ihren Pflichten der Gastgeberin gegenüber, die sie trotz allem doch schätzte? Zahlreich waren die Fallstricke von Reichtum und Stellung, die Lady Midhurst bedrohten, und zahlreich auch die eindeutig bedauerlichen Aspekte ihres Charakters, wie zum Beispiel die Tatsache, daß sie ihr Haar mit Henna färbte, während es doch auf der Hand lag, daß es schon lange hätte grau sein müssen, und daß sie, statt es in Ruhe welken zu lassen, ihr Gesicht schminkte und Lippen und Nägel rot färbte – zu schade, zumal sie eine erwachsene Tochter hatte. Aber man konnte nicht anders: man mußte sie mögen. Sie war so überaus freundlich. Sie war so heiter und augenscheinlich glücklich. Sie war so großzügig, verweigerte nie ihre Hilfe, wenn man sie wegen der unzähligen Wohltätigkeitsveranstaltungen ansprach, und sie spendete so freudig und gab zudem ausnahmslos mehr, als man sich erhofft hatte. Auch ihre Stellung – sie gehörte von Geburt her zu einer der beiden ältesten Familien in England und durch Heirat zu der anderen – war unantastbar, ganz gleich, wie sie sich schminkte. Andererseits – und das war bei weitem das Wichtigste – setzte sie trotz ihrer buntscheckigen Erscheinung die höchstmöglichen Standards in bezug auf die Moral und war hinter ihren geschwärzten Wimpern stets von solch echter und lieblicher Reinheit in Lebensführung und Einstellung, daß man völlig sicher sein konnte, unter ihrem Dach niemals jemanden anzutreffen, der nicht standesgemäß war, ganz gleich, wie er oder sie aussehen mochte.

Das waren großartige Eigenschaften. Sie war abgesehen von ihrem Äußeren in jeder Hinsicht eine höchst begehrenswerte, eine äußerst wertvolle Freundin und Gastgeberin, und war man mit ihr zusammen, hatte man anschließend das Gefühl, daß man in der gesellschaftlichen Wertschätzung entschieden gestiegen war, sofern einem Derartiges wichtig war.

Deshalb wollte man ihr natürlich zu Gefallen sein und Unhöflichkeiten irgendeinem ihrer Gäste gegenüber so lange wie möglich hinauszögern. Doch wie lange das in einer solchen Atmosphäre, angesichts derartiger Kost und angesichts der Tatsache, daß es sich bei dem betreffenden Gast um Mr. Torrens handelte, möglich sein würde, hätte die Frau des Bischofs nicht sagen können. Sie mochte Mr. Torrens nicht. Er war nicht die Sorte Mann, an der sie Gefallen fand, und würde es nie sein. Doch sie mochte Lady Midhurst, und diese wiederum mochte ihn. Es ist wirklich sehr sonderbar, dachte sie, die schweren Blicke fest auf die Blumen vor ihr geheftet, um nicht die erhitzten Gesichter am Tisch sehen zu müssen und schon gar nicht die Hitze in Mr. Torrens' Gesicht, wie wenig man fähig ist, die Freunde seiner Freunde zu mögen oder wenigstens zu ertragen. Und noch mehr wunderte sie sich über die Geschwindigkeit, mit der diese Unfähigkeit unter den zufällig aufeinandertreffenden Gästen während eines solchen Besuchs zunahm.

Als sie am Freitag eintraf, hatte sie, wie sie sich erinnerte, die Gesellschaft als besonders angenehm empfunden (abgesehen davon, daß, im Gegensatz zu den Gebräuchen dieses Hauses, keine Hoheiten anwesend waren, was eine große Enttäuschung darstellte, und abgesehen auch von Mrs. Leigh), und sie hatte eine ganze Weile mit eben diesem Mr. Torrens geplaudert, tatsächlich geplaudert. Jetzt, knapp zwei Tage später, bestand ihr hauptsächliches Gefühl ihm und auch den anderen gegenüber in einer Verwunderung über den Geschmack ihrer Freundin in der Auswahl ihrer Freunde.

Es gab nichts, was für einen von ihnen sprach, meinte sie, außer daß sie natürlich standesgemäß waren. Sie mußten standesgemäß sein, denn sonst wären sie nicht anwesend, wenngleich einige von ihnen wahrhaftig nicht so aussahen. Mr. Torrens zum Beispiel. Der Art nach zu urteilen, wie er diese Mrs. Leigh beäugte, würde sie meinen, er hätte zweifellos Neigungen zum eindeutig Bösen, falls er sich etwas derartiges gestattete. Zum Glück konnte er sich in diesem Haus nichts gestatten, doch allein schon seine Blicke zu beobachten war höchst unangenehm. Und wie konnte ein Gentleman überhaupt einer solchen Regierung angehören! Eine Bande von Zauderern. Hätte ein wirklich anständiger Mensch Lust, sich in einem derartigen Kabinett auch nur sehen zu lassen? Und dann seine albernen biblischen Scherze und seine Taktlosigkeit, ausgerechnet ihr gegenüber mit der Bibel Scherz zu treiben.

Nein, mit Mr. Torrens konnte sie nichts anfangen, und als er, auf seiner Taktlosigkeit beharrend, sie ein drittes Mal fragte: »Nun, was meinen Sie?« fuhr sie zu ihm herum und stieß hervor, sie habe überhaupt nie über das Buch Numeri reden wollen.

»Ach, kommen Sie«, sagte er neckend. Er wagte es tatsächlich, sie zu necken! »Ach, kommen Sie schon, Sie, die Frau eines –«

Glücklicherweise wurde er von Lady Midhursts Schwager, dem derzeit amtierenden Marquis, am Weiterreden gehindert. Dieser sah auch nicht sonderlich gut aus, doch vielleicht hatte es gewisse Reize, ein Marquis zu sein, und alle Reize, ob man sie überwand oder ihnen nachgab, hinterließen sicherlich Spuren. Plötzlich platzte es aus ihm, wie aus jemandem, der sich nicht länger beherrschen kann, mit lauter Stimme heraus: »Können wir nicht noch ein Fenster öffnen lassen, Daisy?«

»Ein zweites ist schon offen«, versicherte ihm Miss Simpson, Daisys Sekretärin, geistesabwesend.

»Dann eben die Tür«, keuchte Lord Midhurst, der auf korrekte Kleidung Wert legte und dennoch bereits versucht hatte, Teile seines Anzugs, die sich unter dem Tisch befanden, zu öffnen, ohne jedoch Erleichterung zu finden.

»Wird dann nicht Zugluft entstehen?« fragte Lady Lattington, Sir Lydfords Gattin. Nervosität klang aus ihrer Frage, denn sie saß der Tür am nächsten und wünschte natürlich nicht, sich eine Erkältung zuzuziehen.

»Luft«, fauchte Professor Brown, der berühmte Wissenschaftler, und musterte sie voller Abneigung durch seine Brillengläser, »sollte in Bewegung sein. Daß Zugluft gefährlich ist, ist ein weitverbreiteter Irrtum.«

Die Kleider klebten ihm am Leibe. Im Augenblick scherte er sich einen Pfifferling um die Wünsche oder Ängste anderer Menschen. Gewöhnlich von ausgeglichenem, ja harmonischem Gemüt, war er zeitweise doch durch sein Leiden aus dem Gleichgewicht gebracht. Diese widerlich selbstsüchtigen, überflüssigen alten Frauen, dachte er und funkelte die bedauernswerte Dame an.

»Ich mag Zugluft – Sie nicht?« sagte ein hübsches Mädchen, eine Freundin aus der Pariser Schulzeit von Daisys einzigem Kind Terence, zu ihrem Nachbarn, einem jungen, ohnehin völlig gebeugten Mann, der kaum redete. Sie mochte ihn und wünschte sich von Herzen, daß auch er sie sympathisch fand; aber was sollte man sagen? Was um alles in der Welt sollte man sagen? Es erschien ihr hart, daß es für Geoffrey nicht reichte, so hübsch zu sein – daß sie hübsch war, wußte sie, seit sie drei Jahre alt war –, sondern daß sie sich obendrein noch angestrengt einen Beitrag zur Konversation einfallen lassen sollte. Ihrer Erfahrung nach genügte es den meisten anderen Männern, besonders den älteren, daß sie hübsch war, und alles war stets ganz bequem und einfach.

»Nur wenn es ein guter Jahrgang ist«, antwortete Geoffrey und streckte eine müde Hand an dünnem Handgelenk aus, um sich Rheinwein nachzuschenken, zog sie jedoch zurück, als er sah, daß das Eis im Krug geschmolzen war.

So. Was sollte man auf eine solche Bemerkung erwidern? Wenn Geoffrey doch nur nicht so unverständlich daherreden würde. Draußen, im Mondschein, war nichts gegen ihn einzuwenden. Dann sagte er nichts, benahm sich einfach völlig normal. Bei Tag aber hatte sie dieses schreckliche Gefühl, sich anstrengen und sich etwas ausdenken zu müssen, das sich um jeden Preis klug anhörte.

»Ah. Ja. Lange Zeit in den Tiefen der Erde gekühlt, wie, Geoffrey?« dröhnte der Bischof, der einen Platz zwischen den jungen Leuten am Ende des Tisches gewählt hatte und immer noch in der Lage war zu dröhnen, wenn auch nicht mehr so volltönend wie vor dem Genuß der Torte.

Die lieben jungen Leute, sagte er zu sich selbst und strahlte die kleine Gruppe junger Menschen um ihn herum an: Geoffrey, dem die Hitze, wie allen anderen auch, jetzt ein wenig zusetzte, sowie – er fürchtete, es hinzufügen zu müssen – die sonderbare Kost. Aber er war so ein aufrechter, sauberer, großartiger Bursche, und er bewährte sich so gut im Auswärtigen Amt; Lady Terence, die entzückende Tochter seiner entzückenden Gastgeberin, die er konfirmiert hatte und die jedesmal, wenn er sie sah, noch edler und hübscher zu werden schien; die Freundin, ein bezauberndes kleines Kätzchen, ganz unberührte Unschuld, wie ein Mädchen sein sollte; also lauter liebe junge Leute, er kam so famos mit ihnen zurecht, er hatte das richtige Gespür für sie: er war ihr verständnisvoller Freund.

Einen Augenblick lang, wahrlich, glaubte er, noch etwas anderes zu spüren, aber er wartete, nicht bereit, es zu beachten, bis es vorüber war, indem er seine Gedanken inzwischen auf das übergroße Glück lenkte, das die engen Bande zwischen ihm und der Jugend ihm bescherten, auf das völlige Fehlen von irgendwelchen Schranken zwischen ihm und der Jugend. War er nicht immer so willkommen in ihren Reihen, als wäre er im gleichen Alter? War er nicht immer in der Lage, mit ihnen genauso zu sprechen, wie sie untereinander sprachen? Ein Talent vermutlich, ein glückliches Talent, für das er nicht dankbar genug sein konnte, denn seine Freundschaft mit den jungen Leuten und ihr Vertrauen zählten zu den strahlendsten seiner vielen Segnungen.

Doch hier gerieten seine Gedanken ins Wanken. Etwas drängte sich zweifellos seiner Aufmerksamkeit auf, etwas eindeutig Unangenehmes. Diese Torte. Er glaubte fest, es wäre diese Torte. Natürlich, es stand ihm nicht zu, Kritik zu üben an den Speisen, die eine Gastgeberin, noch dazu eine so beliebte Gastgeberin wie Lady Midhurst, ihm vorsetzte, doch ihm drängte sich der Gedanke auf, daß diese Torte . . .

»Genau, Sir«, sagte Geoffrey, der angesichts der seiner Meinung nach schier unüberwindlichen Hindernisse sein Bestes tat, um höflich zu sein.

Wenn er mich doch nur nicht Sir nennen würde, dachte der Bischof. Er hatte schon des öfteren, allerdings stets vergeblich, vorgeschlagen, daß seine jungen Freunde Charlie, einfach Charlie zu ihm sagen sollten.

Und Geoffrey dachte: Diese alten Burschen – diese alten Burschen, immer ein Zitat auf den Lippen. Mir wird übel davon, wobei er zeitweilig und ungerechterweise den Bischof für etwas beschuldigte, was in Wirklichkeit die Stachelbeeren verursacht hatten.

Das hübsche Mädchen – aber war sie denn wirklich so hübsch? Geoffrey neigte dazu, sie für weniger hübsch zu halten, bei Tage – wählte diesen Augenblick, um sich so dicht hinüberzubeugen, daß ihr Haar seine Wange streifte.

»Es ist so heiß«, sagte sie, als verriete sie ihm ein süßes kleines Geheimnis.

Ruckartig wandte er den Kopf. Haar! Das sein Gesicht berührte. Ihn kitzelte. In dieser Hitze. Wollten Frauen denn nie, niemals eine Pause einlegen? Mußten sie ständig berühren und berührt werden? Hatten sie überhaupt kein Gespür für das, was sich gehört?

»O Gott«, murmelte er mürrisch und gut verständlich, und der Bischof, der ihn gehört hatte, fühlte sich bemüßigt zu sagen, wenn auch sehr sanft: »Geoffrey.«

Ein lieber Bursche, dachte der Bischof voller Toleranz. Vielleicht – wer wußte es? – ein armer Bursche, bedrängt wie er selbst von ungewohnten Gefühlen. Trotzdem, und ein für alle Mal, ein lieber Bursche, der sich von ihm nicht so sehr getadelt, sondern vielmehr erinnert fühlen sollte. So mochte ein Freund gleichen Alters ihn erinnern, ein vertrauter Freund, der im großen und ganzen mit ihm übereinstimmte, allerdings den Gebrauch heiliger Namen, aus dem Kontext genommen, als bedauerlich empfand.

Ja, dachte der Bischof, weiterhin energisch darauf bedacht, sich um nichts zu kümmern, in dieser Welt erreichte man nichts ohne Geduld und Verständnis. Sicher, es war schwül im Raum, schwüler, als die Vernunft erlaubte; sicher, die eben genossene Süßspeise paßte eigentlich nicht zu dem Niveau dieses Hauses – diese kleinen Versehen oder gar Nachlässigkeiten von seiten einer Gastgeberin sollten lediglich als Gelegenheiten zum Üben von Geduld und Verständnis betrachtet werden; als solche würden sie unverzüglich ihrer Macht, eine gewisse Gereiztheit zu erzeugen, verlustig gehen. Er hatte gut daran getan, den verzeihlicherweise gereizten Jungen zurechtzuweisen. Ein guter Junge. Ein lieber, guter Junge. Doch er mußte in seine Schranken gewiesen werden, wenn er sich hörbar vergaß.

Daß diese Art nachlässigen Benehmens inzwischen am Tisch gehäuft auftrat, konnte der Bischof nicht umhin zu bemerken. Ein Funke der Verzweiflung schien von einem auf den anderen überzuspringen, der Reihe nach jeden rotglühend zu entflammen drohte, und den Gesprächsfetzen nach zu urteilen, die ihm an die Ohren drangen, war es nicht nur dieser liebe Bursche, dem es schwerfiel, nicht auszusprechen, was besser ungesagt blieb. Niemand sonst gebrauchte tatsächlich den Namen Gottes, doch einige kamen einem Tonfall gefährlich nahe, der in den Ohren des Bischofs sehr schnippisch klang, und Gäste, dessen war er sich sehr deutlich bewußt, sollten nicht schnippisch sein. Natürlich war es überhaupt nie elegant, schnippisch zu sein, doch besonders Gäste sollten es unterlassen, und ganz besonders Gäste in Anwesenheit und möglicherweise in Hörweite ihrer Gastgeberin. Wie belastend die Umstände auch sein mochten, sie mußten so tun, als hätten sie nichts bemerkt; was immer sie spürten, sie mußten dreinschauen, als spürten sie nichts. Montag morgen, dachte der Bischof und gab immer noch sein Bestes, um ein unbeschwertes Gesicht zu zeigen, war der richtige Zeitpunkt für kleine Ausbrüche, sollten sie denn unvermeidlich sein – auf dem Bahnsteig oder sogar (er wollte der menschlichen Natur nicht zuviel abverlangen) schon im Wagen zum Bahnhof. Solange sie jedoch alle unter dem Dach einer Dame versammelt waren, verköstigt wurden, oder vielmehr – wie er in diesem Fall fürchtete, sagen zu müssen – eine Magenverstimmung von ihren Speisen bekamen, solange waren sie durch die Regeln von Anstand und Würde gehalten, sich so zu benehmen, als empfänden sie Sympathie füreinander.

Wie unglücklich also, daß auch er in diesem Moment zu einer gewissen Schnippigkeit gezwungen war. Er konnte nicht anders. Bevor er wußte, was er tat, hatte er es schon ausgesprochen – ein Wort nur, doch was kann ein einziges Wort nicht alles zum Ausdruck bringen?

Dieses kleine einsilbige Wort zeigte ihm und, wie er fürchtete, auch seinen jugendlichen Zuhörern, wie weit er unter seiner selbstauferlegten Norm blieb, wie weit entfernt davon, das zu sein, wofür diese lieben Kinder ihn hielten, wie er manchmal in aller Bescheidenheit zu glauben wagte: ein Heiliger Gottes.

Schuld war der deutsche Gentleman zu seiner Linken. Hätte er ihn nur in Ruhe gelassen, wäre es niemals soweit gekommen. Während des gesamten Wochenendes hatte sich dieser Mann, der in einer besonderen diplomatischen Mission in London tätig war, aufgedrängt, wie die Gäste es interpretierten und bedauerten, denn sonst hätte Daisy ihn wahrscheinlich nie kennengelernt und sie auch nicht. . . also, während des gesamten Wochenendes hatte dieser Mann, wie es dem Bischof schien, darauf bestanden, neben ihm zu sitzen. Zweifellos reine Einbildung, und es war vielleicht, bei genauerem Hinsehen, nicht öfter als einmal vorgekommen, doch er war körperlich so groß und geistig so vereinnahmend, daß seine einmalige Nähe dieselbe Wirkung tat wie fünfzigmal die Nähe eines anderen.

Jedenfalls saß er jetzt neben dem Bischof, auf dem Stuhl zu seiner Linken, und nagelte ihn für die Dauer der Mahlzeit unentrinnbar auf seine Gesellschaft fest, und es blieb nichts anderes übrig, als ihn zu ignorieren. Das hatte der Bischof, indem er sich völlig auf seine jungen Leute konzentrierte, sorgfältig durchgehalten, denn inzwischen war er, wie die anderen auch, dieses deutschen Gentleman gründlich überdrüssig, obwohl er ihm, wie die anderen auch, zu Anfang mit ausgesuchter Freundlichkeit begegnet war.

Vielleicht hatten sie diese anfängliche Freundlichkeit übertrieben, angeleitet und ermutigt von Lady Midhurst, die lange Zeit, wie der Bischof wußte, gedacht hatte: Diese bedauernswerten Deutschen. Nach dem Krieg, Monate bevor das übrige England wieder zu Atem gekommen war, hatte sie angefangen, sie zu ihren Partys einzuladen, und sie hatte sie noch monatelang eingeladen, nachdem sich im übrigen England die Meinung verbreitet hatte, daß sie überwacht werden sollten, wenn man nur gewußt hätte, wie.

Jedenfalls ertappte sich der Bischof schon frühzeitig, als sich der erste Tag dem Ende zu neigte, gereizt von der Gesellschaft des Mannes und der Unterhaltung mit ihm, bei dem Gedanken, daß solche Einladungen vielleicht im Sinne der christlichen Nächstenliebe, aber eindeutig auch ermüdend waren, und erschrak nicht wenig angesichts seiner Fähigkeit zu einer solch beklagenswerten Erwägung.

Im guten Willen der ersten Stunden und in der Bereitschaft, zu Beginn einer Wochenendparty in jeder Hinsicht sein

Bestes zu geben, hatten großzügige Impulse überwogen, und alle gaben sich jede erdenkliche Mühe, dem Grafen Vosch zu zeigen, daß kleine Vorurteile, die direkt nach dem Krieg womöglich bestanden hatten, längst ausgeräumt waren. Am Freitag abend zum Beispiel hatte der Bischof ihm tatsächlich die Schulter geklopft, während er ihm versicherte, daß Deutsche und Engländer gleichermaßen Kinder Gottes seien – was natürlich stimmte, aber, wie er jetzt erkannte, kein Grund zur Begeisterung war. Ebenfalls am Freitag abend hatte Mr. Torrens ihn, beinahe ohne eine Spur von Herablassung, in eine peinlich faire politische Debatte gezogen und in Zweifelsfällen großzügig zu seinen Gunsten entschieden. Wiederum am Freitag abend hatte Sir Lydford ihn sich ganz umgänglich vorgeknöpft und ausführlich nachgewiesen, daß zwischen Deutschen und Engländern nicht die geringsten Unterschiede bestünden. (O doch, hatte der Graf sich insgeheim gefreut, da gibt es vielerlei Unterschiede.) Im Verlauf des Sonnabendvormittags waren sie immer noch sehr freundlich gewesen. Die Freundlichkeit hielt selbst am Nachmittag noch an, draußen im Garten, im Küchengärtchen, wo immer sie ihn antrafen, wenn er nichts mit sich anzufangen wußte – und einen Mann, der so wenig mit sich anzufangen wußte, gab es kein zweites Mal. Doch am Abend dieses Tages hatte der Elan erheblich nachgelassen und sich die Neigung eingestellt, ihm aus dem Weg zu gehen, wenn Lady Midhurst nicht hinsah. Am Sonntag schließlich liefen sie ganz unverhohlen weg, sobald er sich näherte.

All das war, wie der Bischof wußte, bei weitem nicht so, wie es sein sollte. Die Anstandsregeln für Gäste schlossen eine solche Flucht eindeutig aus. Doch er mußte sich eingestehen, daß der Graf seit Freitag wirklich lästiger geworden war und seine langsame Sprechweise häufiger in Erscheinung trat. Es ist wirklich schade, dachte er. Wenn jemand schon langsam war, mußte er sich dann auch noch so häufig zu Wort melden? Schade für den Betroffenen selbst, denn es weckte lediglich Vorurteile im Zuhörer, und schade für den Zuhörer, der nicht über seine Möglichkeiten hinaus strapaziert werden sollte. Zudem hatte er die Angewohnheit, seine Ausführungen mit den Worten »In meinem Land« einzuleiten – und auch dagegen regten sich mittlerweile Widerwillen in seinen Mitgästen. So war der Stand der Dinge, als der Bischof, während er sich am Sonntag zum Lunch niederließ, eher spürte als sah – er schaute nicht hin –, wie das deutsche Kind Gottes sich auf den Stuhl zu seiner Linken zwängte, wobei es unbeholfen Servietten und Gabeln und Gläser beiseite schob, ihn damit jeglicher Hoffnung auf eine Flucht beraubte und, wie es schien, in ganz besonders hohem teutonischen Maße, Hitze ausstrahlte. So gelangte der Bischof zu der Einsicht, daß er das, was ihm an gutem Willen noch verblieb, nur erhalten konnte, indem er das alles einfach ignorierte.

Welch ein Mißgeschick also, daß er sich von den erhobenen Stimmen weiter unten am Tisch verleiten ließ, den Kopf zu wenden, nachdem er sich so erfolgreich nur um seine jungen Leute gekümmert und dadurch sicher durch die Mahlzeit einschließlich der Stachelbeertorte laviert hatte. Er wollte mit dieser Bewegung lediglich seine Mitgäste mit einem heiteren Blick an das erinnern, was sie offenbar zu vergessen drohten – ohne Tadel, ohne jede Kritik, lediglich mit einem einzigen kurzen, heiteren Blick. Doch dieser Blick, der das Gesicht des Grafen, so dicht vor seinem eigenen, streifte, wurde von diesem, der offenbar geradezu auf der Lauer gelegen hatte, aufgegriffen, und er begann unverzüglich, seine Reden zu schwingen.

»In meinem Land –«, begann der Graf.

Doch weiter kam er nicht, denn hingerissen von einer höchst merkwürdigen, höchst unchristlichen Wut darüber, daß er nach all seiner Sorgfalt und Mühe ganz zum Schluß der Mahlzeit doch noch auf diese Weise erwischt wurde, funkelte der Bischof, hochrot im Gesicht, den Grafen an und rief gebieterisch: »Still.«

»Still?« wiederholte der Graf überrascht. »Warum soll ich still sein?«

»Still, Sir, sage ich!« schrie der Bischof noch lauter als zuvor.

Daraufhin trat am gesamten Tisch Stille ein. Selbst die Diener schienen innezuhalten, und der Bischof saß, plötzlich begreifend, was er getan hatte, konsterniert und beschämt da.

Hätte er doch aufstehen, den Segen spenden und wie in der Kirche die Gemeinde entlassen können! Wie hatte er nur so gräßlich unhöflich sein können? Wie konnte er so etwas zu einem erwachsenen Mann, zu einem Mitgast sagen, noch dazu in Gegenwart und Hörweite seiner jungen Leute?

Zutiefst zerknirscht und äußerst verwirrt wandte er sich Lady Terence am Ende des Tisches zu. »Liebes Kind«, hub er an, im Begriff, seine Hand beschwörend auf die ihre zu legen, während er nach Worten suchte, um sie zu überzeugen, daß er trotz des gegenteiligen Anscheins im Grunde mit Entzücken dem deutschen Gast ihrer Mutter lauschte und letztendlich mit ihm jene Art Freundschaft teilte, die die Psalmen als gut und erfreulich besingen. »Liebes Kind«, begann er in dem dringenden Wunsch, zu besänftigen, Verzeihung zu erlangen.

Doch zu seiner Überraschung und zu seiner immensen Erleichterung war nichts dergleichen notwendig. Terence Chilgrove hörte nicht zu. Er hatte sich ihr gerade noch rechtzeitig zugewandt, um das engelhafte kleine Lächeln zu sehen, das sie zum anderen Ende des Tisches sandte, und offenbar hatte sie nichts bemerkt.

Noch einmal davongekommen, dachte der Bischof mit einem dankbaren Seufzer; noch einmal knapp davongekommen! Und anscheinend nahm man allerseits das Gespräch wieder auf. Miss Simpson, die Sekretärin, die zur anderen Seite des Grafen saß, sprang nach Sekretärinnenart in die Bresche und nahm sich seiner an. Wirklich, er hatte es nicht verdient, so billig davonzukommen. Niemals wieder würde er sich dazu hinreißen lassen ...

Doch wen hatte Lady Terence so zärtlich, so anbetungswürdig angelächelt, als seine Anrede sie zusammenfahren ließ?

Er beugte sich vor und spähte in die fernen Schatten. Ihre Mutter natürlich. Dort unten befand sich sonst niemand, der ihr ein derartig liebliches Lächeln der Zuneigung entlocken könnte. Der alte Mr. Topham – Topsy genannt, ein betagter Mann, der den lieben langen Tag Schach spielte – saß zur einen Seite ihrer Mutter, und sein schweigsamer Partner, ein Mann mittleren Alters und Gatte jener ausgesprochen gutaussehenden jungen Frau, Mrs. Andrew Leigh, saß zur anderen. Von diesen beiden würde Lady Terence keinen anlächeln, es sei denn höflich, und das Lächeln, das sein Blick erhascht hatte, war intim und liebevoll.

Groß und schön war die gegenseitige Hingabe, die, wie er wußte, zwischen dieser Mutter und ihrer Tochter bestand: Eine Hingabe, die, so sagte man, eine Heirat des Mädchens verhindert hatte, weil sie es nicht über sich brachte, ihr Heim zu verlassen. Der Bischof fand dies uneingeschränkt bewundernswert. Er wünschte sich, daß all seine jungen Leute unverheiratet blieben; das heißt, bis sie anfingen, zu alten Leuten zu werden. Die Unberührtheit der Jungfräulichkeit, die Unschuld, die taufrische Heiligkeit entzückten ihn. Im Frühstadium gab es seiner Meinung nach nichts Lieblicheres auf der Welt. Später, wie im Falle der armen Miss Simpson, schien dies allerdings untrennbar mit Säuerlichkeit verbunden zu sein, und bevor dieser Zustand erreicht wurde, sollte man doch zweifellos auf eine Heirat zurückgreifen. Aber es lag kein Grund zur Eile vor, bis es soweit war. Er selbst hatte es eilig gehabt, dank seines Berufs, der ihn vielleicht in dieser Hinsicht angetrieben hatte, und wenngleich er es natürlich nie bereute, zumal seine liebe Frau ihm häufig Trost gewährt hatte, verstand er jetzt doch, daß es besser war zu warten, sofern man sich dies leisten konnte.

Aus diesem Grunde begrüßte er die Verbundenheit mit Heim und Mutter natürlich, die, wenn auch selten in diesen Tagen, ein Mädchen so glücklich im ledigen Stand hielt, offen für Freundschaften mit Menschen wie ihm selbst, und jedesmal wenn er Zeuge ihrer Hingabe wurde, war er von neuem tief bewegt. Insbesonders jetzt war er bewegt, denn sie hatte ihn gerade rechtzeitig vor einer Demütigung bewahrt, und so legte er schließlich in Dankbarkeit seine Hand auf ihre und flüsterte sanft: »Liebes Kind – eine so große Liebe.«

Sie warf ihm mit einer kaum merklichen Bewegung, fast wie einem Zusammenzucken, einen raschen Blick zu, und ein roter

Hauch, flüchtig wie der Schatten einer Vogelschwinge, stieg ihr ins Gesicht; verflog jedoch im nächsten Augenblick, und ihre schönen grauen Augen, ihre ehrlichen, klugen, süßen grauen Augen waren, ruhig wie immer, auf ihn gerichtet.

Flüchtig drückte er ihre Hand. »Es wärmt das Herz Ihres alten Bischofs«, sagte er, »eine derartige Liebe zwischen Mutter und Tochter zu sehen.«

»Aber verstehen Sie«, antwortete sie und lächelte in ihrer gewohnten lieblichen heiteren Art – ja, das leichte Zusammenzukken und Erröten hatte er nur geträumt –, »Mutter ist ja auch anbetungswürdig.«

»Und was«, fragte der Bischof zärtlich verspielt, »sollen wir über die Tochter sagen?«

Gleichzeitig näherte sich die Mahlzeit ihrem Ende. Bei Butter und Bisquits hatte man abgewunken, Ananas wurde schaudernd abgelehnt; so mußte nur noch der Kaffee überstanden werden.

Zum Glück zwang Daisy sie nicht, den Kaffee im Speisezimmer inmitten der abscheulichen Erinnerungen an dieses Essen zu nehmen, und bald – doch hoffentlich bald? – würde sie das Zeichen zur Entlassung geben, und sie alle würden nach draußen strömen, wo sich im tiefen Schatten des Terrassenwinkels ein großes blaues Sonnensegel von einer Ecke zur anderen erstreckte, wo der Wind säuselte, sofern vorhanden. Dort gab es auch Sessel, richtige, anständige, mächtige, gut gepolsterte Sessel, in denen man gemütlich die Beine ausstrecken konnte, statt sie unter einen Tisch zu stellen, und wenn man diese Sessel erst einmal erreicht hatte, so beschützt, so dicht gruppiert, dann wäre es sicherlich ein leichtes, sich, wenn man wollte, zwischen ihnen durchzuschlängeln und unbemerkt fortzustehlen.

In diesem Augenblick war der Wunsch, sich fortzustehlen, in allen Gästen der mächtigste Impuls. Doch, so erkannte Mr. Justice Lattington, noch immer bei klarem Verstand, wenn auch im unteren Teil seines Körpers nach wie vor verstört, wenn alle sich davonstahlen, würde Lady Midhurst allein inmitten der Tassen zurückbleiben; und da der Anstand es nicht zuließ, eine Gastgeberin mit ihren eigenen Tassen allein zu lassen – es waren achtzehn, und achtzehn leere Tassen können schrecklich unhöflich wirken –, mußte sich jemand, das lag auf der Hand, opfern und bei ihr bleiben.

Aber wer? Er selbst mit Sicherheit nicht, sein Entschluß stand fest. Sollten der Bischof und seine Frau doch das Opfer bringen. Das stand ihnen zu oder sollte ihnen zumindest zustehen. Er für seinen Teil hatte genug ausgestanden, und wenn er nicht bald aus diesem feuchten Raum entkam und sich irgendeine schlichte Erleichterung verschaffte – einen feuchten kalten Umschlag vielleicht, nein, zwei feuchte kalte Umschläge, denn sein Kopf machte ihm ebenfalls zu schaffen –, dann konnte er für nichts garantieren. Und sein Blick, rastlos über den Tisch schweifend, traf seine Frau, die sich drüben bei der Tür, die endlich doch geöffnet worden war, über Zugwind ereiferte, gerade als ein kleiner Lufthauch seine leidende Stirn streifte.

Zugwind! Als hätte man dieses schwache Fächeln als Zugwind bezeichnen können! Böse funkelte Sir Lydford sie an. Nörglerin, dachte er mit einer so intensiven Bitterkeit, daß er selbst überrascht war, zog sich in seine düsteren Gedankengänge zurück, bis seine unverständlich nachlässige Gastgeberin geruhen würde, ihn gehen zu lassen, und grübelte über die Ehe nach und über die Torheit junger Männer, die sich in einem für ihr zukünftiges Glück entscheidenden Alter fürs Leben an Frauen banden, die alt genug waren, ihre Mutter zu sein.

Zu dem Zeitpunkt waren sie natürlich noch nicht alt genug, doch sie wurden es schnell und unaufhaltsam, denn Ehefrauen, überlegte er mit einem feindseligen Blick auf Bessie, hielten sich nicht. Wie bei den verflixten Stachelbeeren war am Anfang nichts auszusetzen, doch auf lange Sicht – und Ehefrauen waren, bis auf ganz wenige Ausnahmen, langfristig angelegt –, wieviel gab es da auszusetzen! Der Gedanke an die ständigen Wiederholungen im Leben, an die dauernden Bedrängnisse, war Sir Lydford in diesem Augenblick zuwider. Wer konnte es schon ertragen, wenn sich bis in alle Ewigkeit alles wiederholte? Welcher

Geist mußte nicht letztendlich unter der Last immer derselben Frau, der gleichen Mahlzeiten Jahr für Jahr, Jahrzehnt für Jahrzehnt, absterben? Da saß seine dürre Bessie, nur ein paar Meter entfernt, in den letzten vierzig Jahren immer nur ein paar Meter entfernt und manchmal schrecklich viel weniger entfernt, und da würde sie bleiben, ließ Türen schließen, wenn er sie offen wünschte, bis zum Ende seiner Tage. Konnte es eine trübere Aussicht geben?

Unter dem Einfluß seiner Situation und seines Mageninhalts sah Sir Lydford nirgends mehr ein Lichtlein. Vor langer, langer Zeit war Bessie zu einer alten Frau geworden, während er in dieser Minute noch in der Blüte seines Lebens stand – oder etwa nicht? Es war wahrhaftig traurig, an all die Männer aus seiner Bekanntschaft zu denken, die wie er selbst den Fehler begangen hatten, eine Frau zu heiraten, die in Kürze alt genug sein würde, um ihre Mutter zu sein. Na, wenn man sich an eben diesem Tisch umschaute, dann fand sich, mit Ausnahme dieses schlauen Andrew Leighs – eines spröden, schweigsamen Mannes mit dem Ruf, klug zu sein, doch was nützte ihm seine Klugheit in Verbindung mit völligem Schweigen? –, mit Ausnahme von Leigh, der schlau genug war zu warten, bis er mittleren Alters war und sich dann ein entzückendes junges Wesen gesichert hatte, damals erst siebzehn, wie er gehört hatte, und jetzt nicht viel älter als dreißig; – mit Ausnahme von Leigh und dem Jungen Geoffrey, der nicht zählte, weil er noch gar nicht richtig erwachsen war, fand sich kein einziger Mann, der nicht ein verhutzeltes Weib hatte.

Ein verhutzeltes Weib. Wie hübsch, zu so einer nach Hause zu kommen. Sein Blick, immer noch auf Bessie geheftet, wurde mehr als böse, wurde zynisch. Sie hatte es nun durchgesetzt, daß die Tür geschlossen wurde, und, wie er sich erinnerte, hatte sie seit Jahren immer nur Derartiges getan, abgesehen davon, daß sie verhutzelte. Kein Wunder, daß er Verbitterung fühlte. Das ist nicht fair, dachte er, von der Kost der vergangenen zwei Tage selbst zu grober Ungerechtigkeit angestachelt; ein Mann brauchte Anreize und Ermutigungen, wenn sich die Mühen und Errungenschaften seines Lebens lohnen sollten, und er wollte verflucht sein, wenn er wußte, welche Anreize und Ermutigungen er von einem Hutzelweib erwarten konnte.

Nein, und er wußte auch nicht, was es ihm auf der Welt nutzte, Lorbeeren zu ernten, wenn er sie rechtmäßigerweise niemand anderem als einer alten Dame zu Füßen legen konnte. Wie schön ist's am Fuß des Berges – das war die Sorte Fuß, die er mochte. Doch an alten Damen haßte er Füße, die schlichen, unentrinnbar und Jahre hindurch hinter einem Mann herschlichen und ihn tatsächlich noch zwangen, die Schuhe, in denen sie schlichen, zu bezahlen, nur weil er einmal, vor langer Zeit, dumm genug gewesen war, sie zu heiraten.

Sir Lydford zog die schmalen Lippen noch tiefer herab. Es sollte, überlegte er, für Frauen ab einem gewissen Alter irgendein Terrain, ein Reservat, einen Rückzugsort, ein Gehege oder einen Pferch geben – was genau, war ihm gleichgültig, solange es in gutem Zustand und ausbruchssicher war –, und wenn sie dort öffentlich eintraten, in allen Ehren und unter Beifall, sollten ihre Ehen automatisch geschieden werden, ohne daß ein Schatten auf die beteiligten Parteien fiele. Die alten Damen sollten es so gemütlich wie möglich haben, Hauptsache, sie blieben eingesperrt. Ließen ihren Ehemännern die Freiheit, von neuem Ehemänner zu werden. Ließen ihren Männern die Freiheit, angemessen zu heiraten, wie dieser schlaue Leigh – und das hieß, eine junge Frau zu heiraten.

Doch hier glitt sein Blick mit einem letzten bösen Funkeln von Bessie ab, deren er, seiner Meinung nach so gerechtfertigt, überdrüssig war. Pure Zeitverschwendung, Bessie anzuschauen. Er wußte alles von ihr, genauso wie er alles über die Pastete wußte, die so wütend in seinem Innern tobte. Beide veranlaßten ihn zur Vorstellung von Unerreichbarem. Sinnlos, auf eine von beiden Ursachen böse zu sein. *Faits accomplis*.* Ein weiser Mann wird angesichts von *faits accomplis* nicht böse, sondern versucht, an etwas anderes zu denken.

Und indem er sich wild entschlossen seiner Nachbarin zur

* faits accomplis: vollendete Tatsachen (Anm. d. Ü.)

Rechten zuwandte, suchte er, bis er von dieser unerträglichen Tafel erlöst würde, Trost und Ablenkung in der Betrachtung ihres Profils.

Es gehörte jener lieblichen, ihm bisher noch nicht bekannten Mrs. Andrew Leigh, und war ebenso zart wie bezaubernd.

Wenn sie jetzt bloß nicht erwartet, daß ich mit ihr rede, dachte Sir Lydford und rückte sich auf seinem Stuhl etwas bequemer zurecht, sondern mich lieber in Ruhe hier sitzen und sie anschauen läßt, vielleicht fühle ich mich dann gleich besser.

Denn abgesehen davon, daß er ein Richter war, der Einbrecher und andere Gewalttäter manchmal zu ein paar Begrüßungsstreichen mit der Neunschwänzigen verurteilte, besaß er eine poetische Ader und erfrischte sich gern an der Betrachtung von Schönheit. Er schrieb sogar in den Pausen zwischen seinen richterlichen Aktivitäten sehr hübsche kleine Verse über solche Schönheiten, die zu rühmen Personen im Rampenlicht der Öffentlichkeit gestattet ist, wie zum Beispiel die Schönheit eines Sonnenaufgangs oder eines königlichen Wiegenfestes, und er sandte sie dann an die Presse, die sie ausnahmslos, sowohl weil sie lobenswert waren, als auch weil er anerkannt war, veröffentlichte.

Also wußte er, was er tat, als er sich trostsuchend zu Mrs. Leigh umwandte. Und, so sagte er zu sich selbst, wenn sie, deren Gesprächsbeiträge, wie er schon lange bemerkt hatte, unglücklicherweise nicht mit ihrem Profil mithalten konnten, so nett sein würde, den Mund zu halten und ihm zu gestatten, den seinen zu halten, während er sich durch die Betrachtung ihrer bezaubernden kleinen Nase und der vorwitzigen kleinen Locke weichen Haars an ihrem Ohr erfrischte, dann hielt er vielleicht bis zum Ende durch.

Und schon bald rührte sich unter der ausschließlichen Aufmerksamkeit für diese reinen Linien seine poetische Ader, die aus dem einen oder anderen Grund seit Freitag versiegt zu sein schien, zu neuem Leben und überdeckte seine anderen beklagenswerten Empfindungen, so daß er in der Lage war, Gedanken folgender Art zu fassen: Sie ist die Blume, die Helena am Busen trug, am Tag, da sie auf den Stadtmauern wandelte, und alle Männer schauten sich nach ihr um – oder besser, die sie wahrscheinlich am Busen trug, berichtigte er mit berufsbedingter Vorsicht, denn was die Blume betraf, lagen ihm keine eindeutigen Beweise vor.

»Ah«, seufzte er laut, bevor er recht wußte, was er tat. »Helena. Nun, das war eine Frau, zu der ein Mann gern nach Hause kommen würde.«

»Wie bitte?« sagte Mrs. Leigh matt, denn sie fühlte sich nicht gut.

Den Großteil ihres Wochenendes hatte sie damit verbracht, den Gästen diese Entschuldigungsfloskel zu präsentieren, und sie brachte sie an, weil sie, da die Unterhaltung nicht in den ihr gewohnten Bahnen lief, beim ersten Hören den Dreh nicht bekam, wie sie später mit einer kleinen Grimasse ihrer lieben, verständnisvollen Mutter erklärte. Selbst beim zweiten Hören blieb ihr manches noch ein Geheimnis, doch es gelang ihr, mit einem Augenaufschlag und einem Lächeln zumindest Verstehen vorzutäuschen, und obwohl ihre Bitte für Ohren, die an die Kürze eines schlichten »Was?« gewöhnt waren, beunruhigend höflich klang, ging man dank ihrer zauberhaften Erscheinung gern darauf ein.

Selbst die Frauen, in puncto Verzeihen von Natur aus etwas verstockter als Männer, vergaben, denn sie hätte tatsächlich eine Blume sein können, so lieblich waren ihr Teint und ihre Anmut. Gegen eine Blume konnte niemand hartherzig bleiben, schon gar nicht, wenn es sich um Daisy Midhurst handelte, die aus irgendeinem Grunde beschlossen hatte, diese Blume zu hegen. Was zur Folge hatte, daß dieser unerwartete Mitgast . . . obwohl sie nicht ganz . . . oder überhaupt nicht . . . Sei's drum! Sie mußte einfach eine Blume sein, sonst wäre sie nicht dort gewesen.

Das war, überlegte Mr. Torrens und rückte sein Monokel zurecht, um sein köstliches *vis à vis** besser sehen zu können, einer

* vis à vis: gegenüber (Anm. d. Ü.)

von Daisys größten Ansprüchen an die Dankbarkeit der Welt: Sie ersparte ihr alle Mühe, indem sie den Menschen das Siegel ihrer Einladung auf die Stirn drückte, und selbst, wenn sie vielleicht nach außen hin wirkten, als wären sie nicht – nun, man weiß ja, was gemeint ist, dachte Mr. Torrens, ins Betrachten versunken –, so konnte man doch sicher sein, daß sie trotzdem standesgemäß waren und daß man sicher und furchtlos mit ihnen Umgang pflegen durfte.

Furchtlos hatte er an diesem Wochenende begonnen, Umgang mit Mrs. Leigh zu pflegen, war aber leider nicht sehr weit gekommen. Der Bischof hatte ebenfalls keine Zeit verloren und sich gleich aufs Schmeicheln verlegt, ebenso wie der alte Lattington; der Bischof behutsam, sobald seine jungen Leute nicht in Sicht waren; Sir Lydford nicht so sehr mit Worten, die in diesem Fall ja nichts einbrachten, sondern mit eher väterlichem Hang, sorgfältig durch seine Klugheit gedämpft, zum Tätscheln; er selbst, der mit ganzem Herzen bei der Sache war, sobald es um schöne Frauen ging, hatte sich in einer Weise aufgeführt, die seine Frau womöglich überschwenglich nennen würde.

Soll sie doch, dachte Mr. Torrens aufsässig, der sonst, wenn er gesund gegessen hatte, niemals aufsässig war. Wenn man anfing, sich um das, was Ehefrauen sagten, Gedanken zu machen, würde man gar kein Ende finden. Außerdem war trotz seines überschwenglichen Ansatzes, als er die kleine Dame unverzüglich allein in den abgelegenen Küchengarten führte, nichts bei diesem Ausflug herausgekommen, ebensowenig wie bei den wiederholten Kahnfahrten, gleichfalls allein zu zweit, auf dem Fluß. Natürlich war auch gar nicht zu erwarten, daß etwas dabei herauskam, denn sonst hätte sie sich nicht unter Daisys Dach aufgehalten; soviel wußte er. Und selbst wenn Hoffnung bestanden hätte, ihre Höflichkeit hätte sich als unüberwindliche Hürde erwiesen.

Ein Mann kann nicht viel mit einer Frau anfangen, die auf jedes seiner Worte »Wie bitte?« fragt und ihn zwingt, das Gesagte zu wiederholen. Ja, schon an jenem ersten Abend, als sie, wie er sich entzückt erinnerte, in einem Nichts aus blaßrosa Rüschen in den Salon schwebte, hatte sie in den fünf Minuten vor dem Dinner schon dreizehnmal »Wie bitte?« gefragt, und das verschlug den Gästen die Sprache. War sie schwerhörig? Angst hatte ihn gepackt. Entsetzlich, wenn dieses hübsche Ding schwerhörig sein sollte. Doch sie hatte keine Hörprobleme, und im ersten Moment erschien das nahezu noch schlimmer. Im Falle einer Schwerhörigkeit hätten sie alle wenigstens in Ruhe sitzen und sie still betrachten können, während sie nun einer nach dem anderen alles zweimal sagen mußten, und Gesprächseröffnungen, ohnehin armselige Floskeln, klangen in der Wiederholung unglaublich töricht.

Noch törichter klingt das Vorgeplänkel zu einer Tändelei, wenn es wiederholt wird, und so waren er und sie vom Fluß und aus dem Küchengarten zurückgekommen, ohne wärmer miteinander geworden zu sein als vorher, und Mr. Torrens, der ihr jetzt gegenübersaß und wußte, daß das Wochenende sich dem Ende zu neigte und alle Gelegenheiten so gut wie ausgeschöpft waren, hielt das für ausgesprochen bedauerlich.

Er betrachtete sie durch sein Monokel, und die Verschwendung betrübte ihn zutiefst. Welch eine Verschwendung, ach, welch eine Verschwendung, so auszusehen und dann den Erwartungen nicht zu entsprechen! Hatte man je eine appetitlichere, weichere weiße Haut gesehen? Mr. Torrens sehnte sich danach, sie zu berühren, und sei es nur mit einer sanften und in diesem Haus natürlich respektvollen Fingerspitze. Und ihr Haar! Sie hatte genau die Art von Haar, die Mr. Torrens anbetungswürdig fand, dunkel, weich, von betörendem Duft, dessen war er sicher, wenn man das Glück hatte, sein Gesicht darin begraben zu dürfen. Und ihr Mund! Wie eine rosenrote Petunie, so voller Versprechen, so geschaffen zum – nun, schon gut. Und ihre hellen, romantischen, lieblichen Augen, umgeben von langen dunklen Wimpern! Mr. Torrens war immer noch, trotz allem, bereit, einen Besen zu verspeisen, falls ihre Augen nicht lieblich wären, obwohl all die Liebe vermutlich nur jenem schweigsamen Leigh galt, denn sonst hätte sie auf Shillerton keinen Einlaß gefunden. Und ihre köstlichen schlanken Beine, so leicht und oft zu sehen trotz der langen Röcke! Mr. Torrens, der sich für Beine begeisterte, weidete sich, sooft er konnte, an ihrem wiederholt gewährten Anblick.

War es nicht wirklich bedauerlich, daß das einzige, was dieses ansonsten perfekte von Gott gesandte Wesen sagen konnte, »Wie bitte?« war?

Ja, es war schade. Furchtbar schade. Davor schreckte selbst der Kühnste zurück. Früher oder später wußte angesichts dieser Angewohnheit selbst der hartnäckigste Gesprächspartner nicht mehr weiter. Betrübt dachte er nun daran, welch hochfliegende Hoffnungen in den Gästen aufgekommen waren, als sie am Freitag abend ihren ersten Auftritt im Salon hatte, gefolgt von Leigh, mürrisch und verlegen und unverkennbar der Ehemann, und wie die Gäste, von Daisy mit keinem Wort vorbereitet, in entzücktem Staunen den Atem angehalten hatten und nach einem Moment ungläubigen Starrens geschlossen und zielstrebig auf die Erscheinung zustrebten, sie umringten und belagerten.

Doch dann kam das ständig wiederholte »Wie bitte?«. Bedauerlich, äußerst bedauerlich. Es löste Schweigen aus, vertrieb die Bewunderer. Einer nach dem anderen löste sich aus dem Kreis und ging zurück zu den vertrauten Frauen, die seine Sprache sprachen – zuerst Lord Midhurst, ein strammes Mannsbild, von dem man erwartet hatte, er würde alles schlucken, solange es mit Schönheit einherging, und dann der alte Topsy Topham, der sich nahezu an Daisys Seite flüchtete, und dann der blasse Schlacks Geoffrey, der einen entfernten Tisch ansteuerte, um lustlos in Büchern zu blättern.

Nicht aber Mr. Torrens. Er, einer der Hartnäckigsten in puncto Belagerung, war aus anderem Holz geschnitzt und ließ sich von solch einer kleinen dummen Angewohnheit nicht um den Genuß einer Schönheit bringen.

»Gott segne Sie«, war sein abschließendes Urteil, hervorgebracht mit unumstößlicher Entschlossenheit, als der Butler die Türen des Speisesaals öffnete.

»Wie bitte?« sagte Mrs. Leigh. Und das, rechnete Mr. Torrens nach, der nicht anders konnte als fasziniert mitzuzählen, ergab vierzehn.

Seit ihrem ersten Auftreten hatten die Gäste eifrig ihre kleinen Nachforschungen angestellt. Nun, da Mr. Torrens ihr beim sonntäglichen Lunch gegenübersaß, wußte er, daß Leigh sie zu Beginn des Krieges, als sie ein Kind von siebzehn Jahren und er schon fast vierzig war, in verständlicher Vernarrtheit geheiratet hatte. Er hatte in Erfahrung gebracht, daß ihre Mutter eine zweitrangige Schauspielerin gewesen und daß nur ihre zarte Jugend und ihre spätere Heirat mit Leigh sie davor bewahrt hatten, ebenfalls als Schauspielerin und wahrscheinlich als noch mäßigere zu enden.

Ausgespart blieb das Wort, das Lady Cecilia Jones, Tochter von fünfzehn Herzögen und Jones nur durch Heirat, bei der Vermittlung dieser Information benutzt hatte, und sie war es auch, die die Bemerkung über die noch mäßigere Schauspielerin fallen ließ.

Der Bischof, der selbstbewußte, von sich eingenommene Frauen nicht leiden konnte, hatte sie zurechtgewiesen und erklärt, daß man in diesen Tagen, da Kirche und Bühne Hand in Hand arbeiteten – »Stimmt nicht«, warf Lady Cecilia ein –, ein solches Wort im Zusammenhang mit einem ehrenhaften Beruf nicht verwenden dürfe.

»Ich darf«, entgegnete Lady Cecilia hochnäsig.

Weiterhin erfuhren die Gäste, indem sie aufmerksam auf die wahrlich seltenen an seine Frau gerichteten Äußerungen Leighs lauschten, daß ihr Vorname Rosie war.

»Rosie. Genau. Anders konnte es gar nicht sein«, sagte Lady Cecilia verächtlich schnaubend.

»Rosie. Nun. Ja. Warum nicht?« bemerkte Mr. Torrens. Hieß Daisy nicht Daisy? Und lenkte ihr Name auch nur um einen Deut – er widerstand dem Impuls, die Frau des Bischofs nach der Bedeutung von Deut zu fragen – von ihrer außergewöhnlichen Anmut und Würde ab? Das einzige, was der Name ihr zufügte, war, daß er ihr Alter verriet, denn alle noch lebenden Daisys waren fünfzig bis sechzig Jahre zuvor getauft worden, als der Name heftig, wenn auch kurzfristig, in Mode gekommen war. Aber er wüßte gern, was man diesem Namen sonst nachsagen konnte, und wenn Daisy Daisy heißen durfte und niemand etwas dagegen hatte, warum sollte Rosie dann nicht Rosie heißen?

»Unsinn«, sagte Lady Cecilia. »Sie wissen recht gut, daß es etwas anderes ist.«

Natürlich wußte er dies genausogut wie alle anderen, und was sie mehr oder weniger zum Schweigen brachte, war nur die Tatsache, daß das kleine Gänschen jeden Namen hätte tragen können – Rosie, Totsie, Chucksie, ganz gleich –, sobald sie denn als Gast in Daisys Haus aufgenommen war, in diesen gesegneten himmlischen Hort, wo man, hatte man es erst einmal geschafft, so unangreifbar war, als hätte man die Himmelspforte selbst durchschritten.

Zweifellos, überlegte Mr. Torrens am Sonntag beim Lunch, den Blick auf die Blume ihm gegenüber gerichtet, eine Blume, die nun allerdings dazu neigte, das Köpfchen hängen zu lassen, kein Wunder . . . zweifellos war es schon großartig für eine kleine Dame von – nun, warum sollte er es nicht aussprechen, wenn es doch so offensichtlich war? – von zweifelhafter, wenn auch köstlicher Erscheinung, nach Shillerton eingeladen zu werden. Kraft eines Aufenthalts auf Shillerton, ganz gleich wie kurz, wäre sie in die Lage versetzt, über Monate hinweg weitgehend zu tun, was sie wollte, bevor Daisys Abglanz sich trübte, ein Abglanz, der dafür bürgte, daß sie, wie alle anderen Anwesenden, nur eine potentielle Sünderin war. Denn auf Shillerton, am Grosvenor Square oder in Ballymackonochie wurden höchstens potentielle Sünder – diese mußten freilich eingelassen werden, denn sonst hätte es keine Partys gegeben – geduldet, und in den Clubs und an Orten, wo vergleichsweise lockere Reden geführt wurden, betrachtete man jene, die Einladungen in Daisys Häuser erhielten, wie Mr. Torrens wohl wußte, als die »Noch Achtenswerten«.

So bekannt waren Daisys Abscheu vor Skandalen und die Gründlichkeit, mit der sie ihre schwächeren Freunde aussonderte und ablegte.

Ihm war auch bewußt, daß grobere Geister in diesen Clubs noch weiter gingen und diese Festivitäten frech die Partys der »Noch-nicht-Gefallenen« nannten. Sie zogen ein unwürdiges

Vergnügen daraus, hinzugehen und mit eigenen Augen zu sehen, wer von ihren Bekannten noch tugendhaft geblieben war. Denn dort hielten sich Leute auf und machten sich lustig über solche, die aufgrund ihres Amtes offenkundig ohne Fehl waren, wie er selbst zum Beispiel – es gab Augenblicke, in denen Mr. Torrens gern gesündigt hätte –, Leute, die niemand je in diesem Licht gesehen hatte und die nun in einem interessanten Licht erschienen. Allerdings war es für Menschen seiner Klasse und seiner Gesinnung noch interessanter, Menschen zu begegnen, die man nicht nur so eingeschätzt hatte, sondern derer Fehltritte keinem Zweifel unterlagen und sie dann in Daisys Salon anzutreffen, keineswegs gefallen, sondern so munter und aufrecht, wie man nur wünschen konnte.

All jene, die kurz vor dem Straucheln standen, brauchten nur an Daisys Seite gesehen zu werden, schon schwiegen die eifrigen Zungen. Mr. Torrens hielt dies für den größten Segen, besonders in einem Alter, in dem das Straucheln verbreitet ist. Niemand auf der Welt, das wußte er, war besorgter als Daisy, war liebevoller bemüht, eine Hand zu reichen und diese Strauchelnden vom Rand des Abgrunds fortzuziehen. Sie würde alles für sie tun, solange noch Hoffnung bestand. Frauen mit verbotenen Sehnsüchten, junge Männer, die auf die schiefe Bahn zu geraten drohten, alte Männer mit dem Hang zu einem ihrer Jahre unwürdigen Benehmen fanden Daisys bereitwillig und warm ausgestreckte Hand. Die noch nicht Gefallenen vertrauten sich ihr scharenweise an. Aufgrund ihrer Klugheit, ihres Mitgefühls, ihrer kostbaren Gabe, niemanden zu verraten, war sie die Beichtmutter für halb London, und wenn ein Skandal im Schwange war, flüsterten die Leute: »Daisy ist besonders liebenswürdig zu ihm oder ihr.«

Und die ins Vertrauen Gezogenen flüsterten zurück: »Ach? So weit ist es schon gekommen?«

Und unverzüglich senkte sich ein gespanntes, wachsames Schweigen über die Gesellschaft, denn es war bekannt, daß Daisys Liebenswürdigkeit entsprechend der Annäherung der Betroffenen an den Abgrund zunahm.

Doch wenn es dann geschehen, wenn der Sturz vollzogen war, dann konnte man nichts mehr von ihr erwarten. Traurig legte sie die

Flügel an und schaute weg. Ihr Gefühl für die Gestrauchelten bestand, bis sie Zeit genug hatte, sie zu vergessen, offenbar in einer Art resignierter Übelkeit, elender Endgültigkeit. Vorbeugung interessierte Daisy, nicht Rettung. – Aber was, fragte sich Mr. Torrens, als er wieder einmal aus seinen Überlegungen auftauchte, in die er sich flüchtete, solange er auf das lang ersehnte Signal der Erlösung durch seine liebe, in diesem Fall freilich recht rätselhafte Freundin wartete, was will sie in Rosies Fall vorbeugend verhindern? Und warum um alles in der Welt ist es ihr plötzlich wichtig, nachdem sie das kleine Wesen all diese Jahre im Verborgenen gehalten hat?

Es war ihm rätselhaft. Es wurde ihm im Verlauf des Wochenendes zunehmend rätselhafter. Sie alle waren an Leigh gewöhnt, der seit Jahren in Daisys Häusern verkehrte, eine Art unverzichtbarer, nützlicher Mann, den ihr der arme Midhurst, wie ihre Freunde wußten, für die Regelung ihrer Angelegenheiten empfohlen hatte. Im Krieg war er Midhursts zweiter Befehlshaber gewesen. Doch seine Frau hatte niemand zuvor gesehen, und man vermutete vage, daß sie vielleicht von der bequemen Sorte war, der es nichts ausmachte, nicht eingeladen zu werden. Vielleicht war sie kränklich, sicherlich aber mittleren Alters. Leigh befand sich schon in den Fünfzigern und war bereits verheiratet, als man anfing, ihn bei Daisy zu treffen. So ging man natürlich davon aus, daß seine Frau auch mittleren Alters sein mußte. Und nun, schau sie nur einer an, dachte Mr. Torrens und rückte sein Monokel zurecht, schau einer an, womit Daisy ihre unvorbereiteten Gäste konfrontierte.

Und womit sie sich selbst konfrontierte, denn aus allem, was sie zu der Neueingeladenen sagte, als diese zum ersten Mal in Erscheinung trat, ging deutlich hervor, daß sie ihr bisher auch noch nicht vor Augen gekommen war. Seitdem war auch noch niemandem gegenüber ein Wort der Erklärung gefallen oder ein Flüstern hörbar geworden über den Grund, warum sie Mrs. Leigh vorher nie, wohl aber dieses Mal eingeladen hatte. War sie womöglich ein

Mensch, der am Rande eines besonders spektakulären Abgrunds stand? Genauso sah sie schließlich aus. Warf Daisy sich in die Bresche, um sie zu retten, weil sie Leigh soviel zu verdanken hatte?

Möglich, aber Leigh zeigte nicht das geringste Interesse an seiner Frau. Er schien sich sogar über ihre Anwesenheit zu ärgern, während Daisy, was das Problem spektakulärer Abgründe anging, zwar freundlich zu dem kleinen Ding war, aber nicht herzlich. Das war Mr. Torrens sofort aufgefallen. Zum Beispiel küßte sie sie nicht, wie sie sonst ausnahmslos Frauen küßte, die sie der Katastrophe entriß. Warum um alles in der Welt hatte sie dann, wenn doch keine Katastrophe drohte, diesen kleinen Kuckuck – anbetungswürdig, hinreißend, aber dennoch ein Kuckuck – in ihr sorgsam gehütetes Nest gelassen? Und warum hatte sie die schwerfälligsten, seriösesten und langweiligsten von ihren Freunden eingeladen, um sie kennenzulernen? Denn wenn man es recht überlegte, so dachte Mr. Torrens, war außer ihm selbst und Daisy an diesem Wochenende niemand auf Shillerton vertreten, mit dem es sich zu reden lohnte.

Das alles war also höchst sonderbar, und je länger er so sinnlos in diesem drückenden Raum aufgehalten wurde, desto sonderbarer erschien es ihm. Allmählich glaubte er auch, daß die anderen sich dieser Absonderlichkeit ebenfalls bewußt wurden, und sah darin den Grund für die allgemeine Verstimmung. Er konnte nicht glauben, daß es nur an dem schlechten Essen und an der Hitze lag. Sie leisteten natürlich ihren Beitrag, doch da war noch etwas anderes, das die Gäste reizbar machte. Etwas schwang in der Atmosphäre des Hauses an diesem Wochenende, etwas, das ihm in Daisys Häusern bisher noch nie begegnet war.

Aber was?

Er krauste die Stirn unter der Anstrengung, einen Namen dafür zu finden, und löste den Blick von dem roten Petunienmund, den er in den letzten paar Sekunden schon gar nicht mehr gesehen hatte. Er schaute sich um, als erhoffte er sich eine Antwort auf seine Frage auf dem Gesicht eines anderen Gastes.

Was er aber fand, was er im letzten Augenblick erhaschte, als er an ihm vorbei zum anderen Ende des Tisches geworfen wurde, war jener Blick Terry Chilgroves, der den Bischof derartig bezaubert hatte und der Mr. Torrens heftiger denn je zu Mutmaßungen veranlaßte.

Was mochte der Grund für dieses Lächeln sein?

Er wurde wachsam. Er rückte sein Monokel zurecht und beugte sich vor, um, vorbei am mächtigen Umriß der Frau des Bischofs, zu sehen, was es in bezug auf Daisys Reaktion auf diese Botschaft zu sehen gab.

Denn es war ihre Mutter, der Terry eine Botschaft sandte. Dort unten saß sonst niemand, dem ein so intimer und zärtlicher Blick gegolten haben konnte. Er schien nicht nur intim und zärtlich, sondern auch, und das war in Mr. Torrens' Augen höchst sonderbar, beruhigend und ermutigend. Als wollte das Mädchen ihrer Mutter hastig durch den Raum signalisieren und zuflüstern: »Alles ist gut, Liebes. Mach dir keine Sorgen. Ich bin hier, und ich liebe dich.« Doch warum um alles in der Welt, fragte sich Mr. Torrens, sollte ausgerechnet Daisy Beruhigung und Ermutigung nötig haben?

Entschlossen, sie ins Blickfeld zu bekommen, spähte er um die ausladende Dame an seiner Seite herum. Nicht umsonst war er seit ihrer Kindheit Daisys Freund, und wenn sie aus irgendeinem Grunde in Sorge war, würde er es erfahren und alles wieder ins Lot bringen. Der bloße Gedanke, daß ihre heitere Gelassenheit in irgendeiner Weise getrübt werden könnte, ließ seine Zuneigung zu ihr erneut aufwallen, und zwar so heftig, daß er in diesem Augenblick bereit gewesen wäre zu beschwören, daß reine Freundschaft die einzig lohnende Form der Liebe sei. Welchen langfristigen Wert hatten schon ein roter Petunienmund und schlanke, seidige Beine? Im Vergleich zu der beständigen Süße der Freundschaft mit einer lieben, guten Frau waren sie doch nichts als Tand.

Aber so angestrengt er auch spähte, er bekam nicht viel zu sehen. Zunächst einmal saß ihm die Frau des Bischofs ziemlich im Wege, und er mußte sich den Hals verrenken, um überhaupt um sie herumschauen zu können. Außerdem waren die Fenster an diesem Wochenende offenbar besonders dicht verhängt, wahrscheinlich wegen der Hitze, und Daisy, die wie immer mit dem Rücken zum Fenster saß – Gott segne sie, er wußte, warum –, war weit entfernt. Mehr als einen schwachen Umriß sah er nicht von der vertrauten, anmutigen Gestalt, und ihr vornehmer schmaler Kopf – nicht mehr so schön, leider, wie früher einmal, diese Gestalt und dieser Kopf, denn die Zeit fordert ihren Tribut, ganz gleich, wie sehr sich eine Frau dagegen wehrt – und ihr Gesicht waren überhaupt nur als kleiner blasser Fleck auszumachen.

Unmöglich, daß Terry vom anderen Ende des Tisches her das Gesicht ihrer Mutter gesehen haben konnte. Er, der wesentlich näher saß, konnte es nicht sehen, und das Mädchen mußte ihre schnelle Botschaft der Ermutigung wohl auf Verdacht auf den Weg gesandt haben. Aber warum? Warum schlang sie ohne jeden erfindlichen Grund mit solch einer merkwürdigen, schützenden Geste die Arme um den Nacken ihrer Mutter?

Plötzlich wußte Mr. Torrens, daß die Botschaft und das Lächeln nicht für Daisy bestimmt waren. Woher er es wußte, hätte er nicht sagen können. Und er wußte auch, genauso plötzlich, daß das, was sich an diesem Wochenende ins Haus eingeschlichen hatte – das Wort fiel ihm wie etwas Kaltes, Schlüpfriges aufs Herz –, Angst war.

Angst? Ach, Unsinn, Unsinn. Er verwarf das Wort. Er stieß es von sich. Angst wovor? Vor wem? Niemand auf der ganzen Welt war so sicher vor etwas Derartigem, so weit entfernt von der Möglichkeit eines solchen Gefühls wie Daisy. Es sei denn, dieser Leigh hatte Mißwirtschaft in ihren Angelegenheiten getrieben, sie in eine Finanzkrise gestürzt, und sie, in geschäftlichen Dingen unerfahren wie die meisten Frauen, übertrieb die Bedeutung.

»Würde es Ihnen etwas ausmachen«, unterbrach ihn die Frau des Bischofs in diesem Augenblick mit der Stimme eines Menschen am Ende seiner Kraft, »Ihr Stuhlbein von meinem Rock zu nehmen?«

»Ich bitte vielmals um Verzeihung«, sagte Mr. Torrens und kam ihrem Verlangen hastig nach.

Doch im nächsten Moment geriet der gesamte Tisch in Verwirrung. Mrs. Leigh, nachdem sie kurz zuvor mit fast verlöschender Stimme »Wie bitte?« gefragt hatte und seitdem mit angestrengter, schmerzhafter Aufmerksamkeit auf Sir Lydfords Wiederholung lauschte, sah sich schließlich nicht mehr in der Lage, noch mehr zu ertragen, und fiel, indem sie von ihrem Stuhl herabglitt, als wäre sie nicht etwa eine schöne Frau, sondern nur ein knochenloses Bündel Schwäche, in Ohnmacht.

Sogleich war der Raum von Tatendrang und lauten Rufen erfüllt. Stühle wurden zur Seite geschoben, Gläser umgestoßen, und ein paar Minuten lang vergaß Mr. Torrens seine Sorgen.

Hitze. Die Hitze –

Öffnet die Tür, die Fenster –

Ist schon alles offen –

Das arme kleine Ding –

Kein großes Stehvermögen –

Sie braucht Luft –

Es gibt keine –

Miss Simpson –

Das kommt vom Kahnfahren –

Den ganzen Morgen im Kahn –

»Kahn! Stachelbeeren, wollten Sie sagen.« Das kam von Lord Midhurst, sehr laut und gekränkt. »Wenn du darauf bestehst, Daisy, deinen unglücklichen Gästen –«

»Man sollte ihr den Kragen öffnen –«, das kam von Professor Brown. Es handelte sich dabei eher um eine allgemeine Regel und war nicht auf den besonderen Fall bezogen, denn sie hatte keinen Kragen, den man hätte öffnen können.

»Nehmen Sie ihren Kopf, Lattington –«, das kam von Mr. Torrens, der herbeieilte, um den Rest von ihr zu nehmen.

Sir Lydford jedoch nahm weder ihren Kopf noch sonst etwas. Als einziger dieser Gesellschaft verhielt er sich schweigend und saß still, so weit wie möglich seitwärts abgerückt von dem, was neben ihm geschah, und sah bestürzt zu. Bei solchen Gelegenheiten war er nicht in bester Form, und, dessen bewußt, verabscheute er Situationen, die ihn selbst, Kranke und kleine Kinder einschlossen.

Doch bevor Mr. Torrens um den langen Tisch herumkommen konnte, war Terence Chilgrove zu Rosie geflogen, packte sie über die Stuhllehne hinweg und zog sie in ihre beherzten jungen Arme, und sie und Leigh – natürlich, der Ehemann; man hatte vergessen, daß es einen Ehemann gab, und manchmal kamen Ehemänner doch wie gerufen – hoben sie gemeinsam hoch und trugen sie fort.

»Gott sei Dank«, bemerkte Lord Midhurst, als auch Daisy nach winzigem, kaum merklichem Zögern der kleinen Prozession aus dem Raum folgte und sich die Tür hinter ihr schloß. Denn manchmal sieht man seine Gastgeberin mit großer Erleichterung gehen.

In diesem Fall war es eine sehr große Erleichterung, wenngleich sonst niemand Gott laut dafür danken mochte. Selbst Lady Cecilia, gewohnt, ihre Gedanken offen zum Ausdruck zu bringen, schwieg, als sie alle nach draußen dem Sonnensegel und der Luft zustrebten und sich erschöpft in möglichst weit voneinander entfernte Sessel fallen ließen.

Man stelle sich vor, dachte Lady Cecilia, Daisy hatte vergessen, sie aus diesem erstickend heißen Raum zu entlassen, bis tatsächlich jemand in Ohnmacht fiel! Ein Wunder, daß nicht alle in Ohnmacht gefallen waren. Sie konnte sich nicht vorstellen, was mit ihr los war, daß sie gerade den Dingen gegenüber, in denen sie sonst besonders heikel war, so begriffsstutzig und blind geworden und nicht nur untauglich als Gastgeberin war, sondern mit ihrem giftigen Essen und ihrer Vergeßlichkeit eine regelrechte Bedrohung darstellte.

Und maßlos verwundert und empört steuerte sie den Sessel an, der am weitesten von allen entfernt stand, wobei ihr Weg an Lord Midhursts ausgestreckten Beinen vorbeiführte, der, im Glauben, sie käme auf ihn zu, zum Bischof sagte oder vielmehr zischte:

»Wenn diese alte Cilly Jones jetzt kommt und sich zu mir setzt, erwürge ich sie.«

»Mein lieber Freund«, äußerte der leidende Kirchenmann mißbilligend, stand auf und suchte sich einen friedlicheren Platz. Er benötigte dringend einen Augenblick der Ruhe . . . mehr konnte er jetzt wirklich nicht ertragen . . .

Kaffee. Noch mußte der Kaffee getrunken werden. Er wurde bereits von Dienern gebracht, die auch eines dieser bauchigen Glasgefäße, in denen Daisy ihn zu brühen pflegte, auf dem Tisch aufstellten, an dem in Daisys Abwesenheit nun Miss Simpson in hoher Erregung hockte.

Die Gäste beäugten ihn. Abweisend saßen sie da und beäugten ihn, einander verbunden in dem gemeinsamen Abscheu vor weiterer Verköstigung. Verbunden waren sie einander auch durch den gemeinsamen Mageninhalt, so erschien es Lord Midhurst, dem der Gedanke widerwärtig war. Vorübergehend, ob es ihnen recht war oder nicht, mußten sie diese Tatsache akzeptieren. Man stelle sich vor, das gleiche in sich zu haben, dachte Midhurst voller Verachtung, wie die alte Cilly und Lady Lattington und dieser Deutsche, Graf sowieso, der so teuflisch höflich war, daß er sich schon verbeugte, wenn man nur seinem Blick begegnete.

Er schloß die Augen, um nichts mehr sehen zu müssen, und versuchte gleichzeitig, auch sein Bewußtsein zu verschließen, um nicht mehr denken zu müssen. Denn wenn er dachte, würde er anfangen, sich zu fragen, was mit Daisy geschehen sein mochte, daß sie erst Leute in ihr Haus einlud und sie dann vergiftete, in einem Zimmer, heiß wie die Hölle, gefangensetzte, bis jemand ohnmächtig wurde, sie zudem noch mit Stachelbeeren, ebenfalls heiß wie die Hölle, vollstopfte, während es doch in ganz England keine Frau gab, die besser wußte, wie man seine Gäste verwöhnte. All diese Sorgen würden ihn plagen, wenn er anfing zu denken, und damit mußte er warten, bis er wieder in seinem kühlen Club war und anständig zu essen bekam. Denn er mochte Daisy sehr gern und wußte, wenn er erst anfing, sich Sorgen zu machen, würde er sich sehr große Sorgen machen.

Also verfiel er in Schweigen, und abgesehen von der Frau des

Bischofs, die unverzüglich ihr Zimmer angestrebt hatte, wo sie sich mit einem Seufzer der Erleichterung ihres Korsetts entledigte, und abgesehen von Sir Lydford und Mr. Torrens, die ebenfalls beide sogleich verschwunden waren, verfiel auch der Rest der Gesellschaft in Schweigen, und an dem weitläufigen schattigen Ort war kein Geräusch zu hören außer dem leisen Klimpern von Löffeln, als die Diener Kaffeetassen herumreichten.

Aber nachdem der Bischof ein paar Minuten Zeit zur Erholung gehabt hatte, erschien es ihm, diesem wirklich untadeligen Mann, ungehörig, daß elf Menschen, von denen zehn Gäste waren, schweigend zusammensaßen, und er fürchtete, daß es in irgendeiner subtilen Art und Weise auf die abwesende Gastgeberin zurückfallen würde, wenn man ihren Kaffee trank und stumm blieb. Und er begann, sich zu fragen, ob es angesichts seines hohen Amtes nicht trotz seines persönlichen Widerwillens an ihm wäre, die ungeordnete und eindeutig verstimmte Gesellschaft zurechtzuweisen, und er kam zu dem Schluß, daß es an ihm wäre.

Die Treue gegenüber Lady Midhurst machte es erforderlich. Allerdings ist es nicht sehr einfach, dachte er und betrachtete die in Gruppen umherliegenden Gestalten. Sie waren traurigerweise, so fürchtete er, nicht im geringsten dem ähnlich, was doch schließlich nach Gottes Ebenbild erschaffen wurde. Der älteste unter ihnen, der alte Mr. Topham, vertrieb sich offenbar die Zeit, bis sein Schachpartner wieder nach unten kam und das Spiel fortgesetzt werden konnte, mit einem Schläfchen. Ihn würde er seinem Schlummer überlassen, aber was die anderen betraf, mußte doch gewiß etwas unternommen werden?

»Ich habe das Gefühl«, begann er also nach einem Moment, nahm die kleine Mühe auf sich und wählte die Worte, wie sie ihm zuerst in den Sinn kamen, »ich habe das Gefühl«, sagte er und sprach die ausgestreckten Gestalten eher im Tonfall freundlichen Geplänkels als der Zurechtweisung an, »als hätten wir keine Tugend mehr im Leib.«

Und Lady Cecilia dachte: Wie ich Kirchenmänner doch hasse.

Und Professor Brown dachte: Die Kirche ist zweifellos ein Anachronismus.

Und Lord Midhurst dachte und sprach es auch abrupt und explosiv aus, während er mit einem riesigen roten Taschentuch aus Seide einen Diener fortscheuchte, der ihm Kaffee anbot, wobei er den Anschein erweckte, daß er es nun wirklich nicht mehr ertragen konnte: »Zum Teufel mit der Tugend.«

Und Geoffreys Lebensgeister erwachten sogleich, und er verkündete lauthals: »Ich hatte sie nie in mir.«

Und eine wohlbekannte Stimme, eine Stimme so absichtsvoll und durchdrungen von Durchhaltevermögen wie eh und je, rief aus: »In mir sind nur Stachelbeeren.«

Da bereute der Bischof, sich geäußert zu haben. Er hätte sie doch besser sich selbst überlassen sollen. Hätten sie lieber stumm und ungerügt bleiben sollen. Unter ihrer Trägheit waren sie wie Schießpulver. Ihre Explosionskraft war nur vorübergehend unterdrückt. Geoffrey zeigte sich sogleich als Draufgänger, der arme Junge; Lord Midhurst benahm sich seiner Stellung als Schwager, Onkel und Peer höchst unangemessen; und am schlimmsten, bei weitem am allerschlimmsten, benahm sich der Deutsche.

Der Bischof hatte den Deutschen vergessen. Hätte er sich seiner erinnert, dann hätte er gewiß den Mund gehalten, statt dem Burschen Gelegenheit zu geben, zu einem seiner endlosen Monologe anzusetzen. Wie taktlos außerdem, wie äußerst sonderbar und bedauerlich taktlos, unter den gegebenen Umständen zu erwähnen, was sie gegessen hatten. Darauf zurückzukommen. Niemand, dachte der Bischof und schloß die Augen, um sich der Szene und der schrecklichen Energie des Deutschen zu entziehen, darf auf so etwas zurückkommen. Das war die Ursache für die meisten Unannehmlichkeiten und sogar Tragödien im Leben. Er erinnerte sich an Situationen, in denen seine liebe Frau –

»Noch nie«, fuhr die Stimme fort, »habe ich so viele Stachelbeeren gegessen.«

Hätte ich doch um alles in der Welt nur, wie ich es ohnehin vorgezogen hätte, geschwiegen, dachte der Bischof. Sollte er nochmals »Still« sagen? Nein, nein, das konnte er nicht tun. Er ließ sich nicht ein zweites Mal zu einer Unhöflichkeit hinreißen. Er mußte durchhalten, wenigstens so lange durchhalten, bis der

Kaffee getrunken war, und dann, sofern Lady Midhurst in der Zwischenzeit nicht zurückgekommen war, allmählich und unter Beachtung der Höflichkeitsregeln gehen.

Lady Cecilia brach bereits auf, wie er beobachtete, als er beim Geräusch eines zurückgeschobenen Sessels ein wenig die Augen öffnete. Beim ersten Aufklingen der Stimme stellte sie mit Nachdruck ihre Tasse ab, richtete sich auf und ging fort. Eine energische Frau, dachte der Bischof und blickte ihr unter der schützenden Hand versonnen nach, eine Frau, die sich wenig um andere scherte und wußte und tat, was sie wollte. Solche Menschen waren vielleicht hart, aber waren sie nicht auch glücklich? Rücksichtslos gingen sie durchs Leben, gleichgültig und zielstrebig, und wenn Rücksichtslosigkeit auch unchristlich war, war sie nicht doch gelegentlich sehr angebracht?

Er seufzte und schloß hinter der schützenden Hand schnell wieder die Augen, denn in diesem Augenblick war Miss Simpson reichlich nahe gerückt, und er ertrug ihren Anblick einfach nicht. Das arme Ding; sie war so vertrocknet.

»Ich bin randvoll mit Stachelbeeren«, fuhr die Stimme fort, unbeirrt und kräftig. »Absolut randvoll. Bis hier.« An diesem Punkt erfolgte offenbar eine das Maß bezeichnende Geste.

»Ach bitte – wir möchten nicht – es wäre uns lieber, wenn –«, murmelte Lady Lattington, raffte nervös ihre Tasche, ihr Taschentuch und ihre Lorgnette zusammen und erhob sich mühsam aus ihrem Sessel. Und auch sie schlug den Weg zum Haus ein.

»Außerdem hat niemand Sie zum Essen gezwungen«, bemerkte Professor Brown scharf, stand ebenfalls auf und folgte Lady Lattington.

»Aber in meinem Land betrachtet man es als unhöflich, wenn –«

»Zum Teufel mit Ihrem Land!« schrie Lord Midhurst, stemmte sich ebenfalls mit einem Seufzer hoch und eilte Professor Brown hinterher.

»Wirklich, wirklich, mein lieber Freund«, mahnte der Bischof an die scheidende Gestalt gewandt, erhielt zur Antwort jedoch lediglich ein nach rückwärts gerichtetes Wedeln mit dem riesigen roten Seidentaschentuch, das ihn fortscheuchte, als wäre er nicht mehr wert als eine Mücke.

»Und Sie haben außerdem auch allerhand anderes gegessen«, sagte Geoffrey aufsässig und vollführte Bewegungen, die ebenfalls Aufbruch vermuten ließen, Bewegungen, die von dem hübschen Mädchen, das den Blick nie von ihm gewandt hatte, sogleich nachgeahmt wurden.

»Einiges andere«, räumte der Graf nach gründlicher Überlegung ein. »Aber vorrangig«, fuhr er auf Genauigkeit bedacht fort, »Stachelbeeren. Der Magen –«

Doch jetzt wurde auch Miss Simpson unruhig, ließ die Tasse fallen, die zerbrach, und beugte sich dann in ihrer Verwirrung herab, um die Scherben aufzulesen. Wie albern, sagte sie zu sich selbst, während sie geistesabwesend versuchte, Stückchen des Porzellans aus dem Kies zu suchen, natürlich ist es albern, sich darüber zu ärgern. Aber jetzt das! Und noch dazu ein deutscher Magen! Sie glaubte es wirklich nicht ertragen zu können, noch mehr über einen deutschen Magen hören zu müssen . . .

»Aber, aber, Graf«, sagte der Bischof, dem Miss Simpson leid tat, das arme Ding, trotzdem aber entschlossen, nicht noch einmal »Still« zu rufen.

»Der Magen«, fuhr der Graf energisch fort, nicht bereit, sich aufhalten zu lassen, nachdem er einmal in Schwung war, »läßt sich nicht täuschen. Ein Freund läßt sich täuschen – vielleicht«, setzte er gedankenvoll hinzu, doch ein wenig unsicher in puncto Freund. »Eine Ehefrau – ja, ganz gewiß«, erklärte er, in puncto Ehefrau völlig sicher –

»Aber, aber, Sir«, unterbrach ihn der Bischof ein zweites Mal mit mehr Nachdruck. Die arme Miss Simpson. Sie tat ihm wirklich leid. Viel zu trocken, das arme Ding, um derbe Reden anhören zu können.

»Aber nicht der Magen«, fuhr der unbeirrbare Graf fort. »Der Magen«, sagte er und schaute triumphierend wie einer, der die endgültige Wahrheit auf den Punkt gebracht hat, in die Runde, »ist schlau. Er w e i ß .«

Er schaute allerdings ins Leere. Miss Simpson war mit den eiligen Bewegungen eines verletzten Vogels, der einer Gefahr entkommen will, fortgeflattert. Er schaute in diese schwach beleuchtete Weitläufigkeit, in der sich nun, dünn gesät, nur noch der Bischof, der die Hand über die Augen deckte, und der alte Topsy Topham, der schon lange tief und fest schlief, aufhielten.

So fand sie Daisy, als sie kurz darauf durch die Fenstertüren des Salons nach draußen kam: der Graf in seinen Ausführungen begriffen, Topsy schnarchend, der Bischof leidend, die Hand über die Augen gedeckt, und sonst weit und breit kein anderer Gast.

2

Oben lag Rosie in dem entzückenden Schlafzimmer, ihrer Meinung nach das einzig Gute an Shillerton, mit einem in Lavendelwasser getauchten Taschentuch auf der Stirn auf dem Sofa, gut erholt und allein.

Nicht ganz erholt, denn sie fühlte sich noch ein bißchen groggy, ein Wort, das sie nicht benutzen mochte, als Lady Midhurst sie fragte, ob sie sich besser fühle. Aber groggy war sie ganz eindeutig, während sie wohl nicht ganz allein war, denn Andrew lungerte noch herum. Lady Midhurst hatte ihn hier zurückgelassen, weil sie es offenbar als gegeben hinnahm, daß er bleiben wollte, nachdem sie mit ihrer Tochter gegangen war.

Da sieht man's mal wieder, sagte Rosie, die zu elliptischen Gedankengängen neigte, zu sich selbst.

Andrew zählte jedoch nicht, nicht nur, weil er auch sonst nicht zählte, sondern auch, weil sie wußte, daß er in Kürze unter irgendeiner Entschuldigung den Rückzug antreten würde. Schach oder so. Das ganze Wochenende über hatte er nichts anderes getan, als mit dem alten Mann, den sie Topsy nannten, Schach zu spielen. Sieht ihm ähnlich, dachte Rosie, daß er Schach spielt statt Bridge oder Poker oder sonst einem Spiel, das Geld einbringt. Schach brachte kein Geld ein. Nach fünfzehn Jahren Ehe und nachdem er die Fünfziger schon halb hinter sich gelassen hatte – tja, er war schon weiter als auf halbem Wege zu den Hundert, und wenn es da nicht Zeit wurde, endlich ein Vermögen zu sammeln, dann wußte sie nicht, wann die Zeit gekommen sein sollte –, konnte er es sich immer noch nicht leisten, seiner Frau einen anständigen Pelzmantel zu Weihnachten zu schenken oder sonst etwas, das ihr auf eine bloße Erwähnung hin zugestanden hätte.

Tatsache war, so bestätigten sie und ihre Mutter einander oft genug voller Verwunderung, daß er im Grunde kein Interesse an Geld hatte, nie gehabt hatte und sich in diesem Punkt auch nicht verändern ließ, obwohl das Finanzielle in gewisser Hinsicht sein Beruf war. Schließlich bezog er, was ihre Mumsie – die immer sagte, er wecke Gedanken an den Tod in ihr, so ein Skelett war er – einen unsicheren Sterbensunterhalt nannte, aus Büchern und Vorlesungen über Wirtschaftswissenschaften, wenn er nicht bei den Midhursts war, um Lady Midhursts Angelegenheiten zu regeln – umsonst, bitte schön – oder mit Lady Terence Wohltaten in den Slums vollbrachte.

Rosie hatte nichts gegen die Wohltaten einzuwenden, denn Lady Terrence spendete, wo immer sie konnte, und ihr machte es Freude, ihren Freunden von seiner Unentbehrlichkeit für die viel gerühmten Midhursts zu erzählen. Sie hörte auch rechtzeitig auf, sich darüber zu ärgern, daß sie nicht mit ihm zusammen eingeladen wurde, denn im Grunde ihres Herzens wußte sie, daß sie in einer solchen Umgebung eher verängstigt als glücklich sein würde. Doch sie fand es wirklich merkwürdig, daß jemand, der soviel von Geld verstand, nicht in der Lage war, welches anzuhäufen, und es trotz allen Jonglierens mit Tausendern in seinen Büchern und Vorlesungen nicht schaffte, einen Pelzmantel für seine Frau herauszuschlagen.

Sie machte sich jedoch keine Sorgen wegen Andrews Art. Der Spatz in der Hand ist besser als die Taube auf dem Dach. Leben und leben lassen, war ein Lebensmotto ihrer Mumsie – sie hatte viele davon –, und wenn man einen Menschen nicht ändern kann, sagte Mumsie, und das gelingt nie, warum dann Zeit mit dem Versuch vergeuden? Außerdem lag es weder Rosie noch Mumsie, Zeit zu verschwenden. Sie widmeten sich lieber ihren eigenen schlichten Vergnügungen und nahmen das Eheleben und Andrew, wie sie waren.

So gewöhnten sie sich nach ein, zwei stürmischen Jahren an Andrew und lernten, ihn zu nehmen, wie er kam – oder vielmehr, wie er ging, berichtigte Mumsie in Anspielung auf seine häufigen Aufbrüche auf den einen oder anderen Sitz der Marquise, wie sie Shillerton, das Haus am Grosvenor Square und den schottischen Besitz Ballymackonochie kollektiv nannte. Und wenn Andrew als Ehemann nun mal ein Reinfall war, so sagte Mumsie, und nichts von dem erfüllte, was einer Frau wie Rosie zustand – sie zu kleiden, zu hätscheln, vorzuführen –, dann lag Frieden im Lachen und Vergessen. Denn viele Menschen, so sagte Mumsie, erwiesen sich bei näherem Kennenlernen als Reinfall, und um Menschen näher kennenzulernen, war nichts so geeignet wie die Ehe – obwohl das zugegebenermaßen eine recht extravagante Methode zur Aneigung von Wissen war. Trotzdem, was kann man tun? fragte sie, nicht ohne eine leise Bitte um Entschuldigung mitschwingen zu lassen, weil Rosie damals, als Andrew ihr begegnete, Wachs in den Händen ihrer Mutter gewesen war und jedem Befehl gehorcht hätte. Ein Mädchen mußte verheiratet werden, und durch bloßes Ansehen ließ sich ein Reinfall nicht erkennen, und Andrew war, das ließ sich nicht leugnen, bei ihrer ersten Begegnung sehr vielversprechend gewesen, mit Ordensbändern an der Uniform. Und wahrscheinlich wäre er General geworden, hätte der Krieg nur lange genug gedauert, und außerdem zeigte er sich in seiner Werbung höchst leidenschaftlich. Andrew und Leidenschaft! »Nicht zu überbieten!« sagte Mumsie sarkastisch, von deren Bewunderern – sie hatte viele – einer Amerikaner war.

Andrew war tatsächlich wie eine Rakete in die Luft gegangen, als sein Blick zum ersten Mal auf den zarten Traum fiel, der Rosie hieß. Er hatte es eilig, den Himmel der Romantik zu erforschen, bevor er an der Front fiel. Und wie eine Rakete war er auch, nachdem er nicht gefallen war, sondern reichlich Zeit hatte, alles über diesen leeren Himmel in Erfahrung zu bringen, zu Rosies und Mumsies Verwunderung als ausgebrannter, erledigter Fall wieder auf die Erde gestürzt.

Solch ein völliger Zusammenbruch, ein so schnell erreichtes Stadium der erkalteten Liebe lagen außerhalb von Mumsies Erfahrungsbereich. Früher oder später kühlte sich die Leidenschaft jedes Ehemannes ab, wie sie wußte, doch gewöhnlich erfolgte das nicht so schnell. Diese Leidenschaft war plötzlich, wie mit einem Knall, gestorben, und nichts, was sie beide unternahmen, konnte sie wieder entzünden.

Mumsie, verwundert wie noch nie in ihrem Leben – denn war ihre Rosie nicht von zartester Jugend und saftigster Schönheit? –, sprach eine Zeitlang davon, einen Arzt zu Rate zu ziehen. Doch Andrew hatte etwas an sich, war so in sich zurückgezogen, so in seinen Ernst gehüllt, daß sogar Mumsie vor einem so intimen, sanft mahnenden Gespräch zurückschreckte, wie es notwendig war, um einen Arztbesuch herbeizuführen. Vielleicht litt er auch unter einer Kriegsneurose. Bomben erschütterten jeden Menschen auf andere Weise, hatte sie gehört, Und überhaupt, schloß sie dann vernünftig, außer Andrew gab es noch so viel anderes im Leben, und wie sinnlos, ein Pferd zur Tränke zu führen, das nicht trinken will oder kann.

Entsprechend ließen sie ihn in Ruhe, nachdem sie alles versucht hatten, und sie kamen recht gut ohne ihn zurecht. Er war nie mehr als ein Strohfeuer gewesen, wie Mumsie betonte, und nachdem von Feuer nun nichts mehr übrig war, blieb zumindest noch das Stroh, und alles war nicht viel anders als zu der Zeit, bevor er die Szene betrat, abgesehen davon, daß es bequemer war. Das hieß, er zahlte für Haushaltsführung und Miete, und Mumsie wohnte bei ihnen. Zuerst bezog sie seine Wohnung nur, während er weit fort in Frankreich war, doch als der Krieg vorüber war und er sich mehr und mehr bei den Midhursts und in ihre Angelegenheiten vergrub, zog sie vollends ein. Rosie, schön und jung, wie sie war, durfte nicht allein gelassen werden. Jemand mußte bei ihr bleiben. Wenn Andrew dazu nicht in der Lage war, mußte Mumsie die Aufgabe übernehmen.

Also blieb sie und übernahm die Haushaltsführung. Da ihre Vorstellung von Haushaltsführung allerdings dahin tendierte, sich nicht damit zu belasten, sondern lieber ins Restaurant zu gehen, und da sie und Rosie viele Freunde hatten, die es liebten, zwei so umgängliche, dekorative Frauen zum Essen einzuladen – denn auch Mumsie war noch dekorativ auf reife, üppige, kräftige, herausfordernde Weise, und man drehte sich noch immer nach ihr um –, wirtschaftete sie sehr gut mit dem Geld, das Andrew ihr gab, und allwöchentlich blieb ihr noch etwas für Extras und kleine Freuden.

Gelegentlich waren die Extras furchterregend, aber irgendwie kam sie doch zurecht. Es ist wirklich schön, dachte Rosie voller Bewunderung, wie ihre Mumsie wirtschaften konnte und mit welcher unbezähmbaren Fröhlichkeit sie Schwierigkeiten um- und durchsegelte. Zum Beispiel die acht Kleider, die Rosie nach Shillerton mitgenommen hatte – offenbar brauchte man für einen Besuch von Freitag bis Montag acht Stück –, sie alle hatte Mumsie vom Haushaltsgeld abgespart. Wie sie genügend Geld für acht Kleider hatte zusammensparen können, versuchte sich Rosie gar nicht erst vorzustellen, aber Mumsie erklärte, daß ihr Kind in einem Haus wie Shillerton mithalten können mußte, daß sie ohne hübsche Kleider nicht würde mithalten können, und sie schaffte es irgendwie. Trotz kürzester Bestellfrist waren sie pünktlich fertig, paßten wie angegossen und waren die allerschönsten, die Rosie je besessen hatte.

Was wäre aus ihr geworden, wohin wäre sie geraten, nicht nur während dieses Besuchs, sondern überhaupt, ohne ihre liebste Mumsie, die zur Not immer wußte, wo Geld aufzutreiben war, die das Leben so leicht nahm und immer bereit war, herzlich über alles, einschließlich Andrew, zu lachen?

Während Rosie diesen Gentleman von ihrem Sofa aus betrachtete – sie und Mumsie pflegten ihn untereinander augenzwinkernd stets nur diesen Gentleman zu nennen –, während sie ihn also von ihrem Sofa aus betrachtete und er, sichtlich deprimiert und unbehaglich, wie immer, wenn er aus dem einen oder anderen Grund gezwungen war, bei seiner Frau zu sein, aus dem Fenster starrte, dachte Rosie voller Liebe und Dankbarkeit an ihre

Mumsie. Keineswegs wollte sie boshafte Vergleiche ziehen zwischen einem so außergewöhnlich lebendigen und einem so außergewöhnlich toten Menschen. Sie hegte mittlerweile auch kaum noch einen Groll gegen Andrew, denn was konnte er dafür, daß er Andrew war? Aber da sie ihn nun schon einmal in ihrem Leben hatte, war es die größte Gnade, daß sie auch Mumsie hatte. Selbst die Menschen hier, selbst seine eigenen großartigen Freunde – er kann sie liebend gern alle für sich behalten, dachte Rosie, in ihren Gedanken über sie genauso kühn, wie ängstlich in ihrer Gegenwart –, selbst diese hegten augenscheinlich gegen ihn den Verdacht, kein sonderlich guter Ehemann zu sein, und hatten ihn in das Zimmer verfrachtet, das er, wie er behauptete, immer bekam: irgendwo im Junggesellenflügel, wohin er im Grunde auch gehörte, obwohl er seit einer Ewigkeit verheiratet war. Das nennt man Taktgefühl, sagte Rosie zu sich selbst, während sie die dünne Gestalt am Fenster betrachtete. Wer immer es so arrangiert hatte, war offenbar randvoll mit Taktgefühl und natürlich außerdem verheiratet, denn nur ein verheirateter Mensch weiß, wie es ist, verheiratet zu sein. Und es hatte ihr so unendlich viel bedeutet, dieses entzückende, blumengefüllte Zimmer und das riesige Bett mit den Seidenlaken für sich zu haben, und das Ankleidezimmer mit einem zweiten Bett darin, bereitgestellt für den Fall, so vermutete sie, daß sie nicht schlafen konnte und einen Tapetenwechsel wünschte, und das reizende seegrüne marmorne Bad und die aufregenden, abwechslungsreichen Frühstücke, die ihr jeden Morgen gebracht wurden.

Sie wußte nicht, wie sie es ausgehalten hätte, wäre dieses Zimmer nicht gewesen. Die einzigen Augenblicke ihres Besuchs, die annähernd Vergnügen brachten, hatte sie hier verlebt. Jeden Tag war sie so spät wie möglich aufgestanden, hatte den Augenblick des Nach-unten-Gehens zu dem Grauenhaften, das sie dort erwartete, immer wieder hinausgezögert, und war bei jeder kleinsten Gelegenheit hierher zurückgeflüchtet. Hier konnte sie wenigstens, wenn ihr unten alles über den Kopf wuchs, still sitzen und brauchte nichts zu sagen. Hier konnte sie sich auch im Spiegel betrachten und Mut und Trost schöpfen aus dem, was sie dort sah. Und hier konnte sie vor allem Briefe schreiben, Briefe an jeden, der ihr in den Sinn kam, auf dem wunderschönen, mit einem Krönchen versehenen Briefpapier und der so überaus eindrucksvoll geprägten, allseits wohlbekannten Anschrift.

In England gab es, wie Rosie und Mumsie aus sorgfältigem Studium der Gesellschaftsspalten wußten, ein paar wenige herausragend wohlbekannte Adressen, und eine davon war Shillerton. Panshanger, Polesden Lacey, Shillerton – seit Jahren kannten sie diese und ähnliche Namen auswendig, und es entschädigte Rosie für vieles, was sie erlitten hatte, nun so vielen Leuten, wie ihr nur einfielen, auf Briefpapier mit dem womöglich bestbekannten Briefkopf von allen schreiben zu können.

Sie hatte es wahrhaftig so sehr genossen, daß sie sogar mit dem Gedanken spielte, ein paar Briefbögen mit heimzunehmen und darauf in London noch ein, zwei Tage weitere Briefe zu schreiben und sich auf ihr Glück zu verlassen, daß der Poststempel nicht bemerkt wurde. Sie könnte ein paar in ihrem Koffer verschwinden lassen, bevor sie am nächsten Morgen abreiste, sie könnte einen Moment abpassen, wenn das strenge, ältliche Hausmädchen, das für sie packen würde, ihr den Rücken kehrte, und dann rasch ein paar Bögen zwischen ihre Kleider stecken. Sie mußte noch an Tante Violet schreiben und an die Cousinen in Surbiton und an diese Helen Devereux, die sich so aufspielte, nur weil sie manchmal, wenn die Show, in der sie auftrat, vorüber war, zu einer Party im Westend eingeladen wurde. Und da waren Jack im fernen Kanada, dem sie, das stimmte schon, sonst nie schrieb, doch das war kein Grund, warum sie es jetzt nicht tun sollte, und der arme Poggie Burns, der noch demütiger als sonst sein würde, wenn er erfuhr, in welchen Häusern sie verkehrte. Nun, ihr fielen immer noch mehr Leute ein, und es wäre unmöglich, sie alle in der verbleibenden Zeit zu erledigen, es sei denn –

»Fühlst du dich besser?« An dieser Stelle wurde sie von Andrews Stimme unterbrochen, von Andrews Eton-Oxford-Stimme, wie Mumsie sie nannte. O ja, er war wirklich ein Gentleman, aber das war auch schon so ziemlich alles.

»Ich bin O. K.«, sagte Rosie, rückte das duftgetränkte Taschentuch auf ihrer Stirn zurecht und tätschelte es leicht mit der Hand.

Andrew verzog das Gesicht, das tat er immer. Mumsie und sie brauchten nur den Mund aufzumachen, schon verzog Andrew das Gesicht. Daran hatten sie sich schon vor langer Zeit gewöhnt. Außerdem, wie anders als »O. K.« sollte sie ihre glückliche Befindlichkeit im Augenblick bezeichnen? War es nicht ausgesprochen »O. K.«, glücklicherweise in Ohnmacht zu fallen und so allen für den Rest des Nachmittags zu entkommen? Daß sie sich groggy fühlte, war ein geringer Preis dafür, meinte Rosie, sich nicht mehr ziellos im Kahn herumpaddeln oder sich von verschiedenen alten Herren in diesen scheußlichen Küchengarten führen lassen zu müssen, die sie dann zurückbrachten, weil sie zum Glück nicht wußten, was sie mit ihr anfangen sollten, wenn sie sie erst einmal dorthin gelockt hatten.

Dieser Küchengarten! Würde sie ihn je vergessen? Alle führten sie dorthin, es sei denn, sie luden sie zu einer beinahe genauso scheußlichen Kahnfahrt ein. Doch der Küchengarten war schlimmer, weil sie häufiger dorthin mußte. Nur der Mann mit dem Monokel hatte sie im Kahn herumgepaddelt, die anderen waren einem Kahn schon lange nicht mehr gewachsen, konnten nur noch so eben auf dem Festland herumstolpern, die armen alten Männer. Also wurde sie auf dem Festland hin und her geführt, zuerst von einem, dann von einem anderen, und das einzige, was für ihre Galane sprach, war, daß sie wenigstens keine Frauen waren – jedenfalls nicht ganz. Der alte Richter zum Beispiel, ein vertrockneter Knacker mit einem komischen, ärgerlich geschürzten Mund, war sogar so weit davon entfernt, eine Frau zu sein, daß er sie tätschelte, erlitt dann jedoch einen Rückfall, bekam Angst und brach unverzüglich ab. So schienen sie alle mehr oder weniger gestrickt zu sein, fingen etwas an und hörten sofort wieder auf – was im Grunde die größte Gnade war, denn sie mochte es überhaupt nicht, wenn man sie begrapschte.

»Wenn du dich wirklich besser fühlst –«, begann Andrew zögerlich.

Alles, was einem das Kleid zerknitterte, setzte Rosie ihre Gedanken fort, denn Andrew hatte sie gar nicht gehört, so bedeutungslos war er für sie, alles, was einen zerknitterte oder das Haar verwirrte, war nicht zu ertragen. Aber sie mußte gestehen, es machte Spaß, dieses Gefühl der Macht, wenn der Augenblick kam, den Bewunderer zur Ordnung zu rufen und ihn erbeben zu sehen. Leider gaben diese alten Burschen ihr keine Gelegenheit dazu, denn obwohl sie nicht ganz Frau waren, waren sie auch nicht ganz Mann und waren wohl nie in ihrem Leben erbebt. Außerdem war sie überzeugt, daß auf Shillerton niemand erbebte oder es sich auch nur wünschte. In diesem Haus würde nicht einmal ein Scheich erbeben. Schon nach einer halben Stunde wäre ihnen ihr Scheichsein gründlich vergangen. Lady M. – derartig respektlos verkürzte sie den Namen ihrer Gastgeberin, wenn sie nicht durch ihre Anwesenheit eingeschüchtert war – hatte etwas an sich, das jeden Mann bis ins Mark erkalten ließ. Sie weckte Gedanken an Krankenhäuser in ihr: Sterile Orte, an denen man furchtbar reinlich gehalten wurde und nicht die winzigste Mikrobe dessen, was sie und Mumsie Fröhlichkeit nannten, zugelassen war, um sich zu trösten. Und die Leute, die nach Shillerton eingeladen wurden, waren keine gewöhnlichen Menschen, stets für einen Spaß zu haben oder vielmehr für dieses Vorgeplänkel zu einem Spaß, das abzuwehren ihr solches Vergnügen bereitete, sondern vielmehr desinfizierte Patienten.

»*Sie* ist keine gute Gastgeberin«, dachte Rosie laut, die Hände hinter dem Kopf verschränkt, Andrew völlig vergessend.

»Wer?« fragte er mit starrem Blick und wandte ihr sein zersorgtes Gesicht zu.

»Ach – du bist noch hier?« bemerkte Rosie, löste die Hände auseinander und hob den Kopf, um nachzusehen. »Lady M.«, fuhr sie fort und schmiegte sich wieder in die Kissen. »Gleich morgens, wenn ich nach unten komme, weckt sie in mir den Wunsch, es wäre schon wieder Schlafenszeit, und so verhält sich keine gute Gastgeberin, ganz gleich, was die anderen sagen.«

»Wenn du dich wirklich besser fühlst –«, begann Andrew von neuem, diesmal ein wenig lauter. Er ertrug es nicht, nein, er ertrug es einfach nicht, wenn sie Daisy kritisierte und sie Lady M. nannte.

Herrlich, dachte Rosie und hatte ihn sofort wieder vergessen, bis auf einen Abend mit dem ganzen Haufen fertig zu sein. Und wäre ihr silbernes Kleid nicht gewesen, hätte sie sich den letzten Abend auch ersparen können; sie hätte womöglich am nächsten Morgen abreisen können, ohne noch einen von diesen saftlosen Heiligen zu sehen, nachdem Lady M. ihr nahegelegt hatte, auf keinen Fall zum Dinner aufzustehen, sofern sie sich nicht besser fühlte.

Allzu gut fühlte sie sich nicht. Das Dinner war wahrscheinlich genauso scheußlich wie die vorangegangenen Mahlzeiten. Womöglich fiel sie erneut in Ohnmacht. Doch da war ihr silbernes Kleid, das letzte und schönste von den drei mitgebrachten Abendkleidern. Das rosafarbene am Freitag abend war anbetungswürdig gewesen, das mußte gesagt werden, und das blaßgelbe am Sonnabend war ebenfalls göttlich, doch was waren die zwei im Vergleich zu dem silbernen – dem strahlenden, glänzenden, schimmernden silbernen, das noch unberührt im Schrank hing? Eine Chanel-Kopie. Furchtbar schlau gemacht. Reine Sünde, fortzugehen, ohne daß jemand gesehen hatte, wie sie und dieses Kleid zusammen wirkten. In diesem silbernen Kleid war es schwer, ihr gleichzukommen, und unmöglich, sie zu übertreffen, das glaubte Rosie mit Fug und Recht behaupten zu können.

Deshalb würde sie nach unten gehen. Ob tot oder lebendig, sie würde nach unten gehen und sich mit ihrem Auftritt ein wenig verspäten, damit sie alle schon wartend dasaßen und sie sehen konnte, wie sie sie anstarrten und den Atem anhielten – oh, es machte Spaß, Leute zum Starren und Luftanhalten zu bringen und zu wissen, daß sie einen nicht berühren konnten ...

»Wenn du dich wirklich besser fühlst«, hub Andrew wieder an, diesmal so laut, daß sie nicht umhin konnte, ihm zuzuhören, »dann gehe ich jetzt und bringe meine Schachpartie mit Topham zu Ende.«

»Gute Idee«, sagte Rosie gönnerhaft.

Das war ihre Floskel. Immer wenn Andrew verärgert war – und manchmal löste er sich aus seiner gewohnten Apathie und wurde, was sie und Mumsie in Ermangelung eines besseren Wortes verärgert nannten, wenngleich seine Verärgerung keinerlei Ähnlichkeit mit der von Mumsies Ehemännern aufwies, die ausgesprochen laute Männer gewesen waren –, immer wenn Andrew sich also in diesem Zustand befand (und dort befand er sich jetzt, wie sie wußte) und einen Vorschlag oder einen Wunsch äußerte, wählte Rosie den kürzesten Weg zur Ruhe, indem sie unverzüglich zustimmte: »Eine gute Idee«, während Mumsie etwas dicker auftrug und energisch ausrief: »Nun, wenn das keine gute Idee ist!«

Also konnte er sich ihrer Meinung nach nicht darüber beschweren, daß sie ihn nicht ermutigten. Kein Mann wurde nachhaltiger ermutigt als Andrew, zu tun, was er wollte, insbesondere wenn es mit seinem Weggehen verbunden war. »Das hält sie ruhig«, sagte Mumsie, die gegenüber Männern die Haltung eines Kindermädchens einnahm, das seinem Schützling eine Süßigkeit in den Mund schiebt, sobald er ihn zum Schreien öffnet, »es hält sie ruhig, wenn man ja sagt. Sag *ja* und tu *nein* – das ist mein Motto«, sagte Mumsie jovial.

Doch in diesem Fall bedurfte Andrew großer Ermutigung. Er löste sich tatsächlich vom Fenster und näherte sich schon entschieden der Tür, aber er ging nicht. Statt dessen befingerte er die kleinen Tiegel und Fläschchen, die das tüchtige ältere Hausmädchen säuberlich auf dem Frisiertisch aufgereiht hatte, und betrachtete sie stirnrunzelnd, wie Rosie ihn Schachfiguren betrachten gesehen hatte, wenn er, wie sie vermutete, sich zu einem wichtigen Zug entschloß.

Wie er sich vor Lady M. fürchtet, trotz ihrer angeblich so engen Freundschaft, dachte sie und beobachtete ihn mit einem nicht gerade mitleidigen kleinen Lächeln. Er möchte sie für sein Leben gern allein lassen, weiß jedoch, sie erwartet, daß er bei seiner kranken kleinen Frau bleibt, und obwohl er es haßt wie die Pest, bringt er nicht den Mut auf zu gehen.

»Vielleicht«, sagte Andrew schließlich zaudernd, »möchtest du schlafen?«

»Gute Idee«, stimmte Rosie zu und schloß unverzüglich die Augen. »Richte Lady M. aus«, fügte sie mit geschlossenen Augen hinzu, »daß ich schlafen möchte, und rede es ihr aus, wenn sie noch einmal herkommen will –«, denn je verschüchterter sie in der Anwesenheit dieser Dame war, desto leichter fielen ihr privat die vertraulichen Anspielungen.

»Ich wünsche nicht –«, setzte Andrew daraufhin an, unterbrach sich aber, hörte auf, die kleinen Tiegel zu befingern, und strebte zur Tür. Was, um alles in der Welt, hatte es für einen Sinn ...

Sie hob die Wimpern ein winziges bißchen und sah ihn gehen. Armer Teufel, dachte sie in plötzlichem Mitgefühl. Er sah so grau und verschlissen aus, soviel grauer und verschlissener, als es ihr bisher aufgefallen war, und jedes seiner zahlreichen Jahre drückte ihn sichtlich nieder. Und Rosie erschien es wirklich fürchterlich, sie hielt es für das Schlimmste, was einem zustoßen konnte, grau und verschlissen zu sein. Mumsie, die diesem scheußlichen Zustand natürlich beträchtlich näher war als sie, gestand offen ein, daß es das einzige im Leben war, was sie wirklich entmutigte – das einzige Gespenst auf ihrem fröhlichen Fest, die einzige Leiche im Keller. War das denn nicht das Ende? Das Ende allen Vergnügens, des Ausgehens, der Beliebtheit und des Umschwärmtseins, der Freude an einem neuen Kleid? Noch dazu ein Ende, das so sicher kam wie der Tod, nur bedeutend unangenehmer, denn wenn man tot war, wurde man wenigstens zugedeckt.

»Zuerst ergreift es das Haar«, sagte Mumsie eines Abends zu Rosie, als eine Halsentzündung sie am Ausgehen hinderte und ihre Gedanken ungewohnt düster färbte.

»Was denn?« fragte Rosie.

»Das Alter, Schätzchen, das Alter«, sagte Mumsie mit Angst im Blick.

»Ach, was«, sagte Rosie. »Nimm noch eine Pastille, meine Süße.«

Doch Mumsie, die unter leicht erhöhter Temperatur litt, beharrte ausnahmsweise auf dem pessimistischen Thema. Wenn man nichts dagegen unternahm, erklärte sie Rosie, und zwar ohne Unterlaß etwas unternahm, setzte es sich, wenn es erst einmal das Haar ergriffen und größtenteils ausgerupft hatte, unaufhaltsam weiter nach unten fort, vernichtend und verwirrend, ließ hier anschwellen und flachte dort ab, und zwar immer, immer an den falschen Stellen, bis es einen schließlich, auf Füßen genauso formlos wie der restliche Körper, zum alten Eisen warf.

»Lieber Gott, dann laß mich bitte jung sterben«, war Rosies Kommentar gewesen, und jetzt, als der graue Mahner der Sterblichkeit mit Namen Andrew sich endlich durch die Tür geschoben und diese sehr behutsam hinter sich geschlossen hatte, betete sie wieder, mit denselben Worten.

»Lieber Gott«, betete Rosie inbrünstig und faltete die Hände, diese Hände, das einzige, was ihre Schönheit störte, »bitte laß mich jung sterben –«

Und im selben Moment bemerkte Mumsie in London, deren Gedanken häufig parallel zu denen ihrer Tochter liefen, nachdem sie nicht übermäßig gut in einem der weniger teuren Restaurants gespeist hatte, in die man ältere Damen einlud, mit einem Seufzer zu ihrem Begleiter, daß es, wenn man es recht überlegte, weitaus das glücklichste Schicksal wäre. Und soweit es sie betraf, war sie sich dessen manchmal ganz sicher.

»Was?« erkundigte er sich.

»Jung zu sterben«, sagte Mumsie mit einem etwas strengen Blick.

»Oho, Mrs. De Lacey! Oho! Oho!« war die prustende Antwort des Gentleman, in dem der Alkoholgenuß die Bereitschaft zur Heiterkeit weckte.

»Sie werden nicht erwarten, daß ich weiß, was Sie mit ›Oho‹ meinen«, sagte Mumsie scharf.

»So bringt man in New York seinen Kummer zum Ausdruck«, schluchzte der Gentleman in seine Serviette.

Das Haus schlief nun, so schien es zumindest. Der Nachmittag lastete mit schwerem Druck auf ihm, und in den Schlafzimmern waren die Gäste, ausgekleidet oder zumindest aufgeknöpft oder losgeschnürt, sehr still. Sie verarbeiteten das Vorangegangene und sammelten Kräfte für das Bevorstehende – der übliche Stand der Dinge auf Wochenendpartys, bemerkte Sir Lydford bitter zu sich selbst, als er seine feuchten Umschläge wechselte, und ein Tor ist, wer solche besucht.

In den unteren Räumen hielt sich niemand mehr auf, außer Mr. Topham und Andrew Leigh, die im schattigsten Winkel der Bibliothek Schach spielten, und auch sie waren, abgesehen von der gelegentlichen Äußerung des bis zum abschließenden Wort einzig notwendigen, sehr still. Und dank der dicken Wände, wie es sich für Häuser gehörte, die dem Treffen von Freunden dienten, war drinnen überhaupt kein Geräusch zu hören, außer diesen angenehm beruhigenden Sonntag-nachmittag-auf-dem-Lande-Geräuschen, die durch die offenen Fenster von draußen hereindrangen.

Diese bestanden für eine Weile im Tschilpen von Vögeln, im Flattern von Flügeln, im Plätschern des Wassers vom Fluß her, der an der niedrigen Gartenmauer entlangfloß, und in den Glokken der Dorfkirche, die ihre saumseligen Schäfchen zum Gebet rief. Doch gegenwärtig, um halb vier Uhr, als die Glocken verstummt waren und die Hitze des Nachmittags ihren Höhepunkt erreicht hatte und selbst die Vögel schwiegen, schlich sich ein anderes Geräusch, ein ganz anderes ein – zuerst ein bloßes Flüstern, eine bloße Ahnung, und dann, als das Kanu, von dem es herüberwehte, flußabwärts näher kam, deutlicher, und schließlich erkennbar als das einsame Lied des Schäfers im dritten Akt von ›Tristan und Isolde‹.

Das fehlte noch in einem Haus mit ohnehin schon überhitzten und gereizten Gästen. Wir brauchen allseits etwas Beruhigung, kein weiteres Anheizen, dachte Mr. Torrens, sogleich so aufgewühlt, wie eben alle auf diese Musik reagieren, die sowohl romantisch als auch nicht mehr jung sind.

Schließlich handelte es sich um eine Musik, die bei den Älteren regelrechte Verheerungen anrichten kann. Sie macht ihnen bewußt, wie sie hätten geliebt werden müssen, sie bewirkt Unzufriedenheit mit der Gegenwart und wohlbegründete Zweifel daran, daß die Zukunft Besseres bringen könnte. Die Jugend ist dahin. Die Liebe war nie so, wie sie hätte sein sollen. Die Beerdigungen, zu denen sie gehen mußten, waren eher unangenehm als prächtig, und das ganze Leben schien unsagbar stumpfsinnig.

Die melancholische Musik schlich sich in Daisys Haus gerade so lange, wie der einsame junge Mann im Kanu brauchte, um mit geschlossenen Augen, die Füße höher als den Kopf gelagert, vorbeizutreiben. Sie stahl sich durch offene Fenster und Türen, schlüpfte Flure entlang, seufzte sich durch jedes Zimmer. Und dann, als der Fluß sie forttrug, seufzte sie sich wieder hinaus – ein dünnes, näselndes Rinnsal von Schönheit, eine verlorene, rasch ersterbende Erinnerung an die heimlichen Qualen und Sehnsüchte des Lebens. Mr. Torrens, der recht ruhig gewesen und sich auf seine Notizen zur Kabinettssitzung am nächsten Tag konzentriert hatte, um nicht länger in der Sorge verharren zu müssen, was Daisy fehlen mochte, erhob sich sofort, als er erkannte, was da ziemlich jaulend, aber trotzdem beunruhigend, offenbar aus einem Grammophon kam, und fing an, umherzuwandern.

Rastlos wanderte er hin und her in Gedanken an all die Dinge, die jeder in alle Ewigkeit versäumt. Ein elender Schachzug des Lebens, dieses ewige Versäumen, ein elender, fruchtloser Schachzug. Wenn die Menschen nur mehr *zusammen kämen*, sagte er von obskurem Ärger erfüllt zu sich selbst, während er einen Kelch voll Eiswasser hinunterstürzte.

Und Geoffrey saß im Nebenzimmer auf der Fensterbank, ließ unzufrieden ein Bein baumeln und dachte, indem er sich in Verachtung flüchtete, während die Musik vom Fluß sich nicht überhören ließ, Liebe und Tod – was ist das schon? Er hatte keine Liebe, und momentan hing er noch nicht in den Fängen des Todes. Gefühlsduselei. Diese Deutschen waren Meister der Gefühlsduselei und ließen sie noch dazu als das Edelste, Bewegendste auf der Welt erscheinen. Sogar bei Bach gab es gelegentlich Stücke, die einen dahinschmelzen ließen, wenn man sich nicht wehrte. Er war froh, daß er nicht zu der Generation gehörte, der sich die Augen verdrehten, die Brust schwoll, und die vollgestopft war mit Sehnsüchten – wonach, wußten sie selbst nicht. Der Bursche drüben im Kanu hatte sein Vergnügen, weil er das verflixte Zeug richtig zu nehmen wußte, einfach als nackte

Schönheit, an der man sich um ihrer selbst willen ergötzte, ohne sie mit etwas anderem in Verbindung zu bringen. Warum, fragte er sich, während er ärgerlich den hellen vorbeitreibenden Kopf betrachtete, in Kissen versunken der Sonne ausgeliefert, frei, nicht gezwungen, das Wochenende mit einem Haufen überhitzter Langweiler zu verbringen und mit Terry, die kaum mit ihm sprach, warum mußten die Menschen immerzu Verbindungen herstellen zwischen diesem und jenem, unter Berücksichtigung ihrer eigenen Gefühle natürlich? Warum hielten sie sich voneinander nicht fern, bewunderten, anerkannten und genossen die anderen vielleicht sogar, ohne persönlich zu werden? Denn Geoffrey versuchte zu dieser Zeit, sich von seiner Cousine Terence fernzuhalten, die ihm dermaßen aus dem Weg ging, daß es eigentlich ganz einfach hätte sein müssen, was es jedoch erstaunlicherweise nicht war. Und das war der Grund, warum Geoffrey, ärgerlich auf sich selbst und alle Welt, Trost gesucht hatte, indem er die hübsche Freundin nach dem Dinner im Garten küßte, was wiederum der Grund dafür war, daß er diese am nächsten Tag nicht mehr ertragen konnte.

»Es ist gut, wie es ist«, sagte er erleichtert zu sich selbst, als die verstörende Musik endlich hinter einer Biegung des Flusses verlosch.

Doch er hatte die Rechnung ohne den Grafen gemacht, der, als er diese Lieder seines ureigensten heiligen Grals in einem fremden Land gesungen hörte, in solche Erregung geriet, daß er, nachdem er zum Fenster gestürzt und dem schwindenden Kanu auf deutsch »Das ist aber Musik!« nachgerufen hatte, eiligst sein Zimmer verließ, welches aufzusuchen Lady Midhurst ihm vor einer Stunde angeraten hatte, damit er sich bis zur Teestunde ausruhte. Er ging in den Salon hinunter, klappte den Deckel des Pianos hoch und begann großartig, triumphierend, überwältigend den letzten Teil desselben Aktes zu spielen.

Das ganze Haus brodelte plötzlich vor Leidenschaft. Es brüllte und bebte, statt lediglich heimtückisch durchseufzt zu werden. Andrew Leigh hob in der dunklen Bibliothek den Kopf, horchte voller Unbehagen und verlor einen Bauern. In ihrem Schlafzimmer musterte die Frau des Bischofs den Bischof von oben bis unten und verachtete ihn. Lady Lattington fragte sich in ihrem Zimmer trübsinnig, ob ihr lieber Richter – wie sie ihn mit beharrlicher Zuneigung heimlich nannte, um den Mut nicht zu verlieren – wohl wenigstens zu Anfang so gewesen war, wie sie zu Recht erwartet hatte. Lady Cecilia, die unter ihrer knochigen Erscheinung vor brachliegenden Gefühlen vibrierte und jedesmal wenn sie ›Tristan‹ in Covent Garden gehört hatte, nach Hause kam und Streit mit Mr. Jones anfing, ging in ihr Ankleidezimmer, riß ihm den Edgar Wallace, in dem er friedfertig las, aus seinen milden Händen, schleuderte das Buch quer durchs Zimmer und stapfte wortlos wieder hinaus. Und Miss Simpson, gerade im Begriff, an Daisys Tür zu klopfen, hielt inne und zitterte wie Espenlaub.

Was für ein hübsches Lied, dachte Rosie, die alles Orgiastische liebte, selbstgefällig.

Ihr Schlafzimmer lag direkt über dem Salon, und sie bekam die Musik mit voller Wucht zu hören. Sie ergoß sich aus den unteren in die oberen Fenster. Selbst der im Grunde massive Boden wurde durchlässig für die Musik. Sie hatte geschlafen und wachte nun inmitten dieses Ohrenschmauses auf. Die großen Fragen von Liebe und Tod schwirrten ihr triumphierend um den Kopf. Ihr Zimmer pulsierte von der Herrlichkeit der Erfüllung, des Endes, des Triumphes eines ›Es ist vollbracht‹.

»Ja, das ist einfach hinreißend«, sagte sie zu sich selbst und setzte voller Hochachtung hinzu, als unter der Krisis sogar die Fenster rappelten: »Da wird nicht geknausert.«

Sie ahnte, daß der deutsche Graf spielte, denn er hatte auf Lady M.s Bitte immer dann, wenn sie nicht wußte, was sie sonst mit ihm anfangen sollte, so vermutete Rosie, im Verlauf des Wochenendes schon ein paarmal auf dem Klavier gespielt. Sie lag da und bewunderte seine Kraft und staunte über die Macht des Pianos, in der Hoffnung, beide würden den Tee überdauern, der ihr wahrscheinlich gebracht wurde, damit sie sich unter dem fröhlichen Dröhnen vorstellen konnte, in einem Restaurant in London zu sein. Doch plötzlich setzte die Musik aus. So plötzlich, wie sie begonnen hatte, hörte sie wieder auf und hinterließ einen Abgrund der Stille, eine sirrende Leere, wie eine Wunde.

Wie schade, bedauerte Rosie, und kaum war sie fertig mit Bedauern, klopfte es leise an die Tür, und Terence Chilgrove steckte vorsichtig den Kopf durch den Spalt.

O Gott, dachte Rosie, wie üblich kühn in ihren Gedanken, während sie körperlich zurückzuckte. Diese Bohnenstange – und schon brachte sie keinen Ton mehr heraus.

Lady Terence kam ihr weiß Gott nicht gelegen. Es hätte sie nicht gestört, sie niemals wiederzusehen. Sie war einfach zu gut für diese schlechte Welt und gab ihr allein dadurch, daß sie nur blaßrosa Fingernägel hatte, das Gefühl, die ihren wären zu rot. Aber was war dann mit den Nägeln ihrer Mutter? Jeder kehre vor seiner Tür, dachte sie trotzig. Außerdem hatte sie so eine Art, einen anzusehen, wenn sie glaubte, es würde nicht bemerkt, und zwar nicht bewundernd, was Rosie verstanden hätte, sondern nachdenklich, und niemand mag es, nachdenklich betrachtet zu werden. Darüber hinaus hatte sie ein- oder zweimal versucht, sie zum Reden zu bringen, was ungefähr so viel Erfolg zeitigte, als hätte sie einen Stein zum Bluten bringen wollen, falls sie eigene Ansichten von ihr erwartet hatte. Rosie hatte keine Ansichten und wollte auch keine haben, da sie doch nur dazu führten, daß man mit fünfundzwanzig noch keinen Mann geangelt hatte und nur sogenannte vernünftige Kleidung trug. Mit vernünftiger Kleidung, das hätte Rosie dem Mädchen erklären können, hat noch keine Frau einen Mann geangelt. Ein Mann mochte behaupten, es gefiele ihm, wie hübsch und so weiter, doch Rüschen waren es, die ihn wirklich einfingen. Mußte sie es nicht wissen? War es nicht aufgrund von Rüschen, daß sie sich mit siebzehn Jahren Andrew gesichert und ihn geheiratet hatte? Keine großartige Heirat, wie sich herausgestellt hatte, aber entschieden besser als gar keine, und dieses Mädchen würde nicht einmal einen Andrew bekommen, wenn sie sich nicht beeilte. Sanftheit, Seidigkeit, Rüschen, eine Ahnung, daß es immer so bleiben würde – im Grunde das

Gegenteil von Tintenfässern oder womit Männer sonst den lieben langen Tag zu tun hatten –, zu so etwas kamen sie gern nach Hause, nicht zu einem Haufen schmiedeeiserner Frauen, die herumsaßen und über das Parlament und dergleichen redeten.

Oh, ich könnte dieser Terence das eine oder andere erklären, dachte Rosie, beobachtete sie unter den Wimpern und stützte ihren sinkenden Mut durch Hohn – und sie hätte es ihr auch erklärt, wäre sie nicht so unerreichbar gewesen mit ihren zurechtweisenden Nägeln und ihren abkanzelnden Kleidern. So, dachte Rosie, kann jede Frau herumlaufen, doch Gott allein schafft eine schöne Frau, und abgesehen davon, daß sie, Rosie, keinen großartigen Namen trug – Andrews Schuld –, stand außer Zweifel, wer von ihnen beiden, hätte man zwischen ihr und Lady Terence wählen sollen, das begehrenswertere Objekt war. Stünden sie beide in einem Schaufenster, würde sich schnell herausstellen, wer zuerst verkauft war, stünden sie beide vor der Jury einer Mißwahl, keine Frage, wer gewinnen würde. Und nach ihr sah man sich um, nicht aber nach Lady Terence. Die Leute scharten sich um sie und führten sie in den Küchengarten, während Terence allein mit einem Hund und einem Stock spazierenging. Sie war nicht wirklich schön, trotz regelmäßiger Züge. Kein Sex-Appeal – oder was immer ihre Mumsie »S.A.« nannte. Sie hatte den falschen Beruf, weil sie zufällig die Tochter eines Peers war statt Lehrerin. Das arme Mädchen, schloß Rosie ihre Gedanken ab und suchte im Mitleid Schutz vor Terrys schlichter, aber eindrucksvoller Präsenz.

»Es tut mir so leid«, begann Terry ein wenig außer Atem vom eiligen Treppensteigen und dem Laufen durch Flure. »Ich war am anderen Ende des Gartens und konnte nicht schneller im Haus sein, um ihm Einhalt zu gebieten. Ich fürchte, Sie sind davon aufgewacht.«

»Wie bitte?« sagte Rosie auf der angestrengten Suche nach Worten und in diesem schrecklich höflichen Tonfall, der Mr. Torrens so verblüffte und reizte.

»Das Klavierspiel des Grafen. Ich konnte es nicht früher aufhalten. Ich fürchte, es hat Sie geweckt.«

»Ganz und gar nicht, vielen Dank«, sagte Rosie.

»Fühlen Sie sich besser?« erkundigte Terry sich freundlich, trat ein und schob sacht die Tür hinter sich zu. »Haben Sie ein wenig geschlafen?«

Rosie unterdrückte das O. K., das ihr schon auf der Zunge lag, und sagte statt dessen: »Ich fühle mich inzwischen wieder ganz fit, vielen Dank.« Doch selbst das klang, wie alles, was sie Lady Terence oder deren Mutter gegenüber äußerte, im Moment, nachdem es ausgesprochen war, schon wieder, als hätte es noch besser ausgedrückt werden können. Aber wie? Wenn sie es nur wüßte. Wie ärgerlich, das nicht zu wissen.

Terry trat zu ihr und richtete ihr die Kissen, als wäre sie ein Kind. »Sie werden nicht aufstehen, nicht wahr?« sagte sie. »Jetzt noch nicht. Am besten wäre es für Sie, noch ein wenig zu schlafen. Ich verspreche Ihnen«, setzte sie hinzu, »daß der Graf nicht mehr spielen wird. Aber es war wunderbar, nicht wahr? Diese herrliche Musik.«

»Wirklich sehr hübsch«, sagte Rosie.

Dann schien Terry nichts mehr zu sagen oder zu tun zu wissen. Unsicher stand sie da und lächelte mit großem Wohlwollen auf Rosie hinab, das blonde Haar ein wenig zerzaust, aufrecht und schlank in ihrem weißen Kleid, mit klarer Stirn und grauen Augen. Sie erinnerte Rosie unangenehm an diese Engel, die sie vor ihrer Heirat auf Andrews Wunsch ständig in dieser schrecklichen National Gallery anschauen mußte – nicht die hübsche Sorte von Engeln, die Mumsie über ihrem Bettchen aufgehängt hatte, als sie noch ganz klein war, mit niedlichen glitzernden Flügeln und süßen Gesichtern, sondern die strenge, überlegene Art, die kommt und etwas verkündet. Aber Gott weiß, dachte Rosie, in diesem Haus gäbe es wohl nichts Gutes zu verkünden, höchstens Geburten.

»Jetzt wird wohl Ihr Tee gebracht«, sagte Terry und konnte sich eines Gefühls der Erleichterung nicht recht erwehren, als auf ein leises Rumpeln an der Tür und ein respektvolles Klopfen Mary, das ältliche Hausmädchen, mit einem Tablett folgte. »Darf ich Ihnen einschenken? Bitte.«

»Vielen herzlichen Dank«, sagte Rosie mit sinkendem Mut. Es wäre beinahe besser gewesen, den Tee unten zu nehmen, wo sie zumindest unter vielen Menschen gewesen wäre. »Möchten Sie vielleicht«, fügte sie hinzu, indem sie sich zwang zu sagen, was wahrscheinlich von ihr erwartet wurde, »ebenfalls eine Tasse Tee trinken?«

»Ich würde sehr gern, aber ich muß nach unten und Mutter helfen«, sagte Terry, deckte den kleinen Tisch neben dem Sofa und zeigte sich besten Willens, freundlich zu sein. Nun, dem Himmel sei ausnahmsweise mal Dank für Mutter, dachte Rosie und lebte wieder auf.

»Aber ich kann noch ein Weilchen bleiben.«

O Gott, dachte Rosie, einem Rückfall nahe.

»Ich habe noch Zeit, Ihnen ein Stückchen Toast zu buttern«, sagte Terry und machte sich schon eifrig an die Arbeit, »und dafür zu sorgen, daß Sie es essen.«

Als hätte sie ihren Toast nicht allein buttern können, und als brauchte sie jemanden, der dafür sorgte, daß sie aß. Nett, natürlich, oder nett gemeint. Nett meinte Terry es bestimmt, in ihrer bohnenstangenhaften, verkündigungsengelartigen Weise, doch etwas an ihrer Nettigkeit löste in Rosie das Gefühl einer gewissen Bedeutungslosigkeit aus, und eines von Mumsies Abschiedsworten – es hatte viele davon gegeben – war: »Laß dich nicht kleinkriegen, mein Schatz.«

Was würde sie dazu sagen, daß es nicht an Lady M. lag – an sie hatte Mumsie vorrangig gedacht –, sondern an deren Tochter, einem unverheirateten Mädchen mit blassen Nägeln, von dem sie sich kleinkriegen ließ? Und wie sie jetzt den Toast in kleine Streifen schnitt, als wollte sie ein Kleinkind füttern, und ihr eine Serviette über den Schoß breitete! Erfreulich, daß sie ihr kein Lätzchen um den Hals band. Und noch ein weiteres Polster holte und alles für sie tat außer – Rosie kramte in ihrem lebhaften, aber ungeordneten Bewußtsein nach dem Gemeinten –, außer wirklich meine Freundin zu sein fand sie schließlich.

Ja, das war's: außer wirklich ihre Freundin zu sein. Dafür war sie zu großartig, ach, viel zu großartig. Zuviel Marquis-Verwandtschaft, überhaupt viel zu hoch oben. Ihre Freundlichkeit war weiter nichts als eine Rüstung, dachte Rosie, und so verhielt sich auch ihre Mutter! Bitte fernhalten. Kommen Sie mir bloß nicht zu nahe. Vergessen Sie nicht, auch wenn wir nach außen hin und solange Sie bei uns zu Gast sind, anders erscheinen mögen, zwischen uns besteht doch eine Kluft, wie Sie bemerken würden, sollten wir uns einmal in einem Geschäft oder im Theater begegnen. Nicht daß Rosie sich Lady Terence zur Freundin wünschte. Lieber nicht, glaube ich, danke, versicherte sie sich mit erhobener Nasenspitze. Sie hatte ihre eigenen Freunde, vielen Dank. Wirklich nette Leute, die einem nicht ständig das Gefühl gaben, etwas falsch gemacht zu haben. Und wer wäre diese Terence überhaupt ohne ihre Verwandtschaft und ihr Geld? Nichts als ein Mädchen, das schon in der achten Saison durch die Gesellschaftspresse geht, ohne einen Mann gefunden zu haben.

»Vielen herzlichen Dank«, sagte Rosie und kehrte aus ihren trotzigen Gedanken zurück, um brav den Teller mit Toast entgegenzunehmen.

»Wenn Sie etwas zu sich nehmen können, wird es Ihnen gleich bessergehen«, sagte Terry und betrachtete die liebliche kleine Gestalt in den rosenfarbenen Polstern. Wirklich, sie konnte es Andrew nicht verdenken. Was hätte er denn dagegen tun können . . .

»Ich fühle mich jetzt schon viel besser, danke«, sagte Rosie eingedenk der Tatsache, daß sie den Weg für das silberne Kleid bereiten mußte. »Bis zum Dinner –«

»Ach, Sie kommen hinunter? Wissen Sie, Sie müssen nicht. Glauben Sie bitte nicht, Sie müßten es tun«, sagte Terry beflissen.

»Es wird schon gehen, danke«, sagte Rosie.

»Aber Mutter würde durchaus verstehen, wenn Sie –«

»Es wird schon gehen, danke«, wiederholte Rosie, und zwar mit einer so merkwürdigen Entschlossenheit, daß Terry nur mit dem beruhigend-wohlwollenden Lächeln einer Gastgeberin, die den Launen eines Gastes nachgibt, sagen konnte: »Nun, wenn Sie kommen, wird es für uns alle nur noch um so schöner.«

»Vielen herzlichen Dank«, sagte Rosie. Eines von Mumsies

Abschiedsworten war nämlich gewesen: »Sag nicht einfach ›Danke‹. Sag ›Vielen herzlichen Dank‹. Das klingt wärmer.«

Und Terry widerstand der Versuchung, in gleicher, weil ansteckender Manier zu antworten: »Oh, keine Ursache.« Sie bemerkte, daß sie jetzt eigentlich nach unten gehen und ihrer Mutter beim Tee behilflich sein sollte, stellte ein Glöckchen auf dem Tisch neben dem Sofa ab und bat Rosie zu klingeln, falls sie etwas oder jemanden brauchte. Dann neigte sie sich kurz über sie, wie eine Mutter sich über ihr Baby beugen mag, richtete noch einmal die Polster und ging dann fort.

»Auf Nimmerwiedersehen!« rief Rosie ihr nach, als die Tür fest geschlossen war, verbeugte sich und winkte. »Wie schön, daß Sie endlich gegangen sind!« Und während sie den Toast aß, fügte sie mit einer Grimasse hinzu: »Sie führt sich auf, als wäre ich einer von ihren Slumbewohnern.«

Terry sah ihre Mutter am Ende des Flurs aus ihrem Zimmer kommen, gefolgt von Miss Simpson, die Briefe in den Händen hielt.

Sie eilte zu ihr und schob den Arm durch ihren.

»Mutter, ich glaube, es geht dir überhaupt nicht gut«, sagte sie, sah ihr in die Augen und dachte zum tausendsten Mal, daß es die liebsten, süßesten Augen auf der Welt waren. So blau. Wie Leberblümchen. Und die langen schwarzen Wimpern waren wirklich ein großartiger Erfolg. Sie waren in Paris gefertigt. Terry wußte es, wenn auch nie darüber gesprochen wurde. Sie liebte es, daß ihre Mutter weiterhin schön sein wollte. Warum sollte sie sich, nachdem die Natur sie nun im Stich ließ, nicht mit der Kunst behelfen und so lange wie möglich schön bleiben? Der einzige Nachteil war, daß sie sich nicht so herzlich umarmen und küssen ließ, wie man gern wollte. Man mußte vorsichtig sein. Sonst konnte etwas zerbrechen oder sich lösen.

»Nein. Das habe ich Lady Midhurst auch schon gesagt«, erklärte Miss Simpson, die einen besorgten Eindruck machte.

Und besorgt war sie. Sehr sogar. Das ganze Wochenende war schiefgelaufen. Lady Midhurst war offenbar nicht sie selbst, und die Gäste gerieten außer Rand und Band. Lord Midhurst zum Beispiel, so hatte sie von der Haushälterin erfahren, wollte noch vor dem Dinner abreisen. Er hatte seinen Chauffeur für sechs Uhr bestellt und zu seinem Kammerdiener gesagt, er wolle hängen – wörtlich –, bevor er noch eine weitere Mahlzeit ertrug. Der Küchenchef war zutiefst gekränkt. Die gesamte Küchentruppe war gekränkt. Sehr wenig gentlemanlike, fand Miss Simpson, empört um der Ehre des Hauses willen, so ein Verhalten hätte sie von einem Peer niemals erwartet. Das bewies, was sie schon manchmal vermutet hatte, da sie so vielen Peers begegnete: Peer zu sein bedeutete nicht zwangsläufig, daß man auch ein Gentleman war. Und Sir Lydford und Mr. Jones wollten, jeweils unter Angabe von plausiblen, aber doch nur vorgeschobenen Gründen, ebenfalls aufbrechen. Nie zuvor hatte jemand eine von Lady Midhursts Partys verlassen, ehe sie offiziell zu Ende war. Was war in die Gäste gefahren? Und dann dieser Graf. So auf dem Klavier zu spielen, obwohl er wußte, daß es einen Krankheitsfall im Hause gab, und einen überdies mehr denn je in Verwirrung, in die merkwürdigsten Gefühle, und keineswegs in die schönsten, zu stürzen.

Doch weder sein Benehmen noch das der abrupt aufbrechenden Gäste noch sonst irgend etwas oder irgend jemand hätte sie stören können, wenn nur ihre liebe Lady Midhurst so wie immer gewesen wäre. Aber so war sie nicht. Und Miss Simpson konnte es sich nicht erklären. Und es machte ihr Sorgen.

»Mutter –«, sagte Terry noch einmal, neigte den Kopf und forschte in Daisys Gesicht.

»Wo warst du, Liebling?« fragte Daisy und setzte ihren Weg die Treppe hinunter fort.

»Bei Andrews Frau.«

»Fühlt sie sich besser?«

»Ja. Sie nimmt ihren Tee. Aber Mutter –«

»Ach, ich hatte nur ziemlich böse Kopfschmerzen. Sie sind schon wieder fort. Das glaube ich zumindest«, sagte Daisy und drückte den Arm, der den ihren hielt, fest an ihr Herz.

»Liebling, mußt du wirklich herunterkommen? Können Simp und ich nicht für dich einspringen?« fragte Terry besorgt.

»Aber ich möchte gern bei dir sein«, sagte Daisy. »Außerdem haben die Mount-Tattersalls sich angekündigt. Und ich fühle mich wirklich bedeutend besser. Fast so wie vor – nun, vor zehn Jahren«, schloß sie und lächelte ihre Tochter an.

»Vor zehn Jahren?« wiederholte Terry.

»Da kommt George«, sagte Daisy, als Mr. Torrens in seiner Tür auftauchte.

»Was war vor zehn Jahren?« fragte er, nahm Daisys anderen Arm, und die drei gingen nebeneinander die breite Treppe hinunter, während Miss Simpson sich in ihr Büro begab, um die Briefe abzustempeln.

»Nun, zunächst einmal war Terry noch ein kleines Mädchen«, lächelte Daisy – ausweichend, entschied er, zumal die Antwort wenig Sinn ergab.

»Wollen wir nach dem Tee einen Spaziergang machen?« fragte er sie. Er war in Sorge. Er mußte es in Erfahrung bringen. Er konnte das häßliche Wort nicht ganz loswerden, das seit dem Ende des Lunchs in seinem Kopf umherspukte. Wenn Daisy wegen irgend etwas bekümmert wäre –

»Ich habe dich die ganze Zeit nicht ein einziges Mal allein gesehen«, sagte er vorwurfsvoll.

»Ich weiß. Es war so heiß«, antwortete Daisy wieder ziemlich sinnlos. »Wo wird der Tee serviert?« fuhr sie fort, als sie in der Halle keine Hinweise entdeckte.

»Simp war der Meinung, in der Bibliothek würde es heute am kühlsten sein«, sagte Terry.

»Aber da drinnen spielen sie doch Schach, oder?« sagte Daisy.

»Ach ja? Ich weiß es nicht.«

»Ja, ich habe sie gesehen. Ich habe mich gefragt, wo unsere Gäste sein mochten, und konnte nur diese beiden finden. Sie spielen, als hinge ihr Leben davon ab. Die Armen. Die Störung wird ihnen aber gar nicht recht sein.«

In freundschaftlichem Gespräch – Mr. Torrens, der auf jede Nuance in ihrer Stimme achtete, fand sie schon viel natürlicher – gingen die drei zur Bibliothek, und dort saßen natürlich in der entferntesten Ecke Andrew und der alte Mr. Topham, und natürlich gefiel ihnen die Störung ganz und gar nicht. Andrew nahm sie leichter als Mr. Topham, ein leidenschaftlicher Spieler, der lieber die ganze Nacht hindurch weitergespielt hätte, als vor der Entscheidung abzubrechen. Doch selbst Andrew zog eine ruhige Umgebung vor und hatte sich geärgert, als das ständige Kommen und Gehen von Bediensteten einsetzte, zumal er schon einen Bauern verloren hatte, nur weil er seine Aufmerksamkeit wegen der Musik hatte abschweifen lassen.

Mr. Topham jedoch war zu konzentriert, um vorerst überhaupt etwas zu bemerken. Doch dann war er wütend. Hier sollte der Tee serviert werden? Diener und so weiter sollten sie belästigen? Dieses Spiel war ganz besonders aufregend. Es hatte sich schon über den ganzen Tag hingezogen und war bereits öfter als genug durch die Mahlzeiten und Ohnmachtsanfälle unterbrochen worden, wie er sich gereizt bei Andrew beschwerte. Leigh war ein sehr guter Schachspieler, doch Mr. Topham schätzte sich selbst als noch besser ein. Er mußte ihn vor dem Dinner mattsetzen, denn gleich danach war er gezwungen, nach London zu fahren, um den Mitternachtsexpreß nach Norden noch zu bekommen, wo ihn früh am nächsten Morgen eine wichtige Versammlung in seinem Wahlkreis erwartete. Dennoch war reichlich Zeit, sofern man sie einigermaßen in Frieden ließ. Leigh hatte ihm kurz zuvor Gelegenheit gegeben, einen Bauern zu schlagen, und zwar einen wichtigen, und obwohl der Bursche beherzt weiterkämpfte, hatte Mr. Topham das Gefühl, Oberhand zu bekommen, bis er zu seiner Empörung bemerkte, daß sich Menschen ansammelten und tatsächlich ausgerechnet in diesem Raum ihren Tee nehmen wollten.

Nun, was konnte man dagegen ausrichten?

»Ich weiß wirklich nicht«, sagte er, sehr rot über seinem hohen Kragen, und blickte in die Runde, »was Daisy sich dabei denkt. In diesem Zimmer hat es noch nie Tee gegeben, solange ich sie kenne. Das Personal hat an diesem Wochenende kläglich versagt. Ein Fehler nach dem anderen –«

»Ihr Zug«, sagte Andrew.

Doch Mr. Topham war dazu nicht mehr imstande. Er saß da

und starrte auf das Brett, versuchte, den verlorenen Faden wiederzufinden. Ungeheuerlich, derartig belagert zu werden, obwohl das Haus so viele andere Räume bot. Um ihn herum schwirrten alberne, verwirrende Geräusche: das Klimpern von Teelöffeln, Fetzen von sinnentleerten Begrüßungen wie »Hallo, haben Sie geschlafen?«, endlose Erkundigungen nach dem Befinden von Leighs Frau. Cilly Jones kam doch tatsächlich zu ihnen in ihre Ecke, um sich bei Leigh persönlich zu erkundigen, unterbrach das Spiel und lenkte ihn ab. Als ob es ihr oder den anderen nicht völlig gleichgültig wäre! Leigh war ein Tor, ein so gewöhnliches kleines Ding geheiratet zu haben. Sein häusliches Leben mußte ja hübsch aussehen. Und wie er gehört hatte, ließ der Idiot tatsächlich auch noch die Mutter bei sich wohnen. Diese stillen, reservierten Typen explodierten katastrophaler als alle anderen, wenn sie denn einmal aufgerüttelt waren. Doch man stelle sich vor, sich von einem gewöhnlichen kleinen Ding so aufrütteln zu lassen. Jede andere Form des Aufgerütteltwerdens hätte Mr. Topham verstanden, aber nicht diese.

»Ihr Zug«, sagte Andrew noch einmal.

»Oh, verdammt«, sagte Mr. Topham, als die Tür aufgestoßen wurde und Besucher erschienen, Störenfriede aus den benachbarten Häusern, die Gäste von ihren eigenen verachtenswerten Wochenendpartys mitbrachten, »nichts wie raus hier. Uns bleibt noch das Billardzimmer. Versuchen wir's dort.«

Doch Andrew erwiderte nur lakonisch: »Ihr Zug«, und Mr. Topham, allmählich sehr wütend, zog, nachdem er gereizt »Ich weiß, ich weiß, als ob ich das nicht wüßte« geantwortet hatte, auf eine Weise, daß Andrew nach einer Weile tiefen Grübelns, die Mr. Topham in Todesangst und in der Hoffnung verbrachte, er hätte seinen unklugen Zug nicht bemerkt, schließlich seinen schwarzen Läufer schlug.

Sein schwarzer Läufer. Fort.

Daraufhin verschloß sich Mr. Topham der Außenwelt und konzentrierte sich nur noch auf das Spiel. Sein schwarzer Läufer so frühzeitig schon verloren. Es ernüchterte ihn dermaßen, es stachelte ihn zu so furioser Konzentration an, daß das nächste, was er vernahm, ein Gongschlag war. Alle Welt legte ihm die Hand auf die Schulter und ließ ihn wissen, daß er nur noch eine halbe Stunde Zeit bis zum Dinner hatte.

Dinner? Verblüfft blickte er hoch. Terry stand da und lächelte sie beide an, mit dieser ihr eigenen Aura eines jungen Engels, der Wichtiges zu verkünden hat. Verschwunden waren die Teetische, verschwunden waren die übrigen Gäste und die Eindringlinge und die Dienstboten, deren Aufräumarbeiten ihm entgangen waren. Verschwunden war sogar das Tageslicht, denn die Lampen brannten, und hinter den Fenstern hing wie ein blasser Vorhang die zarte Dämmerung.

»Wer hat gewonnen?« fragte Terry.

»Wir stecken noch mittendrin«, sagte Andrew, stand auf und klopfte seine Pfeife aus.

»Wie – noch immer? Dann muß es wohl unentschieden enden.«

»Niemals«, sagte Mr. Topham und heftete den Blick wieder aufs Brett.

»Aber gleich nach dem Dinner geht Ihr Zug.«

»Ich nehme den nächsten.«

»Sonntags fährt kein zweiter.«

»Dann fahre ich morgen.«

»Aber ich dachte, Sie hätten morgen um zehn eine Wahlversammlung in Northumberland.«

»Eine Wahlversammlung?« wiederholte er. »Wissen Sie, Leigh, hätten Sie nicht Ihren Turm gesetzt, dann hätte ich Sie gehabt.«

»So sehe ich das nicht«, sagte Andrew, wandte sich wieder dem Tisch zu und drückte mit dem Daumen den Tabak in seine frisch gefüllte Pfeife.

»Doch. Sehen Sie –«

Und bevor Terry es verhindern konnte, waren sie schon wieder im Spiel verloren, führten vor, stritten ab, zankten. Schließlich ließ sich Andrew, mit tauben Ohren für ihre Ermahnungen, wieder in seinen Sessel sinken und spielte weiter.

Also kamen sie nicht zum Dinner, so lange Daisy auch wartete. Lord Midhurst, Mr. Jones und Sir Lydford, die nach London aufgebrochen waren, kamen natürlich auch nicht, und die Folge dieser fünf Abwesenheiten war, wie Miss Simpson konsterniert bemerkte, nachdem alle Platz genommen hatten, daß die Gesellschaft auf dreizehn Personen reduziert war.

Dreizehn an einem Tisch. Konnte es ein größeres Unglück geben? Miss Simpson konnte nur hoffen, daß es niemandem auffiel und daß außer ihr niemand auf die Idee kam nachzuzählen. Hätte sie eine solche Katastrophe vorausgeahnt, wäre sie natürlich nicht zum Dinner erschienen. Oder wenn diese Mrs. Leigh, wie von ihr erwartet werden konnte, in ihrem Zimmer geblieben wäre, hätte sich alles von selbst erledigt. Doch Miss Simpson hatte das alles nicht ahnen können und war nach unten gekommen, zumal Daisy auf Wochenendpartys ihre Anwesenheit bei Tisch wünschte, um sie mit der Unterhaltung von weniger beliebten Gästen und ähnlichen Aufgaben betrauen zu können. Mrs. Leigh war im letzten Moment hereingeflattert, aufgeputzt wie für ein Schauspiel, als Elfenkönigin oder dergleichen, und nun würde das Unglück – ach, dessen war sie sicher – seinen Lauf nehmen.

»Es ist sinnlos, auf diese beiden zu warten, Liebling«, hatte Terry im Salon zu ihrer Mutter gesagt, als die sich schließlich daran erinnerte, wer den Beginn der Mahlzeit verzögerte. »Sie haben ihr Spiel noch nicht beendet.«

Sie hatte die beiden Fehlenden nicht kategorisch herzitieren lassen, wie Miss Simpson es getan hätte, wäre sie die so rüde behandelte Gastgeberin gewesen. Die beiden waren sich der Bedeutung vermutlich nicht bewußt, oder falls doch, so kümmerten sie sich nicht darum, denn ihre liebe Lady Midhurst zählte zu den wenigen Glücklichen, die nie Anlaß hatten, an ungünstige Vorzeichen zu glauben. Milde und ausgeglichen wie immer gab sie das Warten auf. Die anderen traten ein und nahmen Platz, und folglich mußte der eine oder andere Gast an diesem düsteren Tisch nun dem Unheil anheimfallen.

Nun, ich kann nur hoffen, daß es den Grafen trifft, dachte Miss Simpson und faltete, beinahe als sähe sie sich zum Gebet gedrängt, die Hände im Schoß. Wenn schon jemand dem Unheil anheimfallen mußte, wäre es nur recht und billig, wenn es einen Deutschen traf. Einmal waren Deutsche mittlerweile an Unheil gewöhnt oder sollten es zumindest sein, und zweitens war er ein abscheulicher Mann, der von Dingen sprach, die in höflicher Gesellschaft besser unerwähnt blieben, und Musik spielte, die einen vergessen ließ, daß man eine Dame war. Soll er doch das Opfer sein, dachte Miss Simpson rachsüchtig. Was ihm auch zustoßen mochte, ihr wäre es gleichgültig, solange weder ihre geliebte Brotherrin noch ihre Umgebung Schaden nahmen. Und flüchtig und angsterfüllt suchte sie in den Gesichtern um den Tisch herum nach ersten Anzeichen des Erkennens dessen, was geschehen war.

Merkwürdig, außer ihr schien niemand etwas zu wissen. Mochte der Tisch auch dem Unglück verfallen sein, bis es soweit war, neigte man zur Fröhlichkeit. Im Vergleich zu der Stimmung beim Lunch herrschte geradezu Ausgelassenheit. Seit der allerersten Mahlzeit am Freitag abend waren Daisys Gäste nicht mehr so munter gewesen wie bei dieser letzten. Eine Woge der Erleichterung, typisch für Veranstaltungen, die sich dem Ende näherten, ging über sie hinweg. Jetzt, da nichts mehr folgen würde, war alles zu ertragen. Und im Grunde war momentan auch gar nicht viel zu ertragen, da die Sonne ihre Erstikkungsversuche aufgegeben hatte und vom Fluß her eine schöne, feuchte Brise wehte. Außerdem hatten die Stühle in Abwesenheit des mächtigen Midhurst mehr Zwischenraum, und vor allem, was das schönste war, schien Daisy sich erholt zu haben. Sicherlich waren ihr die Augen über die mangelhafte Qualität des Essens aufgegangen, denn als zum Schluß eine große grüne Pyramide aus gefrorener Sahne aufgetragen wurde, rief sie aus: »Nicht schon wieder Stachelbeeren. Das ist ja scheußlich. André muß verrückt geworden sein –«, eine Bemerkung, die mit kaum verhohlenem Applaus als Beweis ihrer wiedergefundenen Normalität gewertet wurde.

Mr. Torrens führte diese Besserung ihres Zustandes auf ihren kleinen Spaziergang im Anschluß an die Teestunde zurück. Sie waren nicht weit gegangen, nur bis zur Wiese hinter dem Haus, um die Sonne über dem Stechginster untergehen zu sehen, doch zwei alte Freunde brauchen nicht viel Zeit, um Trost zu spenden und anzunehmen. Viel war nicht gesagt worden, doch allein schon die Versicherung seiner Zuneigung und Ergebenheit hatte ihr, wie er gern annehmen wollte, gutgetan.

»Lieber George«, hatte sie leise gesagt und für einen Augenblick seine Hand genommen, während sie den herrlich glühenden Himmel betrachtete. Was immer sie bedrückte oder bedrückt haben mochte, mehr als Kopfschmerzen gestand sie nicht ein. Die waren schon fast vollständig fort, behauptete sie. Offenbar sprach sie die Wahrheit, denn sie war in der Lage zu lächeln, als er ihr erklärte, er hätte finanzielle Schwierigkeiten vermutet, weil Leigh, der seines Wissens diese Seite ihres Lebens regelte, so außerordentlich eingefallen aussah.

»Er sieht immer eingefallen aus«, sagte Daisy. »Ich muß es ihm verbieten, sonst ruiniert er meinen Ruf. Der arme Andrew. Es liegt daran, daß sein Privatleben nicht sonderlich glücklich ist.«

»Mit seiner hinreißenden Rosie?«

»Mit der vielleicht nicht ganz so hinreißenden Mutter seiner hinreißenden Rosie. Sie lebt ebenfalls bei ihm. Der arme Andrew. Aber ich freue mich, daß Sie Rosie hinreißend finden. Der Meinung bin ich nämlich auch.«

»Warum haben wir sie nicht schon früher zu Gesicht bekommen?«

»Ich wußte nichts von ihr. Oder vielmehr, ich habe nicht an sie gedacht – bis vor kurzer Zeit«, fügte sie leicht zögernd hinzu.

»Vielleicht gelingt es Ihnen, sie nach und nach zum Reden zu bewegen.«

»Ich weiß nicht, ob das klug wäre«, lächelte Daisy, den Sonnenuntergang in den Augen, und ihr wunderschön hergerichtetes Gesicht war in dem goldenen Glanz fast so lieblich wie vor zwanzig Jahren.

An diesem Punkt, als er so an ihrer Seite stand und sie ansah, fühlte sich Mr. Torrens tief bewegt. Er zählte zu den glücklichen Männern – glücklich, weil sie ein gut Teil Vergnügen daraus ziehen –, die ihr fortgeschrittenes Alter gelegentlich vergessen. Er zählte zudem zu den Männern – ebenfalls glücklichen Männern, weil es ihnen Beliebtheit einbringt –, für die die Dame an ihrer Seite die einzige Frau auf der Welt ist. Fähig, sich in bemerkenswertem Maße auf die betreffende Frau zu konzentrieren und daher nicht abgelenkt von der Lust auf eine andere, was so viele *tête-à-têtes** beeinträchtigt, konnte er für die Zeit des Zusammenseins jede Frau von ganzem Herzen lieben, vorausgesetzt, sie sah nur halbwegs gut aus. Daisy liebte er auch zu anderen Zeiten, beständig und unverändert, doch als er sie vom Sonnenuntergang in die Daisy früherer Jahre verwandelt sah, in die liebliche, strahlende und stets unerreichbare Daisy ihrer und seiner Jugend, da wurde seine Liebe weniger beständig, aber dafür wärmer, und er sah sich von einem nahezu unkontrollierbaren Verlangen erfaßt, sie in die Arme zu nehmen und zu küssen.

Nahezu unkontrollierbar, das heißt nicht völlig unkontrollierbar. Kein Verlangen, das Daisy weckte, war je über »nahezu unkontrollierbar« hinausgegangen. Letztlich strahlte sie doch eine Unnnahbarkeit aus, die nur entmutigen konnte. Mr. Torrens war überzeugt, daß die arme, liebe Frau einzig und allein von Midhurst jemals geküßt worden war, und angesichts der Tatsache, daß seit seinem Tod fünfzehn lange Jahre vergangen waren und daß Midhurst zehn dreiviertel von seinen elf Ehejahren in ständiger Untreue zugebracht hatte, empfand er diesen Stand der Dinge als bedauernswert.

Doch wie sollte Torrens das beheben? Als er nun neben ihr – uneingedenk nicht nur seines eigenen fortgeschrittenen Alters, sondern auch des ihren, denn in diesem herrlichen Licht sah sie wahrhaftig recht jung aus – dem Sonnenuntergang zuschritt, erkannte er, daß er nichts unternehmen konnte, ohne seinem eigenen Zweck zu schaden. Diese Seite des Lebens hatte ihr übel mitgespielt. Midhursts empörende Unmoral hatte sie ins andere Extrem gestürzt, in eine geradezu erschreckende Reinheit, und er fürchtete, daß die Enthaltsamkeit nun schon seit Jahren ihre einzige Leidenschaft war.

* tête-à-têtes: Flirts (Anm. d. Ü.)

Sosehr Mr. Torrens dies bedauerte, deutete doch alles darauf hin, daß es sich so verhielt. Man brauchte nur Terry anzusehen: Wie Daisy sie erzogen hatte, wie das Mädchen mit der Strenge ihrer Erscheinung und ihres Äußeren, in ihrer Verschiedenheit von anderen jungen Frauen ihres Standes und ihres Alters Daisys Streben nach Tugend, Keuschheit, Anstand in Benehmen und Gefühlen zum Ausdruck brachte; lauter kalte Eigenschaften. Er konnte nur hoffen, daß dieses Streben ihr nicht angeboren, sondern Midhursts Verschulden war. Seiner Meinung nach war es besser, aus irgendeinem Grund keusch zu sein, als von Natur aus. Keuschheit warf solch einen furchtbar kalten Schatten über Gottes warme Landschaften. Er haßte die Vorstellung, daß einer seiner Freunde darunter zu leiden hätte. Die Leidenschaft mußte ja nicht zum Ausbruch kommen. Oftmals durfte sie einfach nicht. Doch es wäre schön zu wissen, daß sie vorhanden ist, sagte Mr. Torrens versonnen zu sich selbst und betrachtete Daisy von der Seite her.

Nein, entschied er zum Schluß seiner Betrachtung, es ist reichlich sinnlos, sich der armen lieben Frau anders zu nähern als mit brüderlicher Zuneigung. So zügelte er sich, zwang seine Gedanken in eine andere Richtung, blickte nach vorn und sagte: »Lassen Sie uns über Terry reden.«

Ein sicheres Thema, dachte er. Bei keinem anderem fühlten Mütter sich so sicher wie beim Thema Töchter. Besonders wenn es darauf ankam.

»Terry?«

Daisy wirkte erstaunt. Um ein Haar wäre sie auf dem Weg stehengeblieben.

»Ja«, nickte Mr. Torrens. »Terry. Mein Patenkind. Ich beobachte sie seit einiger Zeit.«

Diesmal blieb Daisy wirklich stehen, als müßte sie erst wieder zu Atem kommen, bevor sie weiterging.

»Und zu welchem Schluß«, fragte sie nach einer Weile mit einem ziemlich gequälten Lächeln, »sind Sie gekommen?« Und sie schützte die Augen mit der Hand vor dem grellen, blendenden Licht.

»Daß ein Mädchen nun mal ein Mädchen ist«, sagte Mr. Torrens.

»Nun, das ist bekannt«, sagte sie vorsichtig, so als wäre sie nicht ganz sicher, wohin er sie in diesem Gespräch lenken wollte. Sie ging weiter. Er natürlich ebenfalls.

»Ja«, sagte er. »Das ist bekannt. Und sollte sie als Mädchen, als gesundes Mädchen, sich nicht bald einmal verlieben, ein paar Erfahrungen sammeln, statt sich ausschließlich auf gute Taten und ihre Mutter zu konzentrieren?«

»Aber woher wissen Sie, daß sie nicht verliebt ist und sich nur auf Besagtes konzentriert?« fragte Daisy, nahm die Hand von den Augen und sah ihn an wie von ungeheurer Erleichterung erfaßt.

Mr. Torrens bemerkte diesen Gesichtsausdruck nicht. Er starrte weiterhin angestrengt vor sich hin, für den Fall, daß erneut der Wunsch aufkäme, Gefühle zu zeigen, und er diesmal nicht widerstehen könnte.

»Natürlich weiß ich das«, sagte er. »Es ist doch nicht zu übersehen. Terry ist in ihrem ganzen Leben noch nicht in die Nähe einer Liebelei gekommen. Es steht ihr ins Gesicht geschrieben. So ein jungfräuliches Geschöpf habe ich noch nie gesehen.«

»Ach? Meinen Sie wirklich?« sagte Daisy und wandte sich ihm mit einem Eifer zu, den sie nicht verbergen konnte. »Sie wollen damit offenbar sagen, daß sie noch nicht sehr erwachsen wirkt?«

»Erwachsen! Im Gegenteil, nicht nur erwachsen, sondern im Begriff, sich seßhaft zu machen. Wenn Sie sie nicht bald heiraten lassen –«

»Aber ich lasse sie ja. Ich wäre glücklich, wenn sie heiraten würde. Teddy Bodiam zum Beispiel. Er hat schon zweimal um sie angehalten.« Teddy war Lady Cecilias Neffe, der sechzehnte Herzog.

»Nun, sie nimmt ihn aber nicht, oder? Und wenn Sie nicht achtgeben, vertrocknet sie zur Rektorin von Girton oder zu einer Nonne oder ähnlichem.«

»Mein lieber George«, protestierte Daisy, und dem Klang

ihrer wenn auch protestierenden Stimme entnahm er, daß sie belustigt war.

»Entweder als Folge Ihrer Erziehung oder ihres Temperaments beziehungsweise ihres Mangels an Temperament«, sagte er verärgert über Daisys Belustigung, »wird sie in meinen Augen zu einer Art vertrockneter Jungfrau.«

»Mein lieber George«, protestierte Daisy erneut und lachte diesmal offen.

»Das ist nicht zum Lachen, wissen Sie«, entgegnete er verstimmt. Wie konnte sie über einen so bedauerlichen Stand der Dinge lachen? Sollte sie nicht lieber beschämt sein und bereuen? Außerdem wollte er gar nicht über Terry reden. Er hatte davon angefangen, nur um an etwas anderes als an Daisy denken zu können, und in seinem Wunsch, sich gut zu benehmen, dabei vergessen, daß Terry Daisy war, oder Daisy Terry, so absurd gingen die beiden ineinander auf, so eng hingen sie aneinander. In letzter Zeit schien Terry wirklich zu Daisys Obsession geworden zu sein. Manchmal hatte er das Gefühl, daß die liebe Frau, vom Schicksal in jeder Hinsicht so reichlich bedacht, unter dem Eindruck stand, ihre Tochter wäre das einzige, was sie auf der Welt besäße.

»Lassen Sie sich sagen«, fuhr er streng fort, »Jungfrauen sind höchst bedauernswert. Die ganze Herde geschlechtsloser Frauen ist höchst bedauernswert. Und wenn jemand überhaupt keine normale menschliche Leidenschaft besitzt, entweder von Natur aus oder aus Prinzip, dann ist das höchst –«

»Ach, du meine Güte!« fiel ihm Daisy offenbar sehr amüsiert ins Wort, und ohne sich, wie es ihr zugestanden hätte, um seine unhöflichen Worte zu scheren. »Was für ein schreckliches Bild Sie malen. Mein armes liebes kleines Mädchen.«

»Es ist schon sehr merkwürdig; schließlich ist sie Midhursts Tochter«, fuhr er auf, setzte jedoch unverzüglich hinzu: »Ich bitte um Verzeihung. Das hatte ich nicht sagen wollen. Aber trotzdem ist es sehr merkwürdig.« Und er blieb stehen und sah sie an, denn jetzt war er überzeugt, sie verärgert zu haben.

Doch sie war nicht verärgert. Wieder schien sie zu seiner Verwunderung recht erfreut zu sein, und in ihren Augen war, als sie nun stehenblieb und ihn ansah, ein Ausdruck, als wolle sie tatsächlich noch mehr hören. Mehr? Hatte er nicht längst genug gesagt, um jede normale Mutter in Zorn zu versetzen? Wollte sie, daß er fortfuhr, Terry mit Beleidigungen zu bewerfen? Trotzdem war dieser begierige Ausdruck in ihren Augen, beinahe, als verlange ein Verdurstender, dem man ein paar Schlucke kaltes Wasser angeboten hatte, nun nach einem Becher voll – schnell, schnell.

Für einen kurzen Augenblick war Mr. Torrens verdutzt über diesen Blick, später wollte er in Ruhe darüber nachdenken. Dann vergaß er alles, weil ihn neuerlich eine Woge von Gefühlen erfaßte. Daisy war wirklich wunderbar. Keinen Tag älter als fünfundzwanzig. Von Farben umstrahlt, von Duft eingehüllt – der Stechginster stand an diesen Nachmittag in voller Blüte, und Mr. Torrens war sehr empfänglich für Düfte – schien die Zeit sie nicht berührt zu haben. Erstaunlich, dachte er und blickte in das strahlende Gesicht, wie gut ihr ein Sonnenuntergang steht, erstaunlich, wie er das herrliche Blau ihrer Augen zur Wirkung brachte und den lieblichen Schimmer ihres Haars. Dieser Schimmer war freilich nicht echt, das wußte er, doch wen störte es? Nur ein Tor machte sich Gedanken, wie oder warum eine Frau schön aussah; Hauptsache, sie sah schön aus. Und er fragte sich, ob ein Mann unter solchen Umständen reserviert und brüderlich bleiben konnte, ob er es durfte, und nach kurzem Kampf entschied er, daß dieser Mann hier es jedenfalls nicht konnte und nicht durfte, und er ergriff ihre Hand und küßte sie ziemlich heftig.

»Ich würde alles für Sie tun, alles nur Erdenkliche, Daisy. Sie wissen es, nicht wahr?« sagte er mit der solchen Situationen eigenen erstickten Stimme.

»Lieber George«, antwortete sie mit einem dankbaren Lächeln und tätschelte leicht seinen Ärmel.

Nun, Dankbarkeit hatte er sich nicht erhofft, und vom Tätscheln hielt er auch nicht viel. Die Sonne versank hinter einer Wolkenbank, und er schien, nachdem er eine Sekunde in Daisys Augen gesehen hatte, ebenfalls zu sinken. Wie üblich hatte sie es geschafft, keine Wärme aufkommen zu lassen und ihn zu beschwichtigen. Sie dachte nicht einmal an ihn, vermutete er, sondern an Terry.

Zum Teufel mit dem Mädchen, zum Teufel mit dieser ewigen Tochter, war sein kläglicher Kommentar, als er sich nun ernüchtert und bekümmert im Begriff sah, in die Schatten herabzusteigen, in denen das Haus lag und sich abkühlte – noch immer, soviel muß gesagt werden, die Hand der lieben Freundin in der seinen, aber nur, weil der Weg so steil war.

3

So unbefriedigend der Abschluß ihres kleinen Spaziergangs für ihn persönlich auch war, Mr. Torrens glaubte fest daran, daß die kurze gemeinsame Zeit Daisy gutgetan hatte. Er glaubte ihr die Kopfschmerzen nicht, und er war überzeugt, daß sie einen Kummer in sich getragen hatte. Worum es sich auch gehandelt hatte, nun war es fort, und warum sollten das Wissen um seine Ergebenheit, die Versicherung seiner Ergebenheit nicht dazu beigetragen haben, es zu verscheuchen?

Er wollte es gern glauben. Von dem Verlangen nach einer Umarmung genesen, dachte er wieder sehr erhaben über die Freundschaft. Und das wurde ihm zunehmend leichter, denn als er Daisy das nächste Mal traf, im Salon vorm Dinner, sah sie wieder aus wie fünfzig und nicht wie im irreführenden Sonnenschein wie fünfundzwanzig – eine bewundernswerte Fünfzigerin natürlich, höchst vorteilhaft hergerichtet, aber eben eine Fünfzigerin. Was kann man mit einer Frau von fünfzig Jahren anfangen, außer mit ihr befreundet zu sein? Mr. Torrens fühlte sich gereinigt, als er beobachtete, wie sie Rosies Genesung und Wiedererscheinen begrüßte.

Es war kein unangenehmes Gefühl. So, dachte er, indem er seiner Vorstellungskraft wohlbedachte Zügel anlegte, mochte sich ein eben zensiertes Buch fühlen oder ein eben abgespülter Teller. Und nun erschien es ihm verwunderlich, daß er sich je gewünscht hatte, in anderer Weise als lediglich zur Segnung Hand an seine sehr liebe, seine beinahe verehrungswürdige Freundin zu legen.

Seltsamerweise mochte er sie in diesem Zustand lieber denn je. Er schien mehr Platz in seinem Herzen zu haben. Er widmete ihn restlos Daisy, froh, wie sich ein lieber Bruder freuen mochte, sie wieder sanft und fröhlich und charmant wie gewohnt zu sehen – aufrichtig charmant, nicht nur gezwungen wie bisher. Rosie gegenüber, das fiel Mr. Torrens auf, war sie ganz besonders charmant, bewunderte das höchst schockierende kleine Kleidchen des hübschen Wesens – außer in einer Illustrierten hatte er noch nie so wenig Kleid an einer Frau gesehen –, nahm seine glitzernde Winzigkeit unter die Fittiche ihres Lobs und stellte es damit außerhalb der Reichweite jeder Kritik; und wie froh war Mr. Torrens, wie aufrichtig, brüderlich froh, dies zu sehen und zu wissen, daß die liebe Frau sich wieder in der Geborgenheit ihres gewohnten Zustands sicheren Glückes befand, der nur den einen Wunsch in ihr offenließ: andere Leute ebenfalls glücklich zu machen.

Alle spürten die Verwandlung. Alle reagierten unverzüglich, und eine Atmosphäre guten Willens folgte der nörglerischen Stimmung, die die Gesellschaft bisher gefangengehalten hatte.

»Israels Auszug aus Ägypten – wie, Geoffrey?« sagte der Bischof, erfüllt von der Vorstellung erleichterter Berge, die wie Hammel hüpften, und fröhlicher Jordanflüsse, die sich willig teilen ließen.

»Genau«, sagte Geoffrey und löste sich behutsam aus dem liebevollen Arm, der um seine Schultern lag. Doch auch er wirkte weniger mürrisch. Fünf vor zwölf schickte sich Daisys Party an, ein Erfolg zu werden.

Weil sie beinahe vorüber ist, dachte er.

Wegen meines silbernen Kleides, dachte Rosie, die noch unentwegter lächelte als alle anderen. Und sie flüsterte Mr. Torrens, der sich mit zurechtgerücktem und ziemlich aufdringlichem Monokel Daisys Bewunderung anschloß, unvorsichtig zu: »Endlich hab' ich das alte Mädchen beeindruckt.«

Mr. Torrens brauchte ein Weile, um das zu verwinden. Wäre

Rosie nur eine Nuance weniger hübsch gewesen, wäre es ihm nicht gelungen. Soll sie lieber in alle Ewigkeit hinter ihrem Bollwerk aus »wie bitte« erstarrt bleiben, dachte er und ließ abrupt sein Monokel fallen, statt hervorzutreten und so schreckliche Dinge zu sagen. Daisy ein altes Mädchen! Er selbst hatte sie noch vor kürzester Zeit als beinahe verehrungswürdig betrachtet! Doch das war im Affekt geschehen – und was für ein Abgrund, was für ein Abgrund an Anstand, an respektvoller Zuneigung, ja, sogar an Jahren, klaffte zwischen »beinahe verehrungswürdig« und »altes Mädchen«! Außerdem hatte er verehrungswürdig nicht in bezug auf das Alter gemeint, sondern in bezug auf das Recht, verehrt zu werden; das, und nur das hatte er zum Ausdruck bringen wollen. Und dann kommt dieser kleine Grünschnabel Rosie, dieses kleine, aus dem Nichts dahergewehte Stäubchen, und sagt –

Ach, aber wie erlesen schön sie war. Er klemmte sich das Monokel wieder ins Auge, um sie streng anzuschauen. Was für eine süße, kleine Schönheit! Konnte ein Mann, durfte ein Mann auf etwas so Perfektes böse sein?

»Nach dem Dinner«, flüsterte er in ihr kleines rosiges Ohr, entscheidend, daß dieser Mann hier jedenfalls nicht konnte und nicht durfte, »wäre es irgendwo draußen doch gewiß herrlich?«

»Wie bitte?« sagte Rosie und zog sich eilig hinter ihr Bollwerk zurück, denn sie ahnte schon die Nähe des Küchengartens.

»Sie wissen wohl, was ich gesagt habe. Sie haben es genau verstanden. Warum zwingen Sie mich immer, meine Worte zu wiederholen?«

»Vielleicht weil ich meinen Ohren nicht traue«, erwiderte sie keck, als man allgemein dem Speisesaal zustrebte.

Ja, eine veränderte Rosie. Eine Rosie, die unklugerweise, dessen war er sicher, ausführlicher wurde. *Tête montée**, offensichtlich; Daisys freundliches Lob war ihr zu Kopf gestiegen wie Wein. Daisy hatte recht gehabt, als sie zu Beginn ihres gemeinsamen Spaziergangs durch den Stechginster Zweifel daran äußerte,

* tête montée: erhobenen Hauptes, frech (Anm. d. Ü.)

ob es klug wäre, das kleine Ding zum Reden zu bringen. Trotzdem, im Garten, im Dunkeln, war sie so vielleicht ganz amüsant.

Und noch etwas hörte Mr. Torrens mit Betrübnis, als der Graf nach dem Essen Bach spielen wollte und alle im Begriff waren, sich draußen auf der Terrasse niederzulassen, um zu lauschen. Diesmal äußerte sie es direkt zu Daisy, die, aus Angst, Rosie könne nach ihrem Unwohlsein im Freien so unbedeckt Schaden nehmen, einen Dienstboten anwies, nach oben zu gehen und Mrs. Leighs Mädchen um ein wärmeres Kleidungsstück für ihre Herrin zu bitten.

»Ich habe kein Mädchen«, sagte Rosie, war Rosie gezwungen zu sagen, denn der Dienstbote konnte wohl kaum jemanden, der nicht da war, um etwas bitten. Und unter dem Einfluß von zwei Gläsern Champagner und reichlich Schmeichelei und weil die kurze Stille im Raum nach dieser Bemerkung sie verständlicherweise ein wenig fuchste – denn kein Mädchen zu haben schien für die anwesenden Frauen beinahe das Schlimmste zu sein, was sie bislang über sie in Erfahrung gebracht hatten –, sah sie unter ihren Wimpern, die zwar nicht so lang waren wie die Pariser Wimpern ihrer Gastgeberin, dafür aber natürlich gewachsen, zu Daisy auf und fügte mit einer Art leichtsinniger Kühnheit hinzu: »Ich habe es nicht nötig, mich herrichten zu lassen.«

Die Stille wurde lastender. Es tat Mr. Torrens von Herzen leid, und er wünschte sich sehnlichst, er hätte dieses Wesen sicher im Kahn untergebracht. Doch Daisys einzige Antwort bestand darin, daß sie ihr eigenes Cape nahm, ein weiches Ding aus weißen Federn, und mit einem Lächeln, unerreichbar für so kleine Spitzen, wie er hätte wissen müssen, und völlig jenseits von allem, was eine Rosie tun oder von sich geben konnte, sagte: »Jetzt sehen Sie aus wie ein Engelchen.«

Während all dieser Zeit blieb Leigh, der Ehemann, der hätte anwesend sein müssen, um seine Frau zu zügeln, wie Mr. Torrens meinte, in der Bibliothek und spielte immer noch Schach. Er und der alte Topham, die Köpfe gesenkt, die Blicke gebannt, sahen und hörten nicht, wenn von Zeit zu Zeit jemand ins Zimmer kam, um nachzusehen, ob sie nicht bald zum Schluß kämen und ob sie nicht allmählich Hungers starben.

Daisy, in Sorge, weil sie das Dinner versäumt hatten und das Spiel sich so endlos ausdehnte, schickte Miss Simpson, um ihnen wenigstens Sandwiches anzubieten. Miss Simpson erhielt keine Antwort. Daraufhin schickte sie Terry, zweimal schickte sie Terry, und beide Male wurde sie ignoriert. Dann bat sie Professor Brown zu gehen, der respekt- und verständnisvoll auf Zehenspitzen eintrat, denn auch er war Schachspieler, wenn auch kein so verbissener, und er wußte, was er diesem großen Spiel schuldig war. Doch auch ihm wurde keine Beachtung geschenkt.

Augenscheinlich war es ein Kampf bis aufs Blut, der Andrew inzwischen genauso gefangenhielt wie Mr. Topham. Gebeugt, den Kopf in beide Hände gestützt, saß er da und störte sich nicht daran, daß seine Pfeife ausgegangen war.

»Meinst du, sie wissen überhaupt, daß sie kein Dinner gehabt haben?« erkundigte Daisy sich bei Terry, als sie von ihrem ersten Besuch zurückkam.

»Bestimmt nicht«, lächelte Terry.

»Meinst du, sie wissen, daß Topsy seinen Zug versäumt hat?« fragte sie eine Stunde später, als Terry von ihrem zweiten Besuch zurückkam.

»Bestimmt nicht«, lächelte Terry.

»Derartige Konzentration hätte einen besseren Anlaß verdient«, verkündete die Frau des Bischofs.

»Ich finde, es ist ein so ungeselliges Spiel«, sagte Lady Lattington, die alle Spiele ungesellig fand, weil sie kein einziges beherrschte.

»Es wird leicht zu einer Sucht«, sagte Professor Brown.

»Zur Mißachtung von Frauenliebe«, sagte der Bischof – grundlos, abgesehen davon, daß er vollgepropft war mit Anspielungen auf die Heilige Schrift.

Das zog erneut Stille nach sich. Seine Frau enthielt sich majestätisch einer Bemerkung, im Wissen, daß dazu später noch ausreichend Zeit blieb. Schlafzimmer, so überlegte sie, waren in gewisser Weise eine segensreiche Einrichtung. Nun aber, dachte Lady Lattington und hüllte sich wie schutzsuchend fester in ihre Stola, Bischöfe sollten dergleichen nicht im Munde führen, es sei denn, sie sind in der Kirche dazu gezwungen. Und Miss Simpson dachte mit einem leichten Schaudern, daß man das Thema lieber vermeiden sollte, besonders im Salon einer Dame, gewissermaßen, denn hier handelte es sich ja eigentlich um eine Terrasse. Frauenliebe. Sie schauderte erneut. Und dann auch noch Mißachten, was alles noch viel schlimmer machte.

Danach verharrte die Gesellschaft in Schweigen, unterstützt durch die edle Musik, die durch die Fenster strömte, die Terrasse überflutete, sich über Garten und Fluß und Wiesen ergoß, ein mächtiger Strom der Großartigkeit, der sich offenbar zum Ziel gesetzt hatte, bis zum Fuß der fern im Mondschein schlafenden Hügel vorzudringen und sie wachzurütteln. Das hübsche Mädchen, das keine Noten lesen konnte, liebte sie nichtsdestoweniger, weil sie die Gäste ruhig hielten und sie nichts sagen mußte. Der Bischof, der sein Leben notgedrungen weitgehend in der Nähe von Orgeln verbrachte und entsprechend abgestumpft gegen Musik war und sich schon lange nicht mehr an ihr störte, hielt es für eine ausgezeichnete Strategie, den Burschen für den Abend zum Schweigen zu bringen, indem man ihn aufforderte zu spielen. Professor Brown, ein passionierter Liebhaber von Fugen, blickte hinauf in die Endlosigkeit des Sternenhimmels, der sein Spezialgebiet war, und wünschte sich von Herzen, die Deutschen möchten immer noch so sein, während Terry, die Hand in der Armbeuge ihrer Mutter, in tiefer Ruhe dasaß.

Plötzlich hatte alles seine Richtigkeit. Ihre liebste Mutter fühlte sich besser. Das Wochenende hatte sich für sie nicht sehr vielversprechend angelassen. Sie hatte heftig daran gezweifelt, ob es ratsam war, Andrews Frau einzuladen, angesichts seines – wortlosen – heftigen Widerwillens. Aber nun war alles überstanden und nicht allzu schlecht verlaufen. Morgen standen wieder London und ihre Arbeit auf dem Programm und das Wissen, daß sie durch diese Arbeit wenigstens ein bißchen vom Elend der Welt abtrug. Und hier, hier war im Augenblick nur Schönheit.

Welche Schönheit, dachte Terry, die mit erhobenem Gesicht schaute und lauschte, es ist die Schönheit Gottes aus erster Hand in der prächtigen Nacht und die Schönheit, die Gott nahekommt, in der herrlichen Musik. Wie wunderbar war das. Konnte man jemals dankbar genug sein für alles, was einem geschenkt wurde, für alles, was man schenken durfte? Diese Schönheit ist nur durch Liebe ohne Mißgunst erreichbar, ohne Aufrechnen, ohne Angst, dachte sie, nur indem man sich niemals zu feigem Bedauern verleiten oder von Bischöfen und dergleichen einreden ließ, man müßte unter Tränen ernten, was man freudig gesät hatte. Die Freude muß man sich erhalten, dachte Terry und zog den Arm ihrer Mutter zärtlich an sich. Sie sollte sich triumphierend bis zum Ende durchsetzen, und dem Gewäsch, das Menschen wie der liebe alte Bischof – so lieb und nett mit seinem süßen alten Glatzkopf, jedoch längst jenseits allen Verstehens – bei jeder Gelegenheit in Form von Reueappellen von sich gaben, sollte man sorgsam ein taubes Ohr zuwenden. Reue! Weshalb Reue? Weil man glücklich war, ist, sein würde? Nichts, was Zufriedenheit brachte, das Leben lebenswert und harmonisch gestaltete, konnte jemals falsch sein. Das zu behaupten war nichts weiter als kranker Unsinn, und nie, niemals würde sie ihre erste Saat der Freude, gelegt vor sieben Jahren, zurücknehmen wollen.

In ihrer Gewißheit lächelte Terry stolz zu den Sternen auf. Der Bischof, der sie von seinem Platz im Schatten des Hauses aus betrachtete, fragte sich, welch süße Gedanken dieses junge Mädchen zu einem so süßen Lächeln bewogen haben mochten. Er verglich sie, von innen strahlend durch dieses Lächeln, von außen angestrahlt vom reinen, klaren Mondlicht, mit einer silbern geflügelten, mit einer nahezu pfingstlichen Taube, während Geoffrey an ihrer Seite sie beobachtete, in ihrer Gedankenversunkenheit, die allzu offensichtlich nichts mit ihm zu tun hatte, der sie, wie sie wußte, so sehr liebte. Und der, wie sie ebenfalls wußte, ihretwegen so unglücklich war und sich verbittert fragte, warum er sie trotzdem liebte.

Es war, als würde man Eiswasser lieben, genauso sagte er zu sich selbst. Alle Zuneigung, zu der Terry fähig war, galt nur Eltern, Sternen und Slums – lauter Dingen, die einen im Grunde nicht berührten, einem nicht das Herz zerreißen konnten. Sie zählte zu diesen absurden, faden Mädchen, die ihre Begeisterung auf die falschen Dinge lenkten. Sie hätte eine Pfarrerstochter sein und ein anderes Gesicht haben müssen. Gern hätte er gewußt, mit welchem Recht sie ein solches Gesicht hatte, mit diesem reizenden, großzügigen Mund, der zur Liebe einlud. Unfair, mit einem solchen Mund herumzulaufen, wenn man innerlich verklemmt und dünnlippig ist, äußerst unfair, einfach empörend, dachte er, stand abrupt auf und schritt über den taufeuchten Rasen, Verzweiflung im Herzen, zu der niedrigen Mauer am Fluß hinunter.

Dort setzte er sich nieder, wohl wissend, daß sie sein Gehen nicht einmal bemerkt haben würde, und starrte mit verschränkten Armen in das still dahingleitende Wasser und schimpfte sich einen Narren. Gibt es denn, so fragte er sich, einen ausgemachteren Narren als den, der mit seiner Liebe allein bleibt?

Eine Stunde später spielte der Graf immer noch Bach, und Andrew und Mr. Topham spielten immer noch Schach. Inzwischen war es schon weit nach Mitternacht. Höchste Zeit, dachte Daisy und wartete nur noch auf das großartige Ende der Chromatischen Phantasie und der Fuge, höchste Zeit, die weiblichen Gäste zu sammeln und zu Bett zu schicken.

Rosie konnte nur mit einer kleinen Verzögerung zu Bett geschickt werden, denn sie hielt sich im Küchengärtchen auf. Miss Simpson wurde gebeten, sie zu suchen, was sie in große Aufregung versetzte und wozu sie zunächst nicht in der Lage war, weil es ihr widerstrebte, in die dunkleren Winkel jenes Ortes vorzudringen. Doch schließlich fand sie sie – und auch Mr. Torrens, wie sie leider erwartet hatte, und zusammen ging man zum Haus zurück, Mr. Torrens in der Mitte. Er sprach so ruhig über die verschiedenen Sternbilder über ihren Köpfen, als röche er nicht ganz genauso wie Mrs. Leigh.

Den Duft kannte Miss Simpson inzwischen sehr gut, und sie

hatte ihn von Anfang an nicht gemocht. Jetzt trug Mr. Torrens ihn ebenfalls. Mußte sie da nicht gewisse Schlüsse ziehen? Miss Simpson hatte den Eindruck, daß sie, wohin sie sich auch wandte, mit Sex konfrontiert wurde. Trotz Lady Midhursts Sorge und ihres ausgesprochenen und wohlbekannten Abscheus vor Sex, außer in legalisierter Form, war er an diesem Wochenende ins Haus geschleppt worden, und zwar ausgerechnet von Mr. Torrens. Einem Minister der Krone. Einem älteren, verheirateten Mann. Wie konnte er nur, dachte Miss Simpson. Gab es denn überhaupt keine Gentlemen mehr? Gab es überhaupt niemanden, dem man sich allein anvertrauen konnte, wenn es zufällig auch noch dunkel war?

»Das da«, sagte Mr. Torrens und zeigte nach oben, »ist das Sternbild Vega.«

Soso, Vega, dachte Miss Simpson zitternd vor Empörung.

Daisy war im Begriff, die Tür zur Bibliothek zu öffnen, als sie blinzelnd in der Halle auftauchten. Sie wollte sich mit eigenen Augen vergewissern, wie die Schachspieler vorankämen, und fand sie wie schon früher, unbeirrt und völlig versunken. Sie hörten weder, daß die Tür geöffnet wurde, noch bemerkten sie, daß eine Schar Frauen sie betrachtete, halb mitleidig, halb nachsichtig, wie Frauen nun mal merkwürdige Konzentration und verbissene Begeisterung betrachten, wenn sie in keinem Zusammenhang mit ihnen selbst stehen.

»Sonderbar«, bemerkte die Frau des Bischofs, nachdem sie die beiden eine Weile schweigend angestarrt hatte.

»Ob sie die ganze Nacht so weiter machen?« flüsterte Lady Lattington.

»So ein nettes, stilles Spiel hat wenigstens einen Vorteil«, bemerkte Lady Cecilia auf dem Weg nach oben – eine Schar, dachte der Bischof, der von unten aus der Halle zusah und alle außer Mrs. Leigh, Terry, Terrys Freundin und vielleicht die liebe Lady Midhurst, die von hinten immer noch recht gut aussah, sorgfältig unbeachtet ließ, eine Schar von Schönheiten.

»Ich wüßte gern, welchen«, sagte Daisy, die nichts Vorteilhaftes darin finden konnte, wenn ein alter Mann sein Dinner versäumte und viele Stunden länger, als ihm guttat, vom Schlaf abgehalten wurde.

»Nun, Topsy hält seine Lästerzunge. Solange er mit einem Spiel beschäftigt ist, bei dem nicht gesprochen wird, bleibt sein Klatschmaul still«, sagte Lady Cecilia, denn Mr. Tophams zweite Obsession neben Schach war Klatsch, und niemand wußte soviel über alle anderen wie er, und niemand gab sein Wissen bereitwilliger weiter.

»Meine liebe Cilly«, protestierte Daisy. »Der arme Topsy. Wirklich, er ist der liebenswerteste Mensch unter der Sonne.«

»O ja – ich weiß, er ist liebenswert, aber er kann nicht dichthalten. Er könnte es nicht mal, wenn es um seine eigene Mutter ginge.«

»Dann müssen wir ihn vor jeglichem Schaden bewahren«, lächelte Daisy.

»Nun, in Ihrem Haus besteht keine Gefahr«, sagte Lady Cecilia, am Kopf der Treppe angekommen, und gab Daisy, die sie mochte, einen warmen, wenn auch knochigen Gute-Nacht-Kuß.

Hinter ihnen folgte Rosie. Sie hielt auf der letzten Stufe inne, während diese Verabschiedung zur Nacht andauerte, und vertrieb sich die Zeit, indem sie über ihre bloße Schulter nach unten lächelte – eine Schulter, deren Blöße nicht einmal von schmalsten Trägerbändchen oder dem feinsten Hauch von Tüll beeinträchtigt wurde, und wie sich ihr Kleid überhaupt am Körper halten konnte, war und blieb für Miss Simpson ein Rätsel –, indem sie über dieses gerundete, weiße Bißchen der von unten zusehenden Gruppe von Männern stetig zulächelte.

Komische alte Knaben, dachte sie, klimperte mit ihren langen Wimpern in ihre Richtung und wünschte sich, sie könnte sehen, was für ein Bild sie in dieser Haltung abgab; drei Viertel des Gesichts, die Wange an der Schulter, während ihr Sternenkleid sich glitzernd von der schwarzen Eiche des Treppenhauses abhob; komische alte Knaben, dachte sie, echte Museumsstücke. Doch nachdem sie nun mit ihnen fertig war und sie sie nicht mehr in den Küchengarten zerren konnten, war sie äußerst guter Laune und bereit, sie mit dem einen oder anderen besonders lieben Lächeln zu erfreuen. Das kostete sie nichts und machte die Männer glücklich. Der alte Knabe mit dem Augenglas – seinen Namen konnte sie sich nicht merken, Rivers oder Floods oder so – sah geradezu sentimental aus. Im Küchengarten war er in dem Augenblick einigermaßen warm geworden, als diese Miss Sowieso kam und sie zu ihrer großen Erleichterung störte. Mit alten Knaben konnte sie nichts anfangen, schon gar nicht mit hitzigen alten Knaben. Im Grunde faßte Rosie einen Abscheu gegen jede Art von Knaben, ob alt oder jung, sobald sie etwas unternahmen, was ihr Äußeres in Unordnung brachte. Jetzt ist das alles vorüber, Gott sei Dank, dachte sie unter eifrigem, gutgelaunten Wimpernklimpern, und um keinen Preis wollte sie einen derartigen Besuch noch einmal durchstehen müssen, trotz der Ehre, auf Shillerton gewohnt zu haben, und trotz dieses überaus erfolgreichen letzten Abends, an dem Lady M. Nettigkeiten über ihr Kleid geäußert hatte und alle sie so angestarrt hatten –

»Wie bitte?« unterbrach sie sich hastig selbst und fuhr herum, denn offenbar hatte Lady M. sie angesprochen.

Ja. Lady Cecilia hatte ihre Verabschiedung zur Nacht abgeschlossen und war, eine Bach-Melodie summend, gegangen. Die Frau des Bischofs und Lady Lattington redeten miteinander, obwohl keine von beiden zuhören wollte oder auf das einging, was die andere sagte. Terry und ihre Freundin standen direkt hinter Rosie auf der Treppe. Miss Simpson kam als letzte, ihr lebenslängliches Los.

»Ich hoffe, Sie sind nicht zu erschöpft«, sagte Daisy freundlich.

»Überhaupt nicht«, antwortete Rosie, bemüht, so höflich wie nur möglich zu sein, denn sie bildete sich ein, daß Lady M.s Blick zu dem Teil ihres Gesichts wanderte, der im Küchengarten heiß geworden war. Wäre das nicht gemein, dachte sie, wenn ich in Schwierigkeiten geraten sollte wegen einer Sache, die mir ganz und gar nicht gefallen hat?

Doch Daisy sagte nur, indem sie auf die hübsche kleine

Gruppe hinunterlächelte – auf die zwei honigblonden Mädchen und diese wirklich entzückende dunkle kleine Rosie: »Ich hoffe, Andrew stört Sie nicht, wenn er spät hinaufkommt.«

»Aber nein«, versicherte Rosie. »Wir schlafen nicht zusammen«, und da wenige Frauen, ganz gleich, wie es um ihre Tugend oder ihr Alter bestellt ist, die Worte »zusammen schlafen« ungerührt anhören können, verfielen die Frau des Bischofs und Lady Lattington, bislang in zwanglosem Gespräch, unverzüglich in Schweigen, und Miss Simpson hielt den Atem an.

Was habe ich nun schon wieder gesagt? fragte sich Rosie. Dieses immer wieder unverhofft eintretende Schweigen reicht mir allmählich, sagte sie zu sich selbst. Falls die zwei alten Frauen plötzlich still waren, weil sie nicht mit Andrew schlief, hätte sie sie liebend gern gefragt, wie sie das denn hätte ändern sollen, wenn er am anderen Ende des Hauses untergebracht war. Sie hatte weiß Gott nicht den Wunsch, mit ihm zu schlafen, und sie hätte es weiß Gott getan, wenn sie gemußt hätte, als seine Frau, und zwar eine so respektable Frau, wie sie nicht jeden Tag gefunden wird. Es war nicht ihre Schuld, daß sie es nicht konnte, deshalb sollten sie sich lieber um ihre eigenen Angelegenheiten kümmern und sie, Rosie, den ihren überlassen. Um ein Haar hätte ich das alles gesagt, dachte sie und warf den Kopf in den Nacken.

»Ich meinte«, erklärte Daisy noch freundlicher, denn das Schweigen war auch ihr nicht entgangen, und diese Art von Pausen hatte sie schon ihr Leben lang bedauert, »Sie könnten ihn in seinem Ankleidezimmer hören, und ich möchte nicht, daß Sie nicht gut schlafen, nachdem Sie so unwohl waren.«

»Aber ich werde ihn nicht hören, weil –«, begann Rosie zu erklären, als Terry plötzlich von hinten beide Arme um ihre Taille schlang.

»Genug geredet«, sagte Terry mit gespielter Strenge und schob sie sanft die letzte Stufe hinauf. »Für Rekonvaleszenten ist es Zeit, zu Bett zu gehen. Sagen Sie Mutter ›Gute Nacht‹ und kommen Sie, damit ich Sie ins Bett stecke.« Und lachend tat sie so, als wollte sie sie hochhheben und sie halten wie ein Baby, um sie zu küssen, woraufhin Rosie sich nicht mehr an den alten Damen störte, nicht nach diesem weiteren Beweis dafür, wie sie nun hoch im Kurs stand. Sie war sehr stolz und glücklich, und als Daisy sie küßte, lachte diese ebenfalls, offenbar belustigt über Terrys plötzliche Ausgelassenheit.

Sie gehen aus sich heraus, zweifellos, dachte Rosie in ihrem Hochgefühl nach dem Kuß, und war beinahe versucht, den beiden alten Frauen an Lady M.s anderer Seite eine Grimasse zu schneiden.

Doch sie hielt sich zurück. Dies war nicht der rechte Zeitpunkt für Grimassen. Ihr Erfolg war zu offensichtlich. Sie mußte ihn den anderen nicht unter die Nase reiben.

»Ich hoffe wirklich, es war nicht zu ermüdend für Sie«, sagte Daisy noch einmal mit größtem Wohlwollen.

»Ganz im Gegenteil, seien Sie unbesorgt, Lady Midhurst«, erwiderte Rosie höflich.

Danach ließ sie sich in dem Gefühl, daß dieser Abgang kaum noch zu übertreffen sei, von Terry zu ihrem Bett geleiten.

In ihrem Zimmer sagte Terry, nachdem sie Licht gemacht hatte: »Gestatten Sie, daß ich Ihnen aus Ihrem Kleid helfe. Ich glaube kaum, daß die Mädchen noch wach sind.«

»O nein, vielen Dank«, wehrte Rosie hastig ab, denn bevor sie den silbernen Ursprung ihres Triumphes ablegte, wollte sie sich noch einmal von allen Seiten gründlich im Spiegel betrachten und sich selbst an dem Anblick weiden, den die glücklichen anderen den ganzen Abend über hatten genießen können.

Sie war entschlossen, sich dieses schlichte Vergnügen nicht nehmen zu lassen. Warum sollte sie, immerhin die Hauptdarstellerin des Abends, in einem Morgenmantel verlöschen, ohne zunächst die Bilder ihrer Erinnerung einzuprägen, die sich alle anderen nach Belieben hatten einprägen können? Vor dem Dinner war das Hausmädchen im Zimmer gewesen und hatte sich, nachdem sie ihr Korsett zugehakt hatte, mit Aufräumen zu schaffen gemacht, und sie hatte keine Lust gehabt, sich vor ihren Augen zu drehen und zu wenden und ihre Wirkung aus den verschiedensten Blickwinkeln zu prüfen. Das wollte sie jetzt nachholen. Jetzt endlich konnte sie allein sein, alle Lampen einschalten und sich soviel Zeit lassen, wie sie wollte.

»O nein, vielen Dank«, sagte sie denn auch hastig zu Terry. »Es ist ganz einfach. Es fällt herab, wenn ich mich nur schüttle.«

Das glaubte Terry gern. Ein- oder zweimal im Verlauf des Abends hatte sie sich sogar gewundert, warum es nicht verrutschte, da es doch nur so wenig Halt fand, und nachdem Rosies Verhalten deutlich zu entnehmen war, daß sie sie schnellstens los sein wollte, und nachdem sie ihre Pflicht als Gastgeberin erfüllt und sich nach ihren eventuellen Bedürfnissen erkundigt hatte, riet sie ihr lächelnd, schnell zu Bett zu gehen, wünschte eine gute Nacht und ging.

»Das Mädchen ist zäh«, sagte Rosie zu sich selbst und blickte ihr nach – sie und Mumsie pflegten sich Frauen, die ihnen den Rükken kehrten, immer sehr genau anzusehen – »und eine Bohnenstange. Bohnenstangen sollten nicht obendrein noch zäh sein«, fügte sie hinzu und freute sich so sehr an diesem klugen Gedanken, daß sie einen Moment bewegungslos mitten im Zimmer stehenblieb und sich Mumsie herbeiwünschte, um mit ihr zusammen lachen zu können. Nun, es war doch ein herrlicher Witz und würde in einer Revue sicherlich gut ankommen. Sie durfte nicht vergessen, es Mumsie zu erzählen. Und als sie sich genug darüber amüsiert hatte, ging sie auf Zehenspitzen zur Tür, schloß sie so leise wie möglich ab, schaltete alle Lampen ein, die sie entdecken konnte, einschließlich der Badbeleuchtung, und fing an, sich richtig zu vergnügen.

Ah, jetzt endlich war sie glücklich. Diesen Augenblick hatte sie herbeigesehnt: die Einladung ausgestanden, nichts mehr zu ertragen in diesem Haus, und sie allein mit den Spiegeln – ach, jetzt war sie endlich, endlich richtig glücklich. Lange Zeit posierte sie, ging auf ihr Spiegelbild zu, trat wieder zurück, lächelte, knickste, ging sogar ganz dicht ans Glas heran und küßte es mit halbgeschlossenen Lidern. Immer noch besser, dachte sie, einen Spiegel zu küssen als diesen alten Mr. Floods, oder wie auch immer sein wäßriger Name lautete. Aber konnte sie es ihm verübeln? Nein, ehrlich gesagt nicht, dachte Rosie und betrachtete ihr Gesichtchen ganz nah im Spiegel. Sie wunderte sich nur, daß es nicht schon zu Beginn der Party geschehen war statt erst am Ende. Aber was für ein Glück, dachte sie, als sie langsam, widerstrebend, mit vielen Pausen schließlich doch begann, sich von dem Kleid zu trennen, das es geschafft hatte, alle zum Schmelzen zu bringen. Sonst hätte Mr. Swamps mich mittlerweile längst überschwemmt* – oh, Hilfe, dachte Rosie und zog eine Grimasse. Nun, da sie kein Kleid mehr anhatte, zeigte sie nicht mehr das geringste Interesse für die Gestalt im Spiegel.

Seufzend, denn die Trennung fiel ihr schwer, hängte sie die Handvoll sieghaften Glitzerns behutsam in den Kleiderschrank und schlüpfte in ihren Morgenmantel. Es war schon sehr spät geworden, doch sie mußte unbedingt noch ein paar Briefe schreiben, bevor sie zu Bett ging. Es war die letzte Gelegenheit. Am Morgen würde ihr keine Zeit mehr bleiben. Gleich nach dem Frühstück reiste sie ab, und Grimmy, wie sie das ernste Hausmädchen heimlich bei sich nannte, hatte schon alles außer ihrem Reisekostüm eingepackt.

Der Koffer stand geöffnet im Ankleidezimmer, wartete nur noch auf das silberne Kleid, und in diesen Koffer, ganz unten zwischen den Kleidungsstücken, die Grimmy nicht mehr in die Hände bekommen würde, wollte sie, das war nun ihr fester Entschluß, ein paar Bögen von dem Shillerton-Briefpapier verstekken, um in den ersten Tagen in London noch ein paar weitere Briefe zu schreiben.

Doch zwei oder drei Briefe standen noch aus, die aufgrund der mißtrauischen Art mancher ihrer Freundinnen doch lieber den authentischen Poststempel tragen sollten, und zudem noch einer an ihre Tante Violet, der ganz eindeutig nicht ohne diesen Stempel abgeschickt werden durfte.

Wie dumm von mir, daß ich Tante Violet bis zuletzt aufgespart habe, dachte Rosie – plötzlich, nachdem mit der großen Garde-

* to swamp: überschwemmen, unter Wasser setzen (Anm. d. Ü.)

robe auch die Aufregung verflogen war, sehr müde. Gerade ihr hätte sie vor allen anderen zuerst schreiben müssen statt zuletzt, weil sie nicht nur mehr als alle anderen beeindruckt werden mußte, sondern auch, weil ihr nichts entging. Sie würde es sofort bemerken, wenn der Poststempel nicht mit dem Absender übereinstimmte, und dann würde sie sich schlicht weigern zu glauben, daß Rosie überhaupt auf Shillerton gewesen war.

Wie schrecklich, so mißtrauisch zu sein, dachte Rosie und gähnte, als sie matt zum Schreibtisch ging. Sie war ein nörglerisches, kritisches altes Ding, diese Tante Violet. Nur weil sie Mumsies Alter kannte – wirklich schrecklich, eine Schwester zu haben –, stieß sie sie immer wieder mit der Nase darauf und fragte, ob sie nicht bald etwas ruhiger werden und versuchen wolle, ein paar respektable Leute kennenzulernen, anstatt mit dem Pöbel durch die Restaurants zu ziehen.

Eine Gemeinheit, so zu reden. Eifersüchtig war sie, sonst nichts. Aber ihre Mumsie konnte es sich leisten, darüber zu lachen. Wohin sie auch kam, immer noch schaute man sich nach ihr um, während niemand Tante Violet auch nur bemerkte. Und was respektable Leute anging, was war denn mit Andrew und seinen intimen Beziehungen zu den Midhursts?

»Ach – die Midhursts«, hatte Tante Violet in ihrer unangenehmen Hochnäsigkeit das letztemal, als sie sie sah, gesagt. »Du und Rosie, ihr seid so eng mit ihnen befreundet, nicht wahr? Geht in ihren Häusern ein und aus.«

Nun, jetzt würde sie es ihr zeigen, dachte Rosie, setzte sich an den Schreibtisch und streckte die Hand nach einem Bogen Briefpapier aus.

Es war kein Briefpapier vorhanden. Bis auf einige Umschläge war die Schachtel leer. Umschläge in Hülle und Fülle, aber kein Briefpapier – nicht eine einzige von den eindrucksvollen Ansichtskarten von Haus und Terrasse, die sie so eifrig über ganz London verteilt hatte. Sie hatte sie an diesem Nachmittag zwischen Tee und Dinner, wie sie sich erinnerte, alle aufgebraucht, doch bisher war die Schachtel jedesmal, wenn sie sie geleert hatte, unverzüglich wieder aufgefüllt worden, und gerade jetzt, als sie am dringendsten Briefpapier benötigte, stand sie vor gähnender Leere.

Diese Grimmy. Erdreistete sich, selbst zu entscheiden, daß wohl keine Briefe mehr geschrieben würden, da das Wochenende vorüber war; sie dachte wohl, sie wüßte besser als eine Dame, was diese zu tun oder zu unterlassen gedachte. Überhaupt, sie sollte sich schämen, in einem so steinreichen Haus wie diesem irgend etwas leer stehenzulassen. Rosie war höchst ungehalten, da es um diese Nachtzeit wohl sinnlos war zu klingeln, und wenn sie selbst im Morgenmantel nach unten gehen und suchen würde, wer wußte, in was für Kalamitäten sie dann geriet? Die Orientierung verlieren würde sie, falls das Haus dunkel war, und ihren Ruf, wenn nicht mehr.

Man sollte sie feuern, dachte Rosie um so rachsüchtiger, da Grimmy, abgesehen von Lady M., sie fast noch mehr einschüchterte als alle anderen im Haus. In Gedanken an Tante Violet und die verpaßte einmalige Gelegenheit, sie zum Schweigen zu bringen, und in Gedanken daran, wie dumm es war, sich Tante Violet bis zuletzt aufzusparen, und daran, wie gewöhnlich doch Dienstboten waren und daß Grimmy, falls sie, Rosie, am Morgen um Briefpapier bat, das nach ihrer Abreise verschwunden sein würde, zehn zu eins darauf setzen würde, daß sie es gestohlen hatte – in Gedanken an all diese Dinge zog sie enttäuscht und ärgerlich ihre restlichen Kleider aus und ging zu Bett.

Wäre sie doch nur dort geblieben! »Ein Gast«, legte Sir Lydford später dar, als ganz London voll war von dem, was auf Shillerton geschehen war, weil sie sich nicht daran gehalten hatte, »ein Gast auf einem Landsitz sollte sein oder ihr Zimmer nie, unter keinen Umständen vor dem verabredeten Zeitpunkt verlassen. Vor Gericht habe ich mehr als einmal die Komplikationen verhandelt, die daraus entstehen, wenn jemand, er oder sie, sich nicht an diese einfache Regel hält.«

Doch Rosie, an Landsitze nicht gewöhnt und mit deren einfachen Regeln wahrscheinlich nicht vertraut, wurde, als sie früh am nächsten Morgen von einem Sonnenstrahl geweckt wurde, der ihr durch die unvollständig geschlossenen Läden direkt in die Augen fiel – wieder einmal hatte Grimmy ihre Pflichten vernachlässigt –, Rosie also wurde von etwas heimgesucht, das sie in ihrer Unwissenheit als Inspiration bezeichnete. Warum nicht, dachte sie, sogleich hellwach und bereit, ihren Gedanken die Tat folgen zu lassen, ehe ihr um acht Uhr der Tee gebracht wurde, das heißt vor Grimmys erstem Auftauchen, warum nicht nach unten schlüpfen, während alle anderen noch im Bett sind, und das, was sie sich so dringend wünschte, vom Schreibtisch im Salon holen?

Sie blickte auf die geräuschlose Uhr auf dem Tischchen neben dem Bett – wie diese es schaffte zu funktionieren, ohne auch nur zu ticken, konnte sie sich nicht vorstellen – und sah, daß es Viertel nach sieben war. Reichlich Zeit, dachte sie, um hinunterzulaufen, zurückzulaufen, den Brief an Tante Violet zu schreiben, das restliche Briefpapier unten im Koffer zu verstecken und in anscheinend tiefem Schlaf wieder im Bett zu liegen, wenn der Tee kam. Grimmy würde nichts ahnen. Niemand würde etwas ahnen.

Du wirst immer schlauer, dachte sie, sprang aus dem Bett und zog ihren Morgenrock an. Beeilung, sicher ist sicher, ermahnte sie sich. Sie nahm sich nicht einmal die Zeit, die Gesichtscreme abzuwischen. Wie sie aussah, war gleichgültig. Sollte sie doch jemandem begegnen, wäre es ohnehin nur einer von den rangniedrigsten Dienstboten, die so früh aufstehen mußten, um sauberzumachen, und wahrscheinlich nicht einmal wußten, wer sie war.

Und sie tappte in ihren Pantöffelchen eilig zur Tür, öffnete sie leise und schlüpfte hinaus.

Das Haus wirkte verlassen. Die niederen Dienstboten hatten sich, nachdem sie die öffentlich zugänglichen Räume gelüftet hatten, zu einem dieser Imbisse zurückgezogen, die ihren Tag im Zwei-Stunden-Rhythmus unterteilten, und die gehobenen, wie Grimmy, waren noch in ihren Räumen. Nicht einmal der Saum eines einzigen bedruckten Rocks war zu sehen. Sonnendurchflutet und leer erstreckte sich der lange Flur, die Fenster weit dem Morgen geöffnet, und aus jedem dieser Fenster strömte Rosie im Vorbeilaufen ein Gemisch von Duft und Gesang entgegen. Doch sie hatte nie wahrgenommen, was Blumen oder Vögel taten, und außerdem war sie jetzt einzig und allein darauf bedacht, so schnell wie möglich hinunter in den Salon und zurück in ihr Zimmer zu gelangen, und zwar vorzugsweise ungesehen.

Kaum hatte sie den Fuß der Treppe erreicht, wurde sie entdeckt. Ein Diener sah sie. Mit einem Teller voll Toast durchquerte er die Halle in Richtung Speisezimmer, doch unverzüglich senkte er diszipliniert den hochmütigen Blick und setzte seinen Weg ohne augenfällige Neugier fort.

Ihr stockte für einen Augenblick der Schritt. Eine Hand lag auf dem Treppengeländer, die andere hielt ihren Morgenrock zusammen. So früh schon wurde Toast ins Speisezimmer gebracht? Wer mochte dort sein und zu so unchristlicher Stunde schon frühstücken?

Nun, aber, dachte Rosie und sprach sich selbst Mut zu, wenn es unchristlich früh fürs Frühstück war, dann war es gleichzeitig unchristlich spät für eine Gefährdung ihres Rufs. Außerdem trug sie noch ihre Gesichtscreme. Es wäre schon eine große Leistung, sich trotz der nicht abgewischten Creme ins Gerede zu bringen, auch wenn wirklich plötzlich jemand aus der Tür treten sollte, die der Diener diskret hinter sich geschlossen hatte. Es wäre trotz des Morgenrocks, unter dem sie nichts außer dem Pyjama trug, sonnenklar, daß das, was sie im Sinn hatte, nichts mit Männern zu tun hatte.

Indem sie sich auf diese Weise Mut machte, setzte auch sie, zunächst noch zögernd, ihren Weg fort und war froh, als sie den Salon unbehelligt erreicht hatte. Hier allerdings erwartete sie der nächste Schock. Die Schiebetüren zwischen Salon und Speisezimmer, Türen, die sie geschlagene zehn Mal zwischen diesen entsetzlichen Mahlzeiten durchschritten hatte, waren weit geöffnet, und sie konnte den Schreibtisch in einer der Fensternischen nicht erreichen, ohne sie zu passieren.

Oh, verflixt, dachte Rosie, und wieder stockte ihr Fuß.

Doch es wäre wirklich jammerschade, keinen Ausweg mehr zu finden, nachdem ich schon so weit gekommen bin, jammerschade, jetzt aufzugeben, dachte sie, und Mumsies Kampfgeist regte sich in ihr. Und indem sie sich erneut Mut zusprach, statt sich zu schämen, näherte sie sich behutsam dem nächstgelegenen Türflügel, um durch den Spalt zwischen Angeln und Wand zu spähen und sich zu vergewissern, wer da drinnen sein Frühstück einnahm. Man stelle sich vor: Um sieben Uhr morgens müssen die armen Dienstboten aus dem Bett, um für jemanden zu kochen, dachte Rosie voll berechtigter Empörung. Rücksichtslos nannte sie so etwas. Es würde sie nicht wundern, wenn es der Geistliche wäre. Sah diesen Kanzelpredigern ähnlich, Umstände zu machen, und sie konnte nur hoffen, daß sie ihn zwangen, die restlichen Stachelbeeren zu essen.

Doch als sie vorsichtig durch den Spalt lugte und ihren Hals ein wenig verrenkte, weil ihr Blickfeld eingeschränkt war, erkannte sie, daß es nicht der Geistliche, sondern der alte Herr war, den sie Topsy nannten, dieser rosige alte Herr mit dem Kragen, der immerzu mit Andrew Schach gespielt und der nach den ersten zwei Minuten nie wieder das Wort an sie gerichtet hatte und offenbar einen Rock nicht von einem Hosenbein unterscheiden konnte. Aus der hastigen Art, wie er nach dem Toast griff, den der Diener ihm vorgesetzt hatte, schloß sie, daß er in Eile war und seinen Zug nicht versäumen wollte.

Nun, er ist nicht gefährlich, dachte sie erleichtert. Er war von allen am wenigsten gefährlich. Ein alter Knabe jenseits von Gut und Böse, soweit es Frauen betraf; falls er sie bemerken sollte, würde er einfach weiteressen und sich nichts dabei denken.

Er murmelte dem Diener etwas zu, und dieser ging fort. Sie nahm die Gelegenheit wahr, denn er machte sich schon wieder über seinen Teller her, und schob die Türhälfte, hinter der sie stand, vorsichtig und ganz langsam zu, in der Absicht, den Arm auszustrecken, sobald sie die eine Hälfte geschlossen hatte, und die andere Hälfte zu fassen und auf ihr Glück zu vertrauen, daß er nicht aufblickte, sondern glaubte, den Arm eines Dienstmädchens gesehen zu haben, das dort Staub wischen wollte.

Plötzlich stockte sie jedoch zum drittenmal und blieb reglos und mit pochendem Herzen stehen. Aus dem Flur kam jemand ins Speisezimmer – kein Dienstbote, sondern jemand, der die Tür rasch öffnete und hereingelaufen kam, und an diesem Punkt preßte Rosie sich an die Wand und begann sich zu fragen, ob Tante Violet wirklich dieser Mühe wert wäre.

Rosie preßte sich an die Wand hinter der Tür. Die Schritte durchmaßen eilig den langgestreckten Raum. »Ach, liebster Topsy«, sagte eine wohlbekannte Stimme – diese zähe Bohnenstange, eindeutig die Bohnenstange, die jetzt ihre Zähigkeit an dem alten Herrn beweisen wollte, zum Teufel mit ihr, dachte Rosie –, »ich bin so froh, daß ich noch rechtzeitig gekommen bin, um mich von Ihnen zu verabschieden. Ich hatte Ihnen eigentlich das Frühstück servieren und dafür sorgen wollen, daß Sie alles bekommen, bin aber nicht aufgewacht.« Und sie fügte hinzu, indem sie sich über ihn beugte – Rosie konnte sie gut sehen – und ihm einen leichten Kuß auf die Glatze hauchte: »Sie haben also gewonnen!«

Fröhlich und voller Zuneigung tätschelte sie ihm gratulierend die Schulter, und Rosie gab das Briefpapier und all ihre Pläne, Tante Violet zu beeindrucken, verloren, wünschte sich nur noch, sicher zurück in ihr Zimmer zu gelangen, und dachte: Ich muß schnellstens fort von hier.

Von dieser zähen Bohnenstange ertappt zu werden, hätte sie einfach nicht ertragen. Panik erfaßte sie, daß es im nächsten Augenblick zu spät sein könnte, daß das Mädchen hinaus in den Flur käme, um den alten Mann zu verabschieden, und ihr den Weg abschnitt. Sie wandte sich um und flüchtete, ohne nach links oder rechts zu schauen, huschte, so schnell sie konnte, zurück in den Schutz ihres Zimmers.

Erst dort, als sie sich keuchend aufs Bett geworfen hatte, den Morgenrock löste und die Pantoffeln abstreifte, erinnerte sie sich wieder.

Zum viertenmal stockte sie in ihren Bewegungen. Halb aus dem Morgenrock geschlüpft, einen Fuß noch im Pantoffel, saß sie wie erstarrt auf der Bettkante.

»Sie haben also gewonnen.«

Das hatte das Mädchen doch gesagt, nicht wahr? Und sie hatte vom Schachspiel gesprochen. Von dem Spiel, bei dem man den alten Herrn und Andrew am Abend zuvor zurückgelassen hatte, als alle zu Bett gingen.

»Sie haben also gewonnen.«

Rosie saß ganz still da, in tiefe Gedanken gehüllt.

Woher konnte das Mädchen das wissen?

4

Der alte Mr. Topham, ein Mann von äußerster persönlicher Integrität und höchstem Wohlwollen, dem es derart widerstrebte, auch nur das geringste von Gottes Geschöpfen zu kränken, daß er auf dem Weg durch den Garten den Ameisen auswich, kombinierte seine Leidenschaft für das Schachspiel merkwürdigerweise mit einer Leidenschaft für Klatschgeschichten und konnte niemals, sosehr er sich auch bemühen und so wichtig sein Schweigen auch sein mochte, etwas für sich behalten. Er hielt nicht dicht. Er war im Grunde der König der Londoner Klatschmäuler und richtete auf diese Weise ungewollt viel Schaden an.

Wie unglücklich also, daß Terry Chilgrove, der er sehr ergeben war, diese freundlichen, diese fröhlichen kleinen Glückwunschworte zu ihm gesagt hatte, die ihm, als er Zeit hatte, darüber nachzudenken, die erstaunlichste Enthüllung seines Lebens bescherten. Wie unglücklich, daß sie nicht, wie sie so gern gewollt hätte, denn sie war müde, im Bett geblieben war, statt aufzustehen und sich um sein Wohlergehen zu kümmern. Doch er war alt. Er war nicht sehr kräftig. Aus reiner Menschenliebe war sie aufgestanden. Und nur in dem Wunsch, ihm eine Freude zu machen, hatte sie, bevor ihr bewußt wurde, was sie sagte, sich und Andrew verraten.

Jeder andere ihrer männlichen Freunde wäre lieber gestorben, als sie zu verraten. Theoretisch wäre Mr. Topham auch lieber gestorben. Er konnte jedoch nicht dagegen an. So war er eben. Er mußte klatschen, und er klatschte.

Bei Gott, das werde ich für mich behalten, gelobte er mit Erstaunen und Aufregung und Entschlossenheit in der Miene, als der Zug ihn nach Norden trug.

Das Gelöbnis war nicht zu halten. Ein hoffnungsloser Kampf. Dank seiner aufrichtigen Zuneigung zu dem Mädchen und ihrer Mutter beschränkte er sich immerhin darauf, seine Neuigkeit nur einer einzigen Person zuzuflüstern, und diese einzige Person traf die gleiche Vorsichtsmaßnahme und flüsterte sie ebenfalls nur einer einzigen Person zu, und so ging es weiter, bis gegen Ende der Woche der gesamte Teil Londons, der sozusagen die Welt bedeutet, in blankem Erstaunen den Mund aufriß.

Die kleine Chilgrove. Daisys Tochter. Ausgerechnet Daisys Tochter! Und mit diesem eingefallenen Sekretär-Typen, alt genug, um ihr Vater zu sein. Die jungen Leute waren doch heutzutage einfach zu korrupt. Wirklich, woran und an wen konnte man überhaupt noch glauben?

»Die arme Daisy«, lamentierten die Noch-Guten, entsetzt über das Ausmaß ihres Unglücks. Ihr ganzes Leben drehte sich um dieses Mädchen. Wie schrecklich, daß ihr so etwas zustoßen mußte.

»Geschieht ihr recht«, riefen die Gestrauchelten laut – das heißt, all jene Personen, die sie nicht mehr sah, wenn sie ihnen auf der Straße begegnete.

Doch wie es gnädigerweise so häufig der Fall ist, wußten die Hauptdarsteller in diesem beklagenswerten Drama von nichts, bewirkten eine gedämpfte, aber tiefgreifende Sensation, wo immer sie auftauchten, und gaben den Veranstaltungen, an denen sie teilnahmen, ungeheuren Auftrieb.

Daisy war wirklich völlig unwissend, hegte nicht einmal die Spur eines Verdachts, daß etwas nicht stimmen könnte, und war nach ihrem Gespräch mit ihrem Freund George Torrens wie auch dank Terrys schlichter, freundlicher Haltung Andrews Frau gegenüber ganz sicher, daß die garstigen Verdächtigungen, die sie in letzter Zeit in Stücke rissen, ohne Grundlage waren, während

Terry ihr Bewußtsein einlullte, nach gründlichem Nachdenken sicher, daß Topsy, hingegeben an seine Eier mit Speck und seine Eile, um den Zug noch zu bekommen, die schreckliche Bedeutung dessen, was sie gesagt hatte, nicht bemerkt haben konnte. Irgend etwas von gewinnen – hatte er gewonnen, wer hat gewonnen, nicht aber die fatale Form »Sie haben also gewonnen« konnte ihm in seinen lieben, alten Wirrkopf gedrungen sein. Davon war sie überzeugt, nachdem er so abwesend ihre Hand getätschelt hatte und gleichzeitig nach der Kaffeekanne griff und ihr sagte, wie lieb es von ihr gewesen sei, so früh aufzustehen, und daß es hart auf hart gegangen wäre, beim Spiel. An der Tür hatte er sie außerdem so voller Zuneigung wie immer geküßt, und im Weggehen hatte er mit vollkommen heiterem, gewöhnlichen Gesicht seinen Hut geschwenkt.

Nein, er hatte nichts bemerkt, er hatte es nicht gehört, und falls doch, wie unwahrscheinlich, wie unmöglich war es dann, daß er zwei und zwei zusammenzählen sollte, wenn er nicht ohnehin schon einen Verdacht gehabt hatte. Doch ihr Entkommen war genauso knapp gewesen wie sein Sieg im Schach, und in Zukunft mußte sie sorgfältig auf die Gefahren achtgeben, die im alltäglichen Umgang lauerten. Nicht fünf Minuten lang würde ich mir die Mühe machen, darauf achtzugeben, würde ich so tief sinken, etwas zu verbergen, wenn meine Mutter nicht wäre, dachte sie in der Überzeugung, daß sie die wahren Werte des Lebens kannte. Doch das Herz dieser lieben, gesegneten, streng viktorianischen Mutter konnte sie nicht brechen. Niemals würde ihre Mutter verstehen. Sie würde einfach sterben.

So kam Terry wieder zu Atem, nahm sich fest vor, ständig im Auge zu behalten, daß sie schließlich nicht, wie sie das Gefühl hatte, seit Jahren zufrieden und glücklich verheiratet war, und schaffte es bei jeder Gelegenheit, wenn sie in die Öffentlichkeit trat, dabei ein unbekümmertes Gesicht zu zeigen.

Es ergaben sich nur zwei solcher Gelegenheiten, denn schon vor langer Zeit war sie der Gesellschaft der Reichen überdrüssig geworden – einmal in der Oper anläßlich einer besonders prachtvollen Aufführung der ›Meistersinger‹, und dann auf dem Hofball, zu dem ihre Mutter sich so sehr ihre Begleitung wünschte, daß sie es ihr nicht abschlagen konnte, und auf dem sie beide so ausgesucht liebenswürdige Beachtung fanden, daß gewisse Gerüchte, die sich um Terrys Namen in Verbindung mit einer eventuellen Heirat in höchste Kreise rankten, schon bald Wirklichkeit zu werden versprachen.

Als Daisys Freunde das Mädchen in der Oper beobachteten, ganz jungfräulich in Weiß, schauderten sie. Ihrer Ruhe konnte nur das abgefeimteste, zynischste Doppelspiel zugrunde liegen. So, wie sie dort oben saß, war sie ein Bild engelsgleicher Unschuld. Die arme Daisy. Die arme getäuschte und betrogene, liebe Frau. Der Gedanke an sie ließ ihnen das Blut gefrieren. Doch als sie auf dem Hofball das Mädchen beobachteten, wieder in die weißen Gewänder eines makellosen Lebenswandels gehüllt und überschüttet mit soviel Aufmerksamkeit, da wurden sie unsicher. War es nicht vielleicht doch möglich, fragten sie sich, als sie sie zum drittenmal mit einem der begehrtesten Partner tanzen sahen, daß Topsy, inzwischen schon sehr alt und wahrscheinlich wirr im Kopf, irgendeine Geschichte in den falschen Hals bekommen hatte, und daß Terry nicht etwa zynisch und herzlos war, sondern genauso, wie sie wirkte? Die Geschichte war tatsächlich unglaublich. Dieser stille, ältliche Andrew Leigh kannte sie schon von Kindesbeinen an und war außerdem, wie man hörte, mit einer sehr hübschen jungen Schauspielerin verheiratet, in die er wahrscheinlich völlig vernarrt war. Die Geschichte erschien ihnen wirklich weit hergeholt. Und falls Terry nun eine ehrfurchtgebietende Ehe eingehen sollte, wäre es dann nicht peinlich, so etwas über sie gesagt und gedacht zu haben?

Ein Zögern setzte ein. Das Pendel schwang in die andere Richtung aus. Sosehr London auch für einen saftigen Skandal zu haben war, nach dem Hofball setzte sich die Meinung durch, man könne es sich nicht leisten zu denken, eine junge Frau mit möglicherweise strahlender Zukunft sei in einen solchen verwickelt. Kindischer alter Mann, dieser Topsy. Und dazu noch fast taub. Um die absurde Stunde, zu der er an jenem Morgen auf seinem

Frühstück bestanden hatte, war er wahrscheinlich völlig taub vor Schlaftrunkenheit. Und wie leicht hätte er den genauen Wortlaut verdrehen können. Es waren schließlich nur vier Worte, und solch ein Mädchen konnte man nicht aufgrund von vier Worten verdammen. Es war wirklich schändlich von ihm, sofort so schreckliche, voreilige Schlüsse zu ziehen. Er mußte wohl eine ziemlich schmutzige Phantasie haben.

In den Clubs wurde Mr. Topham nun geschnitten. Im Parlament flüsterten die Mitglieder abträglich untereinander, wenn er vorbeiging. George Torrens, so war zu hören, sprach davon, ihn zu fordern. Allgemein herrschte die Meinung, man müsse seine Witwen und Jungfrauen vor so etwas beschützen, und nachdem vierzehn Tage vergangen waren, bewahrte nur sein Alter Mr. Topham vor manchem Fußtritt.

Doch dann, gerade als diese Reaktion ihren Höhepunkt erreicht hatte und der arme alte Herr trotz all seiner Bemühungen, beim Vorsitzenden angefangen, von niemandem mehr beachtet wurde, während Daisy und Terry mit Liebes- und Achtungsbeweisen förmlich überschüttet wurden, wurde London abrupt in den ursprünglichen spannungsgeladenen Schrecken zurückgestoßen.

Eine bis dahin unbekannte, nie erwähnte Person erschien auf der Szene. Eine Mrs. De Lacey. Die Mutter von Leighs Frau. Mumsie.

Eines Morgens um zwölf Uhr betrat sie die Bibliothek von Daisys Haus am Grosvenor Square, nachdem sie kurz mit dem Diener gesprochen hatte, der sie nicht vorlassen wollte, weil er es, wie er später in der Küche berichtete, in allen Knochen spürte, daß man sie hätte fernhalten müssen.

Der Butler Mr. Parker und seine drei unmittelbar Untergebenen waren beim Lunch, so daß dieser Diener, in der Küche unter dem Namen Nummer Vier bekannt, ohne Hilfe dastand. Was konnte er schon gegen Mumsie ausrichten? Noch dazu eine auf den ersten Blick so eindrucksvoll wirkende Lady mit großer Büste und Gardenien und allem Drum und Dran, und auch nicht bunter angemalt als manche andere. Trotzdem hatte er gleich beim ersten Sehen das Gefühl in den Knochen, und als sie sprach, verstärkte es sich noch.

»Ist die Marquise zu Hause?« fragte Mumsie mit strahlendem Lächeln, denn er war jung und recht ansehnlich.

»Werden Sie von der gnädigen Frau erwartet, Madam?« war seine Antwort, denn die Art der Fragestellung ließ ihn gleich auf der Hut sein.

»Das sollte mich nicht wundern, junger Mann«, antwortete Mumsie und trat an ihm vorbei in die Halle.

Die letzten vierzehn Tage hatten es in sich gehabt. Ein Wechselbad von Gefühlen und Aufregungen wie nie zuvor in ihrem Leben. Nicht einmal als junges Mädchen, als sie unter möglichen Heiratskandidaten wählte, von denen es in jenen Tagen immer reichlich gab, hatte sie sich einer solchen Vielzahl von verschiedenen und kniffligen Problemen gegenübergesehen. Schön und gut, plötzlich in der Lage zu sein, sich von Andrew zu befreien, doch so erfreulich diese Lage auch war, wollten sie und Rosie sich denn von ihm befreien? Schön und gut ebenfalls, in der Lage zu sein, den Midhursts einen tödlichen Schlag zu versetzen, doch so aufregend diese Lage auch war, ergäbe sich für sie und Rosie persönlich irgend etwas Gutes aus so einem tödlichen Schlag? Mumsie war, solange man sie nicht behelligte, weichherzig und umgänglich und verspürte keine Lust, irgend jemandem einen Schlag zu versetzen, und Rosie war genauso. Doch wie erregend zu wissen, daß sie gekonnt hätten. Was für ein herrliches, strahlendes Geheimnis.

»Der alte Herr – er wird es mit sich ins Grab nehmen«, versicherte sie Rosie im Wissen, daß er die einzige Bedrohung für ihr Spiel darstellte. »Dieser Haufen hält zusammen. Er wird nichts sagen.« Und noch besser als ein Bühnenstück, viel, viel besser als jedes Bühnenstück, an dem sie je mitgewirkt hatte, war es, vor dem Hintergrund ihres geheimen Wissens zu beobachten, daß Andrew sich ihnen gegenüber so distanziert und hochmütig und oxford- und etonhaft wie eh und je benahm.

»Du bist eine hintergangene Frau, mein Liebling«, sagte Mumsie bei jeder Gelegenheit und nahm ihre Tochter herzlich in die Arme. »Aber mache dir keine Sorgen. Man kann viel Gutes herausschlagen, wenn man hintergangen wird. Oberhand gewinnen, zum Beispiel, um nur eines zu nennen.«

»Ich wüßte nicht, was es mir einbringt, die Oberhand zu gewinnen«, gab Rosie zu bedenken, »wenn Andrew es nicht weiß.«

»Warte nur«, nickte ihre Mutter. »Nichts überstürzen, lautet mein Motto. Und inzwischen«, fügte sie hinzu und legte den Finger auf die Lippen, »heißt es Mund halten.«

Das galt jedoch nicht bedingungslos für sie selbst. Bevor sie über Vor- oder Nachteile einer Scheidung für Rosie entschied, klopfte Mrs. De Lacey bei den mehr oder weniger in Frage kommenden unter ihren Freunden auf den Busch, und wer auf den Busch klopfen will, kann nicht den Mund halten. Doch es war wichtig zu wissen, wer von ihnen, im Falle, daß Rosies derzeitige Ehe ihr Ende fand, bereit sein würde, Andrews Platz einzunehmen. Unsinnig, sich scheiden zu lassen, wenn man selbst dann auf dem Trockenen sitzt, erklärte Mumsie ihrer Tochter, und deshalb war sie zumindest zu Andeutungen gezwungen und ganz gleich, wie rätselhaft und geheimnisvoll diese blieben, wie behutsam sie die Tatsache der Untreue ihres Schwiegersohns auch zur Sprache brachte, in Restaurants, Cafés und den niederen Bühnenzirkeln allgemein zog man sogleich den Schluß, daß die betreffende Dame die untadelige Marquise selbst sein müsse.

»Ich nenne keine Namen«, sagte Mumsie in würdevollem Rückzug. Die Leute hegten so schmutzige Gedanken, wirklich, äußerst schmutzige Gedanken.

Das Schlimmste war, wie sich bei der Durchsicht der gegenwärtigen Sammlung von ihren und Rosies Freunden herausstellte, daß eigentlich keiner von ihnen so recht in Frage kam und mehr als Einladungen zum Lunch und zum Dinner zu bieten haben würde. Von den jüngeren sanken einige auf der Skala des In-Frage-Kommens sogar so tief, daß mehr als Tee-Einladungen nicht zu erwarten waren, und besser als das, bemerkte Mumsie ihrer Tochter gegenüber, war Andrew allemal. Und seltsamerweise hatten ausnahmslos alle, die unter die Lupe genommen wurden, eine feste Meinung über die Scheidung, das heißt, gegen die Scheidung. Mumsie kam dies tatsächlich höchst sonderbar vor, wußte sie doch, daß dort, wo sie verkehrten, nicht ein einziges Mädchen zu finden wäre, das ihrer Rosie das Wasser reichen konnte. Nun, sie hätte vielmehr damit gerechnet, daß sich alle eifrigst darum drängen würden, in Andrews Fußstapfen zu treten.

Aber nichts dergleichen geschah. Statt zu drängen, gaben sie ihr gute Ratschläge, bestürmten sie mit den Vorteilen des Spatzen in der Hand. Sicher sah Rosie dank ihrer, Mumsies, unablässigen und aufopferungsvollen Machenschaften ziemlich kostspielig aus, und vielleicht schreckte sie das ab, dachte Mumsie auf der Suche nach Erklärungen. Was sie allerdings nicht wußte: Es hatte sich herumgesprochen und entsprach auch der Wahrheit, daß Rosie kalt war – kalt wie ein Fisch, eine veritable Schaufensterpuppe, die nur zum Betrachten diente, und eine fischartige Frau kann einem ehrlichen Mann, wie sie alle wußten, zumal wenn sie auch noch ausgesprochen attraktiv war, viel Kummer einbringen.

»Wenn wir doch nur«, wünschte Mumsie sich in letzter Zeit, die geschwärzten Augenbrauen gerunzelt, sehnsuchtsvoll, »wenn wir doch nur einem dieser Herzöge über den Weg laufen würden, die keine Kosten sparen.«

Und plötzlich, eines Nachts im Bett, wurde ihr klar, daß der einzige Ort, an dem sie auf etwas Derartiges hoffen konnten, eines der Midhurstschen Häuser war. Nun, freilich, und dort gab es abgesehen von Herzögen noch vieles mehr – Reichtum, Vergnügen, all diese weltlichen Freuden, nach denen sie sich so verzehrt hatte und an denen sie bisher nicht annähernd angemessen teilgehabt hatte.

Wie von der so deutlich auf der Hand liegenden Lösung für ihr Problem beschienen, ja angestrahlt, fuhr Mumsie in ihrem schäbigen Nachthemd im Bett hoch – unsinnig, gute Nachthemden zu vergeuden, wenn man allein schlief – und blickte hinaus in die Dämmerung, die den Umriß des Fensters erkennen ließ. Statt die Midhursts zu vernichten, wodurch für sie so gut wie nichts gewonnen wäre, würde sie deren unentbehrliche Freundin werden. Statt ihnen einen Skandal um die Ohren zu schlagen, würde sie, wiederum unentbehrlich, ihnen helfen, diesen Skandal zu vertuschen. Wirklich sehr großmütig angesichts dessen, was man ihrer Rosie angetan hatte, würde sie versprechen, kein Wort darüber zu sagen, und als Gegenleistung dafür, daß sie den Fall nicht vor den Scheidungsrichter brachte, würde die Familie sie an ihr Herz nehmen – an dieses unbeschwerte Herz, in der Sprache von Wohnungsmaklern sozusagen schlüsselfertig und mit allem Komfort.

»Zweifellos, wir haben unser Glück gemacht«, sagte Mumsie in ihrer Erregung laut, und gleich nachdem Andrew am nächsten Morgen das Haus verlassen hatte, schloß sie sich mit Rosie ein und erläuterte ihr ihre Pläne.

»Was die Menschen auf dieser Welt allzu schnell vergessen«, schloß sie schwungvoll, »ist, daß man Nächstenliebe üben muß. Boshaftigkeit hat sich noch nie ausgezahlt. Aufbau statt Zerstörung – das ist mein Motto. Hätte ich ein Banner, würde ich es daraufsticken lassen. Denk doch nur an den Frieden von Versailles. Den Fehler werden wir nicht machen.«

»Aber«, wandte Rosie ein, »muß ich dann wieder zu Besuch nach Shillerton?«

»Mach dir keine Gedanken, Liebling«, sagte ihre Mutter und küßte sie. »Das wird beim nächstenmal ein völlig anderes Paar Schuhe sein.«

Und zielstrebig und voller Elan kleidete sie sich nur vom Feinsten und nahm ein Taxi zum Grosvenor Square.

»Also, das nenne ich eine Halle«, sagte sie und schaute sich bei ihrem entschlossenen Eintritt erfreut um.

Sie war enttäuscht gewesen, nur von einem Diener in Empfang genommen zu werden. Sie hatte ganze Scharen erwartet, angeführt von einem Majordomus. Mumsie hatte keine Vorstellung, was ein Majordomus war, doch sie war sicher, daß er einen Teil jenes Überflusses bildete, der ihrer Meinung nach den

Reichen zu eigen war. Ein einziger Diener stellte herzlich wenig Überfluß dar, und sie war froh, daß die Größe und der Marmor der Halle diese Scharte in gewissem Maße auswetzten.

»Carrara«, bemerkte sie und hielt vor einer Säule inne. War sie nicht ebenfalls gut informiert und kam sie in nützlichem Wissen nicht jedem gleich?

»Verzeihung, Madam – wie war der Name?« fragte Nummer Vier unglücklich, denn er hatte nicht richtig verstanden.

»Ich habe noch keinen genannt«, sagte Mumsie, wandte sich zu ihm um und musterte ihn von Kopf bis Fuß.

Sie genoß die Situation. In ihr war ein ungeheures Gefühl der Macht. Den Diener, das Haus und alle seine Bewohner hatte sie in der Hand. Doch wenn sie kam und siegte, sollten ihre Bedingungen sehr großzügig sein. Nur Freundschaft. Unbeschwerte, glückliche Freundschaft. Eine Hand wäscht die andere. Schwestern.

»Ich spreche von den Säulen«, sagte sie. »Wie Sie wohl wissen würden, wären Sie in der Welt herumgekommen, junger Mann.«

»Vielleicht, Madam, sollte ich lieber die Sekretärin holen«, murmelte Nummer Vier und näherte sich, beklommen nach seitwärts ausweichend, der Tür zur Bibliothek. »Die Sekretärin wird wissen, ob die gnädige Frau –«

»Die Sekretärin? Ich wünsche die Marquise zu sprechen, nicht die Sekretärin. Und ich mag es nicht, wenn man mich in der Halle warten läßt, vielen Dank«, sagte Mumsie und folgte ihm.

So begleitet, blieb ihm nichts übrig als weiterzugehen. Er wünschte sich Mr. Parker herbei wie nie zuvor. Für ihn lag es jetzt ganz deutlich auf der Hand, daß die Frau zu der Art von Besuchern zählte, die um nichts in der Welt vorgelassen werden durften.

»Melden Sie mich bitte«, verlangte sie, als er, vor der geschlossenen Tür angelangt, sich offenbar nicht zum Öffnen entschließen konnte.

»Sollte ich nicht doch lieber die Sek–«, begann er in einem letzten schwachen Versuch.

»Mein Name ist Mrs. De Lacey«, fiel Mumsie ihm ins Wort und bedachte ihn mit einem strengen Blick.

Daraufhin wußte der unglückliche junge Mann keinen Ausweg mehr, drückte die Klinke und sagte in seiner Angst sehr laut: »Mrs. De Lacey«, um unverzüglich die Tür wieder zu schließen und sich in Sicherheit zu bringen.

Der Raum, in dem Mumsie sich wiederfand, war groß, denn in dem Haus am Grosvenor Square ist alles groß, und sie sah Daisy und Miss Simpson, die ein Stück entfernt am Schreibtisch saßen, nicht gleich.

Sie prüften Gästelisten; Daisy hatte den bronzeschimmernden Kopf darüber geneigt wie eine schöne künstliche Blume, und Miss Simpson hockte ihrer Gewohnheit gemäß auf der Stuhlkante, den Füllfederhalter erhoben, bereit, zu korrigieren oder auszulöschen.

Doch an diesem Tag gab es nichts auszulöschen, und die Korrekturen gingen alle in Richtung mehr statt weniger, denn Daisy war sehr glücklich und wollte, wie alle sehr glücklichen Menschen, alle anderen auch sehr glücklich sehen. All ihre Sorgen waren verflogen. Verflogen waren ihre alptraumhaften Ängste und ihre unerträglichen, schändlichen Verdächtigungen. Terry, das Kind, dem all ihre Gebete galten, war wirklich der liebe Engel ihrer lebenslangen Träume, hatte nichts als Güte im Sinn – und nun sollte sich zeigen, wohin, in welche unvorstellbaren Höhen diese Güte sie führen würde! Doch den Gedanken daran durfte sie sich nicht gestatten, nicht einmal im geheimsten Winkel ihres Herzens. Es erschien ihr beinahe profan, ihre Augen zu diesem gleißenden Licht zu erheben. Sie riß ihre Gedanken energisch von der Vision los und beugte sich mit noch größerer Konzentration über die nächstliegende Aufgabe, nämlich möglichst vielen Menschen möglichst viel Freude zu bereiten.

Auch Miss Simpson war sehr glücklich – nicht um ihrer eigenen Belange willen, denn eigene Belange hatte sie seit langem nicht mehr, sondern weil sie nicht anders konnte, als die Befindlichkeit ihrer Brotherrin wie ein treuer Spiegel zu reflektieren. Die dummen Gefühle auf Shillerton vor zwei Wochen, diese absurde Unruhe und abergläubische Angst waren inzwischen schwer begreiflich für sie geworden. Gesammelt und geschäftig, allein darauf bedacht, die Arbeit ihrer Bedeutung entsprechend auszuführen, saß sie da, die Feder in der Hand, unterbreitete Vorschläge, erinnerte, notierte so ernst und sorgfältig, als gäbe es in ihrem Leben nichts außer den Partys und den Menschen, die dort zusammenströmten.

Sowohl sie als auch Daisy waren sehr adrett und schlicht gekleidet. Wie es sich für die Tageszeit und den Anlaß gehörte, trug Daisy feinen, kostbaren Batist und ihre berühmten Perlen, und Miss Simpson ihrer Stellung entsprechend billigeres Leinen und natürlich keine Perlen. Beide atmeten wie ihre Umgebung Frische und Heiterkeit. Auf beiden Köpfen lag jedes einzelne Haar ordentlich dort, wo es hingehörte. Beide hatten, wie üblich, ein Bad mit belebenden Salzen genommen; in Daisys Fall auch mit Parfüm. Beide hatten wie üblich in der Stille ihres jeweiligen Zimmers ein perfekt zubereitetes und serviertes Frühstück genossen. Und vor dem Frühstück hatte sich Daisy wie üblich massieren lassen, und nach dem Frühstück war wie üblich Madame Valaise mit ihrer *batterie de beauté** gekommen und hatte eine einträgliche Stunde mit Ausbessern und Schminken verbracht.

»Mrs. De Lacey«, meldete der Diener und zerstörte dieses geordnete Wohlbefinden, und herein trat Mumsie.

Zuerst sah sie nur Blumen – massenhaft Blumen vor den weit geöffneten Fenstern, die die Stallungen draußen verdeckten, Blumen in großen Vasen auf den Tischen, auf dem Kaminsims, in den Ecken, am selben Morgen frisch aus Shillerton geliefert, noch taufeucht, Duft verströmend, Blumen, deren Züchtung augenscheinlich sehr kostspielig war. Hier endlich begegnete sie tatsächlich dem Überfluß, und Mumsie betrachtete ihn voller Bewunderung und sog den Duft ein und war froh, bessere Verhältnisse vorzufinden, je tiefer sie ins Haus vordrang.

* batterie de beauté: Schminkkoffer (Anm. d. Ü.)

»Wie *reich* wir sind«, sagte sie hoch erfreut zu sich selbst. »Und wie wir es *zeigen*«, fügte sie sehr zufrieden hinzu.

Dann sah sie die zwei Gestalten am anderen Ende des großen Zimmers. Miss Simpson war überrascht aufgestanden und stand verunsichert da, das Notizbuch und die Feder noch immer in der Hand. Daisy wandte den Kopf und blickte der unverhofften Besucherin an der Tür mit einer Art gelassener Frage entgegen, ähnlich dem Blick von Kühen, die ruhig weitergrasen, wenn jemand auf ihrer Weide auftaucht. Sollte ich Sie kennen? schien sie zu überlegen. Gehören Sie zur Verwandtschaft?

Nein, sie kannte sie nicht, sie war keine Verwandte. Wen, fragte sie sich, mochte James dann vorgelassen haben?

»Sie werden sicher verzeihen, Lady Midhurst«, hub Mumsie an und kam mit ausgestreckter Hand und strahlendem Lächeln auf sie zu.

»Aber ich freue mich«, sagte Daisy, stand auf und kam ihrerseits auf Mumsie zu, ebenfalls lächelnd, denn Mumsies Lächeln, dieses Lächeln, das sie auf allen Fotos zeigte, war so strahlend, daß es unmöglich war, selbst nicht wenigstens einen Teil seines Strahlens zurückzugeben.

»Möchten Sie mich wegen irgendeiner Angelegenheit sehen?« fuhr Daisy fort und dachte, indem sie die Besucherin näher in Augenschein nahm, es ginge vielleicht um die jährliche Gartenparty des Theatervereins im Regent's Park. Preisverleihung. An Einladungen zu solchen Veranstaltungen war sie gewöhnt. Sie sagte niemals nein. Trotzdem hätte James zunächst hereinkommen und sie fragen müssen.

»O ja. Und nicht nur sehen, sondern sprechen«, sagte Mumsie, ohne Daisys Hand aus ihrem warmen Griff zu lassen und den Blick voller Bewunderung auf das Gesicht vor ihren Augen gerichtet. Dreiundfünfzig, das wußte Mumsie, die Lady Midhursts Lebenslauf mit äußerster Sorgfalt verfolgt hatte. Dreiundfünfzig, und schau sie dir an. Da sieht man, was Geld erreichen kann, dachte sie und ahnte, daß ihr eigenes Make-up, um das sie sich freilich selbst kümmern mußte, vielleicht ein bißchen zu dick aufgetragen war. Pastelltöne, ja, die sollte ich bevorzugen, sagte sie sich. Es ist wohl im Augenblick chic, vermutete sie, nur schwaches Rouge zu tragen. Und jede von diesen Wimpern hatte bestimmt nicht unter einem Pfund gekostet.

»Nun, denn«, sagte Daisy freundlich, unfähig, ihre Hand zu befreien, und nutzte diesen Umstand, um ihre Besucherin zu einem Sofa zu führen, »sollten wir nicht lieber Platz nehmen?«

»Möchten Sie, daß ich bleibe?« fragte Miss Simpson unsicher.

»Nein«, entgegnete Mumsie prompt, indem sie die flachbrüstige Gestalt musterte und die Beantwortung ihrer Frage selbst in die Hand nahm. Sie war in Hochstimmung, in jeder Hinsicht Herrin der Lage. Gewürm und Geziefer wie Sekretärinnen und Diener mußten energisch verscheucht werden.

Daraufhin begann Daisy zu lachen. Diese Theatermenschen waren manchmal auch zu lustig.

»Nun, dann gehen Sie«, sagte sie erheitert zu Miss Simpson, die sich eher widerstrebend zurückzog, das Herz aus irgendeinem Grunde erfüllt von Zweifeln. Ein unerhörtes Gefühl überkam sie, als sie vor dem Hinausgehen zurückblickte und die zwei Seite an Seite auf dem Sofa sitzen sah, das, wäre es nicht so lächerlich, schreckliche Gefühl, ihre liebe Lady Midhurst, die Lady Midhurst, die sie schon so lange kannte, zum letztenmal zu sehen.

»Ihre Privatsekretärin, vermute ich«, bemerkte Mumsie, die wegen ihres eng geschnürten Korsetts sehr aufrecht und vorn auf der Kante saß und mit auf die Tür geheftetem Blick wartete, bis sich diese geschlossen hatte, bevor sie zu reden begann.

»Privatsekretärin, nun, ich weiß nicht«, lächelte Daisy. »Das legt die Vermutung nahe, ich hätte noch andere. Aber sie ist meine Sekretärin.«

»Und mein Schwiegersohn unterstützt sie in ihrer Arbeit«, sagte Mumsie.

»Ihr Schwiegersohn?«

»Mr. Leigh.«

»Andrew?«

»Andrew. Ja – seine Frau, meine Tochter, sagte mir, daß Sie so freundlich sind, ihn beim Vornamen zu nennen.«

»Wir kennen ihn schon seit so vielen Jahren«, sagte Daisy beinahe entschuldigend. »Ich wußte ja nicht, daß Sie Rosies Mutter sind«, fügte sie hinzu, geringfügig aus ihrem gewohnten Gleichgewicht gebracht und bemüht, es wiederzufinden. »Wie nett, daß Sie mich besuchen.«

»Ich hielt es für meine Pflicht, Lady Midhurst«, sagte ihre Besucherin zu ihrer leichten Verwunderung. Sollte das bedeuten, fragte sich Daisy, daß sie als eine Art Bittstellerin kam? Um Rosies willen? Anstelle des üblichen Briefs? Jetzt fiel ihr ein, daß sie den üblichen Brief nicht erhalten hatte.

»Wir alle fanden sie so reizend«, sagte sie schon wieder lächelnd, denn die Vorstellung eines Besuchs anstelle des Bittbriefs amüsierte sie. »Es war eine helle Freude, ein so schönes Mädchen anschauen zu dürfen.«

»Vielen Dank, Lady Midhurst«, sagte Mumsie, der die Frage auf der Zunge lag, warum sich ihre Ladyschaft dann nicht schon viel früher diese Freude gegönnt hatte. Sie hätte sie schon seit Jahren genießen können. Seit fünfzehn Jahren, um es genauer zu sagen.

Doch sie zügelte ihre Zunge und bemerkte lediglich großzügig, daß Herzensgüte entschieden wichtiger sei als Schönheit.

»Ich stimme Ihnen von ganzem Herzen zu«, sagte Daisy, immer noch auf der Suche nach einem Hinweis auf den Grund dieses Besuchs.

»Meine Tochter ist so gut, wie sie schön ist, wenn nicht noch mehr«, sagte Mumsie.

»Wie mich das freut«, sagte Daisy, wenngleich dies bei näherem Hinsehen keine sonderlich glückliche Bemerkung war.

Mrs. De Lacey redete jedoch schon weiter. Es ist ein verkappter Bittbesuch, sagte sich Daisy, als sich das Gespräch noch immer nicht in Richtung einer Bitte um wohltätige Hilfe entwickelte, und was für eine sonderbare Sitte, und wie leicht konnte sie zu Peinlichkeiten führen.

Mit belustigtem Blick musterte sie ihre Besucherin. Die Angehörigen. Die nicht geladenen Angehörigen, die leibhaftig ihre Forderungen geltend machten. Wieviel besser waren doch Briefe, dachte sie. Sie raubten einem nicht die Zeit, wenn man in einer oder zwei Stunden einen Lunch geben wollte. Man überflog sie flüchtig und legte sie beiseite.

Mrs. De Lacey ließ sich nicht flüchtig überfliegen – James hatte doch De Lacey gesagt, nicht wahr? –, und was das Beiseitelegen anging, würde auch das die Kräfte eines jeden überfordern. Sie war eine sehr einnehmende Dame, spürte Daisy. Eine merkwürdige Bestimmtheit ging von ihr aus. Kein Wunder, daß der arme Andrew, den sie in so schrecklichem, einfach unaussprechlichem Verdacht gehabt hatte – ach, und dessen schämte sie sich zu Tode –, nicht gern zu Hause war. Und trotzdem war sie, als sie so dicht neben ihr saß, daß ihr keine Einzelheit über ihre Besucherin entgehen konnte, irgendwie gerührt. Kam in ihrer schäbigen Pracht nicht großer Mut zum Ausdruck, ein unbezähmbarer Wille, das Beste aus allem zu machen, den Kopf hoch zu halten, bei der Stange zu bleiben bis zum letzten Atemzug des Alters?

Sie ist mir ähnlich, dachte Daisy unwillkürlich, schrak aber sogleich vor einem derart beunruhigenden Gedanken zurück.

»Meine arme kleine Rosie«, sagte ihre Besucherin in diesem Augenblick.

»Ist sie krank?« fragte Daisy automatisch, denn im Moment überlegte sie, nachdem ihr Blick den üppigen Busen der Besucherin gestreift hatte, ob sie ihr ein Sträußchen echter Gardenien anbieten sollte – auf einem Tischchen neben dem Sofa stand eine Vase voll, frisch und makellos zwischen den glänzend grünen Blättern – als Ersatz für die erbärmlichen künstlichen, schmutzig vom häufigen Tragen, an ihrem Mantel. Würde es sie freuen oder kränken? Würde sie sie als kleines Geschenk, dargereicht mit dem Wunsch, Freude zu machen, akzeptieren, oder würde sie sie als taktlose Kritik empfinden?

»Nicht nur Krankheit macht eine arme Ehefrau«, sagte Mumsie geheimnisvoll.

»Natürlich nicht«, pflichtete Daisy ihr bei, die außer Beipflichten nichts mit dieser Bemerkung anzufangen wußte. Ich muß ihr wirklich ein paar Gardenien geben, beschloß sie. Eine Frau konnte sich unmöglich nicht freuen, sie zu besitzen; sie waren an diesem Morgen so ganz besonders köstlich.

Und schon streckte sie die Hand nach der Vase aus, doch sie wurde abgefangen und fest in warmem Griff gehalten.

Sofort machte ihre geteilte Aufmerksamkeit vor Schreck äußerster Konzentration Platz. Sie drehte sich um und sah ihre Besucherin mit zurechtweisender Verwunderung an. Daisy mochte es nie, berührt zu werden, und von Fremden berührt zu werden, abgesehen von den Formalitäten bei Ankunft und Abschied, gehörte bisher noch nicht zu ihrem Erfahrungsschatz. Zum Glück trug die Hand, die nun ihre Hand hielt, einen Handschuh. Hautkontakt mochte sie nicht.

»Wir müssen Freundinnen sein, Lady Midhurst«, sagte Mumsie, die Hand fest im Griff. »Wahre, echte Freundinnen.«

»Das ist ausgesprochen freundlich von Ihnen«, sagte Daisy und zog leicht die Augenbrauen hoch. Aus technischen Schwierigkeiten ließen sie sich allerdings nicht sonderlich hoch ziehen, doch im Rahmen ihrer Möglichkeiten fuhren sie immerhin in die Höhe.

»In gewisser Weise sind wir einander nun verbunden«, sagte Mumsie, deren Augenbrauen entschieden beweglicher, da nur geschwärzt, waren. »Deswegen habe ich Sie aufgesucht.«

»Verbunden?« wiederholte Daisy, und ihre Stimme glich sich in ihrer milden Überraschung den Augenbrauen an. Sie war gezwungen, den Kopf weit in den Nacken zu legen, weil das Gesicht der Frau ihr so nahe gekommen war, daß sie ansonsten hätte blinzeln müssen. »Wie?« fragte sie.

»Leider nicht durch Heirat. Vielmehr durch das Gegenteil, fürchte ich.«

»Das Gegenteil?«

Einen Augenblick starrte Daisy, den Kopf steif in den Nacken gelegt, schweigend vor sich hin. Und währenddessen schien der Raum um sie herum langsam zu erstarren. Eine frostige Stille, eine versteinerte Aufmerksamkeit senkte sich herab, ein eisiger Tropfen nach dem anderen.

»Ich – verstehe nicht«, sagte sie nach einer kleinen Pause mit kaum merklich belegter Stimme.

Sie versuchte, ihre Hand zu befreien. Unerträglich, so festgehalten zu werden. Schlicht und einfach unerträglich.

»Wieso durch das Gegenteil?« brachte sie schließlich mit gezwungen fester Stimme hervor.

»Aber, aber«, sagte Mumsie, umklammerte die sich wehrende Hand noch fester und streichelte sie voller Mitgefühl. »Ich weiß, das alles ist keineswegs erfreulich. Aber als Damen von Welt müssen wir uns den Tatsachen stellen. So etwas kommt vor, und wenn wir beide stumm bleiben wie die Fische, so daß außer uns keine Menschenseele jemals –«

An diesem Punkt jedoch konnte Daisy ihre Hand befreien. Mit einer plötzlichen Bewegung riß sie sie fort, stützte sich auf der Armlehne des Sofas ab und stand auf.

»Ich habe nicht die geringste Ahnung, wovon Sie reden«, sagte sie, kehrte der üppigen Gestalt den Rücken zu und vollführte eine seltsame, hastige Bewegung, als wollte sie irgendeinen schrecklichen Schmutz von ihrer Kleidung wischen – eine merkwürdige, blinde, instinktive Geste, die Mumsie entging.

»Dessen war ich ganz sicher«, nickte Mumsie hinter ihr auf dem Sofa. »Deshalb dachte ich mir, ich suche Sie am besten auf und erkläre es Ihnen.«

»Ich möchte nicht hören«, sagte Daisy über die Schulter hinweg, und jedes einzelne Wort fiel wie ein Eissplitter von ihren Lippen, während sie mit den Händen noch immer diese panische, hastige Bewegung ausführte, »was Sie glauben, erklären zu müssen.«

»Und da«, sagte Mumsie, als sie später Rosie die Szene schilderte, »bin ich ein wenig ärgerlich geworden. Es wäre natürlich besser gewesen, wenn nicht, und es war das letzte, was ich geplant hatte, aber du hättest sie hören sollen, hättest sehen sollen, wie sie mich so von oben herab anschaute, als wäre ich irgendein ekliges Subjekt. Subjekt, weiß Gott! Das ist wohl genug, um die Stacheln aufzustellen, wenn man aus reiner Menschenfreundlichkeit gekommen ist. Und was das eklige Subjekt angeht, ich wüßte gern, wer das in dieser Angelegenheit ist. Also habe ich gesagt: ›Ein offenes Wort ist nun wohl das beste, obwohl ich beabsichtigt hatte, es Ihnen schonend beizubringen. Aber wenn Sie so wollen, Lady Midhurst, sind Sie und ich einander nun durch Ehebruch verbunden.‹«

5

An diesem Tag plante Andrew, der den Morgen mit Terry in Pentonville mit dem Sammeln von Statistikmaterial für das Buch, das sie zusammen über die in diesem Bezirk herrschenden Wohnbedingungen schreiben wollten, verbracht hatte, in seine Wohnung zurückzukehren und seine gekritzelten Notizen auszuwerten, solange sie ihm noch frisch im Gedächtnis waren, statt sich wie üblich zum Lunch am Grosvenor Square einzufinden. Um diese Stunde würde die Wohnung leer sein. Seine rechtmäßige Verwandtschaft, wie er Rosie und ihre Mutter gezwungenermaßen in Gedanken nannte, um sie ebenso gezwungenermaßen und groteskerweise von seiner unrechtmäßigen zu unterscheiden, nahmen ihren Lunch ausnahmslos irgendwo anders ein – wo, hatte er sich nie die Mühe gemacht zu fragen. Er würde Gladys bitten, ihm eine Tasse Kaffee und etwas Brot und Butter in seinem Arbeitszimmer zu servieren, wo er ungestört seine Notizen würde bearbeiten können.

Er sehnte sich nach Ruhe, danach, ein paar Stunden lang mit keiner Menschenseele reden zu müssen. Er war müde und noch niedergeschlagener als sonst. Das war mittlerweile zum Dauerzustand bei ihm geworden. Dahin hatte seine Leidenschaft ihn nach sieben Jahren geführt: in Niedergeschlagenheit und Statistiken.

Die Statistiken waren im Grunde, wie seine gesamte Arbeit mit Terry in den Slums, seine Zuflucht vor seinen Gedanken, denn nur wenn er sich in Beweise für materielles Elend vertiefte, ein so großes Elend, daß Gefühle daneben irrelevant wirkten, konnte er seine komplizierte Situation vergessen und den unverzeihlichen Augenblick vor sieben Jahren, als er Terrys Liebhaber wurde. Ansonsten vergaß er sie nie. In dem Moment, in dem er aufhörte, sich auf Zahlen zu konzentrieren, entriegelte er die Tür seines Bewußtseins, und hinein stürmte das Gewissen und fing an, ihn zu plagen, hinein stürmten Ängste, die ihn frieren ließen. Daran änderte auch nichts, daß Terry so ausgesprochen zufrieden schien, singend ihren Weg entlang der verschlungenen, gefährlichen Pfade ihres Geheimnisses ging. Ob es ihr bewußt war oder nicht – und Andrew hörte nicht auf, sich zu wundern, daß sie mit ihm als Liebhaber zufrieden sein sollte –, Tatsache war, daß er sie vernichtet hatte, und früher oder später würde dem einen oder anderen von ihnen ein kleiner Fehler unterlaufen, würde der eine oder andere einen Augenblick lang nicht auf der Hut sein, und dann ging es unter Hohnlachen abwärts mit ihr in die Zerstörung.

Daher war Andrew ein sehr unglücklicher Mensch; daß es anders hätte sein können, war nicht zu erwarten. Seit sieben Jahren schritt er nun schon unaufhaltsam auf ein unvermeidliches Schafott zu und nahm die junge Terry mit sich, die weiß Gott ein besseres Schicksal verdient hatte, und auch Daisy, deren Vertrauen er als Dank dafür, daß sie schon so lange seine beste und liebenswürdigste Freundin war, elendiglich mißbrauchte.

Er war eindeutig ein Schuft, und noch dazu ein lebendiger Schuft. Doch wie wenig lebendig fühle ich mich, dachte Andrew, als er an der Ecke Dorset Square mit Füßen aus Blei aus dem Omnibus stieg und niedergedrückt heimwärts ging. Das allerletzte, was er sich wünschte, war, jemandes Vertrauen zu mißbrauchen. Seine Instinkte waren durch und durch ehrenhaft. Wie hatte es nur geschehen können, daß er vor sieben Jahren andere Instinkte hatte, Instinkte der heftigen Art, die so lange geschlafen hatten, die ihn nur einmal zuvor im Leben hingerissen hatten – das mochte Gott allein wissen. Doch jenes erste Mal mit Rosie, was war damit? Es hatte ihm nichts weiter angetan, als ihn in eine Ehe zu zerren, und wenn es auch eine genauso gewöhnliche erbärmliche Ehe war wie viele andere, die Hals über Kopf geschlossen werden, und wenn er auch gelitten hatte, wie er es nicht anders verdiente, war sie doch offenkundig und unanfechtbar und hatte den zwar eintönigen, aber soliden Vorteil der Legalität.

Die Angelegenheit mit Terry dagegen war ein Verbrechen. In der Hinsicht gab er sich keinen Illusionen hin. Und während er sich automatisch seinen Weg durch den Verkehr am Dorset Square bahnte, seine Notizen unter den Arm geklemmt, den Hut aus der zerfurchten Stirn geschoben, war seine gesamte Erscheinung keineswegs die eines Mannes, der eine Liebesaffäre hatte, oder besser, den eine Liebesaffäre im Griff hatte, sondern vielmehr genau die Erscheinung eines ältlichen, bedrängten erfolglosen Ehemanns. Die Umstände jenes Verbrechens, die ursprünglichen Umstände, standen wie so oft, wenn er allein war, vor seinem inneren Auge wieder auf und ließen seinen Herzschlag vor Staunen über sich selbst aussetzen.

Es war in der Bibliothek am Grosvenor Square, vor sieben Jahren. Zwölf Uhr mittags. Er selbst, entschieden jünger – denn sieben Jahre hätten ihn unter normalen Bedingungen nicht so zurichten dürfen – arbeitete still an Daisys Höchststeuer-Rückerstattung. Niemand sonst war anwesend. Man hörte keinen Laut, außer dem angenehmen Plätschern von Wasser, das draußen in den Ställen aus Eimern gegossen wurde, und dem Geräusch, das die Knechte beim Striegeln der Pferde verursachten.

Er sah sich selbst an diesem Morgen zufrieden und friedlich arbeiten, denn noch dauerten seine zufriedenen, friedlichen Jahre mit Rosie und ihrer Mutter an, die beide stolz waren auf seine Nützlichkeit für die Midhursts und ihn in Ruhe ließen, und mit Daisy und Terry, die sein Leben mit Süße und Zuneigung füllten. Natürlich, das Leben war zu jener Zeit schon nicht mehr ganz so gut wie vor Terrys Debüt, aber immer noch sehr gut. War sie auch nicht mehr seine engste, unzertrennliche Begleiterin, blieb sie doch so unzertrennlich, wie es ihr möglich war, zog seine Nähe der jedes anderen vor und entwischte ihren Verpflichtungen, wann immer sie konnte, um bei ihm zu sitzen und sich zu unterhalten, oder um mit ihm in die Slums zu gehen, die sie erkundet hatten, bevor ihr Schuljahr in Paris und ihr unmittelbar darauf folgendes Debüt ihre glückliche Betätigung unterbrachen.

Da saß er nun, zufrieden und geschäftig, und die Tür wurde geöffnet, und Terry trat ein.

So vertieft war er in seine Arbeit, daß er ihre Anwesenheit zunächst nicht bemerkte. Dann blickte er auf, sah sie und erkannte aus ihrem komischen kleinen Lächeln, daß sie ihn beobachtet hatte; es war dasselbe Lächeln, das sie ihm geschenkt hatte, als er sie zum erstenmal sah. Damals hatte sie beim Lunch ihm gegenüber am Tisch ihrer Mutter gesessen, und er ertappte sie, als er plötzlich aufblickte, so wie er dann acht Jahre später in der Bibliothek aufblicken sollte, wie sie ihn beobachtete. Er lächelte ihr zu, und sie lächelte bereitwillig zurück, und von dem Augenblick an waren sie Freunde.

Damals war sie zehn und hatte zerzaustes blondes Haar mit einem Jungenhaarschnitt und nicht sehr gepflegte Nägel. Sie sehnte sich nach einem Helden zum Anbeten, und da sie niemanden sonst fand, betete sie ihn als ihren Helden an. Gütiger Gott, wie leicht war es doch für einen älteren Mann, ein Kind oder einen sehr jungen Menschen dazu zu bringen, ihn anzubeten! Er mußte ihr nur ein wenig Aufmerksamkeit schenken, mit ihr reden, und wenn er obendrein noch eine Anzahl von Orden an der Brust trug und direkt von der Front kam und, wie in seinem Fall, der Überbringer der letzten Wünsche ihres gefallenen Vaters war, nun, dann war zu erwarten, daß sie auf die Knie fiel und ihn anbetete.

Terry fing sogleich mit dem Anbeten an. Er verkehrte noch keine Woche in dem Haus, als sie ihm schon folgte wie ein junges Hündchen. In diesen ersten Tagen des Schocks und der Bestürzung nach Midhursts Tod war ihre Mutter verzweifelt bemüht, seine letzten Anordnungen exakt auszuführen. Andrew war bei ihm gewesen, als er starb, und der Brief, den er Daisy überbrachte, wies sie an, sich von ihm bei allen Regelungen und Komplikationen in ihren Angelegenheiten helfen zu lassen. Der arme Teufel war in seinen Geschäften sorgfältig und schlau genug gewesen, sosehr er sich auch wegen Frauen zum Narren gemacht hatte, und Daisy wandte sich vertrauensvoll an diesen neuen Freund um Rat, und schon bald kam er täglich, und bald war er ihr unentbehrlich.

Natürlich betrachtete Terry ihn angesichts der Behandlung, die ihre Mutter ihm angedeihen ließ, als eine Art Gott, und hing an seinen Lippen, wenn er sprach. Wenn er das Wort an sie richtete, errötete und strahlte sie vor Stolz, und als er begann, sie im Freiluftsport zu unterrichten, im Reiten, Schwimmen, Rudern und Angeln, gab es in ganz England kein glücklicheres Kind.

Was für einen herzerfrischenden Unterschied das intelligente kleine Kind doch zu seinem Weibervolk in der Dorset Street bildete. So lange schon hatte er sich nach einem Spielkameraden gesehnt, nach schlichter, sauberer Zuneigung. Sie erschien ihm wie strahlender Sonnenschein nach dunklen Räumen, wie frische Luft nach Parfüm und geschlossenen Fenstern. Sogar ihr Haar roch in seiner Erinnerung sauber, nach Seife. Da es so kurz war, wurde es täglich gewaschen, und er liebte es, sein Gesicht darin zu vergraben, wenn sie auf seinen Knien saß. Bald entdeckte er auch, daß ihr bezaubernder reifender Verstand genauso flink und geschmeidig war wie ihr bezaubernder reifender Körper, und er begann, mit ihr zu lesen, sie zunehmend mit horizonterweiternden Büchern zu versorgen, und er freute sich an ihren Fragen, diskutierte und erklärte nach Herzenslust.

Jeder Mann liebt es, anderen etwas erklären zu dürfen, und in Terry fand Andrew die ideale Zuhörerin. Stundenlang konnte sie zuhören. Sie hörte nicht nur zu, sie trank seine Worte, trieb ihn von Zeit zu Zeit mit immer geschickteren Fragen zu weiteren Erläuterungen an. Beide waren vollkommen glücklich. Wenn er in ihr lebhaftes kleines Gesicht sah, ihm zugewandt wie eine Blume der Sonne, dann wußte er, daß sie ihm folgen würde, wohin er sie auch führen mochte, daß sie, wäre er ein Dichter gewesen, sich ihrerseits in die Poesie gestürzt hätte, und wäre er Astronom gewesen, hätte sie sich mit ihm zu den Sternen aufgeschwungen. Doch da sein Spezialgebiet die Wirtschaftslehre war, warf sie sich auf die Wirtschaftslehre, mit einem Eifer, einer Konzentration, die ihn in Staunen versetzten. Sie belebte die Materie mit der ihr eigenen Warmblütigkeit, bewertete die dürren Zahlen im Gegensatz zu ihm, der bislang Theoretiker gewesen war, immer im Hinblick auf das wirkliche Leben.

Sie hatte ihn mit ihrer Begeisterung angesteckt. Als sie schließlich sechzehn war, waren sie nicht nur unzertrennlich und diskutierten endlos, was für diese brodelnden Massen am Rande der Gesellschaft getan werden konnte, getan werden mußte, deren unablässige Vermehrung alle Berechnungen auf den Kopf stellte, sondern sie hatten sich auch der praktischen Forschung zugewandt, suchten gemeinsam Bezirke wie Pentonville auf, um mit eigenen Augen zu sehen, wie sich das Leben unter den sehr Armen gestaltete. Die ganze Zeit über sah Daisy wohlwollend zu, erfreut über sein Interesse an Terry, glücklich, einen freundlichen älteren Mann zu haben, der auf seinem Gebiet, wie sie verstand, keineswegs geringgeschätzt wurde und zudem ihr ergebener Freund war und ihr so eifrig in der Erziehung ihrer Tochter beistand.

Gouvernanten waren schön und gut, und ein Mädchen brauchte sie auch, doch eine wirklich intelligente Frau wurde nicht Gouvernante, und Daisy wünschte sich, vorausgesetzt, sie fand den richtigen, einen Mann als Erzieher. In ihren Augen war Andrew genau der richtige. Von Andrew drohte keinerlei Gefahr. Seit dem Krieg von anfälliger Gesundheit, außerdem seit Jahren verheiratet, schien er in sexuellen Angelegenheiten, diesen Angelegenheiten, die sie seit ihren Erfahrungen mit Midhurst so sehr fürchtete, ein gutmütiges Neutrum zu sein. Daisy mochte gutmütige Neutren, Menschen mit Herz und Verstand, und damit genug. Außerdem glaubte sie, daß Andrew, der Midhurst, wenn auch aus anderem Blickwinkel, gekannt hatte, ihre große Angst verstehen würde, daß in Terrys Blut etwas von dem schlechten Mann schlummern könnte. Er würde ihr helfen, die Saat, sobald sie aufgehen wollte, im Keim zu ersticken. Gemeinsam, so dachte Daisy glücklich, würden sie Terry behüten, gemeinsam würden sie sich freuen über jeden Beweis, daß sie anders war als ihr Vater. Nichts hätte diesem ferner gelegen als Besuche bei den Armen, und als in Terry die Begeisterung für Sozialarbeit erwachte, was bedeutete, daß sie eher in die Fußstapfen ihrer Mutter als in die des Vaters trat, weinte Daisy vor Dankbarkeit.

Das alles wußte Andrew, denn aufgrund ihres gemeinsamen Interesses an Terry redete sie sehr offen mit ihm, offener vielleicht als mit irgendwem sonst. Und er zog nicht in Betracht, daß er ihr Vertrauen in irgendeiner Weise mißbrauchte, indem er Terry zu größerer Furchtlosigkeit erzog, als ihre in den Konventionen der Zeit gefangene Mutter gutgeheißen hätte. Denn seiner Meinung nach hielt intelligente junge Menschen nichts davon ab, intelligente Fragen zu stellen, und intelligente ältere Menschen sollte nichts davon abhalten, diese Fragen ehrlich zu beantworten.

Sinnlos jedoch, Daisy damit zu belasten. Sie hätte es nie verstanden. Das Ausmaß von Terrys Wissen und die daraus folgende Vollkommenheit ihrer Wohltätigkeit hätten ihre Mutter nur schockiert. Schon früh hatte das Mädchen diese moralischen Verteufelungen abgeschüttelt, die Daisy, von Natur aus sanft und weichherzig, bei mancher Gelegenheit so unbarmherzig machten. Sie wußte alles, was gut und richtig war, paßte sich äußerlich den Maßstäben ihrer Mutter an, was schicklich und wohlerzogen war, urteilte über niemanden und hatte vor nichts Angst.

Während dieser überaus glücklichen Jahre, in denen Daisy ihm vertraute und ihren Segen gab, verhielt sich Andrew ehrenhaft und verdienstvoll, und Terry nahm von Tag zu Tag an Anmut und Klugheit zu.

Sie fanden an jenem Morgen am Grosvenor Square ihr Ende, als er von seiner Arbeit aufblickte und Terry an der Tür stehen sah.

Sie hielt die Tür mit beiden Händen hinter ihrem Rücken zu, und als er sie ansah, lächelte sie zurück, rasch, ein wenig schüchtern und unendlich vertrauensvoll wie beim erstenmal, vor vielen Jahren. Dieses Lächeln hatte er seitdem im Grunde nicht mehr gesehen, denn seitdem war sie ihm gegenüber nicht mehr schüchtern gewesen. Manchmal fragte er sich vage, warum sie jetzt mit der ihr eigenen Bedächtigkeit, so, als müßte sie sich von Satz zu Satz schleppen, zu erklären begann, sie habe ihr Bestes getan, um ihrer Mutter zu gefallen, sich völlig an Partys und schöne Kleider hingegeben, finde es jedoch unerträglich, ja fürchte, nicht so weiterleben zu können – es sei denn, ein gewisser heimlicher Trost würde ihr den Rücken stärken. Sie fügte hinzu, sie sei zu dem Schluß gekommen, daß dieser heimliche Trost die Liebe sein müßte, und ob er nicht auch der Meinung sei, daß sie am besten heiraten sollten.

»Heiraten?«

Er sah sie, den Füllfederhalter in der Hand, verständnislos an.

»Heiraten«, nickte Terry, löste sich von der Tür und kam auf ihn zu.

Vor ihm blieb sie stehen und blickte auf ihn hinab, strahlend in ihrer Jugend und einer Art verlegener Kühnheit. Die Hände hatte sie wie ein Kind, das seine Aufgaben hersagt, auf dem Rükken verschränkt.

»Ich habe es mir gründlich überlegt, habe gegrübelt und gegrübelt«, sagte sie. »Und ich glaube, all das würde mir nicht halb so schwerfallen, wenn ich glücklich verheiratet wäre. Dann, glaube ich, könnte ich weitermachen und tun, was Mutter wünscht. Ich wäre – zufrieden.«

Er starrte sie an. »Mein liebes Kind«, sagte er. »Mein liebes Kind – bist du verrückt? Heiraten? Mich? Weißt du denn nicht –«

»Natürlich weiß ich«, sagte Terry. »Deine Frau und so weiter. Ich versuche ja nur, es vorsichtig auszudrücken.« Doch an diesem Punkt war sie so anständig zu erröten. Die ältere Generation würde es als anständig bezeichnen, daß sie zumindest errötete.

Entgeistert, unter großer Mühe, nicht darauf zu achten, wie ihm das Blut in den Adern pulste, sah Andrew sie an. Das war seine Erziehung, seine eigene freie, auf intelligente Weise amoralische Erziehung, die nun schrecklich auf ihn zurückfiel. Ach, aber wie sehr, wie sehr er sie liebte, wie lieb und einmalig sie war in ihrer furchtlosen Jugend. Öffneten sich hier nicht die Pforten zum Paradies vor ihm? Würde er nicht, wenn er ihnen nun den Rücken kehrte, dem Leben selbst den Rücken zuwenden?

Die Feder fiel ihm aus der Hand. »Eure Generation –«, begann er streng und blickte auf die Blätter voller Zahlen auf dem Tisch, doch die Feder war ihm entfallen, weil seine Hände zitterten, und er blickte auf den Tisch, weil er, wenn er sie angeschaut hätte . . .

Gott, wenn er sich damals nur gezügelt hätte, dachte Andrew und wich einem Taxi aus, das ihn um ein Haar überfahren hätte, wenn er damals nur mit aller Macht an Anstand, Pflicht und den üblichen Ehrbegriffen festgehalten hätte, welche Qualen, welche unumgänglichen Katastrophen in der Zukunft hätten vermieden werden können!

»Eure Generation –«, fing er erneut an, ohne zu wissen, wie er den Satz beenden sollte, sich nur dessen bewußt, daß er nicht zuhören durfte.

Himmlisches Glück wurde ihm geboten, und die Genesung von allen Wunden . . .

Nein, nein, schwärzeste Vernichtung für sie beide . . .

Er mußte sie aufhalten. Er mußte fort, flüchten. Den Raum verlassen, bevor –

Und er schob seinen Stuhl zurück und stand hastig auf.

Sie rührte sich nicht. Das einzige, was diese plötzliche Bewegung ihm eingebracht hatte, war, daß er jetzt Auge in Auge vor ihr stand, dicht vor ihr, sie fast berührend.

Steif stand er da, die Hände tief in den Taschen, um ihr Zittern zu verbergen. Sie war ein so schlankes, hochaufgeschossenes Ding, daß ihrer beider Augen fast auf gleicher Höhe waren, und sie sah ihn sehr offen an, den Kopf ein wenig zurückgelegt, als wäre sie stolz oder zumindest entschlossen, stolz zu sein auf das, was sie tat – seine Terry, sein ganzes Glück, sein ganzes Leben.

»Wir sind so gute Freunde«, sagte sie. »Können wir nicht darauf aufbauen und uns lieben? Liebster Andrew, können wir das nicht? Mir erscheint es wie eine natürliche Entwicklung. Das heißt, wenn du mich möchtest.«

»Wenn ich dich möchte?« sagte Andrew und sah ihr starr in die Augen, sehr steif, die Hände in den Taschen zu Fäusten geballt. »Was für eine Frage. Was für eine dumme Frage.«

Und dann schwieg er, und sie mißverstand sein Schweigen und errötete wieder, diesmal jedoch sehr stark.

»Ich weiß natürlich nicht –«, begann sie unsicher, und die Röte stieg ihr bis unter die Haarwurzeln, und trotzdem sah sie ihn immer noch offen an, den Kopf ein wenig zurückgelegt, »aber ich dachte, wir – ich dachte, du –«

»O Gott, Terry –«, fiel er ihr ins Wort und zog sie aufstöhnend an sein Herz.

So ließ sich Andrew zum zweitenmal in seinem Leben von der Leidenschaft hinreißen und begann, auch das zum zweitenmal, unverzüglich, Qualen auszustehen. Doch nun wurde er mit Skorpionen gezüchtigt, während es zuvor nur Peitschen gewesen waren. Er fand keinen Frieden mehr. Er schwankte ständig zwischen seinen Liebesstunden mit Terry und der tiefen Reue, wenn er von ihr getrennt war – und dies wuchs sich sehr schnell zu einer großen Belastung aus.

Das zehrte an einem Mann von mehr als fünfzig Jahren, den der Krieg einigermaßen gebeutelt hatte. Die Anstrengung seiner Verzückung und die Schalheit seiner Verzweiflung erschöpften ihn gleichermaßen. Fast immer war er müde und ängstlich, und unablässig quälten ihn sein Gewissen und die Angst vor Entdekkung.

Bevor ein Jahr vergangen war, erkannte Andrew, zumal Terry immer noch so jung war und er mit erschreckender Geschwindigkeit alterte, daß diese Liebesangelegenheit, in der nicht alles offen und ehrenhaft war und zusätzlich ein enormer Altersunterschied bestand, nichts als Agonie war. Agonie aus Erschöpfung und Angst. Agonie der Demütigung. Was konnte zum Beispiel eine größere Demütigung sein als sein Versuch, mit Terrys unerschöpflicher, unermüdlicher Jugend mitzuhalten und sehen zu müssen, daß er es nicht konnte? Und sie verhielt sich so lieb und taktvoll, machte Zugeständnisse, fand alle möglichen zärtlichen Entschuldigungen und warf sich schließlich mit frischem, beschämenden Eifer auf das, was er gut beherrschte, und das war Statistik.

Alt, alt und erledigt war er und hatte keinerlei Recht auf einen Anteil an einem blühenden jungen Leben, selbst wenn eine Heirat möglich gewesen wäre. Und dann war da Rosie, und da war Mumsie, und da war Daisy. Er war umgeben von Frauen, denen er Unrecht getan hatte. Schrecklich, vier Frauen, denen man Unrecht getan hatte, in seinem Leben zu haben, Tag für Tag. Die meisten Männer mußten sich jeweils nur mit einer auseinandersetzen und waren auch damit schon überfordert, doch er hatte vier: seine Frau, seine bedauernswerte junge Geliebte, bedauernswert sogar in ihrer Überzeugung, dies sei das Glück; seine Schwiegermutter; und seine Nicht-Schwiegermutter, wie er die vertrauensvolle, stets gastfreundliche und dankbare Daisy glaubte nennen zu müssen.

Diese vier sah er Tag für Tag. Unbewußte Vorwürfe – ausgenommen Terry, die versicherte, daß sie es liebe, Unrecht zu erfahren, daß sie es genieße – er lebte mittendrin. Manchmal hatte er das Gefühl, daß sie ihm den Überblick raubten, so beharrlich bedrängten sie ihn. Kein Wunder, daß er niedergeschlagen war und nur noch arbeitete und so wenig wie möglich zu denken versuchte. Und auch das zehrte an einem Mann über fünfzig.

Doch jetzt, an dem heißen, staubigen Tag seines Lebens angelangt, an dem er die Dorset Street entlang zu seiner Wohnung ging, war er neunundfünfzig, und eine sieben Jahre dauernde Liebesaffäre kam dem nicht zugute. Im ersten dieser sieben Jahre war seine Hauptsorge, daß seine Geliebte, sein wunderbarer verborgener Schatz, heiraten und ihn verlassen könnte, und dann würde er sterben. In den letzten sechs Jahren fürchtete er in zunehmendem Maße, daß sie nicht heiraten und er aus einem anderen Grund sterben würde, aber genauso sicher mit all der Schmach des Verfalls.

Schon vor langer Zeit hatte er sich der Tatsache gestellt, daß Terrys Heirat den einzigen Ausweg aus ihrer gefährlichen Situation darstellte. Leider war das auch das einzige Thema, über das er nicht offen mit ihr reden konnte. Wenn er es auch nur vorsichtig anschnitt, sah sie ihn mit ihren klaren grauen Augen an und sagte: »Liebling, wenn du so etwas sagst, muß ich vermuten, daß deine Liebe sich abkühlt.« Abkühlt! Er liebte sie so leidenschaftlich, wie ein Mann seines Alters nur lieben konnte, und würde sie immer mehr lieben als sein Leben. Doch er liebte sie nicht mehr als seinen Tod, und er verspürte den übermächtigen Wunsch, eine Art kranker Gier, geboren aus Abscheu vor sich selbst, anständig zu enden, lange genug zu leben, um in seinen letzten Jahren zurückzufinden zu der unbefleckten Ehrenhaftigkeit seiner früheren.

Das konnte er nur erreichen, wenn Terry heiratete. Ihre Heirat war das einzige, wodurch sie sich in Sicherheit bringen und die ganze erbärmliche Geschichte seiner Versündigung an ihr in Vergessenheit geraten lassen konnte. Ach, wie hatte er sich in letzter Zeit Sicherheit für sie gewünscht, sich gewünscht, daß ihr kostbares Leben dem Zugriff der Katastrophe entzogen sein möge. Doch die wenigen Anträge, die sie erhielt, schlug sie in den Wind. Sie erhielt nur deshalb so wenige, weil man sie der Klugheit verdächtigte, und außerdem hatte sie eine beunruhigende Art, augenscheinlich auch ohne junge Männer vollkommen glücklich zu wirken. Diese waren ihrerseits vollkommen glücklich ohne sie – zu Daisys Enttäuschung, wie Andrew wußte. Nur die intelligenteren, wie ihr Cousin Geoffrey und der junge Bodiam, blieben in ihrer Anbetung beharrlich, und es war genau diese geheimnisvolle distanzierte Zufriedenheit, die diese Bewerber anbeteten, verbunden mit ihrer offenkundigen sanften Güte, ihrem lieblichen, schlichten Adel und der Angewohnheit, ihr Gesicht zu waschen, statt es anzumalen.

Diese beiden jungen Männer machten ihr in regelmäßigen Abständen Anträge, und Terry lehnte sie regelmäßig ab. Sie sprach nie mit Andrew über diese Anträge, doch er war informiert. In seinem Club blühte der Klatsch. Daisy selbst sprach manchmal mit ihm über die beiden und bemerkte, was Bodiam anging, wie schade es wäre, daß er Terry nicht mehr bedeutete.

Dann war Andrew noch fester als sonst in sein Unglück und seine Gewissensbisse verstrickt, dann quälte ihn sein Gewissen fast bis zur Unerträglichkeit. Und in letzter Zeit kursierten neue Gerüchte in London, Gerüchte über eine Heirat in so hohen Adel, daß nicht mehr von Heirat, sondern von einer Verbindung gesprochen wurde. Würde Terry auch diese ablehnen? fragte er sich. Würde sie es wagen?

Vor Jahren, als er sie noch voller Stolz angeleitet und unterrichtet hatte, statt zu ihrem beschämten und gequälten Liebhaber herabgesunken zu sein, hätte er sie vor einer solchen Heirat als dem Ende ihrer Freiheit, dem Ende der integren Individualität, an der jeder Mensch auf Leben und Tod festhalten sollte, gewarnt. Sie würde hinweggerissen werden, hätte er ihr gesagt. Sie würde für immer verschwinden – in strahlender Pracht meinetwegen, aber von welcher Art war diese Pracht? Das hätte er ihr vor Jahren gesagt, und da stand er nun, so tief unter seine eigenen Ideale gesunken, daß er es als wunderbare Gelegenheit für ihr Entkommen in vollkommene und endgültige Sicherheit betrachtete.

Doch es machte ihm das Herz nur um so schwerer, denn die Tage vergingen, die Gerüchte kursierten, Daisy sah glücklicher aus denn je. Parker, der Butler, schien, wenn er Stock und Hut nahm, durch irgendein enormes Geheimnis auf das Doppelte seiner von Natur aus eindrucksvollen Größe anzuschwellen. Miss Simpsons Stimme war, wenn sie mit Terry sprach, erfüllt von einer neuen Hochachtung. Und Terry selbst blieb stumm wie ein Fisch.

Er kannte diese Stummheit. Er kannte auch die Anwandlungen noch größeren Eifers in ihrem Einsatz in Pentonville, für die Recherchen zu dem Buch, das sie schreiben wollten, und die Anwandlungen von noch größerer Zärtlichkeit für ihn. All das kannte er sehr gut. Es waren ausnahmslos Begleiterscheinungen zur Ablehnung eines Heiratsantrags. Es bedeutete, daß sie durch dick und dünn zu ihm hielt, daß sie erneut bewußt den Weg kühner Unehrenhaftigkeit wählte, den Weg in eine für Treue und Liebe verlorene Welt, den all der großartigen Theorien, die er ihrem jungen Verstand so nachdrücklich eingeprägt hatte – der großartigen, dummen Theorien, die, wie er jetzt erkannte, nur zum traurigen Untergang führten, solange das Leben allgemein nicht zivilisierter geworden war.

Niedergeschlagen stieg er die Treppe zu dem Haus hinauf, in dem sich seine Wohnung befand. Erschöpfung schien wie etwas mit Händen Greifbares auf seinen Schultern zu lasten. Der Lohn der Sünde ist der Tod. Ja, nun denn, das akzeptierte er. Aber warum sollte Terry, die nichts getan hatte, außer jung und leidenschaftlich zu sein – es war schließlich Midhursts Saat, die in ihr aufging –, und die erfüllt war von lieblichen, unerfüllbaren Träumen, gezwungen sein, es auch zu akzeptieren?

Das ewige Problem. Die ewige, unverständliche Ungerechtigkeit. Niedergeschlagen stieg Andrew in den Lift und drückte den gewohnten Knopf. Es gab keinen Portier, der den Lift bedient hätte, denn in dieser Art von Häusern waren keine Portiers beschäftigt – es paßte zu ihrem sogenannten Gatten, wie Mumsie Rosie gegenüber häufig genug betonte, daß er seiner Frau nicht einmal eine Wohnung mit einem Portier bieten konnte, wenngleich es, wie sie zugab, eine zweischneidige Sache war. Schließlich gab es auch eine Menge Dinge, die ohne, nicht aber mit Portier möglich waren.

Also drückte Andrew den Knopf und bediente den Lift selbst. Es war ein schwacher, billiger Lift, ähnlich dem, was mittlerweile aus mir selbst geworden ist, dachte er, und er fuhr sehr langsam aufwärts. Drinnen hatte er Zeit für weitere mutlose Gedanken, die sich, wie immer, wenn er nicht arbeitete, sorgenvoll im Kreise drehten. Wenn Rosie, voller Entrüstung ob seiner Vernachlässigung mit jemandem durchgebrannt wäre, was ihr gutes Recht war, wenn Daisy weniger sittenstreng gewesen wäre, dann wäre er vielleicht schon vor Jahren frei gewesen und hätte Terry heiraten können. Doch Rosie neigte ganz und gar nicht zur Polygamie, es bereitete ihr lediglich Vergnügen, diesen Anschein zu erzeugen; während er Daisy gut genug kannte, um zu wissen, daß sie einen Mann, der nur aufgrund einer Scheidung frei war, ihre Tochter zu heiraten, um nichts in der Welt auch nur mit einer Zange berührt hätte. In Daisys unerbittlichen Augen kam der Tod vor einer Wiederverheiratung. Nichts weniger als der Tod befriedigte diese schrecklich puristischen Frauen, Andrew wußte das. Daisy war geradezu ein Monstrum an Reinheit und Güte und hohen, eng gefaßten Maßstäben. Immer so freundlich, so großzügig, außer in den Augenblicken, in denen Freundlichkeit und Großzügigkeit am dringendsten benötigt wurden, dachte er müde; dort vernichtete sie alles.

»Ach ja«, seufzte er, in seinem sinnlosen Gedankengang unterbrochen, als der Lift mit einem müden Grunzen, einem Ton, den er selbst gern ausgestoßen hätte, im fünften Stock zum Stillstand kam. Er konnte einfach nicht mehr denken. Er würde sich hinter seiner Arbeit verstecken, seinen Verstand hinter dem Frieden und der Klarheit der Zahlen einriegeln.

Wo sollte das alles enden? Als er diese Frage kürzlich auf Shillerton an Terry richtete, in einem grauen Moment leidenschaftslosen Sinnierens, wie er auf die Liebe folgt, hatte sie gelacht und gesagt: »Enden? Natürlich in Liebe ohne Ende. Amen« – und die Hand gehoben, um ihm die Furchen von der Stirn zu streicheln.

»Kleines Kind«, hatte er gestöhnt.

»Du sollst jetzt nicht stöhnen«, hatte sie geflüstert, ihre Wange an die seine geschmiegt. »Du könntest so ein lieber Mann sein, wenn du nur nicht stöhnen würdest.«

Und im Dunkeln wußte er, daß sie lächelte, weil er sie ein kleines Kind genannt hatte, und wußte auch, daß sie ihn in seinem Bedürfnis nach Schutz vor seiner Angst als kaum der Wiege entwachsen betrachtete, während sie selbst ihn wie eine Mutter zärtlich umarmte.

Er wünschte, sie würde es nicht tun. Er wünschte, sie hätte sich nicht diesen Floh ins Ohr gesetzt, daß er völlig von ihr abhängig wäre und daß es an ihr sei, ihn niemals im Stich zu lassen. In diesen öden frühen Morgenstunden kam es ihm vor, als müßte in den meisten Liebesaffären der Zeitpunkt kommen, zu dem einer von beiden gern verlassen werden würde.

Doch im Gegensatz zu Daisy war Terry in ihrer Anhänglichkeit und Großzügigkeit grenzenlos. Das wußte er. Er wußte auch, daß sie treu wie Gold und absolut zuverlässig war, und er atmete tief durch, als er aus dem Lift stieg und seine Wohnungstür aufschloß.

In dem winzigen Flur hing der vertraute Duft von parfümierten Frauen. Doch er nahm ihn nicht wahr, weil es immer so roch, und überhaupt war dieser Duft, wie Mumsie betonte, als er zum erstenmal durch mißbilligende Kopfbewegungen zeigte, daß er ihn bemerkte, besser als Fischgeruch. Schließlich mußte es in diesen erbärmlichen kleinen Wohnungen nach irgend etwas riechen. Was er allerdings wahrnahm, war eine rote Lederhandtasche auf dem einzigen Stuhl, an dem ein ebenfalls roter Sonnenschirm lehnte – Mumsies Accessoires, wenn sie sich aufputzte, waren sämtlich rot –, und voller unangenehmer Überraschung konnte er daraus nur schließen, daß seine Schwiegermutter und Rosie wie durch ein Wunder zum Lunch nicht ausgegangen waren.

Das war äußerst lästig. Daß sie ausgerechnet an einem Tag, an dem er in der Wohnung Ruhe suchte, ebenfalls zu Hause waren, war ein äußerst unglücklicher Zufall. Einen Moment lang blieb er zögernd stehen, unschlüssig, ob er umkehren und zum Grosvenor Square gehen sollte, um zu essen und dort in der Bibliothek zu arbeiten. Die Alternative war, sich möglichst leise an der halbgeöffneten Tür zum Wohnzimmer, durch die er sie reden hörte, vorüberzuschleichen und sich in seinem kleinen Arbeitszimmer am Ende des Flurs einzuschließen.

Doch er war müde, es war heiß, und ihm fiel ein, daß Daisy Gäste zum Lunch geladen hatte, und wenn er seine Notizen nicht bald auswertete, würde er aus ihnen nicht mehr klug werden können. Also entschied er sich für sein Arbeitszimmer, hängte seinen Hut auf und schlich behutsam den engen Flur entlang, als er Rosie mit seltsam atemloser Stimme sagen hörte: »Ja – und dann?«

Etwas in der Art, wie sie es sagte, ein Eifer, eine Ungeduld, fast als wollte sie ihrer Mutter die Worte schneller entlocken, weckte seine Aufmerksamkeit. Normalerweise schenkte er dem, was sie einander zu sagen hatten, nicht die geringste Aufmerksamkeit. Die einzige Möglichkeit, sich nicht zu einem Sarkasmus hinreißen zu lassen, den er später bereute, bestand darin, sich gegenüber allen Unterhaltungen zwischen seiner Frau und ihrer Mutter taub zu stellen. Dennoch war er seit dem Wochenende mit Rosie auf Shillerton ein wenig hellhörig geworden – Gott, wie er es gehaßt hatte, und wie er sich den Kopf zerbrochen hatte, um zu erraten, was Daisy bewogen haben könnte, Rosie einzuladen! – ja er glaubte zu bemerken, daß sie plötzlich nach Jahren der Nichtbeachtung aus irgendeinem Grunde wieder Interesse an ihm zeigten.

Reine Einbildung, beruhigte er sich. Doch seit jenem Besuch hatte Andrew tatsächlich den Eindruck, daß sie ihn beobachteten – zwar nicht, als ob sie einen Sünder belauerten, was den gefahrwitternden, angstgequälten Mann sogleich in Panik versetzt hätte, sondern vielmehr mit einer Art – war es möglich? – widerwilliger Bewunderung, gelegentlich durchsetzt mit etwas, das stark – er hielt es wirklich kaum für möglich – nach unterdrückter Freude aussah.

Freude. Warum um alles in der Welt Freude? Doch wenn es sich so verhielt, warum auch noch Bewunderung? Trotzdem war Freude wahrhaftig ein merkwürdiger Bestandteil in ihrem Interesse an ihm, und dieser seltsame Eindruck stellte ihn jedesmal, wenn er daran dachte, vor ein Rätsel. Wegen seiner anderen Sorgen nahm er sich jedoch nicht viel Zeit zum Rätseln. Wenn sie mich amüsant finden, dachte er und tat sie mit einem Achselzucken ab, schön und gut. Sie hatten ohnehin nicht sehr viel von ihm, die armen Frauen, und waren bedeutend liebenswürdiger und umgänglicher als er, seinem uninteressierten Benehmen entsprechend, verdient hätte. Was er aufgrund seiner anderen Aktivitäten, aufgrund des Unrechts, das er ihnen Tag für Tag zufügte, verdient hätte, daran versuchte er möglichst nicht zu denken.

»Ja – und dann?« fragte Rosies Stimme so atemlos, daß er unwillkürlich innehielt.

»Nun, dann«, hörte er seine Schwiegermutter antworten, »stürzte der Tisch um.«

»Der Tisch?«

Andrew setzte seinen Weg durch den Flur fort. Der Tisch stürzte um. Man stelle sich vor, dachte er hohnvoll und erschöpft. So etwas interessierte und erregte diese Frauen, mit denen er zu leben gezwungen war.

»Ja. Und die Sekretärin kam herein. Sie muß an der Tür gelauscht haben. Ich glaube, das tun Sekretärinnen immer. Du hast mir nie erzählt, wie dürr sie ist, Rosie.«

Frauen, pah! dachte Andrew verächtlich. Er wurde nicht oft Zeuge von unverstellten Gesprächen zwischen seiner Schwiegermutter und ihrer Tochter, denn in seiner Gegenwart paßten sie ihr Gerede dem an, was ihrer Meinung nach seinen Ohren angemessen war. »Ich glaube, das tun Sekretärinnen immer.« – »Du hast mir nie erzählt, wie dürr –« O Gott, sagte Andrew zu sich selbst und strebte seinem Arbeitszimmer zu.

»Aber warum stürzte der Tisch um?« hörte er Rosie immer noch mit diesem gespannten Eifer in der Stimme fragen.

»Na, würdest du nicht umstürzen, wenn eine Frau von hundertundfünfzig Pfund – ich bin überzeugt, sie wiegt hundertundfünfzig Pfund. Wunderbar geschnürt natürlich, und vermutlich von Worth eingekleidet, so daß man es nicht so sieht – aber würdest du nicht stürzen, wenn sie sich plötzlich auf dich stützte? Der Tisch freilich stürzte, und all die herrlichen Gardenien auch. Lagen auf dem Boden. Die Vase in Scherben. Wie schade. Das wäre nicht nötig gewesen.«

»Aber dann? Was geschah dann? Ach, bitte, Mumsie-Schatz, erzähl doch weiter«, flehte Rosie.

»Nun, wie gesagt. Die Sekretärin kam herein, und Lady M. –«

Andrew blieb wie vom Donner gerührt stehen. Seine Hand lag auf der Klinke, doch er öffnete die Tür zu seinem Arbeitszimmer nicht. Er blieb stehen wie angewurzelt.

»Diese Sorte Menschen ist einfach hinreißend«, unterbrach Mumsie ihren Bericht.

Andrew stand mit gesenktem Kopf und lauschte angestrengt.

»Ja. Ich weiß. Ganz sicher. Aber das ist jetzt nicht wichtig. Bitte erzähl weiter«, drängte Rosie.

»Aber, Schätzchen, ich lasse mich nicht antreiben. Überlaß es mir, wie ich es dir erzähle. Wir haben den ganzen Nachmittag vor uns. Selbst ihre Sekretärinnen stecken sich damit an – mit dieser *Vere de Vere**-Gelassenheit, meine ich. Diese Sekretärin würdigte die Scherben und die Unordnung auf dem Fußboden keines Blickes, sondern sagte, die Nase in der Luft, zu Lady M. – ich muß sagen, Naserümpfen finde ich unerträglich, du nicht auch, Rosie? – nun, sie sagte zu Lady M.: ›Sie haben doch nicht vergessen, daß Sie heute Gäste zum Lunch erwarten?‹ Und Lady M. bedankte sich für den Hinweis, so beherrscht, wie man es sich nur wünschen kann, zumal ein Diener mit einem Lappen aus dem

* Vere de Vere: in etwa: von und zu (Anm. d. Ü.)

Nichts aufgetaucht war und den Boden aufwischte. Ich glaube, sie vergessen niemals ihre guten Manieren. Da stand sie, leichenblaß im Gesicht«, Andrew stand wie erstarrt, »als gäbe es nicht den geringsten Anlaß zur Sorge, und bedankte sich, als hätte sie nicht gerade einen Schlag versetzt bekommen, der sich als tödlich erweisen könnte, wenn sie nicht vernünftig reagierte. Das wird sie aber. Du wirst es sehen. Sie kann gar nicht anders. Glaub mir, innerhalb von vierundzwanzig Stunden, wenn sie Zeit genug zum Nachdenken gehabt hat, wird sie mir aus der Hand fressen.«

Er wollte sich rühren, konnte jedoch nicht, versuchte, ins Zimmer zu treten und ein Ende zu machen, den entsetzlichen Worten ein Ende zu machen, um jeden Preis ein Ende zu machen – doch er blieb stehen, hielt sich wie angewachsen an der Tür zu seinem Arbeitszimmer fest.

»Aber was geschah danach? Wie hast du dich verabschiedet?« fragte Rosie, keuchte Rosie.

»Ich habe mich nicht verabschiedet. Jedenfalls nicht gleich. Noch jemand betrat die Szene. Eine Dame, die auf einen freundschaftlichen Schwatz hereinschaute, oder vielleicht war sie die erste von den Lunchgästen. Sah aus wie ein braunes Schaukelpferd«, überlegte Mumsie. »Du weißt schon – ganz Nüstern und Augen.«

»Cilly«, sagte Rosie, die Lady Cecilia auf Anhieb identifizierte. »Das ist die Dame, die sie Cilly nennen.«

»Das wundert mich nicht. Der Name paßt zu ihr.«

»Ach bitte, erzähl doch weiter, Liebes – wenn du doch endlich weitererzählen würdest!« jammerte Rosie.

»Nun, als Cilly den Zustand des Fußbodens und den Diener auf den Knien beim Aufwischen sah, und Lady M.s kreidebleiches Gesicht – komisch, daß Make-up nichts verbergen kann, wenn man sich kreidebleich *fühlt*, – nun, da machte Cilly viel Aufhebens und wollte wissen, was um alles in der Welt mit ihrer armen lieben Daisy geschehen war. Der armen lieben Daisy gefiel es gar nicht, daß ihr Gesicht die Beachtung auf sich zog, soviel war mir klar, und nur jemand so Dummes wie Cilly konnte so taktlos sein. ›Müde‹, antwortete die Sekretärin für sie – wie diese bezahlten Angestellten lügen! ›Die Hitze setzt ihr zu.‹ Natürlich hätte sich angesichts des Wassers und der zerbrochenen Vase am Boden nur ein Dummkopf von einer solchen Erklärung überzeugen lassen, doch Cilly ließ sich offenbar einwickeln und mahnte ihre liebe Daisy, daß sie zu viele Leute vorließe, wandte sich zu mir um und starrte mich an, als wollte sie sagen: ›Wer sind Sie denn?‹ Doch ich hatte meine Antwort schon parat und sagte: ›Ich bin Mrs. Andrew Leighs Mutter‹, und musterte sie von Kopf bis Fuß. ›Rosies Mutter?‹ sagte sie ziemlich erschrocken. ›Wenn Sie so vertraulich sein wollen, ja‹, sagte ich. ›Für Fremde lautet der Name meiner Tochter allerdings Mrs. Andrew Leigh, und der meine ist Mrs. De Lacey.‹ – ›Würden Sie jetzt bitte gehen?‹ griff die Sekretärin ins Geschehen ein. ›Natürlich gehe ich‹, sagte ich. ›Wenn ich nicht gehen würde, könnte ich ja nicht wiederkommen, nicht wahr?‹ Und damit ging ich hinaus, mit diesem vorzüglichen Schlußwort, womit ich ihnen zusätzlich noch einen Hinweis auf meine Vorgehensweise gegeben habe. Lady M. reagierte sofort. Sie verstand durchaus. Es war nicht mehr auszumachen, wo das Rosa und Weiß ihres Make-ups aufhörten und die aschene Farbe anfing, doch aschene Farbe war da, ganz eindeutig. Sie sah aus wie ein Clown, der geweint hatte – Na«, rief Mumsie und unterbrach sich plötzlich nach Luft schnappend. »Wenn das nicht Andrew ist. Nun, Andrew, ich habe dich heute noch gar nicht gesehen. Nun, guten Morgen. Nun, das kommt aber wirklich unerwartet –«

Und sie stand so hastig und in solcher Verwirrung auf, daß ihre rote Toque, die sie abgenommen und auf dem Schoß gehalten hatte, auf den Boden rollte.

Einen Augenblick lang starrten die drei einander an. Andrew, der sich irgendwie ins Zimmer geschleppt hatte, konnte nicht sprechen. Der unglückliche Mann, in diesem Moment vielleicht der unglücklichste Mann in ganz London, denn niemand ist so unglücklich wie der, dessen Sünden im Begriff sind, ihn preiszugeben, stand da und schaute die beiden an, ganz grau im Gesicht, ohne etwas zu sagen. Rosie, die ihrer Mutter zu Füßen gesessen hatte, füllte die beängstigende Pause aus, indem sie nach der Toque ihrer Mutter griff, die an ihr vorbeirollte, und sie sorgfältig abklopfte.

Es bringt nichts ein, dachte sie, während sie klopfte, wenn Mumsies Toque, ihre hübsche rotsamtene Toque, nur einmal getragen, verdorben werden sollte. Sie reinigte sie sorgfältig, den Kopf tief geneigt, um Andrew nicht sehen zu müssen. Warum um alles in der Welt er ausgerechnet an diesem Tag . . . und dann so in die Wohnung zu schleichen . . . und ins Wohnzimmer zu kommen, was er sonst nie tat . . .

Rosie ging ganz in ihrer Beschäftigung auf und überließ die Situation Mumsie, die, mit einem besorgten Lächeln, auf den stummen Mann an der Tür zuging und sehr freundlich fragte: »Hast du schon zu Mittag gegessen?«

Zu Mittag gegessen? Die Frage warf Andrew endgültig um. In einem solchen Moment an seinen Lunch zu denken! Es warf ihn mit aller Gewalt um, bestürzte ihn, ließ ihn unsicher werden, ob er die erlauschten schrecklichen Sätze nicht vielleicht doch mißverstanden hatte, ob nicht vielleicht in den sonderbaren Köpfen dieser Frauen die kleinsten Dinge zu äußerst übertriebener Ausdrucksweise führen konnten.

Und Mumsie dachte, während ihr besorgter Blick in seinem Gesicht forschte und ihr Mund strahlend lächelte: Er kann nicht viel gehört haben. Er ist kein Lauscher an der Wand. Er ist eben in dieser Minute hereingekommen.

Aber warum sieht er dann, so fragte sie sich, trotz ihres Lächelns überaus besorgt, warum sieht er dann so grau aus? Völlig grau, als hätte sich das Grau seines Haars auf sein Gesicht ausgedehnt, als wäre seine Haut nicht mehr durchblutet?

Hör mal, Belle, meine Liebe, ermahnte sie sich stumm, bilde dir nichts ein, was wahrscheinlich gar nicht zutrifft – denn es wäre ein großer Fehler, wie sie Rosie oft genug erklärte, das Unglück beim Schopf zu packen. Viel ratsamer war es, in Ruhe abzuwarten. Was hatte es für einen Sinn, sich auch nur fünf Minuten früher als notwendig zu sorgen?

Dennoch war ihr Blick trotz des Lächelns überaus besorgt. Es wäre jammerschade, wenn er wirklich etwas gehört hätte und wußte, daß sie ihn gestellt hatte, denn dann hieß es Auf Nimmerwiedersehen für ihren kleinen Plan, der allen Beteiligten in Zukunft ein weiterhin unbeschwertes Leben ermöglichte. Er hing, sollte er Erfolg haben, so voll und ganz von ihrer stillen, heimlichen Übereinkunft mit Lady Midhurst ab –

»Wenn du noch nicht zu Mittag gegessen hast, zaubern wir dir in Nullkommanichts etwas«, sagte sie voll fröhlicher Geschäftigkeit. »Wir haben noch ein hübsches Bißchen kalten Lachs, sofern Gladys ihn nicht gegessen hat. Es würde mich nicht wundern, wenn sie ihn genommen hätte. Heutzutage ist den Dienstboten ja nichts mehr heilig. Rosie, lauf und schau nach, bitte.«

Und während Rosie aufstand und eilfertig lief, wieder einmal voller Bewunderung für Mumsies Geschick, peinliche Situationen zu meistern und einen Szenenwechsel zu inszenieren, denn es gab keinen kalten Lachs, es hatte ihn nie gegeben, fragte sich Andrew, nachdem alles, was er zu sagen gehabt hätte, dank dieser Besorgtheit auf seinen Lippen erstarrte und er in seiner Not nach jedem Strohhalm griff, ob es auf der ganzen Welt eine Schwiegermutter geben könnte, die ihrem Schwiegersohn, dessen Untreue sie gerade aufgedeckt hatte, kalten Lachs anbieten würde. Wäre das nicht in höchstem Maße unwahrscheinlich? Läge es nicht jenseits und außerhalb der menschlichen Natur, grenzte es nicht beinahe ans Göttliche? Mrs. De Lacey war dem Göttlichen denkbar fern, wie er wußte, und sie war nicht einmal eine gute Schauspielerin, daher mußte ihr Wunsch, ihm eine Mahlzeit anzubieten, aufrichtig sein, und ein Beweis – es war doch sicherlich ein Beweis? – dafür, daß sie nichts wußte.

In dieser schwärzesten Krise seines Lebens, in der Gefahr, in Panik zu versinken, klammerte Andrew sich an den kalten Lachs wie an einen Rettungsring. Er hätte sich an alles Mögliche geklammert, um Trost zu finden, an alles, was ihn noch ein paar Augenblicke länger hoffen ließ. Und es half ihm zumindest für einen Moment, wieder zu Atem zu kommen, zu zögern, nicht mehr so sicher zu sein. Und schließlich gelang es ihm, sich zusammenzureißen, alles, was er gehört hatte, beiseite zu schieben, bis er endlich allein sein würde, um in aller Ruhe nachdenken zu können. Er schaffte es, mit beinahe normaler Stimme zu sagen: »Könnte ich ein wenig Kaffee haben?«

Kaffee? Oh, Gott sei Dank für diese Bitte, oh, diese gesegnete, normale Bitte, die Mumsie überzeugte, daß alles in Ordnung war, daß er nur grau aussah, weil er nun mal grau war.

»Kaffee?« rief sie und nannte ihn im Überschwang ihrer Dankbarkeit wahrhaftig mein Lieber. »Aber natürlich, mein Lieber. Du bekommst ihn sofort. Sonst nichts? Auch kein winziges Schlückchen Brandy dazu? Ich sehe dir an, daß du einen schweren Vormittag hinter dir hast –«

Ja, Andrew hatte einen ziemlich schweren Vormittag hinter sich, und ja, er wollte ein Schlückchen Brandy. Seine Stimme kam ihr so farblos vor wie seine gesamte Erscheinung, ganz die übliche Nuance toter Höflichkeit. Ob sie so freundlich wäre, fuhr die farblose Stimme fort, ihm Kaffee und Brandy in seinem Arbeitszimmer servieren zu lassen? Er hatte noch viel zu tun –

»Übertreib es nicht, bitte, mein Lieber«, mahnte Mumsie und schenkte ihm ihr strahlendstes Lächeln, bevor sie Rosie hinterhereilte.

In ihrer Erleichterung hätte sie ihn umarmen mögen.

Tatsächlich legte sie im Vorbeigehen für einen Augenblick eine stark beringte Hand auf seine Schulter.

Und Andrew gelang es nur unter äußerster Beherrschung, sie nicht abzuschütteln.

Er ging in sein Arbeitszimmer, warf das Blatt mit den Notizen, das er immer noch festgehalten hatte, auf den Schreibtisch, wischte sich den Schweiß von der Stirn und ließ sich, indem er sich wegen seiner zitternden Beine mit beiden Händen an den Seitenlehnen des Sessels festhielt, auf diesem nieder. Wenn der Kaffee kam, wollte er so tun, als wäre er in seine Arbeit vertieft. Selbst Gladys sollte an ihm keinerlei Hinweis auf eine Katastrophe entdecken. Nicht daß es eine Katastrophe gibt, nicht daß schon irgendein, und sei es ein noch so geringfügiges Unglück über Terry hereingebrochen ist, wiederholte er immer wieder für sich, während doch ständig in einem Winkel seines Bewußtseins die schrecklichen Worte rumorten, die mißverstanden zu haben er noch ein Weilchen länger entschlossen war. »Ein tödlicher Schlag« und: »innerhalb von vierundzwanzig Stunden frißt sie mir aus der Hand«, und, am schrecklichsten von allen Worten für Andrew, die er jedoch um keinen Preis in sein Bewußtsein vordringen lassen wollte, noch nicht, jedenfalls nicht, solange er nicht wenigstens einen Schluck Brandy genommen hatte: »Sie sah aus wie ein Clown, der geweint hat.«

Nein, Terry war so sicher wie eh und je, was ungefähr genauso sicher war wie auf einem Pulverfaß zu sitzen, aber immerhin brannte die Lunte noch nicht. Ganz offensichtlich, versicherte er sich selbst und richtete seine ungeteilte Aufmerksamkeit auf den Wunsch seiner Schwiegermutter, ihn mit einer Mahlzeit zu versorgen und breitete mit mühsam beherrschten Händen seine Papiere vor sich aus. Ganz offensichtlich brauchte er sich in dieser Hinsicht noch keine Sorgen zu machen. Doch ebenso offensichtlich war am Grosvenor Square etwas Unerfreuliches vorgefallen, etwas, was Daisy ganz und gar nicht behagt hatte: das Eindringen einer fordernden Fremden, die kraft der Einladung ihrer Tochter nach Shillerton selbst gesellschaftlich aufsteigen wollte. Da war es nur natürlich, daß er, der im Grunde dafür verantwortlich war, denn ohne seine Heirat hätte Mrs. De Lacey niemals Daisys Weg gekreuzt, da war es also nur natürlich, daß er davon betroffen war. Vollkommen natürlich, dachte Andrew und verschloß die Ohren vor diesen rumorenden, schrecklichen Worten. Sie sprachen nicht die gleiche Sprache. Frauen wie Mrs. De Lacey redeten ausnahmslos in Übertreibungen.

Allerdings sollte niemand sehen, wie beunruhigt er war, auch nicht Gladys. Als der Kaffee gebracht wurde, waren seine über die üblichen Blätter voller Kritzelei und Zahlen gebeugten Schultern anscheinend völlig ruhig, und Mumsie, die den Kaffee persönlich brachte, um noch einmal nach ihm zu sehen, war ganz sicher, daß sie unbesorgt sein konnte.

»Gladys ist ausgegangen«, sagte sie, obwohl Gladys keineswegs ausgegangen war.

»Danke«, antwortete er, ohne aufzublicken, als sie das Tablett auf dem Tisch abstellte. Seine Stimme war die eines schwerbeschäftigten Mannes.

Im nächsten Moment war Mumsie allerdings schon wieder ein wenig verunsichert, denn er fügte, noch immer über seine Papiere gebeugt, hinzu, daß er daran denke, vielleicht die Tür abzuschließen. Mumsie assoziierte verschlossene Türen ohne weiteres mit Pistolen und Menschen, die sich dahinter erschossen. Schließlich hatte einer von ihren Ehemännern sie auf diese unsaubere und laute Weise zur Witwe gemacht. So sagte sie in etwas schärferem Tonfall: »Nicht nötig. Rosie und ich gehen aus, und keine Menschenseele wird dich stören.«

Doch als er anfing, auf dem Papier herumzukritzeln, das vor ihm auf dem Schreibtisch lag, als hätte er sie nicht gehört, faßte sie wieder Mut. Sie entschied, daß er sich ruhig einschließen könne. Sein unerwartetes Eintreten hat mich so nervös gemacht, sagte sie sich und legte eine beruhigende Hand auf ihren immer noch erregten Busen. Er hatte nichts gehört. Er war derselbe Andrew wie immer.

»Ich möchte die Tür doch lieber abschließen«, beharrte er, als sie hinter seinem Stuhl stehenblieb.

Sie blickte auf die dünnen Ränder seiner Ohren hinab, denn mehr konnte sie von seinem Gesicht nicht sehen, und wünschte sich, diese Ohren wären Bücher, in denen sie lesen könnte. Es schienen ganz ruhige Ohren zu sein, keine Ohren, die glühten von erlauschten Dingen, die ihnen nicht behagen wollten.

»Nun gut, Lieber«, sagte sie daher, beruhigt aufgrund seiner blassen Ohren.

Schon wieder Lieber. Würde eine Schwiegermutter, die gerade entdeckt hatte – ach, unmöglich, unmöglich, übermenschlich.

Er stand auf, ohne sie anzusehen, ging zur Tür und öffnete sie. Dieser Gentleman, sagte Mumsie zu sich selbst und musterte ihn: überlegen und höflich wie immer. Natürlich hatte er kein Wort gehört, sonst hätte er nicht die Kraft gehabt, weiterhin überlegen und höflich zu sein. Aber es ist wirklich zum Schreien, dachte sie im Hinausgehen – wann immer Andrew ihr eine Tür öffnete, war sie irgendwie gezwungen hindurchzugehen –, es ist wirklich zum Schreien, ihn so zu sehen, kalt wie eine Hundeschnauze, die Nase so hoch, während man die ganze Zeit weiß, daß er sich wie alle anderen fleißig damit vergnügt, die Gebote zu brechen.

Nur mit Mühe beherrschte Mumsie ihre Miene, als sie an seinem feierlichen Ernst vorbeiging. Visionen davon, wie der Gentleman aussehen mußte, sobald er von seinem hohen Roß stieg, um die Gebote zu brechen, hüpften ihr undiszipliniert durch den Kopf. Dafür mußte er tatsächlich von seinem hohen Roß herunterkommen ... Die Vorstellung eines schmeichelnden, demütigen Andrew, so, wie Männer sich nun mal aufführten, damit ihre Wünsche erfüllt wurden, womöglich noch mit abgelegtem Kragen, war beinahe zuviel für ihre Selbstbeherrschung. Jedenfalls, so beschloß sie, brauchte sie ihrem Schwiegersohn gegenüber nicht zur Pharisäerin zu werden. Und sie wäre empört gewesen, hätte sie sich nicht so gefreut. Sie konnte nicht anders, sie freute sich. Seine Heuchelei war ihre Chance. Kein Wort zu niemandem, und jede Menge Brot und Butter für alle, faßte Mumsie auf dem Weg zum Wohnzimmer die Situation zusammen.

»Nun?« flüsterte Rosie, die dort mit hochroten Wangen wartete. »Nun?«

»Er ist in Ordnung«, sagte Mumsie. »Überheblich und abwesend wie immer, denkt nur an seine Zahlen. Komm, Liebling, nichts wie raus hier. Nur im Freien kann man in Sicherheit über heikle Angelegenheiten reden. Wir nehmen den Bus zum Park und essen in diesem Restaurant in Kensington Gardens eine Kleinigkeit. Allmählich spüre ich, daß ich noch kein Lunch hatte.«

6

Dann war Andrew allein, stand an seiner Seite der Tür und horchte auf die sich entfernenden Schritte. Er ging zum Fenster und wartete, bis er die beiden Frauen am Ende der Straße verschwinden sah. Nachdem kein Rockzipfel mehr zu erspähen war, zog er den Kopf ein, ging zum Tisch, schenkte sich, um eine ruhige Hand bemüht, Kaffee und Brandy ein, und stellte sich der Tatsache, daß das nächste, was er zu erledigen hatte, ein Besuch am Grosvenor Square war.

Es liegt eigentlich kein Grund vor, warum meine Hand nicht ruhig sein sollte, sagte er sich und zwang sich zur Ruhe, während auf seiner Stirn immer noch der kalte Schweiß stand. Was an diesem Morgen in Daisys Haus vorgefallen war, geschah sicherlich häufig im Leben von prominenten Frauen, die so oft in den Gesellschaftskolumnen erwähnt wurden. Solange es Menschen gab, die alles hatten, würden Menschen, die nichts hatten, versuchen, sich in deren Blickfeld zu drängen. Unglücklich war nur, daß es sich in diesem Fall um seine Schwiegermutter handelte, aber doch keineswegs tragisch. Gott allein mochte wissen, wie sie an Parker vorbei in die Bibliothek gelangt war. Doch sie hatte es geschafft. Daisy, die Aufdringlichkeiten haßte, schien so überrascht und erregt gewesen zu sein, daß sie durch einen hastigen Griff zur Glocke einen kleinen Tisch umgeworfen hatte. Als dabei die Vase zerbrach, entstand dann wohl diese Art von lautem Durcheinander, die sie so verabscheute.

Mehr steckt nicht dahinter, versicherte sich Andrew, konzentrierte sich darauf, seinen Brandy nicht zu verschütten, und wehrte sich gegen die Panik, die in einem Winkel seines Bewußtseins lauerte, bereit, ihn anzuspringen und seine Kehle zu würgen, sobald er seinen Gedanken freien Lauf ließ. Um keinen Preis durfte er den Kopf verlieren. Terrys Leben hing davon ab, die Zukunft ihres kostbaren Lebens hing davon ab, daß er ihr Geheimnis nicht preisgab, indem er einem Unglück entgegenstürmte, das wahrscheinlich gar nicht existierte.

Deshalb sagte er sich beharrlich immer wieder, während ihm

der kalte Schweiß auf der Stirn stand: eine häßliche kleine Szene für die arme Daisy, die aber nichts mit mir und Terry zu tun hat. Unmöglich. Sie hatten sich nicht die geringste Unachtsamkeit zuschulden kommen lassen. Sie hatten ihren inzwischen schon ausgetretenen Pfad mit derselben Sorgfalt wie immer beschritten.

Trotzdem würde er keine Ruhe finden, bevor er Daisy getroffen hatte. Er mußte sie sehen. Er würde gleich zu ihr gehen. Das war eindeutig die dringlichste Aufgabe, und sei es nur aus Anstand, da ja die Person, die Daisy verärgert hatte, seine Schwiegermutter war. Natürlich mußte er sich entschuldigen. Und falls ihre Lunchgäste noch im Hause waren, konnte er in der Bibliothek warten, bis sie sich verabschiedet hatten. Dann würde er Daisy abfangen, bevor sie ausging, und ihr versichern, wie leid es ihm täte. Ein Blick in ihr Gesicht wird genügen, dachte Andrew und stürzte den Brandy hinunter. Er würde sofort wissen, ob ...

Er trank noch mehr Kaffee und noch mehr Brandy. Schade, daß er nicht zuvor Terry aufsuchen und mit ihr reden konnte. Doch sie war zum Lunch mit George Torrens im Parlament verabredet und blieb dort wegen einer Debatte über ein Gesetz, das sie besonders interessierte – ein Gesetz, das seines Wissens mit der Verbesserung der Lebensbedingungen in den dichtbesiedelten Bezirken zu tun hatte. Gütiger Gott, dachte Andrew und sah ein neues Fünkchen Hoffnung aufschimmern, wer würde jemals einen Sündenfall, oder was man eben landläufig einen Sündenfall nannte, mit einem Mädchen in Verbindung bringen, die sich für Derartiges einsetzte? Wäre das nicht einfach lächerlich? Würde der Vorwurf nicht schamerfüllt vor solchen Interessen, solch ernstem, edlen Engagement in sich zusammenfallen? Und was heißt hier Sünde – worin besteht denn Terrys Sünde? fragte er sich empört, durch den Brandy vorübergehend wieder in seinen üblichen moralischen Kategorien denkend. Sie verursachten ihm Übelkeit, diese Heucheleien in Daisys Welt, deren besonderes Geschick darin bestand, sich niemals erwischen zu lassen.

Bei diesem Gedanken allerdings sah er sich gezwungen innezuhalten, denn wer war er, um sich über diese Heucheleien erheben zu können? Von Daisys Freunden war er derjenige, der sie am schlimmsten hintergangen hatte. Was er ihr angetan hatte, war direkt, persönlich und niedrig. Hätte er doch nur den Preis dafür bezahlen und die ganze unglückliche Angelegenheit abschließen können! Doch Andrew war sich seit dem Beginn seines sündigen Lebenswandels durchaus bewußt, daß die völlig unschuldige Daisy der Bärenanteil des Preises treffen würde. Er sündigte, und Daisy zahlte. Es war monströs, aber so standen die Tatsachen. Wenn ein Mensch, so überlegte er jetzt, da sich der Augenblick der Wahrheit so bedrohlich näherte, wenn ein im großen und ganzen gewissenhafter und freundlicher Mensch die Konsequenzen jener ersten strahlenden Momente einer Liebe und all die dahinter lauernden Grausamkeiten erkennen könnte, würde er dann nicht rechtzeitig ein Ende machen?

Bedrückt trank er noch mehr Brandy, denn er wußte, niemand würde so handeln.

Zehn Minuten später winkte ein in den Augen des Chauffeurs besorgter, ältlicher Mann in offensichtlicher Hast ein Taxi heran, und da er ihn für einen Arzt auf dem Weg zu einem schwierigen Fall hielt, fuhr der Taxifahrer mit verständnisvoller Eile zu der angegebenen Adresse.

Andrew benutzte niemals Taxis, da er aufgrund seiner Armut sehr sparsam mit persönlichen Ausgaben umging, immer darauf bedacht, der hintergangenen Rosie zumindest jeden Penny, den er erübrigen konnte, zukommen zu lassen. Doch sein Instinkt sagte ihm, daß diese Angelegenheit nicht für Omnibusfahrten geeignet war. Ein Mann fährt nicht im Omnibus zu seiner Hinrichtung. Daran, daß er seiner Hinrichtung entgegenfuhr, und ebenso Terrys und Daisys Hinrichtung, zweifelte sein Unterbewußtsein nicht, obgleich sein Verstand sich dies keine Sekunde lang eingestehen wollte. Also nahm er ein Taxi. Wie viele andere vor ihm hatte er es im Angesicht seines Untergangs sehr eilig, die Hinrichtungsstätte zu erreichen. Das Taxi brachte ihn jedenfalls sehr zügig durch die Stadt, und kaum war er abgefahren, so schien es ihm, war er auch schon da.

Das erste, was ihm am Grosvenor Square auffiel, denn auf oberflächlichem Niveau registrierte sein Verstand ausgesprochen klar und aufmerksam jede Kleinigkeit, war, daß auf beiden Seiten der Straße vor Daisys Haustür keine Wagen warteten, um ihre Gäste abzuholen. Der Platz wirkte sonderbar leer angesichts der Tatsache, daß in dem bedeutendsten Haus eine Gesellschaft stattfand. Ob der Lunch bereits vorüber war? Es war noch nicht einmal drei Uhr, und Daisys mittägliche Einladungen dauerten gewöhnlich entschieden länger. War die Unterhaltung amüsant und die Party erfolgreich, endete sie manchmal erst spät am Nachmittag. Warum waren dann keine Wagen da? War die Party aus irgendeinem unerfindlichen Grunde ein Reinfall und waren die Gäste geflüchtet, sobald sie konnten? Oder war sie, ebenfalls aus unerfindlichem Grund, in letzter Minute abgesagt worden?

Diese Möglichkeit trieb noch mehr kalte Schweißtropfen auf die Stirn des unglücklichen Mannes, und es fiel ihm schwer, sich die Treppe hinaufzuschleppen. Sie kam ihm sehr steil vor, mit vielen, vielen Stufen. Er, einer der dünnsten Männer überhaupt, gelangte völlig außer Atem oben an. Er wußte, daß es von erheblicher Bedeutung war, wenn Daisy, die ihre Verpflichtungen überaus ernst nahm, ihre eigene Party abgesagt hätte. Nur im dringlichsten Notfall würde sie so handeln, und all die kleinen Tröstungen und schwachen Hoffnungen, an die er sich geklammert hatte, wurden noch kleiner und schwächer. Und als, statt eines Untergebenen, Parker selbst die Tür aufriß, nachdem Andrews Hand kaum den Klingelknopf berührt hatte, gerade so, als ob er direkt dahinter auf ihn gewartet und von der Wichtigkeit des Besuchs gewußt hätte, verließ ihn die Hoffnung vollständig. So betrat er das Haus als nackter, schutzlos preisgegebener Mann.

Nicht mehr nötig, sich zu fragen, was aus dem Lunch geworden war; es lag auf der Hand, daß er nicht stattgefunden hatte. Die Atmosphäre in der Halle war so kühl, als hätte sie niemals eine Festlichkeit gesehen. Es herrschte Grabesstille. Parkers Stimme, obwohl bewußt gesenkt, hallte nach, und die Halle mit ihren

Marmorsäulen wirkte ohne die gewohnten Dienerscharen größer denn je.

»Möchten Sie die gnädige Frau sprechen, Sir?« sagte Parker mit Grabesstimme. »Sie ist in der Bibliothek –« und die Worte der Verdammnis spülten wie melancholische Wogen zwischen den Säulen hindurch.

Wortlos folgte Andrew ihm. Seine Schritte hallten. Parkers Schritte hallten nicht, denn er trug Schuhe mit Gummisohlen.

»Ich fürchte, die gnädige Frau fühlt sich nicht recht wohl«, flüsterte Parker und hielt inne, die Hand an der Tür zur Bibliothek. »Doktor Norris hat völlige Ruhe verordnet. Doch zuerst möchte sie Sie sehen, Sir.«

Andrew blickte ihn schweigend an. So hatte er sich im Krieg gefühlt, als er aus dem Schützengraben stieg, nur war es jetzt noch schlimmer. Schlimmer? Ein Vergleich war ausgeschlossen. Damals hielten Pflichtgefühl und Disziplin ihn aufrecht, und alles, was er aufbringen konnte an persönlichem Heldenmut. Im Augenblick war ihm nichts mehr geblieben außer seiner Scham.

»Mr. Leigh, M'Lady«, sagte Parker und trat, nachdem er die Tür geöffnet hatte, beiseite, um ihn vorbeizulassen.

»Nun, Daisy? Was ist mit Ihnen?« hörte Andrew sich sagen, als er durch den riesigen Raum auf sie zuging, und in seiner Stimme schwang der ungeduldige Wunsch mit, es hinter sich zu bringen.

Sie lag seltsam zerknittert in einer Sofaecke, nahe dem Schreibtisch, an dem er vor sieben Jahren gesessen und gearbeitet hatte, kurz bevor er für immer von seiner Ehre Abschied nahm – und von seinem Glück, denn seitdem hatte es kein Glück mehr für ihn gegeben. Wonne, kurz und fürchterlich, Wonne, abgelöst mit Entsetzen, war kein Glück, und selbst diese Art Wonne vermißte er seit Jahren. Immer weniger war es ihm gelungen, in seiner Liebe Wonne zu finden. Wie sollte er auch, da er sich stets so schämte und fürchtete und außerdem alt wurde?

Als sie ihn sah, richtete Daisy sich hastig auf und stellte trotz Miss Simpsons eindringlichem Flüstern die Füße auf den Boden. Miss Simpson war ebenfalls anwesend, wie Andrew bemerkte, als ihre dürre, kleine Gestalt sich unter seinem aufmerksamen Blick aus den Möbeln löste. Erregt zählte sie Tropfen in ein Glas, das Daisy mit einer matten Handbewegung zurückwies.

Ist es möglich? dachte Daisy und beobachtete die sich nähernde Gestalt. Ihr Gesicht war so grau wie seines. Sie beantwortete seine Frage nicht, und in ihren ungläubigen Blicken stand so deutlich zu lesen, was sie dachte, daß er ihr um ein Haar fatalerweise beigepflichtet hätte.

Es scheint nicht ausgeschlossen, lag ihm auf der Zunge.

Er schluckte die Worte hinunter und setzte sich aufs Sofa. Dann sah er Miss Simpson an. Miss Simpson mußte fort. Vorher würde er kein Wort von sich geben.

»Dr. Norris hat gesagt –«, begann sie flehend an Daisy gerichtet.

»Ich weiß. Würden Sie Winslow ausrichten, daß ich bald nach oben komme?« war ihre Antwort.

Zum zweitenmal innerhalb weniger Stunden war Miss Simpson gezwungen, ihre liebe Brotherrin in diesem Raum Auge in Auge mit etwas Furchtbarem zurückzulassen. Was das war, konnte sie sich nicht vorstellen, doch daß es furchtbar war, lag auf der Hand, und auch, daß es irgendwie mit dieser schockierenden kleinen Frau Mr. Leighs zusammenhing, die keinem von der Familie jemals auf weniger als tausend Meilen hätte nahe kommen dürfen. Und ausgerechnet, als alles so wunderbar lief. Es ist schrecklich, dachte Miss Simpson, schloß die Tür und schlich auf schweren Füßen davon, um Daisys Mädchen anzurufen. Es war einfach schrecklich, daß Lady Midhurst just in dem Moment, da sich für ihre Tochter strahlende Aussichten eröffneten, von niederem Volk gequält wurde, und zwar so sehr, daß sie davon krank wurde. Wie sehr Miss Simpson alles Minderwertige verabscheute! Und sich vorzustellen, daß es nun ausgerechnet in dieses Haus eingedrungen war! Gott sei Dank würde Lady Terence bald heimkommen und ihr ein wenig von der Last der Sorge und Verantwortung von den Schultern nehmen. Lady Cecilia hatte sich direkt zum Unterhaus begeben, um sie über den Zustand ihrer Mutter zu informieren. Und obwohl Miss Simpson schon häufig festgestellt hatte, daß es offenbar sehr viel Zeit brauchte, jemanden dort herauszuholen, wenn er erst einmal drin war, lag Lady Cecilias Aufbruch nun doch schon mehr als zwei Stunden zurück. Lady Terence mußte also jeden Augenblick eintreffen. Wenn überhaupt jemand dazu in der Lage war, so würde es Lady Terence gelingen, das Wohlbefinden ihrer Mutter wiederherzustellen. Allein durch ihre Anwesenheit im Krankenzimmer.

Doch hier unterbrach sich Miss Simpson mitten im Aufheben des Telefonhörers in ihrem Büro, lehnte den Kopf gegen die Wand und brach in Tränen aus. Sie hatte Angst – oh, sie hatte solche Angst! Und sie wußte nicht, wovor.

In der Bibliothek, momentan von Miss Simpson als Krankenzimmer bezeichnet, weil sich dort diejenige befand, die so plötzlich auf mysteriöse Weise zur Patientin geworden war, streckte Daisy die Hand, eine zitternde Hand, nach der Zigarettenschachtel auf dem Tischchen neben ihr aus.

Sie wußte nicht, daß sie es tat, bis sie sich dabei ertappte, daß sie sinnlos zwischen den Zigaretten umhertastete. Als sie schließlich eine zu greifen bekommen hatte, beugte Andrew sich vor und gab ihr Feuer, und auch seine Hand zitterte, so daß es trotz gemeinsamer Bemühungen ein paar Sekunden dauerte, das Ding anzuzünden.

»Tut mir leid«, sagte er.

»Dann stimmt es also?« hauchte sie und sah ihn wieder mit diesem ungläubigen, entsetzten Blick an.

»Ich meinte meine Unbeholfenheit«, antwortete er, sehr vorsichtig, tastend.

Die Zigarette fiel zu Boden, wo sie unbemerkt ein Loch in den Teppich sengte. Ihre zitternden Finger hatten sie nicht halten können. Andrews Anblick, seine Anwesenheit, seine Nähe raubten ihr jegliche Würde.

Sie kämpfte darum, sie wiederzuerlangen. Sie zwang sich, ihre Stimme über ein Flüstern hinaus zu erheben. Sie neigte sich zu ihm, stützte sich auf eine Hand und hinderte die andere so daran, derart schmählich zu zittern: »Sie müssen mir die Wahrheit sagen.

Ihre Schwiegermutter war heute morgen hier und behauptete, sie und ich seien verbunden durch –«

Sie brachte es nicht über sich, das Wort auszusprechen. Es bereitete ihr Übelkeit. Es war einfach zu schrecklich. So viele Jahre ihres Lebens hindurch hatte dieses Wort sie verfolgt, sie heimgesucht, ihr Glück zerstört. Und da war es schon wieder, aber um wieviel schlimmer . . .

»Verbunden? Sie mit ihr?« wiederholte Andrew ehrlich erstaunt.

Er holte rasch und tief Atem. Vielleicht bedeutete das alles weiter nichts als vulgäre Zudringlichkeit auf der einen und tiefste Empörung auf der anderen Seite. Daisy war krank vor Empörung. Das lag nahe, war sie doch seit Midhursts Tod niemals mehr mit Dornen an ihren Rosen konfrontiert worden.

»Meine liebe Daisy«, sagte er. Und fügte hinzu: »Die Frau muß verrückt sein.«

»Das glaube ich nicht. Ich möchte, daß Sie es mir sagen. Sie sagt, wir seien verbunden durch – durch Ehebruch.«

Nun, da war es, das gräßliche Wort, das seine und Terrys Liebe so gemein und doch so zutreffend beschrieb. Sie hatte es herausgebracht, und es schien wie eine Bombe in die stille, schickliche Schönheit des Raumes einzuschlagen und all seine verzweifelten Versuche, doch noch zu hoffen, ein für allemal zu vernichten.

Schweigend blickten sie einander in die traurigen Augen. In ihrem Gesicht schien sich für Andrew das Elend der ganzen Welt gesammelt zu haben, und es drückte ihm vor Mitleid das Herz ab. Um diesen Blick zu verscheuchen, glaubte er, zu allem imstande zu sein; zu jeder Lüge; für sie zu kämpfen; zu versuchen, sie zu retten.

»Was meinte sie damit?« fragte Daisy, und es war kaum mehr als ein Flüstern.

»Wie soll ich das sagen?« antwortete er.

»Nein«, stimmte sie zu. Sie sprach sehr langsam und löste den Blick nicht aus seinen Augen. »Ich kann mir wohl vorstellen, daß es Ihnen schwerfällt, es zu sagen.«

»Aber natürlich, Daisy, da ich doch nicht weiß, wovon Sie reden«, sagte er, stürzte sich kopfüber in Lügen, völlig außerstande, die Not auf ihrem Gesicht zu ertragen. Sein Wort gegen Mrs. De Laceys, sein und Terrys Wort gegen das Wort dieser Frau. Sie würde gewiß nicht überlegen, wem sie glauben sollte, und ihm damit gestatten, sie zu retten.

»Seit einiger Zeit«, sagte Daisy, und es klang immer noch, als reichte ihr Atem kaum aus für die Worte, »habe ich Sie in Verdacht.«

»Gütiger Gott«, rief er, entschlossen, mit allen ihm zur Verfügung stehenden Lügen zu kämpfen, vor nichts zurückzuschrekken, »wessen verdächtigen Sie mich?« Und seine jahrelange Übung im Verstellen kam ihm zur Hilfe, und sein abgezehrtes Gesicht schien voller Empörung. Zuviel stand für Andrew auf dem Spiel, um sich nicht hervorragend zu verstellen. In diesem Augenblick erreichte seine Schauspielkunst eine Klasse, um die seine Schwiegermutter ihn beneidet hätte.

»Sie wissen es«, sagte Daisy und stützte sich schwer auf ihre Hand. Nur dadurch konnte sie sich aufrecht sitzend halten, nur in kurzen, gekeuchten Sätzen konnte sie überhaupt sprechen. »Ich habe Ihnen Terry anvertraut, und Sie haben – Sie haben –«

Wieder setzte ihr Atem aus, und sie konnte es nicht aussprechen. Außerdem: was für Worte! Welche Dienstbotensprache! Ruiniert, ausgenutzt, verführt. Brachte eine Mutter es über sich, solche Worte über ihr Kind zu sagen?

»Terry?« rief Andrew mit einer Stimme, der er einen verblüfften Klang zu geben versuchte. »Terry? Daisy, wollen Sie behaupten, Sie hätten mich im Verdacht, sie –«

Doch auch er konnte es nicht aussprechen. Diese lächerlichen viktorianischen Ausdrücke, uralt, aber merkwürdigerweise irgendwie von dem schweren viktorianischen Aroma durchtränkt, waren unmöglich auf Terry anzuwenden.

Und in diesem Augenblick trat Terry selbst ein. Ein Luftzug, etwas wie frische Luft strömte durch den Raum, als die Tür aufgestoßen wurde, und da war sie, Terry selbst, mit einem Ausdruck von Angst und Liebe im Gesicht, und eilte zu ihrer Mutter.

»Was ist mit dir, mein Liebling?« fragte sie. »Andrew – Sie hier?

Ich bin so froh. Was ist geschehen, Mutter, meine Liebste? Wieso bist du krank? Cilly sagte –«

Und sie wollte niederknien und ihre Arme um Daisy legen, als etwas, was Daisy tat, sie daran hinderte. Sie krallte die andere Hand, die Hand, auf die sie sich nicht stützte, in ihr Kleid und riß es fort, als wolle sie verhindern, daß es beschmutzt würde.

Terry stand wie angewurzelt da. Also wußte ihre Mutter alles. Dieses instinktive, unbewußte Entsetzen war unmißverständlich. Der arme alte Topsy hatte also gehört und verstanden, was sie an jenem Morgen auf Shillerton gesagt hatte, und hatte es nicht für sich behalten können. Der arme alte Mann, wie sehr mußte er sich deswegen hassen.

Zuerst fühlte sie Mitleid mit ihm, doch dann überkam sie eine ungeheure, eine herrliche Erleichterung. Endlich hatten die Lügen ein Ende, hatten Andrews Ängste ein Ende. Nun konnten sie und er offen sein, mußten sich nicht mehr verstellen. Nur für eine kleine Weile würde ihre Mutter schrecklich leiden, weil sie sie so sehr liebte. Doch mit der Zeit würde sie vergeben und vielleicht auch verstehen. Andrew würde sie jedenfalls niemals verlassen, niemals, niemals. Wenn ihre Mutter nicht vergeben würde, nicht verzeihen konnte, würde sie sie verlassen müssen, um vor aller Augen mit Andrew zusammenzuleben. Er brauchte sie. Er war der einzige Mensch auf der ganzen Welt, der sie wirklich brauchte, und er hatte niemanden auf der Welt außer ihr. Konnte jemand erwarten, daß sie ihn verließ? Schrecklich waren die Alternativen, die die Liebe manchmal bot, doch sie hätte gern gewußt, welche Frau, vor die Wahl gestellt, um ihres Mannes willen nicht ihre Mutter verlassen würde.

Sie hob den Blick, der auf Daisys krallende Hand geheftet war, zu deren Gesicht – ach, liebe, arme Mutter, dachte sie, und ihr Atem stockte, als sie aus der Nähe sah, was dieser Tag ihr angetan hatte. »Hier ist nichts Schmutziges«, sagte sie rasch und kniete vor ihr nieder, ohne auf ihr Zurückweichen zu achten. »Quäl dich nicht so, Liebste – bitte, bitte.«

»Ja, bitte, quälen Sie sich nicht, Daisy«, sagte Andrew, der ebenfalls auf ihre Hand gestarrt hatte und aus Terrys Worten neue

Kraft zog. Gemeinsam würden er und sie doch in der Lage sein, Daisy zu überzeugen, daß Mrs. De Lacey lediglich verrückt war? »Ihre Mutter«, fuhr er an die kniende Gestalt gerichtet fort, »macht sich krank, bildet sich die wildesten, unwahrscheinlichsten, unglaublichsten Dinge ein. Über Sie und mich. Würden Sie bitte –«

»Aber Andrew«, fiel Terry ihm ins Wort, hockte sich auf die Fersen und blickte zu ihm auf, verwundert, daß er immer noch glaubte, Daisy hinters Licht führen zu können. »Wie kannst du so reden, während du doch weißt, daß es die Wahrheit ist?«

Es war, als hätte jemand Daisy einen Schlag ins Gesicht versetzt. Bis zu diesem Augenblick war sie trotz allem nicht ganz sicher gewesen. Die Angelegenheit war einfach zu monströs, um wahr zu sein. Ihr das einzureden, wäre Andrew um ein Haar gelungen, bevor Terry eintrat. Daisy war in einer seltsamen Wut und voller Abscheu, daß solche Dinge über ihre Tochter auch nur geflüstert werden konnten, so hastig vor ihr zurückgezuckt. Doch jetzt wußte sie es. Sie wußte es aus dem Mund des Mädchens selbst, und alles, woran sie geglaubt, worauf sie vertraut, was sie geliebt und erhofft hatte, lag in Scherben zu ihren Füßen.

In beängstigendem Schweigen blickte sie von einem zum anderen. Dann sagte sie mit völlig fremder Stimme: »Das haben Sie uns angetan, Andrew? Sie sind in mein Haus gekommen und – haben uns das angetan?«

»Es war nicht Andrew, ich war's«, rief Terry, reckte den Arm zu ihm hoch und schob ihn durch seinen. »*Ihn* trifft keine Schuld. Ich habe darauf bestanden –«

»Um Gottes willen, Terry –«, flehte er, versuchte, ihren Redefluß aufzuhalten.

»Nein, nein – keine Lügen mehr. Mutter darf nicht glauben, daß du – liebste Mutter, er hat es nicht gewollt. Er hätte es nicht getan, wenn ich ihm nicht gesagt hätte, wie sehr ich ihn liebe. Ach, damals kam es mir so herrlich vor! Ich habe ihn gebeten, mein Geliebter zu sein. Ich wünschte mir so sehr, daß wir beide vollkommene Freunde würden. Vollkommene Freunde können nur Menschen sein, die auch ein Liebespaar sind – anders ist es nicht möglich, liebste Mutter. Und gegen die Liebe ist doch nichts einzuwenden – es kommt nur darauf an, wie man sie betrachtet –«

Doch an diesem Punkt gelang es Daisy aufzustehen. »Dein Vater –«, keuchte sie, »dein Vater –« Und als wäre es plötzlich dunkel geworden im Zimmer, tastete sie sich in einer Art wilder Hast zwischen den Möbeln hindurch, zwischen den zahllosen im Weg stehenden wegweisenden Möbeln hindurch zur Tür.

Entsetzt sahen sie ihr nach. Ihr tastendes Vorwärtskommen war auf schreckliche Weise begleitet von kurzen Tönen, die sich wie Schluchzen anhörten. Hilflos sahen sie zu, denn als sie versuchten, die schwankende, blinde Gestalt zumindest zwischen den Tischen und Sesseln hindurchzuführen, wurden sie mit derart entsetztem Ekel zurückgestoßen, daß ihnen nichts anderes übrigblieb, als sie in Ruhe zu lassen.

»Mutter – bitte – Liebste –«, flehte Terry unglücklich zusammengekauert.

Das ist es nicht wert. Das war es niemals wert, dachte der unglückliche Andrew, als die Gestalt, ihres Stolzes und ihrer Würde beraubt, an ihm vorbeitaumelte. Daisy, ein Bündel Elend. Daisy, zu einer lächerlichen Figur gemacht, die nicht einmal gerade gehen konnte, durch seine Schuld.

An der Tür blieb sie zögernd stehen, ihre Hände zuckten auf der Suche nach der Klinke wie die einer Blinden auf der Flucht, und immer noch gab sie diese schwachen, entsetzlichen, wimmernden Laute von sich. Für sie war nun alles zu Ende. Alles war ihr genommen worden. Ausgebeutet, entehrt, mit Schande beworfen – mußte sie sich verbergen – sich verbergen – nichts sehen – nicht denken – sich nicht erinnern –

Terry eilte hinzu und öffnete ihr die Tür. »Die Glocke, Andrew. Läute, hole Parker. Vielleicht läßt sie ihn –«, rief sie über die Schulter.

Doch dort in der Halle stand Parker, und dort stand Miss Simpson, und dort stand Winslow, das Mädchen, und sie standen zusammen, als hätten sie gewußt, daß sie bald gebraucht würden. Aber sie standen dort so diskret, so taktvoll verbargen sie ihre Neugier, daß allein schon ihr Wegsehen Bände sprach. Daisy ließ sich von diesen dreien zum Lift führen, strebte so schaudernd und voller Abscheu von Terry fort, als diese ebenfalls helfen wollte, daß sie gezwungen war zu bleiben, wo sie war, und zuzusehen, wie sie ohne sie fortging.

Hilflos stand Terry in der Halle, allein, und sah ihr nach. Ihre Hände, die streicheln und trösten wollten, hingen unerwünscht und zurückgewiesen an ihren Armen herab, und all die Theorien, an die sie geglaubt und nach denen sie so lange gehandelt hatte, diese kühnen Theorien über Liebe und Mut und die Pflicht jedes Individuums, sich sein Recht auf Glück zu sichern, wie Andrew sie das gelehrt hatte, erschienen ihr angesichts der Not ihrer Mutter erbärmlich.

Nein, sie sind nicht erbärmlich, versuchte sie sich selbst zu überzeugen, beflügelt von dem leidenschaftlichen Wunsch, weiterhin daran glauben zu können. Sie waren doch großartig? Man mußte doch nach ihnen leben, oder sterben?

Ja, aber angenommen – ja, nur einmal angenommen –, man lebte nach ihnen und starb nicht selbst, statt dessen aber jemand anderer? Zum Beispiel die Mutter, die geliebte, unschätzbare Mutter?

Ein Impuls drängte sie, die Treppen hinaufzulaufen, den Lift einzuholen, ihre Mutter beim Aussteigen in die Arme zu schließen und sie zu zwingen zuzuhören, wenn sie ihr erklärte, wie sehr, wie aufrichtig sie sie liebte; daß eine Liebe wie die ihre nicht angetastet werden konnte von dem, was die eine oder die andere tat; daß sie in dieser Situation, wenn erst etwas Zeit vergangen war und sie sich an das Geschehene gewöhnt hätte, auch verstehen und verzeihen würde, weil Liebe nun einmal immer verstand und verzieh –

Sie war tatsächlich losgerannt, hatte tatsächlich schon die Treppe erreicht, als ihr Parker, Miss Simpson und Winslow wieder einfielen. Wie konnte sie solche Worte vor diesen drei beflissen helfenden Gestalten aussprechen?

Und während sie noch zögerte, hörte sie den Lift im ersten

Stock anhalten, seine Passagiere aussteigen und den Flur zum Zimmer ihrer Mutter durchqueren, hörte, wie die Tür geöffnet, wie die Tür geschlossen wurde und wie die Tür – verriegelt wurde.

Bei diesem Geräusch erstarrte sie. Ihre Hand, die das Geländer umklammert hielt, sank schlaff herab. Sie war ausgeschlossen. Gegen sie war der Riegel vorgeschoben worden. Auf Befehl ihrer Mutter. Und was ihre Mutter litt, wenn sie den Dienstboten einen solchen Befehl geben konnte, und wie monströs und schmutzig sie in ihren Augen sein mußte, wurde ihr in diesem Augenblick sehr deutlich.

Terry war überwältigt. Einen Moment lang sah, fühlte und urteilte sie aus der Sicht ihrer Mutter. Die verwirrende – oder war es die richtungweisende? – Wirkung des direkten Kontakts mit äußerster Erbärmlichkeit legte sich für einen Moment wie ein Nebel über ihr Bewußtsein und verzerrte – oder korrigierte? – die klaren Umrisse ihres Glaubens. Was war Andrew im Vergleich zu ihrer Mutter? Was waren sie und er anderes als ein Paar zwielichtiger Sünder? Und all ihr kluges Gerede über die Liebe, wohin hatte es denn geführt, abgesehen von diesem unendlichen Schmerz für jemand anderen?

Sie stand völlig still und blickte starr vor sich.

Parker, der den Lift wieder herunterfuhr, fand sie so und war peinlich berührt.

Vieles hatte Parker in den vergangenen Stunden peinlich berührt. Für ihn stand eindeutig fest, daß irgend etwas ganz und gar nicht in Ordnung war. Er tat respektvoll sein Bestes, um keine Schlüsse zu ziehen, doch Schlüsse drängten sich auf. Der Vorfall – in jedem anderen Haus hätte er es als Szene bezeichnet – vor dem Lunch, die in letzter Minute abgesagte Party, der Arzt, der geholt werden mußte, das Warten auf Mr. Leigh, Miss Simpsons Gesicht, das Gesicht der gnädigen Frau, die Gesichter aller anderen auch – all das drängte Parker Schlußfolgerungen auf, und respektvoll, aber vergeblich, wehrte er sich dagegen.

In den Häusern der gnädigen Frau zeigte man sein Gesicht nicht – nicht das wahre Gesicht, das etwas verriet, meinte er, nicht das Gesicht, das man vielleicht als nackt bezeichnet. Und jetzt, seit Nummer Vier, dieser verdammte Idiot – seine Gedanken wurden heftig, kaum wandten sie sich ins Untergeschoß – seit dieser verdammte kleine Idiot Nummer Vier diese Besucherin vorgelassen hatte, schienen nur noch nackte Gesichter um ihn herum zu sein, das Haus wimmelte von nackten Gesichtern, man wußte kaum noch, wohin man schauen sollte. Das Gesicht der jungen gnädigen Frau zum Beispiel, wie es sozusagen splitternackt vor sich hin starrte –

»Wünschen Sie den Lift zu benutzen, M'Lady?« fragte er, eher um den peinlichen Moment zu überbrücken als in der Annahme, sie könnte es wünschen.

Er erhielt keine Antwort. Falls er ihr Gesicht sah, schien sie es nicht zu bemerken, und das war tröstlich. Sie schien nicht einmal zu wissen, daß außer ihr noch jemand anwesend war, drehte sich um und ging langsam, ohne ihn anzusehen, hinüber zur Bibliothek.

Pflichtschuldig, aber geräuschlos auf seinen Gummisohlen, folgte er ihr, um sich auf angemessene Weise der Tür anzunehmen, und erhaschte, bevor er sie schloß, einen Blick in Mr. Leighs Gesicht.

Da war noch ein weiteres. Mr. Leighs Gesicht machte Parker schwer zu schaffen. Es schien noch nackter als alle anderen Gesichter. Es war, wenn er sich eines solchen Ausdrucks bedienen durfte, die Sorte Gesicht, die ein Gentleman sich nur im Krankheitsfall erlauben durfte.

Zweiter Teil

7

In den sanft gewellten Hügeln zwischen Grasse und Draguignon, nur ein paar Meilen entfernt vom Getriebe an der Riviera, und doch so totenstill und menschenleer, als wären es nicht ein paar, sondern Hunderte von Meilen, steht ein kleines provençalisches Haus, ein farbloser Anblick, mit blassen Fensterläden zwischen blassen Olivenbäumen, und am Kopf seiner Treppe sticht eine einzelne mächtige Zypresse in den Himmel.

Dieses Haus hatte Midhurst während seiner Flitterwochen für Daisy gekauft, einfach nur, weil sie es bewundert hatte und weil er verliebt war. Als wäre es ein Schmuckstück aus einem Schaufenster, so lässig hatte der reiche junge Mann es für sie erstanden, und fast unter ebenso geringem persönlichen Einsatz. Alles, was er zu tun hatte und tat, war, seinen Wunsch ihrem Hotelier in Cannes gegenüber zu erwähnen. Für eine in seinen Augen geringe, in denen des Besitzers und des Mittelsmannes jedoch beträchtliche Summe ging die kleine Farm in Daisys Besitz über.

Sie fuhren in einem riesigen grünen Napier durch Frankreich – ein großartiges Abenteuer in jenen Tagen – und hatten wegen einer Panne Halt machen müssen. Während der Chauffeur, flach auf dem Rücken unter dem Wagen liegend, reparierte und leise fluchte, saßen sie auf einem begrasten Hügel unter einigen uralten Olivenbäumen, die dichtgedrängt bis zu dem alten kleinen Haus mit seinen geschlossenen blaßgrünen Läden wuchsen, und atmeten die köstlich duftende Luft, denn es war November, und zu ihren Füßen jenseits der schmalen Straße und jenseits der Olivenhaine zu beiden Seiten erstreckten sich Felder von Jasmin in voller Blüte.

»Ach, wie einzigartig!« flüsterte Daisy, sog tief die Luft ein und schaute sich um.

»Es gefällt dir?« fragte Midhurst, der bisher noch nichts entdeckt hatte, was ihr an den Flitterwochen gefiel – jedenfalls nicht mit Begeisterung, nicht mit, wie er es nannte, Gusto.

Ein zurückhaltendes Mädchen, seine Daisy, das, wie es ihm schien, von Minute zu Minute zurückhaltender wurde. Das war nicht schön für eine Braut. Bräute sollten seiner Meinung nach, wenn man richtig Spaß haben wollte, übermütig sein. Er hatte noch nie eine Braut gehabt, hatte aber trotz seiner Jugend Erfahrung mit Mädchen, die, wäre die Beziehung legalisiert gewesen, als Bräute hätten bezeichnet werden können. Er wußte also, wovon er sprach. Midhurst hielt es für Zeitverschwendung, im Bett damenhaft zu sein, das konnte man sich für Besprechungen mit der Wirtschafterin aufsparen. Bis zu dem Tag, als der Napier auf der Straße versagte, die an dem Besitz, einer Jasminfarm – wie sie später erfuhren – vorüberführte, war Daisy im Bett überaus damenhaft gewesen und hatte ihm durch ihr Zurückschaudern und ihr Schweigen zu verstehen gegeben, daß er kein Gentleman sei. Konnte er sie nicht wenigstens soweit aufstacheln, daß sie etwas Wärme zeigte, fragte er sich. Was konnte er tun, was ihr schenken, um ihre Begeisterung zu wecken? Das schlimmste war, daß sie alles hatte, schon immer alles gehabt hatte, einschließlich – er mußte grinsen – jetzt auch seiner Person.

»Ob es mir gefällt?« fragte Daisy und klatschte in die Hände. »Ach.«

Endlich Gusto. Er packte die Gelegenheit beim Schopf und ließ sie nicht wieder los. Zugegeben, ihre Begeisterung galt einem Haus, nicht ihm, doch einmal Gusto konnte ein zweites Mal nach sich ziehen, wenn er ihre Dankbarkeit weckte, und ein wenig war besser als nichts.

»Es soll dir gehören, Liebling«, sagte er, und fünf Wochen lang war sie nach der Schenkung derart begeistert von ihrem neuen Spielzeug, daß sie dem Übermut so nahe kam, wie es ihr aufgrund ihrer Art eben möglich war. Und sie lachten, und sie liebten sich, und sie spielten, und sie picknickten und waren nicht nur den ganzen Tag, sondern auch die Nächte hindurch ausgesprochen glücklich.

Midhurst war entzückt. Endlich wurden die Flitterwochen doch noch ein Erfolg. Bereitwillig durchstreifte er mit ihr die Umgebung auf der Suche nach alten Möbeln, fand Handwerker, die Bäder einbauten, beteiligte sich auf dem Papier an der Gestaltung des Gartens, mit Pergolen und Ölfässern, denn er wußte, daß er nach Abschluß solcher Aktivitäten, manchmal sogar zwischendurch – was die Beschäftigung unterbrach wie fröhliche kleine Kommata – seine heiße Belohnung erhielt. Und sie freuten sich beide so sehr, Daisy an ihren Plänen und Midhurst an der Liebe, daß sie beschlossen, bald schon auf die kleine Farm zurückzukehren und sich noch mehr zu freuen – oft zurückzukehren, in regelmäßigen Abständen den Menschen und den Partys zu entfliehen, um heimlich ihr Glück zu genießen.

Dann fuhren sie in dem großen grünen Napier ihres Weges, und keiner von beiden kam jemals wieder in die Nähe der Farm.

Doch sie existierte noch. Jahre hindurch überquerten am Ersten jeden Monats Erinnerungen an ihre Existenz den Kanal. Die Erinnerungen flatterten in das Zimmer, entweder auf Shillerton, Ballymackonochie oder am Grosvenor Square, in dem Miss Simpson über ihren Rechnungen saß, und am Ersten jeden Monats drang die Farm in ihr Bewußtsein, denn es gehörte zu ihren Aufgaben, den Verwalter zu bezahlen.

Deswegen hatte sie unter Mühen einigermaßen Französisch gelernt. Sie wußte, wie man in dieser fremdartigen Sprache Geschäftsbriefe begann und schloß, und konnte es sich gelegentlich leisten, die handschriftlichen Zettel, die Adolphes Rechnungen darstellten, zu kritisieren, beispielsweise durch Kommentare wie: *C'est trop**. Nicht daß Adolphe wirklich jemals *trop* verlangte, denn er war schlicht und ehrlich, doch Miss Simpson war der Überzeugung, Angestellte sollten wissen, daß man sie im Auge behielt, auch über siebenhundert Meilen hinweg.

Adolphe störte sich nicht daran, denn er las die Briefe nicht. Er wußte, daß er sie nicht vestehen würde, warum also lesen? Was er durchaus verstand, waren die Schecks, und ihm erschien es wunderbar, und den Nachbarn erschien es beneidenswert, daß er für

* c'est trop: das ist zuviel (Anm. d. Ü.)

die Sorge um etwas bezahlt wurde, das nach und nach im Verlauf der ungestörten Jahre – so gut wie – sein Eigentum war.

Es war also ein Ort des Friedens, in dem nie ein grobes Wort fiel, denn Adolphe war Junggeselle, und in dem es keine Sorgen ums Geld gab, denn jemand anderer zahlte. Friedvoll erfüllte er seine tägliche Pflicht, staubte ab in den Zimmern, die er genauso erhielt, wie sie verlassen worden waren, pflügte und band die Reihen von Jasmin auf, holte die Ernte ein und karrte die duftende Fracht in die Parfümfabriken im fernen Grasse. Und wenn die Ernte schlecht ausfiel oder wenn die Parfümhersteller die Preise senkten, was ging es ihn an? Ihn berührten als einzigen unter den Farmern der Umgebung solche Schicksalsschläge nicht im geringsten. Was auch immer das Wetter oder die Parfümeure anrichteten, sein Scheck traf stets pünktlich ein.

Nur Miss Simpson am anderen Ende dieses Austausches fragte sich gelegentlich, was er und die Farm denn eigentlich einbrachten. Sie erlaubte sich keinerlei Kritik, sie fragte sich jedoch gelegentlich. Eine Jasminfarm in Frankreich. Eine Jasminfarm, die nichts eintrug außer Rechnungen. Niemand kam auch nur in ihre Nähe. Und, wie sie es sah, würde auch niemand jemals in ihre Nähe kommen. Es war schon ein seltsamer, unnützer Besitz, mit dem Lady Midhurst sich belastete, vergessen in weiter Ferne, in der – wie Miss Simpson mit einem skeptischen kleinen Naserümpfen vermutete – in der Sonne?

Sie wußte, daß es eine Farm war, denn der Name lautete *Clos des Jasmins**, und *clos*, sagte Mr. Torrens, bedeutete eine kleine Einzäunung oder eine Farm. Sie hatte ihn, der fließend Französisch sprach, nach der Bedeutung des Wortes gefragt, das sie so aussprach, daß es sich auf Boss reimte, zögernd allerdings, denn in ihren Ohren klang es, als wäre es womöglich ein unanständiges Wort, man kannte ja die Franzosen, und Mr. Torrens' Erklärung hatte sie ungemein erleichtert.

»Warum?« fragte er, nachdem er es erklärt hatte.

»Lady Midhurst besitzt eine Jasminfarm.«

* Clos des Jasmins: Jasminfarm (Anm. d. Ü.)

»Lady Midhurst? Wo?«

»In Südfrankreich. Wußten Sie das nicht, Mr. Torrens?«

»Nein.«

»Manchmal glaube ich«, sagte Miss Simpson mit einem kleinen Seufzer, denn wenn man an all die Armen im eigenen Lande dachte und an die eigene Schwester in Ealing mit ihrer großen, wachsenden Familie, tat es einem schon leid um all die Schecks für einen Ausländer namens Adolphe, »manchmal glaube ich«, seufzte Miss Simpson, »Lady Midhurst weiß es auch nicht.«

Doch Lady Midhurst wußte es. In einem Winkel ihres Bewußtseins war dieses Fleckchen warmer Erde immer gegenwärtig, in ihrer Erinnerung schlummernd, im Sonnenschein unter einer hübschen Bettdecke aus Blumen.

Dort waren sie und Tom, ihr Mann, fünf Wochen lang glücklich gewesen. Ehe sie dort anlangten und nach ihrer Abreise hatte es kein Glück gegeben, denn selbst in den Flitterwochen, selbst als er noch in seine Frau verliebt war, ließ Midhurst seine Blicke schweifen, und in einer Ehe beschwört so etwas Wolken herauf.

Für Daisy beschwor es ganz gewiß Wolken herauf, denn in ihrer Familie, zumal in der Gegenwart der angetrauten Frau, ließ man seine Blicke nicht schweifen. Diese beschämende Erfahrung war neu für sie. Zunächst war sie verwundert, dann fassungslos und schließlich tief gedemütigt. Sie zog sich hinter steinerne Kälte zurück. Der Vorsatz, ihren Mann zu lieben und ihm gegenüber gemäß ihrem Schwur ihre Pflicht zu erfüllen, geriet ins Wanken. Nur während dieser fünf Wochen auf der Farm war sie fähig, mit ihm so glücklich zu sein, wie sie es sich gewünscht hatte, denn seine Blicke, die außer knorrigen Bauern nichts zum Schweifen fanden, blieben sozusagen zu Hause.

Doch nachdem sie das menschenleere Fleckchen verlassen hatten und ihren Weg zurück in das, was er in Anspielungen Zivilisation zu nennen begann, fortsetzten, nahmen seine Augen die gewohnte Aktivität wieder auf – in erster Linie, wie Daisy empört feststellte, in Richtung der dralleren Zimmermädchen der Hotels, in denen sie abstiegen –, und als die Flitterwochen sich dem Ende näherten, schweiften sie nahezu ruhelos.

Welch ein Geschmack, dachte die gekränkte Daisy, die durchaus wußte, wie schön sie war, was für ein schockierender Geschmack.

Schönheit allein war allerdings keineswegs genug für Midhurst. An Schönheit gewöhnt man sich schnell, wenn sie einem gehört. Nach einer Weile, so dachte er, wünscht ein Mann sich keine Schönheit mehr, sondern vielmehr etwas Freundliches, Trauliches, Warmes, etwas zum Anschmiegen und Füßewärmen. So ziemlich jede Frau, die zum Anschmiegen einlud, war recht, und seine Daisy hatte im Grunde gar nichts von der Art. Sie war romantisch, und Romantik ist der Tod schöner, schlichter Anschmiegsamkeit. Sie wollte spätabends draußen sein, den Mond anschauen und darüber reden, während er sich drinnen wärmen wollte, mit einem lieben Menschen, der sich mit ihm wärmte. Warme kleine Frauen, freundlich, liebevoll, kleine Frauen, die kamen und gingen, problemlos kamen und gingen, ohne Fragen zu stellen und ohne Streitigkeiten auf beiden Seiten – das gefiel Midhurst. Und sie sollten drall sein. Daisy war nicht drall. Zu dieser Zeit jedenfalls hatte sie, sosehr sie auch später auseinanderging, vorn so gut wie gar nichts. Seine Daisy war eine von den Bohnenstangen, und man wird die Liebe mit Bohnenstangen bald leid, besonders wenn sie zur Kälte neigen.

Midhurst also schweifte, und Daisy erkaltete. Sowohl entlang der Französischen als auch der Italienischen Riviera agierten und reagierten die beiden auf diese Weise. In Rom beäugte er jede Frau, die ihren Weg kreuzte, mit den Blicken eines Vogels im Käfig, in Neapel sprachen sie kaum noch miteinander, und als sie schließlich auf Sizilien angelangt waren, hatte er sich zu ihrer Beschämung angewöhnt, erst Stunden, nachdem er überzeugt war, daß sie schliefe, zu Bett zu gehen.

Es sollte jedoch noch schlimmer werden, sobald sie England erreicht hatten und sich eigentlich einrichten und ihren gesellschaftlichen Pflichten in ihren verschiedenen, wunderschön ausgestatteten Häusern nachkommen sollten. Midhurst wollte sich nicht einrichten. Und er sprach jeglichem Pflichtgefühl Hohn. Für Daisy, die zu strenger Einhaltung der gesellschaftlichen

Pflichten erzogen war, blieb es unverständlich, daß er nur Spott dafür übrig hatte. Sie fragte, ob ihm denn nichts heilig wäre. Und Midhurst versicherte ihr lautstark, ihm wäre nichts heilig, und er ließ nicht mehr nur die Blicke schweifen, sondern schweifte selbst, und zwar mit schrecklicher Behendigkeit.

Angestachelt wurde er von einem ausgesprochenen Widerwillen, mit einer derartig verdienstvollen Frau zusammenzusein. In solcher Gesellschaft konnte er kaum stillsitzen. Und was das Schlafen mit ihr betraf, hätte er es genauso angenehm gefunden, zwischen zwei makellos sauber geschrubbte Bretter gepreßt zu werden, wie in ihre gewissenhaft pflichterfüllenden Arme. Drei Monate nach der Hochzeit also ward er an seinem heimischen Herd nicht mehr gesehen, und von da an bis zu seinem Todestag war Daisy eine unverhohlen vernachlässigte und gedemütigte Frau.

Jeder konnte es sehen. Er gab sich nie Mühe, sich zu verstellen. Doch sie, unerfahren in der Liebe, wußte nicht, daß so etwas, wenn es einmal vorüber ist, für alle Zeiten vorüber ist, und hegte und pflegte verloren ihre Schönheit für den Tag – der Tag würde doch gewiß einmal kommen? –, da er bereute und zu ihr zurückkehrte.

Sie war so viel schöner als nahezu alle anderen. Ihrer schlichten Meinung nach mußte er doch bald dieser anderen Kreaturen überdrüssig sein und hoffentlich – konnte sie sich nicht enthalten zu denken – auf Knien zu ihr zurückkommen. Außerdem waren seine Ungezogenheiten dank ihrer so unübersehbar strahlenden Schönheit erfreulicherweise unverständlich für die Welt, und er setzte sich ins Unrecht. Auch in bezug auf Eleganz konnte keine der Frauen, um deretwillen er sie verlassen hatte, ihr das Wasser reichen. Sie begann, ohne es sich einzugestehen, Vergleiche zu ziehen. Sie gewöhnte sich an, nichts außer acht zu lassen, was diese Personen in den Schatten stellen konnte. Erst nachdem Midhurst sie verlassen hatte, wurden ihre Wimpern so dunkel, wurden ihre Brauen zu einer feinen, geschwungenen Linie, wurden ihre Fingernägel rot und die Fußnägel ebenfalls. Schönheit wurde ihr zur Obsession. Ihr Gesicht war ein gehegtes und gepflegtes Meisterwerk, das um jeden Preis instand gehalten werden mußte, und auch ihre Hände waren Meisterwerke, wie auch ihre Füße. Sie fühlte sich wohl in dem Wissen, daß jeder Zoll an ihr schön war, und daß Midhurst sie zu jeder Zeit, wenn ihn plötzlich die Reue packte und er zu ihr zurückgekrochen kam, so wunderschön vorfinden würde, daß er sich zerfleischen mußte im bitterem Bedauern seiner Torheit, so viele Jahre fern von ihr vergeudet zu haben.

Doch Ehemänner waren anders, wie sie allmählich begriff. Ihr Ehemann war jedenfalls anders. Kriechen lag ihm fern, insbesondere das Zurückkriechen. Im Gegenteil, er bewegte sich immer weiter weg in die entgegengesetzte Richtung, und zwar mit dem entschlossenen Schritt eines Mannes, der, wenn er auch nicht sicher ist, was er sucht, doch immerhin ganz genau weiß, was er nicht sucht. Und entsprechend war es nur natürlich – sie fand es jedenfalls völlig natürlich –, daß die Szenerie ihres kurzen Glücks und seiner absoluten Unterwürfigkeit romantische Bedeutung für sie erlangte: Als der einzige Ort, an dem der Vater ihres Kindes, der später dann auf ewig so ausdauernd schlecht, so kränkend und boshaft unabhängig sein sollte, gut zu ihr war und ihr zu Füßen lag. Oft betrachtete sie diesen Ort als eine Art Schrein, an den sie sich im Alter, wenn Terry erst einmal zufriedenstellend verheiratet war, zurückziehen würde, um den Rest ihres Lebens dort zu verbringen und ihren Frieden mit ihm zu machen.

Man sollte, wenn möglich, seinen Frieden machen. Betrüblich, in der anderen Welt anzukommen und dort jemanden vorzufinden, der einen noch immer nicht mochte. Allein in der Abgelegenheit und Stille des Ortes, an dem er sie angebetet hatte, würde sie in der Lage sein, seine wenigen guten Momente zu erwägen und kraft dieses Erwägens seine unzähligen schlechten zu vergessen. Immerhin war er der Vater ihres Kindes, was ihn über alle anderen stellte, und sie würde froh sein, wenigstens in Freundschaft mit ihm zu sterben, soweit es ihr irgendwie gelingen sollte.

Aber zudem war sie sich auch durchaus bewußt – später, als sich die Erinnerung an ihn getrübt hatte –, wie äußerst günstig, so völlig abgeschnitten von der Welt, die Farm als Rückzugsort zum Verwelken war. Sie vermutete, daß sie letztendlich doch verwelken würde, wenn es angesichts der Geschicklichkeit Madame Valaises auch unwahrscheinlich wirkte. Aber wenn sie denn verwelken mußte, dann wollte sie es ungesehen tun. Sie wünschte keineswegs, daß ihre Freundinnen zusahen, wie sie, die diesem Prozeß noch nie ausgesetzt gewesen war, verfiel. Wenn wirklich nichts mehr zu retten sein würde, wenn die Zeit ihr den endgültigen unwürdigen Stempel aufdrückte, wäre es klug, so meinte sie manchmal, sich in jene sonnendurchflutete Stille zurückzuziehen, in jene nach Jasmin duftende Einsamkeit, und außer Terry und ihren Kindern niemanden mehr zu sehen.

So sahen Daisys halbdurchdachte Pläne aus, die sie, nachdem Midhurst die Farm gekauft hatte, sechsundzwanzig geschäftige Jahre lang, elf äußerst betrübliche, fünfzehn in Witwenschaft und Frieden verbrachte Jahre lang, in einem dunklen Winkel ihres Bewußtseins verwahrt hatte.

Womit sie nicht gerechnet hatte, war, daß sie in der Blüte ihres Lebens gezwungen sein sollte, diesen Ort aufzusuchen, um vor dem Entsetzlichen zu flüchten. Doch genau das war geschehen! Und getragen von einer alptraumhaften Woge aus verwirrter Hast, betrübten Gesichtern, die kamen und gingen, dem Packen und Telefonieren, den gehetzten Dienstboten, den abgewehrten Versuchen Terrys, ins Zimmer gelassen zu werden, den zurückgewiesenen Angeboten von Suppe und Medizin, den zum Schweigen gebrachten Protesten und unbeachteten Gebeten, also all der Hast und Aufregung, die die plötzlichen Entschlüsse der Reichen begleiten, getragen von dieser alptraumhaften Woge fiel sie zwei Nachmittage später allein und halb bewußtlos vor Erschöpfung Adolphe praktisch vor die Füße.

Adolphe, der friedlich mit einem Rechen zwischen den Reihen von Jasmin stand, an diesem heiteren Juninachmittag, der wie eine Segnung über den stillen Hügeln lag und jedermanns Tod nur zwei Tage näher war als jener durch die hereinbrechende Katastrophe gewaltsam gestörte Tag am Grosvenor Square, Adolphe sah ein Taxi über die grauenhafte Straße holpern, auf der ein Vierteljahrhundert zuvor der Napier steckengeblieben war. Er war höchst verwundert, als es am Fuße der ausgetretenen Steinstufen anhielt, die zu der hohen einsamen Zypresse und dem kleinen einsamen Häuschen führten. Er hielt in seiner Arbeit inne, um zuzuschauen, und war noch verwunderter, als er eine Frauengestalt aussteigen und mühsam die Treppe erklimmen sah. Und als er seine Harke niederwarf und ging, um nachzusehen, wunderte er sich ein drittes Mal, denn schließlich sah er sich seiner unbekannten Dienstherrin gegenüber.

Er zweifelte jedenfalls nicht daran, daß sie seine Dienstherrin war. Die Dame strahlte etwas aus, das vermuten ließ, ihr würden auf ein Fingerschnipsen hin sämtliche Farmen in der ganzen Umgebung gehören. Er schüttelte ihr überschwenglich die Hand. Als schwer arbeitender, ehrlicher Mann hatte er ein reines Gewissen und war entzückt über den unerwarteten Besuch. Eine erfreuliche kleine Arbeitspause. Zweifellos würde die Dame, wenn sie sich umgesehen und alles in gutem Zustand vorgefunden hatte – alles war noch genauso wie zu dem Zeitpunkt, als er die Verwaltung übernommen hatte, und auf den Tischen würde sie unter den Zeitungen, die er sorgfältig darübergebreitet hatte, die zahlreichen Gegenstände auf demselben Fleck und in unverändertem Zustand finden, so wie sie sie verlassen hatte –, zweifellos würde die Dame, wenn sie alles gesehen und für gut befunden hatte, für weitere sechsundzwanzig Jahre fortgehen und ihn seiner Feldarbeit überlassen.

Unterdessen aber war sie höchst willkommen. Das versicherte er ihr lächelnd und unter zahlreichen Verbeugungen, sagte ihr, daß alles, was er besaß – nein, nein, was dachte er sich nur dabei? – daß alles, was sie besaß, ihr gehörte, und bat sie, sich wie zu Hause zu fühlen.

Die Dame schaute ihn an, als könne sie nicht richtig sehen, und er wunderte sich, daß sie so alt war, da er sie immer für jung gehalten hatte.

Dann fielen ihm die sechsundzwanzig Jahre ein, während derer er Schecks empfangen hatte, und er erklärte ihr aufmunternd, indem seine freundlichen braunen Augen mitfühlend das fleckige Gesicht musterten, daß er auch nicht mehr der Jüngste war.

*»Que voulez-vous?**« sagte er, hob die Hände und zuckte mit den Schultern. *»Le temps, ça laisse partout des ruines – «***

Und sie hörte zu, als könnte sie nicht richtig hören, und antwortete lediglich mit der Frage, ob sie ein Bad nehmen könne.

Ein Bad? Adolphe war entzückt. Endlich sollte das Badezimmer, auf das er so stolz war, zeigen dürfen, was es konnte. Es war von Midhurst in Auftrag gegeben worden, dieses Bad und noch ein weiteres in dem kleinen Anbau für die Dienstboten, war jedoch für die Flitterwochen nicht mehr rechtzeitig fertig geworden, da in diesem Teil der Welt nie etwas rechtzeitig fertig wird. So hatte niemand außer Adolphe und einige seiner Verwandten, die in seinen Augen würdig waren, diese blitzenden Wunder gezeigt zu bekommen, das Bad je gesehen.

Er eilte ins Haus, um nachzuschauen, ob das Wasser, das so viele Jahre in den Rohren gewartet hatte, noch floß, und um den Boiler anzuheizen. Dann huschte er von Raum zu Raum – es gab nur drei –, nahm im Vorbeigehen die Zeitungen und Laken von den Möbeln, und während er das erledigte, saß Daisy draußen auf einer niedrigen Mauer am Brunnen und wartete.

Es war sehr still, ein heißer Sommernachmittag, der sich in seiner Verschlafenheit kaum regte. Über den Hügeln lag Milde. Die einzeln stehende Zypresse hätte aus schwarzem Stein gehauen sein können, so bewegungslos stand sie da. Auf dem Gras im Olivenhain unterhalb der Mauer spielte das Licht, und auf allen Feldern stand der Jasmin.

Unten an der Straße hatte der Fahrer des Taxis vom Bahnhof in Cannes den Motor ausgeschaltet, und, abgesehen von einem leisen Plätschern eines verborgenen Wassers irgendwo in der Nähe und dem Gesang eines einsamen Vogels in einem Oleander-

* Que voulez-vous: Was wünschen Sie? (Anm. d. Ü.)
** Le temps, ça laisse partout des ruines: Die Zeit vernichtet alles. (Anm. d. Ü.)

strauch, umgab sie eine so große Stille, daß sie hätte glauben können, ganz allein auf der Welt zu sein. Entspannt saß sie da, die Hände offen im Schoß, den Mund geöffnet, weil sie zu müde war, ihn geschlossen zu halten. Sie merkte nicht einmal, wie sie auf einzigartige Weise willkommen geheißen wurde. Die duftgeschwängerte Luft strich an ihr vorbei und liebkoste ihr Gesicht. Von den Lilien unter den Fenstern des Hauses wehte zu ihrer Begrüßung ein Duft über den Rasen zu ihr herüber. Schräge Schatten gaben ihr Kühlung. Der Vogel zwitscherte Lieder von Weisheit und Frohsinn, als gelte sein Gesang nur ihr. Sie war umgeben, begleitet, bedrängt von Schönheit, doch sie hätte auch die Tottenham Court Road im Nebel vor sich haben können, so wenig nahm sie etwas wahr.

Erhebe dein Herz, flüsterte es – törichte Frau, erhebe dein Herz. Doch welchen Sinn hat es, einem so vertieften Menschen, jemandem, der so in seine eigene Tragödie versunken ist, so etwas anzuraten? Sie hörte das Flüstern, begriff, daß vertraute Worte durch ihr Bewußtsein wehten, und schaffte doch nichts anderes, als sich matt zu wundern, daß überhaupt jemand jemals genug Kraft haben könnte, um irgend etwas zu erheben.

Über den Brunnen neigte sich ein Feigenbaum. Sie lehnte den Kopf an seinen Stamm und saß dort, ohne sich zu bewegen, beinahe ohne zu denken, und blickte starr an dem Strauch voller rosa Oleanderblüten vorbei auf die Jasminfelder jenseits des Olivenhains hinaus. Der Jasmin war im Begriff zu blühen. Als sie das letzte Mal hier gesessen hatte, bildeten die Felder wahre Blütenteppiche. Das war im November, und jetzt war Juni. Heißt das, fragte sie sich vage, fragte sie sich genauso müde, wie ihre Hände matt in ihrem Schoß lagen, heißt das, daß der Jasmin ein halbes Jahr lang blüht?

Welcher Eifer, wenn es so wäre. Merkwürdig, daß überhaupt irgend etwas soviel Leben in sich haben könnte, um immer weiterzumachen. Verschwommen erinnerte sie sich an ihre Verzauberung, als sie diese Felder voller Blumensterne zum erstenmal gesehen hatte. Alter Zauber, alte Freude, alte Hoffnungen – wie bleich und blutleer diese gemordeten Dinge jetzt waren.

Damals war ein Mädchen an diesem Ort gewesen, hatte sich angesehen, was sie jetzt sah, hatte dasselbe leise Plätschern von Wasser an Steinen gehört, ein Mädchen, das von dem Anblick in atemlose Ekstase versetzt wurde. Und sie hatte ihren jungen Gatten an ihrer Seite, und sie beide dachten, auch sie würden immer weitermachen – in ihrem Glück, in süßem, nie endenwollendem Glück. Nun, es kam anders. Nichts blieb.

Stumpf blickte sie vor sich hin, den dichten Schleier, der an den einer Witwe gemahnte und mit dessen Hilfe sie sich unter anderem auf der Reise versteckt hatte, von ihrem zerstörten Gesicht zurückgeschlagen. Dieses Gesicht befand sich im Zustand äußersten Verfalls, war streifig und verquollen vom vielen Weinen. Während es gewöhnt war, aufs sorgfältigste gepflegt, täglich unter stundenlangen Bemühungen der Jugend so nahe wie eben möglich gebracht zu werden, war es seit der Abreise aus London nicht berührt, ja nicht einmal gewaschen worden. Gesichter galten ihr nichts mehr. Sie hatte vergessen, daß sie eines hatte. Sie hatte es nicht ein einziges Mal auch nur angesehen. Und die langen, geschwungenen Pariser Wimpern, die sie die ganze Nacht im Zug hindurch mit solch leidenschaftlicher Verzweiflung, mit solch schmachvoller, sich krümmender Not naßgeweint hatte, klebten wirr zusammen, denn für Tränen waren sie nicht gemacht.

Doch nun waren die Tränen versiegt. Kein Mensch kann immerzu weinen, und sie war zu sehr in ihrer Erschöpfung versunken, um noch etwas anderes zu tun, als zu sitzen und stumpf zu starren. Alle Heftigkeit war aus ihr entwichen. Ihre Gedanken waren wie ihre Lippen vor Müdigkeit schlaff. Völlig stumpf und taub saß sie da und wartete darauf, daß der Mann ihr sagte, ihr Bad sei bereit, damit sie sich waschen und dann schlafen gehen könnte. Abgesehen davon hatte sie keinen Wunsch, keinen einzigen Wunsch.

Der Taxifahrer, wissend, was für ein langer Heimweg ihm bevorstand, kam die Stufen herauf, sah seinen Fahrgast auf der Mauer sitzen und fragte, ob er das Gepäck ins Haus bringen sollte.

Er fragte ziemlich laut, als redete er mit einer Tauben oder

Schlafenden, und so sah sie auch aus, wie sie da an einem Baumstamm lehnte und ins Leere starrte. Er wünschte, bezahlt und entlassen zu werden, denn von seinem Standort trennten ihn beinahe sechzig Kilometer. Als die Dame nicht zu begreifen schien, ging er ohne Umstände die Treppe hinab, holte ihre Sachen – zwei Koffer, einen Mantel und einen Schirm – und stellte sie neben sie auf die Mauer.

Es sah komisch aus, dieses kostbare, eindrucksvolle Gepäck, ganz aus Leder und voller Prägungen, auf der groben Mauer. Und die Dame, so dachte er, sieht auf der Mauer genauso komisch aus wie ihr Gepäck, wenn es auch nicht so alt ist wie sie. Sie entlohnte ihn immerhin, und das war das einzige, was ihn interessierte. Er ging, und nachdem das Motorengeräusch hinter einer Straßenbiegung verstummt war, kehrte die Stille zurück, glättete sich wie aufgestörtes Wasser und legte sich golden in die Sonne. Und der Nachmittag träumte weiter. Und Daisy, mit leerem Blick und trockenem Mund, nickte ein wenig, als wollte auch sie, falls ihr Bad nicht bald bereit wäre, einschlafen.

Adolphe, der sich im Haus zu schaffen machte, wußte nicht, wie lange er fort war, und Daisy wußte es auch nicht. Doch da der Boiler nicht auf Anhieb anzuheizen war und das Wasser zuerst nicht fließen wollte und die Laken entfernt und die Läden geöffnet werden mußten, waren tatsächlich fast zwei Stunden vergangen und die Schatten schon fast riesig geworden, ehe er wieder auftauchte, sich suchend nach ihr umschaute, und dann, als er sie entdeckt hatte, von hinten zu ihr eilte.

Sie tat, als sie die raschen Schritte hörte, etwas äußerst Merkwürdiges. Sie mußte halb im Schlaf gewesen sein, um so zu reagieren, mußte vor Müdigkeit und Erschöpfung benommen gewesen sein, denn als sie die Schritte hörte, zog sie automatisch die Schultern hoch bis zu den Ohren, schützte sie, schrumpfte in sich zusammen, als erwartete sie – als bildete sie sich ein –

*»Venez, Madame – venez, venez**«, sagte Adolphe, griff nach dem Gepäck auf der Mauer und eilte damit zurück zum Haus.

* Venez, Madame: Kommen Sie. (Anm. d. Ü.)

Beim Klang seiner Stimme entspannte sie sich und blickte ihm nach. Ausgesprochen erschrocken und beschämt stieg ihr jetzt langsam das Blut ins Gesicht. Sie mußte wohl eingeschlafen sein, natürlich, und sich im Traum zurückversetzt haben in die Zeit, als sie das letzte Mal hier war, eingelullt vom Wasser, von diesem leisen Plätschern, an das sie sich so deutlich erinnerte. Für einen Moment hatte sie tatsächlich geglaubt, es wären Toms Schritte, und er käme von hinten zu ihr gelaufen, um ihre Ohren zu küssen.

Schamröte breitete sich über Daisys Gesicht. Sie wurde aus ihrer Erstarrung aufgerüttelt. Ihre ältlichen, lange unbehelligten Ohren! In jenen Tagen pflegte Tom sich auf sie zu stürzen, wenn sie, wie er es nannte, in die Sterne blickte, sie an den Ellbogen festzuhalten, so daß sie sich nicht bewegen konnte, und mit komischen kleinen Küssen an ihren Ohren zu knabbern, wie ein Kaninchen mümmelt, und das kitzelte so schrecklich, daß sie kichern und sich winden mußte wie ein Küchenmädchen.

Still – ach, still! unterbrach sie sich in ihren Gedanken und sah sich angstvoll um, als hätte jemand ihre Gedanken belauschen können. Wie erschreckend und wie sonderbar, daß ihre Erinnerung an etwas Derartiges plötzlich so lebhaft war. Sie, Daisy, kichernd und sich windend! Man stelle sich das vor. Was auch immer das Leben ihr sonst genommen hatte, es hatte ihr zumindest die Immunität gegen so etwas beschert. Ein großer, verläßlicher Trost, dachte sie, setzte sich sehr aufrecht und steif zurecht und sah sehr würdig aus. Groß und verläßlich, aber auch kalt und frostig, drängte es sich wie ein Eisblock in ihr Herz.

»Venez, Madame – venez, venez«, rief Adolphe, der mit dem Gepäck den Weg entlangschlurfte.

Sie schauderte ein wenig und sah der entschwindenden Gestalt stirnrunzelnd nach, als versuchte sie zu erraten, wer er war. Dann stand sie auf und folgte ihm langsam. Natürlich. Er war der Mann, der das Bad für sie bereitet hatte. Was sie sich wirklich wünschte, was sie sich mehr wünschte als alles andere auf der Welt, war zuerst ein Bad, und dann wollte sie sich hinlegen und schlafen. Schlafen und schlafen. An nichts denken, bis sie geschlafen und geschlafen hatte. Wenn sie nur erst Sicherheit im

Schlaf gefunden hätte! Was bedeutete aller Jammer, wenn man schlief?

Aber wie merkwürdig war es, dachte sie und ging immer langsamer, je näher sie dem Haus kam, so geschlagen zurückzukriechen an den Ort, den sie so jung und hoffnungsfroh verlassen hatte. Da waren all diese Jahre vergangen, und am Ende hatte sie nichts aufzuweisen als sich selbst, die allein zurückkehrte, um sich zu verstecken und zu verbluten. O ja, sie verblutete. Wunden wie die ihren waren nicht mehr zu heilen. Langsam würde sie an ihnen sterben, ganz gleich, was sie tat –

»*Venez, Madame – venez, venez*«, ermunterte Adolphe und wandte den Kopf, bevor er durch die Tür im Haus verschwand.

Die Tür öffnete sich nach Westen und führte in das Wohnzimmer. Sich mit einer Hand an der Mauer abstützend, stand Daisy auf der Schwelle, und ihr Schatten verdunkelte, was zuvor sonnendurchflutet gewesen war. Sie zwang sich hineinzuschauen.

Verblüffend, verblüffend, dies wiederzusehen. Rotgefliester Boden, weißgestrichene Wände, Regale voller Bücher, die vor langer Zeit aus Paris und London geschickt worden waren, strenge Sessel – sie und Tom, erstickt von ihrem Reichtum, hatten es sich ganz amüsant vorgestellt, dieses kleine Häuschen neben ihren vielen Häusern als Gegensatz zu dem Gewohnten auszustatten. Alles war so ordentlich und augenscheinlich so neu wie am Tag ihrer Abreise. Auf dem Schreibtisch lagen wohlgeordnet dasselbe Briefpapier, dieselben Füllfederhalter, die sie damals benutzt hatten. Daneben lag zusammengefaltet eine Zeitung – eine ›Morning Post‹, sechsundzwanzig Jahre alt.

»*Venez, Madame – venez, venez*«, beschwor Adolphe sie und eilte die schmale Treppe hinauf.

Doch ihr Blick war auf den leeren Kamin gefallen, und sie hörte ihn nicht. Im Kamin hatte, als sie ihn zuletzt sah, ein schönes Holzfeuer gebrannt, denn wenn die Welt draußen auch voller Sonnenschein und Jasmin war, herrschte drinnen doch Winter, und die gefliesten Böden und die Steinwände bedurften der Aufwärmung. Und als der Chauffeur am Morgen ihrer Abreise hereinkam und meldete, daß der Wagen bereit sei, stand sie vor diesem Feuer, mit Tom, der sie –

Sie fuhr auf und zuckte zurück. Ja, sie wurde geküßt. Hier auch. Auch hier wieder. Das ganze Haus war erfüllt von Küssen. Und von derartig heftigen und ausgiebigen an jenem Morgen. Man stelle sich vor, dachte Daisy, in schwachem Verwundern verloren, die Hände schlaff an den Seiten herabhängend, man stelle sich vor, daß *sie* so geküßt worden war!

Prickelnd und heiß schoß ihr wieder das Blut ins Gesicht. Was tat man doch alles, wenn man jung war: Dinge, die verknitterten, erhitzten, unwürdige, unschöne Dinge. Und man glaubte auch noch, sie gefielen einem, und vielleicht gefielen sie einem sogar wirklich. Dort auf dem Teppich hatten sie und Tom gestanden und sich, unglaublich, am hellichten Tag, kurz nach dem Frühstück geküßt, und der Chauffeur erschrak, erinnerte sie sich, als er sie sah, und verschwand rasch wieder, und auch sie erschrak, denn sie verabscheute es, in so einer Situation von einem Dienstboten ertappt zu werden. Doch als sie zurückweichen wollte, packte Tommy – sie wußte nicht, daß sie ihn in ihren Gedanken wieder Tommy nannte, ihn, der jahrelang so kalt nur Tom gewesen war – packte Tommy sie, zog sie wieder an sich, hob ihr Kinn und blickte ihr in die Augen – Daisy konnte sie nun vor sich sehen, mit den komischen dichten, rötlichen Wimpern, so dicht vor ihren, und sie spürte seine kräftigen Finger, die ihren Arm hielten –, und er sagte: »Das ist mein Abschiedskuß. Anderswo wirst du anders sein.«

Doch es war er, der dann anders war, weiß Gott, er war es, der mit dem Anderssein anfing und sie zwang, ebenfalls anders zu sein, so weinte sie in ihrem Herzen, beinahe als müßte sie sich verteidigen, als glaubte sie, ihre eisige Kälte rechtfertigen zu müssen, die die letzte Hälfte ihrer Flitterwochen erfrieren ließ. Hätte sie sich anders verhalten können? Hätte eine andere Braut sich anders verhalten?

Wie bleiche Gespenster rührten sich diese fernen Demütigungen, die er ihr angetan hatte. Selbst jetzt noch waren sie fähig, ihr Schmerzen zu bereiten. Ach, wenn Tom und ich arm gewesen und hiergeblieben wären, dachte sie, und ihr Bewußtsein, wachgerüttelt von diesen Bildern aus der Vergangenheit, schmerzte nun genauso wie ihr erschöpfter Körper, wenn wir hiergeblieben und nicht so schrecklich reich gewesen wären und außer einander niemanden gehabt hätten, wären wir nicht vielleicht glücklich geblieben? Terry wäre dann in Sicherheit aufgewachsen –

Hier allerdings schob sie ihren Gedanken hastig einen Riegel vor, und ihre Hand fuhr an ihre Kehle. Mit einer seltsam panischen Bewegung schaute sie sich um. Nicht jetzt schon Terry. Sie durfte die Gedanken an Terry jetzt noch nicht zulassen. Zunächst mußte sie schlafen, sich Zeit lassen. Jeder, jeder, nur nicht Terry. Denn Terry . . .

»Venez, Madame«, rief Adolphe und lief mit vor Aufregung hochrotem Gesicht zurück zur Treppe – *»venez voir combien le bain fonctionne superbement. C'est formidable, comme l'eau roule!**«

Das Geräusch von fließendem Wasser erfüllte das Haus. Dampfschwaden zogen an ihm vorbei durch das enge, steile Treppenhaus. Durch den Dampf schritt sie hinauf und hielt sich an dem Seil fest, das als Handlauf diente. Auch der Flur oben war voller Dampf, und der Dampf füllte ihr Schlafzimmer, als sie die Tür öffnete, so daß sie das große Bett nicht sehen konnte. So wußte sie nicht, bevor sie unbeholfen einen der Koffer geleert und die Seife gefunden hatte, die Winslow eingepackt hatte, bevor sie ihr Bad genommen und sich, plötzlich von äußerster Erschöpfung übermannt, auf ihre gewohnte Bettseite fallen gelassen hatte – so wußte sie also nicht, daß Midhursts gelber Seidenpyjama, der, den er in ihrer letzten Nacht dort getragen hatte, ordentlich gefaltet auf dem Kissen neben ihr lag.

Midhursts gelber Pyjama.

Ruckartig richtete sie sich wieder auf und starrte ihn über die Schulter hinweg an, als handelte es sich um eine gelbe Schlange. Unerträglicher Gedanke. Als würde Midhurst an diesem Abend zurückerwartet . . .

* Venez, Madame, venez voir combien le bain fonctionne superbement. C'est formidable, comme l'eau roule!: Kommen Sie, Madame. Sehen Sie, wie perfekt das Bad funktioniert. Es ist wunderbar, wie das Wasser fließt! (Anm. d. Ü.)

All diese Jahre hindurch war er völlig der Vergessenheit anheimgefallen, doch mit welcher Lebhaftigkeit erinnerte sie sich nun an Midhurst in diesem Pyjama, wie er aus dem kleinen Ankleidezimmer gegenüber trat, das blonde Haar, Terrys so ähnlich, zerzaust, und sich mit einem Hechtsprung aufs Bett warf: ein Junge in ihrem Alter, doch versiert in vielen Dingen, von denen sie keine Ahnung hatte.

War das nicht schrecklich? Konnte sie schlafen, Seite an Seite mit Toms leerem Pyjama? Und er war tot. Der arme Tom war tot. So lange tot, der arme kleine Tommy, während sein Pyjama so frisch und gelb war wie eh und je.

Aber ach, sagte sie zu sich selbst und wich vor dem Ding zurück, was ist das für ein kranker Unsinn, der in mein Bewußtsein träufelt und es klebrig und weich macht? Dieser Pyjama, das wußte niemand besser als sie, war leer entschieden besser, als wenn Tom darin gesteckt hätte, und es war widerwärtig, wegen eines Pyjamas sentimental zu werden. Lieber sollte sie an die Zimmermädchen denken und an deren unendlich viel schlimmere Nachfolgerinnen – eine endlose Folge von Demütigungen. Ihr Hals hatte geradezu geschmerzt von der unablässigen Anstrengung, den Kopf tapfer hochzuhalten und ihre privaten Qualen hinter einem Lächeln zu verbergen.

Selbst Toms eigener Bruder, der ihn auf seine Art gern hatte, wenn auch ohne jegliche Illusionen in bezug auf seine Standfestigkeit in der Ehe, drängte sie, ihn loszuwerden. Doch in ihrer Familie wurde man keine Ehemänner los: man ertrug sie. Alles, so meinte und mahnte man in ihrer Familie, war besser als der Skandal einer Scheidung. Alles, so dachte sie selbst, ist besser, als daß Terry geschiedene Eltern hätte.

Ihr Schwager bezeichnete das als Unsinn. Doch es war kein Unsinn. Was wußte er schon davon? Er war Junggeselle und konnte gar keine Vorstellung haben von der tiefen, zärtlichen Verantwortung, die man für seine Kinder empfand. Außerdem durfte man ihre Stellung bei Hofe nicht außer acht lassen –

»Ah, *jetzt* haben wir's«, hatte er gegrinst, und dabei sah er genauso aus wie Tom. Wie ein übermütiger Junge.

Doch es blieb eine Tatsache, daß sie zu jener Zeit Hofdame war, und es stand außer Frage, war schlicht undenkbar, sich auf eine Scheidung einzulassen. Nun, dann hätte sie zurücktreten müssen. Also hatte sie Midhurst hartnäckig ertragen, ohne mit der Wimper zu zucken, obwohl er sie immer weniger ertragen hatte. Das wußte sie. Er zeigte es ganz unverhohlen, und wenn sie sich zufällig auf einer Party trafen, ergriff er offen die Flucht. Und doch – als er diesen gelben Pyjama trug und hereingelaufen kam und sich mit einem Hechtsprung aufs Bett warf, waren sie da nicht liebe Freunde? Ein verliebtes Paar? Liebe Spielkameraden? Die zusammen lachten, sich küßten?

Schnell streckte sie die Hand aus und läutete. Mit diesen bohrenden Erinnerungen wollte und konnte sie nicht schlafen. Und als Adolphe, dem das Läuten einer Glocke in diesem Haus neu war, eilig heraufgestürmt kam, bereit, sie zu retten, wovor, wußte er selbst nicht, sagte sie, mit einer Handbewegung auf den Pyjama deutend: »*Enlevez-moi ça.**«

»*Mais oui, Madame, mais oui***«, antwortete er beflissen, dankbar, daß es nichts Schwierigeres war, und nahm ihn vom Kissen. Wozu er nutzen sollte und wem er gehörte, hatte er sich nie vorstellen können. Er war schon da, als er seinen Dienst antrat, und er war, gefaltet, wie er ihn vorgefunden hatte, unter seinen Zeitungen und Schutzlaken liegengeblieben.

Er klemmte sich den Pyjama unter den Arm und wich zur Tür zurück. An Betten mit Damen darin war er nicht gewöhnt, auch nicht an Damen, die durch ihre Nachthemden hindurch zu erkennen waren, und er hatte es eilig fortzukommen. Er nahm an, daß es ein Nachthemd war, was Madame trug, denn schließlich war sie im Bett, doch er fand es schwer zu glauben. Spitze. Und an manchen Stellen nicht einmal Spitze, an Stellen, wo sich Madames Arme und Schultern befanden. Vielleicht, dachte Adolphe, wich zurück und versuchte, nicht zu sehen, was er sah, vielleicht sollte er lieber seine Schwester holen. Ja, gewiß war es das beste, wenn er seine Schwester holte – verheiratet, aber kin-

* Enlevez-moi ça: Entfernen Sie das. (Anm. d. Ü.)
** Mais oui, Madame, mais oui: Aber ja, Madame, aber ja. (Anm. d. Ü.)

derlos, und sicher in der Lage, ihm zu Hilfe zu kommen. Und eine verheiratete Frau würde auch mehr von den Dingen verstehen, die er im Vorbeigehen im Bad auf dem Boden verstreut hatte liegen sehen. Keine gewöhnliche Arbeit konnte ihn abschrecken, doch das hier, das ahnte er, wuchs sich rasch zur Aufgabe für eine verheiratete Frau aus.

Auf Zehenspitzen schlich er zur Tür, den Pyjama unter dem Arm, schloß sie mit ängstlicher Sorgfalt hinter sich und eilte zur benachbarten Farm, um Thérèse zu holen. Sofort, das spürte er eindeutig, wurde das Haus totenstill, und genauso still und totensteif saß Daisy im Bett, umklammerte ihre Knie und starrte wie versteinert vor sich hin.

Innerhalb der alten, dicken Mauern war es so still wie im Grab. Leere. Nichts. Die strahlende Vergangenheit weggefegt, fort, die letzten Spuren auf ihren Befehl mit derselben Strenge ausgelöscht, mit der sie in ihren Flitterwochen die Liebe ausgelöscht hatte, kaum daß sie versuchte, sich von den Knien zu erheben. Jetzt war nichts mehr übrig. Hier war sie gestrandet, allein mit nichts.

Das Wort pochte an ihr Herz, als pochten Niederlage und Alter an, um eingelassen und akzeptiert zu werden. Alles, was sie gehofft und geliebt hatte, war nichts, sie selbst war nichts, umgeben von nichts, an der Schwelle zu einer Zukunft bestehend aus nichts.

Und plötzlich schlang sie einen Arm um das Kissen, auf dem der Pyjama gelegen hatte, ließ sich seitlich darauf fallen und begann zu weinen – herzzerreißend und jämmerlich zu weinen wie ein hilfloses, hoffnungsloses Kind.

»*C'est Madame**«, flüsterte Adolphe, als er und Thérèse, in der Küche angekommen, seltsame Laute von oben her hörten, und stand ehrfürchtig still, um zu lauschen.

»*Tiens*«, sagte Thérèse, die immer *tiens* sagte, wenn ihr nichts anderes einfiel.

* C'est Madame: Das ist Madame. (Anm. d. Ü.)

8

Unterdessen lag ein Bahrtuch über dem Haus am Grosvenor Square. Den ganzen Tag schon hatte es schwer und dick darauf gelegen, und den ganzen Vortag, und es schien stündlich schwerer und dicker zu werden. Man hätte einen Toten im Haus vermuten können, so lautlos huschten die Dienstboten umher, und so rot waren Miss Simpsons Augen. Terry durchquerte die hallende Stille, als sie schließlich kam, und zwar erst zur Schlafenszeit, ohne auf dem Weg zu ihrem Zimmer ein Wort an jemanden zu richten.

Miss Simpson hatte nach Daisys Abreise auf eigene Verantwortung eine Anzeige an die Abendzeitung geschickt, damit London über ihre Abwesenheit informiert war. Sie gab bekannt, daß Lady Midhursts ärztlicher Berater ihr völlige Ruhe verordnet und daß sie sich auf ihren Besitz – Parker, der die Annonce aufgab, brachte es nicht über sich, das Wort Farm zu benutzen, wie Miss Simpson ihn angewiesen hatte, und fügte statt dessen »Besitz« ein – an der Französischen Riviera bei Grasse zurückgezogen habe, wo Lady Terence Chilgrove sich ihr später anschließen würde. Briefe würden nicht nachgesandt.

Mit der Verbreitung dieser Information nahm sie eine schreckliche Verantwortung auf sich, das wußte Miss Simpson. Doch niemand sagte ihr auch nur ein Wort, was sie zu tun und zu lassen hätte, und in der Dunkelheit der Verwirrung, die in ihr Leben eingebrochen war, schien ihr nur eines völlig klar, nämlich daß irgend jemand irgend etwas tun mußte. Das hieß, der Schein mußte gewahrt werden, und er konnte gewiß nur gewahrt werden, indem man den Eindruck vermittelte, daß Lady Midhurst nicht etwa überstürzt aufgebrochen, sondern aus guten Gründen und mit all ihrer gewohnten Würde eben nur verreist war.

Miss Simpson selbst bemühte sich heftig um diesen Eindruck, weigerte sich entschieden, etwas anderes in Betracht zu ziehen. Und da sie, nachdem sie die Fahrkarte hatte besorgen müssen, zufällig das Ziel ihrer Dienstherrin kannte, wäre es nicht klug, wäre es nicht überhaupt das beste, nachdem diese Dienstherrin jetzt weit fort war, ihr Wissen weiterzugeben und kein Geheimnis daraus zu machen? Miss Simpson war dieser Meinung. Soweit sie in der Lage war, überhaupt noch zu denken, war sie dieser Meinung, obgleich ihr die Knie zitterten vor Angst, eigenständig über Angelegenheiten von solcher Bedeutung entscheiden zu müssen.

Doch wer sonst hätte es tun sollen? Lady Terence war verschwunden – hatte sich zweifellos wie üblich in ihre Wohltaten in Pentonville zurückgezogen, versicherte sich Miss Simpson und klammerte sich mit aller Macht an normale Erklärungen. Nur sie allein war noch übrig, um die Familienehre aufrechtzuerhalten. Natürlich würde sie ihr Bestes tun, natürlich würde sie jederzeit ihr Bestes tun, doch sie konnte sich nicht gegen den Gedanken wehren, daß Lady Terence für diesen einen Tag Pentonville hätte ausfallen lassen können – das heißt, wenn sie wirklich nach Pentonville gefahren war. Schrecklich, dachte Miss Simpson und glitt für einen Augenblick ab, auf einen gähnenden Abgrund von Zweifeln zu, der sie zu verschlingen drohte, wenn sie nicht achtgab, schrecklich, wie viele Möglichkeiten es gab, wie eine Dame untergehen konnte, wenn sie erst einmal angefangen hatte unterzugehen . . .

Sie rief sich heftig zur Ordnung. So etwas durfte sie nicht denken. Unter keinen Umständen. Unwürdig, und obendrein absurd. Schuld war der Zustand ihrer Nerven und ihrer Beine, die ihr immer wieder den Dienst versagen wollten. Arbeit, Arbeit, sagte Miss Simpson laut und machte sich furchtbar forsch bereit, hart zu arbeiten, woran allerdings, wußte sie nicht recht. Aber wirklich, dachte sie auf dem Weg durch die weite, leere Halle zu ihrem Büro, nachdem sie ihre Dienstherrin an der Victoria Station verabschiedet hatte – kein Dienstmädchen, keine Tochter, kein Mr. Leigh macht sich nützlich, wie überaus traurig. Sie kam sich wirklich vor wie dieser arme Junge auf dem brennenden Schiff, und ihr Kinn zitterte angesichts der Vorstellung, sie selbst befände sich auf einem Schiff, ganz gleich, was für einem, ob es nun brannte oder nicht, von dem alle anderen geflohen waren.

Doch erneut rief sie sich zur Ordnung. Das brachte nichts ein, dieser Hang zum Selbstmitleid. Sie sollte sich ein Beispiel an besagtem Jungen nehmen. Er verlor den Mut nicht, obwohl er nur ein kleiner Junge war, viel weniger würde dann sie, eine erwachsene Frau, den Mut verlieren. Aber der arme kleine Bursche, der arme, tapfere kleine Bursche, er war ganz sich selbst überlassen, um, so gut er konnte, zurechtzukommen, und er wahrte den Anschein bis zum letzten Atemzug!

Bemüht, auf nichts anderes zu achten, bemüht, ihr Kinn am Zittern zu hindern, setzte Miss Simpson sich an ihre Schreibmaschine, während Parker, der auf die Zeitungsannonce wartete, dabeistand und zusah. Dumm von ihr, Parker herbeizuläuten, ehe sie fertig war. Das wurde ihr klar, als sie mit zitternden Händen einen Bogen Papier in die Maschine spannte. Er sah ihre zitternden Hände. Er sah natürlich alles, denn er hatte nichts anderes zu tun als dazustehen und zuzusehen.

Aber nicht um Parker kümmern! Sie mußte sich konzentrieren, konzentrieren! Das erste, was erledigt werden mußte, war offenbar, die Annonce aufzugeben. Was als zweites folgen sollte, war noch nicht so klar, doch das konnte später überlegt werden, wenn Parker nicht im Zimmer war, wenn er nicht dastand und zusah, wie ihre Hände zitterten und zweifellos seine eigenen unsauberen Schlüsse zog.

Das Haus, ansonsten so leer, erschien Miss Simpsons ängstlichem Gemüt vollgepfropft mit unsauberen Schlußfolgerungen. Ganz London würde, wenn sie es nicht durch promptes Handeln unterband, sogleich unsaubere Schlüsse ziehen. Sogar sie selbst würde womöglich damit anfangen, wenn sie auch nur für einen Augenblick den straffen Zügel schießen ließ, den sie ihren Gedanken angelegt hatte – nichts Zweifelhaftes, versteht sich, das natürlich nie, niemals, aber gerade eben zum Beispiel, wie kurz hatte sie da vor der Frage gestanden, ob vielleicht – ob Lady Terence nicht doch vielleicht –

Miss Simpson wußte, daß es oft nur ein kleiner Schritt war vom Zweifeln zum Schlüsseziehen, und daß es ihren Abschied vom Grosvenor Square bedeutete, wenn sie diese Grenze überschritt. Dann müßte sie zu ihrer Schwester nach Ealing ziehen.

Wenn zum Beispiel Lady Terence anfangen sollte, bis spät in der Nacht auszubleiben, vielleicht nicht nur den ganzen Tag, sondern auch die ganze Nacht lang ausbleiben sollte, wäre sie es sich selbst schuldig zu gehen. Denn sie mußte an ihren Ruf denken, und keine Frau kann es sich leisten, das aufs Spiel zu setzen, was unter Umständen das einzige ist, was sie hat. Lieber, dachte Miss Simpson, für einen Moment außer Kontrolle geraten, ein wenig wild, während Parker dabeistand und zusah, lieber Löwenzahn zum Abendbrot in Ealing, wo die Tugend wohnte, als einen Ochsen am Spieß am Grosvenor Square unter Bedingungen, die sie erst, wenn die Tatsachen sie dazu zwangen, beim Namen nennen würde.

Doch – was waren die Tatsachen? Zitternd nahm sie einen neuen Bogen Papier, nachdem sie den ersten verdorben hatte. Tatsachen lagen nicht vor. Nicht das, was Miss Simpson Tatsachen genannt hätte. Und wie bekam man in solchen Fällen Tatsachen zu fassen? Wenn man nicht in eben das Zimmer gehen wollte, genau in dem Augenblick, in dem –

Nein, nein, nein, NEIN! schrie sie ihre Gedanken nieder. Wohin führte sie das? In welch unvorstellbaren Schmutz?

»Es wird spät, Miss«, sagte Parker und zog seine Taschenuhr.

Seine Stimme, keineswegs laut, doch eben so plötzlich eine Stimme, erschreckte sie so sehr, daß ihre Hände mit lautem Klappern auf die Tastatur ihrer Remington fielen und auch der neue Bogen verdorben war.

Während sie noch einen weiteren einspannte, schaute er zu und wartete. Seit all dies hier begonnen hat, schaut er zu und wartet, dachte sie und versuchte, das Papier geradezuzupfen. Unerträglich, diese Allgegenwärtigkeit, die stille Wachsamkeit von Dienstboten. Wenn alles normal ablief, waren sie nicht so. Oder lag es daran, daß man sie dann nicht bemerkte, und in Wirklichkeit hielten sie immer wachsam, wachsam die Augen auf –

Nun, aus ihr würde er nicht viel herausbringen, aus ihr doch nicht, o nein, bestimmt nicht, sagte sie zu sich selbst und versuchte, den Kopf in den Nacken zu werfen, um alles aufzubieten, was sie an Stolz und Mut noch besaß. Und nachdem sie die Annonce endlich erfolgreich getippt hatte und ihn loswerden konnte, beschloß sie, daß es von höchster Wichtigkeit war, offen und unbeschwert zu wirken, wann immer sie jemandem begegnete. Schließlich gab es doch nichts zu verbergen, oder? Und wenn es nichts gab, warum das nicht zeigen, indem sie sich schlicht und offen gab?

Den restlichen Tag und auch den nächsten Tag über gab sich Miss Simpson also schlicht und offen. Sie war so augenfällig offen und unbeschwert am Telefon und zu den engeren Freunden Daisys, die kamen, um nach Einzelheiten zu fragen, sie war mit solcher Selbstverachtung bereit zu erzählen, was der Arzt gesagt hatte, und was die liebe Lady Midhurst, wie immer wunderbar in ihrer Geduld und Vernunft, geantwortet hatte, daß ihre zitternde Stimme auch dem schlichtesten Gemüt bewies, daß Cilly Jones' Bericht über die Szene in der Bibliothek mit dieser Mrs. De Lacey den Tatsachen entsprechen mußte und daß Topsy Topham nichts als die Wahrheit gesagt hatte.

Nur einmal war sie nicht in der Lage weiterzumachen, und zwar, als der Bischof zu Besuch kam. Auf dem Weg zum Oberhaus schaute er eilig herein – denn was war das? Was konnte es nur sein, was über die liebste von allen seinen jungen Leuten gemunkelt wurde? Er war so bestürzt über das verzweifelt unbeschwerte Gesicht des armen Dings, daß er einen Schritt zurückwich und instinktiv etwas von Beten murmelte, das zumindest glaubte sie, ihn murmeln gehört zu haben.

»O ja – bitte. Wir wollen beten!« ging sie bebend sofort darauf ein.

Schlimm, schlimm, beten zu wollen. Das schlimmste aller Zeichen. Im Vergleich dazu waren die bei vertrockneten unverheirateten Frauen üblichen Tränen gar nichts.

Demnach, so fürchtete der Bischof, blieb nur wenig Hoffnung.

Noch bevor Daisy Paris hinter sich gelassen hatte, wußte also jedermann nicht nur, daß sie fort war, sondern auch, wohin sie sich gewandt hatte. Dank Miss Simpson wußten es ihre Freunde schon Stunden früher und ereiferten sich beim Erscheinen der Abendzeitung lediglich noch über die kühne Behauptung, Terry würde sich ihrer Mutter später anschließen. Doch die Neuigkeit erreichte die breite Öffentlichkeit, zum Beispiel Dorset Street und Mumsie, erst gegen sieben, weil sie für die Nachmittagsausgabe zu spät gekommen war. Mumsie, die ihre einfachen Vorbereitungen für einen ruhigen Abend zu Hause traf, indem sie ihr Korsett ablegte, konnte nach dem üblichen Blick in die Klatschkolumnen des ›Evening Standard‹ einen erregten Schrei nicht unterdrücken.

»Was ist los?« fragte Rosie matt, die entmutigt auf dem Sofa lag.

»Sie hat die Flucht ergriffen«, rief Mumsie aus.

»Wer?« fragte Rosie und machte sich nicht einmal die Mühe, den Kopf zu wenden.

Und Mumsie eilte mitsamt der Zeitung zu ihr und zeigte leidenschaftlich mit dem Finger auf die Meldung.

Den ganzen Tag über hatte sie still zu Hause ausgeharrt und Rosie genötigt, ebenfalls still zu Hause auszuharren, in Erwartung der weiteren Entwicklung der Dinge. Anfangs entwickelten sie sich schlecht, denn als Rosie und sie am Nachmittag des Vortages nach einer ausgedehnten Tee- und Plauderstunde in Kensington Gardens in die Wohnung zurückkamen, fanden sie Andrew dort noch immer vor, und nicht nur das. Er lag zudem auch noch im Bett.

Sie mochten es beide nicht, wenn Andrew im Bett lag, schon gar nicht zu so ungewöhnlicher Stunde. Von seinem Schlafzimmer aus konnte er alles hören, ganz gleich, wie sorgfältig man auch die Tür schloß. Ihn dort zu wissen, Stunden vor seiner üblichen Zeit und gerade an dem Punkt, an dem freies Reden so überaus wichtig war, empfand Mumsie als ausgesprochen ärgerlich, zumal Rosie so lästig und nicht annähernd so erfreut war über die Chancen, die sich ihr auftaten, wie sie hätte sein sollen. In Kensington Gardens war Mumsie zum Schluß sehr ungehalten gegen sie geworden. Da plante sie die großartigste Zukunft für sie beide, und Rosie wiederholte nur immer wie ein Papagei: »Aber Shillerton will ich nie wiedersehen, bitte.«

»Shillerton, Shillerton. Na, das brauchst du dann auch nicht«, Mumsie mußte sie ziemlich scharf anfahren. »Was ist gegen Grosvenor Square und die Leute, die wir dort treffen werden, einzuwenden? Oder Ballymackonochie, wo wir mit Flinte und Rucksack oder mit was auch immer losziehen werden? In so einem kleinen Jagdkostüm siehst du bestimmt zum Anbeißen aus. Und ich werde darin auch nicht schlecht aussehen. Du bist müde, mein Liebling. Nehmen wir einen Cocktail.«

Und dann, als sie in der Wohnung eintrafen, war Andrew dort, und zwar nicht nur in der Wohnung, sondern sogar im Bett.

»Fühlst du dich angeschlagen, mein Sohn?« fragte Mumsie in lobenswert guter Laune, gemessen an ihrer Verärgerung.

Gladys hatte ihr zugetragen, daß er ausgewesen war und bei seiner Rückkehr einen, wie sie es nannte, Anfall von Schüttelfrost bekam.

»Heftig«, sagte Gladys. »Beim Hereinkommen zitterte er so, daß er seinen Hut nicht aufhängen konnte. Dann war er in der Küche zu hören; sein Waschtisch rappelte geradezu.« Und Mumsie begab sich unverzüglich in sein Zimmer, um sich mit eigenen Augen zu überzeugen.

»Fühlst du dich angeschlagen, mein Sohn?« fragte sie gut gelaunt.

Andrew murmelte etwas Unverständliches und drehte das Gesicht zur Wand. Sie stand da und blickte auf ihn herab und konnte nicht anders, als sich über dieses Mädchen, Terence hieß sie, zu wundern. Das war doch kein Mann, das war ein Gerippe – ein vertrocknetes, saft- und kraftloses Gerippe, dachte sie und betrachtete voller Ekel den dünnen bloßen Arm auf der Bettdecke. Wie konnte eine Frau sich wünschen, in einem solchen Arm zu liegen! Sie mußte recht sonderbar sein, diese Lady Terence, zweifellos.

»Möchtest du irgend etwas?« fuhr sie fort. »Noch einen Schluck Brandy oder so?«

Keine Antwort. Starrsinnig blieb er mit dem Gesicht zur Wand liegen, und nach einer kleinen Weile verließ sie ihn mit leisem Kopfschütteln.

Für den unglücklichen Andrew war es schrecklich, daß er in dieser Krise nicht nur körperlich zusammenbrach, sondern obendrein noch Mrs. De Lacey und seine Frau um sich dulden mußte. Hätte er gewußt, daß sie in die Wohnung zurückkommen würden, wäre er in ein Hotel gegangen, um sich dort zu Bett zu legen. Doch gewöhnlich blieben sie, wenn sie ausgingen, bis tief in die Nacht hinein fort. »Mein Sohn« auch noch. Konnte er es angesichts dessen, was er wußte, und was auch sie notgedrungen innerhalb weniger Stunden wissen würden, ertragen, mit augenscheinlicher Freundlichkeit »mein Sohn« genannt zu werden?

Mit geschlossenen Augen, das Gesicht zur Wand, lag er da. Er hatte ein kurzes, herzabdrückendes Gespräch mit Terry geführt. Danach war er nach Hause gekrochen und hatte nur den einzigen Wunsch, allein zu sein, still zu sein, und als er in die Wohnung kam, packte ihn ein derartiger Schüttelfrost, daß er kaum noch in der Lage war, sich auszuziehen und zu Bett zu gehen.

Dort lag er, als der Anfall vorüber war, reglos, erschöpft, und wünschte sich nichts als Stille. Er meinte die Stille um ihn herum, denn in seinem Gehirn war Stille unmöglich; zu viele Worte und Bilder drehten sich darin im Kreise. Sosehr er sich auch dagegen wehrte, er sah und hörte sie doch: Terrys Gesicht, als sie in die Bibliothek kam und ihn wortlos ansah, als plane sie, auf der Stelle mit ihm Schluß zu machen, dann jedoch nachgab – ach, sie hätte nicht nachgeben, sie hätte es nicht tun sollen! – und, nachdem sie ihn mit der Strenge eines gekränkten jungen Gottes wegen der Leugnung ihrer Liebesbeziehung vor ihrer Mutter zurechtgewiesen hatte, zu ihm kam, die Arme um ihn schlang und Worte flüsterte, die Mut machen und Trost spenden sollten, in seinen Ohren aber wie Totenglocken klangen; Daisys Gesicht, als sie blind an ihm vorübertaumelte und sich zur Tür tastete – seine Altersgenossin, seine arme, verletzliche Altersgenossin, so verletzlich, weil sie, einmal gestürzt, nicht so behend wie ein junges Mädchen wieder aufstehen, den Schaden beheben und weiterleben konnte. Ich weiß doch selbst, stöhnte Andrew innerlich, was es bedeutet, in Daisys Alter einen vernichtenden Schlag zu erleiden. Vor sieben Jahren hatte er seinen erhalten, den vernichtenden

Schlag durch Terrys Liebe – und er fühlte sich so völlig krank und erledigt, daß er nicht einmal darüber erschrak, einen solchen Ausdruck zur Beschreibung eines solchen Augenblicks benutzt zu haben.

»Geht's dir noch nicht besser, mein Sohn? Nicht einmal ein ganz kleines bißchen?« fragte Mumsie, die auf dem Weg zum Abendessen in dem winzigen Speisezimmer noch einmal zu ihm hereinschaute.

Diese fortwährende gute Laune ihrerseits war tatsächlich lobenswert. Es trieb sie nahezu zum Wahnsinn, ihn dort zu wissen, jenseits einer so dünnen Wand, daß Rosie und sie gezwungen waren, sich im Flüsterton zu unterhalten.

Versunken in die vor seinem inneren Auge ständig wiederkehrenden Bilder hörte er sie dieses Mal gar nicht. Immer drehten sie sich in seinem Gehirn im Kreise – Daisy, Terry, Daisys Gesicht, Terrys Gesicht – Daisy, die so viele Jahre hindurch seine liebe, treue, vertrauensvolle Freundin gewesen war, ihm die Hand entgegenstreckte, wenn er zu Hause unglücklich war, ihn in den Kreis ihres eigenen Glücks zog, ihm Arbeit gab, ihm Interesse entgegenbrachte, sein Leben nach großer Einsamkeit durch Wärme und Hoffnung verwandelte, nur um am Ende durch seine Schuld in eine solche Lage zu geraten. Was er Terry angetan hatte, war nicht halb so schrecklich wie das, was er durch Terry an Daisy verbrochen hatte. Terry war jung. Sie hatte niemals auch nur im Ansatz Bedenken gehabt, hatte weder Angst noch Gewissensbisse. Die ganze Zeit hindurch vertrat sie die Ansicht, er und sie sollten sich dessen, was sie taten, freuen – wandte seine großartigen, lockeren Theorien ohne Erfahrungswert beunruhigend hartnäckig auf ihren eigenen äußerst heiklen Fall an, schlug sie ihm jedesmal um die Ohren, wenn er Zeichen von Skrupel oder Selbstvorwürfen zeigte, und kam immer wieder darauf zurück, daß sie sich freuen sollten.

Freuen! Andrew konnte sich nicht freuen. Im Grunde war er nicht ein einziges Mal dazu fähig gewesen. Zu Anfang versuchte er, Freude vorzutäuschen, sei es auch nur, weil ein Mann, ganz gleich, wie sehr er in die Komplikationen der Realität verstrickt war, doch seine eigenen, selbstsicher vorgetragenen Überzeugungen nicht rundweg leugnen kann. Doch schon bald erschöpfte ihn der Zwang, sich zu freuen, genauso wie die Notwendigkeit, Terry in Angst und Hast und mit gespitztem Ohr zu lieben. Und an diesem Nachmittag hatte er schließlich gesagt, nachdem sie ihn – die Wange an die seine geschmiegt – in die Arme genommen und gebeten hatte, nicht so erbarmungswürdig dreinzuschauen, und gefragt hatte, ob es denn nicht eine Erleichterung wäre zu wissen, daß die Lügen endlich ein Ende hatten: »Du meinst wahrscheinlich, jetzt können wir uns öffentlich freuen.«

»Ich – ich weiß nicht, ob wir uns freuen können«, hatte sie ein bißchen zögernd, ein bißchen verhalten geantwortet, wie es angesichts seiner Bitterkeit nur natürlich war. Aber war nicht auch seine Bitterkeit nur natürlich? Diese jungen Menschen. Diese unmenschlichen jungen Menschen. Für einen Mann waren sie lediglich als Töchter geeignet.

»Und deine Mutter?« war er unerbittlich forgefahren. »Es macht nicht viel Freude zu wissen, daß wir deine Mutter fast umgebracht haben –«

Da schwieg sie, als hätte er ihr die Sprache verschlagen, und rührte sich nicht, abgesehen davon, daß sie ihre Wange noch enger an die seine schmiegte.

Hielt sie ihn so fest, weil sie fürchtete, er, der Mann, den zu lieben sie sich einbildete, könnte, wenn sie ihn losließ, vor ihren Füßen zu dem Nichts zusammenschrumpfen, das er in Wirklichkeit war? Wurde ihr endlich doch klar, daß er von Reue zerfressen, von Gewissensbissen aufgezehrt war, keinesfalls aber ein Partner für ihre strahlende, rücksichtslose Jugend?

Nein, sie tat es, weil sie zu weinen begonnen hatte und nicht wollte, daß er es sah. Er wußte, daß sie weinte. Er fühlte es. Sie war nicht unmenschlich. Er war es, der ohne jedes Mitleid, ohne Gerechtigkeit war.

Und plötzlich konnte er es nicht mehr ertragen und begann ebenfalls zu weinen – schmachvoll, hilflos. Und sie hatten engumschlungen dagestanden und geweint . . .

Andrew schämte sich in seinem Bett ob der Erinnerung.

Es gab Eintopf zum Abendbrot, und Mumsie ließ ihm etwas davon bringen.

»Nun, ich selbst halte natürlich auch nicht viel von Eintopf«, sagte sie aufgeräumt, immer noch zu Zugeständnissen bereit, als Gladys mit dem abgewiesenen Teller zurückkam.

»Vielleicht hat er zuviel von dem Lachs gegessen«, vermutete Rosie, die nach ihrem langen, langweiligen Tag eine Neigung zu Boshaftigkeit verspürte.

»Von welchem Lachs?« fragte Mumsie mit einem ziemlich strengen Blick.

»Du weißt doch – von dem schönen kalten Rest«, sagte Rosie und puderte sich die Nase.

»Nun höre einmal gut zu, mein Liebling«, sagte Mumsie und klopfte mit ihrem Messer hart auf den Tisch. »Ich hatte einen Tag, den die meisten Menschen als anstrengend bezeichnen würden. Fang *du* nicht auch noch an, schwierig zu werden.«

Doch Rosie hatte schon geraume Zeit zuvor angefangen, schwierig zu sein, dessen war sich Mumsie bewußt, wenn sie es auch bis zu dieser Minute nicht beim Namen genannt hatte, da sie auch ohne eine lästige Tochter genug um die Ohren hatte.

»Entschuldige, Liebling«, sagte Rosie scheinbar kleinlaut.

Um zehn Uhr ging Mumsie, um ihren Schwiegersohn zur Nacht zuzudecken. In Anbetracht der Tatsachen war das ihrer Meinung nach eine überaus freundliche Geste.

In seinem Zimmer brannte kein Licht, und er lag, eine graue Gestalt, im endlosen grauen Juni-Zwielicht, so wie sie ihn verlassen hatte, mit dem Gesicht zur Wand.

»Falls du etwas brauchst, ruf mich«, sagte sie, obwohl nicht zu übersehen war, daß in Andrew kaum noch Energie genug zum Rufen steckte.

»Die Nachtruhe wird ihm wieder auf die Beine helfen«, versicherte sie Rosie voller Optimismus – versicherte sie gleichzeitig auch sich selbst, und am nächsten Morgen, als sie gegen elf Uhr zu ihm ging, war sie verärgert und betroffen, weil es nicht so war.

Starrsinnig und stumm lag Andrew da, das Gesicht zur Wand, das spärliche Haar zerzaust, das Bettzeug zerwühlt, und dieser dünne bloße Arm, den Mumsie so ekelhaft fand, ragte aus dem Ärmel und lag auf der Bettdecke.

»Möchtest du einen Arzt?« fragte sie, nun mit einem ernsthaften Unterton.

Er äußerte etwas, das wie Nein klang, und sie ging zurück ins Nebenzimmer zu Rosie und bemerkte laut, weil sie wollte, daß er es hörte, daß man entweder krank war oder nicht, und wenn man krank war, ließ man den Arzt kommen, und wenn nicht, dann stand man auf und gab dem Mädchen Gelegenheit, das Zimmer zu ordnen.

Es war jedoch sinnlos, in robusten, vernünftigen Tönen mit Andrew zu reden. Apathisch weigerte er sich weiterhin aufzustehen, etwas zu sagen, etwas zu essen, kurzum, ein normaler, verläßlicher Mann zu sein, und der Tag, der sich schon früh als einer der endlosen abzeichnete, zog sich grau dahin.

»Nun, mein Kind, du mußt den Dingen Zeit lassen, sich zu entwickeln«, mahnte Mumsie streng, als ihre Tochter nach dem aus Sardinen bestehenden Lunch, in ihrer Lästigkeit beharrend, immer wieder laut und ausgiebig gähnte.

»Aber das tu ich doch«, sagte Rosie, zog ein Gesicht, das die Franzosen *moue** nennen, und ließ sich aufs Sofa fallen.

»Gott, was für ein Tag«, bemerkte sie dann, ließ schlaff beide Arme herabhängen und schaute zu den Fliegen an der Decke auf.

»So etwas sagt man nicht«, fuhr Mumsie auf, die gelegentlich sehr eigen sein konnte, was Gott betraf.

»Entschuldige, Liebling«, sagte Rosie.

Inzwischen neigte Mumsie dazu, sie streng zurechtzuweisen, ganz gleich, was sie sagte, weil Andrew, als sie ihn mit Sardinen locken wollte, wiederum unverändert mit dem Gesicht zur Wand liegengeblieben war. Das beunruhigte Mumsie. Sie wußte recht gut, wie rasch Männer am Ende sind, wieviel schneller als alle anderen menschlichen Wesen, und wie lästig sie dann werden, nörgelnde Babys, die vorn und hinten bedient sein wollen. Welchen Nutzen, um alles in der Welt, hat ein Mann, der am

* faire la moue: ein schiefes Gesicht ziehen, maulen. (Anm. d. Ü.)

Ende ist, für eine Frau? Daß Andrew während einer solchen Krise in ihrer aller Leben diesem Zustand zustrebte, und zwar einzig und allein aufgrund seiner eigenen Starrköpfigkeit, war ihres Erachtens genug, um das sanfteste Gemüt zu erregen, ohne daß Rosie sich noch anschloß und ebenfalls lästig wurde.

»Wenn dieser Mann nicht bald etwas ißt –«, begann sie mit durchaus berechtigtem Ärger an die schlaffe, mutlose Gestalt auf dem Sofa gewandt.

Warum mußte das Mädchen sich so gehenlassen? Mumsie haßte Menschen, die sich gehenließen. Zwei auf einmal von dieser Sorte war tatsächlich etwas viel – im Nebenraum Andrew, schlaff in seinem Bett, in diesem Raum seine Frau, schlaff auf dem Sofa. Und sprach zudem noch den Namen Gottes in unangebrachter Weise aus. Sie verabscheute solche Vulgaritäten.

»Welcher Mann?« fragte Rosie.

»Welcher Mann! Na, du kannst dem Himmel danken, daß wir nur einen haben«, fuhr Mumsie sie an.

»Vielleicht sollte er ein wenig trockenen Toast essen«, schlug die Tochter matt vor.

»Sollte, sollte. Du kannst niemanden zwingen, trockenen Toast zu essen.«

»Entschudige, Liebling«, sagte Rosie, entschieden weniger kleinlaut diesmal, denn sie langweilte sich wirklich zu Tode und konnte sich nicht vorstellen, warum ihre Mutter, sonst so tüchtig und zupackend, nicht allein abwarten konnte, wie sich die Dinge entwickelten, sondern sie zwang, mit ihr zusammen abzuwarten. Warum sollte sie, Rosie, einen ganzen Sommertag hinter verschlossener Tür verbringen und auf diese dummen Entwicklungen warten? Und woher sollte sie wissen, daß sie, wenn sie sich denn einstellten, von der Art waren, die ihr recht wäre? All das Gerede über Grosvenor Square und dieses Bally-Dingsbums beunruhigte sie nur. Dort war es bestimmt nicht anders als auf Shillerton. Mumsie war sehr schlau und alles, aber sie war nie auf Shillerton gewesen und konnte sich nicht im entferntesten vorstellen –

Also sagte sie: »Entschuldige, Liebling«, und zwar entschieden weniger gefügig als üblich, und Mumsie, der der Unterschied keineswegs entging, bemerkte: »Ich bin deine Entschuldigungen allmählich leid.«

»Entschuldige, Liebling«, sagte Rosie noch einmal, mehr aus Gewohnheit als aus dem Wunsch aufzutrumpfen, und Mumsie, gepackt von dem Verlangen, das Mädchen zu schütteln, aber beherrscht, stellte mit zurückgeworfenem Kopf und bebenden Nasenflügeln fest: »Auf das ewige ›Liebling‹ kann ich auch verzichten.«

»Du willst doch nicht streiten, Liebling, oder?« sagte Rosie daraufhin, wandte ihr das Gesicht zu und schlug die Augen auf. Außerdem streckte sie eine gleichmütig beschwichtigende Hand aus – o ja, Mumsie entging die Gleichmütigkeit keinesfalls.

»Streiten? Ob ich streiten will? Mit einem Grünschnabel wie dir?« war die empörte Entgegnung, und sie war im Begriff, eben dies aufs heftigste zu tun, als glücklicherweise das Telefon klingelte.

Das Telefon befand sich in der kleinen Eingangshalle. Unverzüglich, wie es ihre Art war, durch das Klingeln wieder in gute Laune und freudige Erregung versetzt, eilte Mumsie hinüber, um den Anruf entgegenzunehmen, und sagte sich auf dem Wege, daß sie sich ihre Antworten gründlich überlegen müsse und keine Namen nennen dürfe. Denn obwohl das Telefon von Andrews Zimmer so weit wie nur möglich entfernt war, war es doch nicht weit genug entfernt, und er würde jedes ihrer Worte verstehen können.

So leise wie möglich und mit der besonders wohltönenden Stimme, die sie sich fürs Telefon aufhob, sagte sie also nicht etwa Hallo, was sie als gewöhnlich einstufte, sondern: »Mit wem, bitte, spreche ich?« Und Rosie, die sich vom Sofa erhoben hatte, um ihr zu folgen, für den Fall, daß jemand zu ihrer Rettung kam und sie zum Tee ausführen wollte, sah, wie sich ein überaus höfliches Lächeln um die Lippen ihrer Mutter legte, als diese im geselligsten Tonfall hinzufügte: »Ach, wirklich. Ich bin entzückt. Sehr erfreut, Sie kennenzulernen, wenn auch für den Augenblick nur am Telefon.«

Rosie stellte sich aufs Zuhören ein. Sie lehnte sich gegen die Wand, die Hände in die weiten Ärmel ihres Kimonos geschoben, die nackten Füße von sich gestreckt, und unterhielt sich durch Krümmen und Strecken ihrer Zehen, während sie aus den Antworten zu entnehmen versuchte, wer wohl am anderen Ende der Leitung sein mochte. Als ihre Mutter sagte: »Meine Tochter – ja, ganz recht, ich bin Mrs. De Lacey«, immer noch mit diesem überaus höflichen, erfreuten Lächeln auf dem Gesicht, blühte sie auf wie eine Blume, die Wasser bekommen hat. Jemand, bei dem es sich wirklich lohnte, wollte sie ausführen. Keiner aus der gewohnten Masse diesmal.

»Meine Tochter hat mir so viel von Ihnen erzählt«, fuhr ihre Mutter fort, »das heißt«, dies kam hastig, als wolle sie Mißverständnisse ausschließen, »sie hält unendlich viel von Ihnen, wirklich.« Und indem sie einen Augenblick lang die Hand über die Sprechmuschel deckte, flüsterte sie aufgeregt: »Es ist das Mädchen.«

»Welches Mädchen?« fragte Rosie, fiel wieder in sich zusammen und gab das Spiel ihrer Zehen auf. Mädchen taugten nichts. Mädchen führten einen nicht zum Tee aus.

»Psst. Seines natürlich. Seine Konkubine.«

»Was für eine Biene?« fragte Rosie dümmlich, die nicht Mumsies Vorteil genossen hatte, in ihrer Jugend in einer Shakespeare-Aufführung aufzutreten.

»Psst. Lady Terence Chilgrove natürlich, Dummchen. Entschuldigen Sie«, sprach Mumsie mit einer kleinen Verbeugung wieder ins Telefon, »aber Ihre letzte Bemerkung habe ich nicht recht verstanden. Soviel Statik heute im Apparat, nicht wahr? Oh. Ja, ich verstehe. Nein, er ist nicht ausgegangen. Er ruht sich heute ein wenig aus. – Hier natürlich. Wo sonst, wenn nicht in seinem eigenen Haus? – Nein, ich fürchte, das ist im Moment nicht machbar. – Nein, er ist nicht beschäftigt, aber er fühlt sich nicht gut. – Aber nein – nichts Schlimmes, überhaupt nichts Schlimmes. Ein wenig Ärger mit der Leber oder so. Er ist nicht mehr der Jüngste, wissen Sie. Anna Domini, wie man so sagt. – Nein, im Moment kann er wirklich nicht, fürchte ich. Sehen Sie, er ist zu –«

Doch hier zögerte Mumsie für einen Sekundenbruchteil und hüstelte. »Nun, zu Bett gegangen«, vollendete sie ihren Satz mit gesenkter Stimme, weil sie in der Aufregung des Gesprächs immer lauter geworden war, denn gerade dieses Wort, geäußert unter gerade diesen Umständen ausgerechnet dieser Gesprächspartnerin gegenüber erschien ihr denn doch ausgesprochen *risqué* *.

Danach übernahm, wie Rosie verstand, die Teilnehmerin am anderen Ende der Leitung den Großteil der Unterhaltung, während ihre Mutter in gewissen Abständen muntere Einwürfe machte. »Aber sicher. – Ja, ich bin unbedingt für Rindfleischbrühe. O ja, natürlich werde ich dafür sorgen, daß sie recht kräftig ist. Wie freundlich von Ihnen, sich so zu sorgen. Ja, ich werde es ihm ausrichten, verlassen Sie sich darauf. Aber nein, nicht im geringsten – seien Sie versichert, es war mir ein Vergnügen –«

Und zum Schluß, mit einer Weltgewandtheit, von der Rosie ihres Erachtens nur lernen konnte, und in vollkommen damenhafter Manier: »Auf Wiederhören.«

»Na also«, flüsterte sie und legte den Hörer auf, bevor sie sich, triumphierend und mit hochroten Wangen, zu ihrer Tochter umwandte. »Sie zumindest ist kein Problem. Nur zu bereit, freundlich zu sein. Hat nicht die geringste Ahnung, daß wir sie am Wickel haben. Nun, wer hat gesagt, es wäre besser, zu Hause zu bleiben und in Ruhe abzuwarten? Sag's mir, du kleiner Querkopf –«

Und indem sie mit wiederhergestellter guter Laune Rosies Ohrläppchen zwickte, eilte sie zu Andrew, um zu sehen, wie er es aufnahm.

Er nahm es nicht auf. Das heißt, er schien, wie äußerst günstig, zu schlafen. Das beste, was er tun konnte, sagte sie bei ihrer Rückkehr zu Rosie. Darüber schlafen. Und wenn er danach nicht genesen war und tatsächlich ein Fall für Hafergrütze und Rindfleischbrühe werden sollte, nun, dann mußten sie sich eben darauf einstellen, ihn zu pflegen.

»Ach?« sagte Rosie und starrte ihre Mutter einen Augenblick

* risqué: gewagt (Anm. d. Ü.)

aus großen Augen an. Dann ließ sie sich matt wieder aufs Sofa sinken.

»Ja. Und wir werden ihn mit äußerster Sorgfalt pflegen müssen. Wir brauchen Andrew, weißt du«, sagte Mumsie und fing an, sich für den schon erwähnten ruhigen Abend zu Hause ihres Korsetts zu entledigen.

Darauf gab Rosie keine Antwort, und etwas an ihrem Schweigen, etwas so Skeptisches, beinahe Spöttisches, etwas, was so gar nicht zu ihrer üblichen Art paßte, veranlaßte Mumsie, in ihrem Kampf mit dem Korsett innezuhalten und sie streng anzusehen.

Noch während sie innehielt und streng blickte und nach passenden Worten suchte, um das Mädchen ein für allemal in die Schranken zu weisen, wurde die Abendzeitung unter der Wohnungstür durchgeschoben.

Sie hörten es beide, und Mumsie, weder ganz in noch ganz aus ihrem Korsett, forderte Rosie auf, die Zeitung zu holen.

Rosie rührte sich nicht.

»Lauf schon«, befahl ihre Mutter gebieterisch.

Rosie beachtete sie nicht, und weit entfernt davon zu laufen, begann sie nur wieder, ausgiebig, endlos und unhöflich zu gähnen.

Diese Unverschämtheit. Diese dreiste Unverschämtheit. So hatte sie sich noch niemals aufgeführt.

Warte nur, Mädchen, dachte Mumsie, befreite sich mit einem heftigen Schütteln aus dem Korsett und ließ es klappernd zu Boden fallen.

Sie ging hinaus und holte die Abendzeitung selbst. Darin blätternd kam sie zurück. Plötzlich stieß sie einen lauten Schrei aus. Und alles außer ihrer Erregung vergessend, eilte sie zum Sofa und deutete wild mit dem Finger.

Ihre Chance. Das erkannte sie blitzartig. Das Schicksal spielte ihr in die Hände, das Glück war auf ihrer Seite.

»Ich verreise«, verkündete sie der gleichgültigen Rosie. »Ich reise ihr nach.« Und fügte mit vor Vergnügen blitzenden Augen hinzu: »Einen Aufenthalt an der Riviera, das habe ich mir mein Leben lang gewünscht!«

Dies war eindeutig eine vom Himmel gesandte Gelegenheit, Lady M. zu folgen und dem scheuen Hasen dort, an seinem Zufluchtsort, ungestört und bereit, jede erforderliche Menge Zeit dafür aufzubringen, Salz auf den Schwanz zu streuen. Zufluchtsorte waren genau richtig für lange, ruhige Gespräche und die allmähliche Einsicht in das, was vernünftig ist. Außerdem neigten die Menschen zu größerer Vertraulichkeit, wenn sie nichts anhatten außer diesen weiten Pyjamas, die laut Modezeitschrift der letzte Schrei an der Riviera waren. Gleich am nächsten Morgen würde sie aufbrechen und sich einen kaufen. Je mehr Kleider man ablegte, desto umgänglicher wurde man – das mußte sie schließlich wissen. Wer konnte in nichts außer Hosen und einem kleinen Seidenfetzen über den wichtigen Teilen des Oberkörpers noch steif sein? Blasiertheit wäre unter solchen Bedingungen albern, und nach ein paar Tagen mit nur wenig Kleidung am Leib würden sie und Lady M. einander »Meine Liebe« nennen, und von dort war zu »Belle« und »Daisy« nur noch ein winziger Schritt.

All das erklärte sie Rosie atemlos, vor ihr stehend, die zerknitterte Zeitung in ihrer aufgeregten Hand, und dann begann sie plötzlich, als wäre ihr etwas eingefallen, wieder ihr Korsett anzuziehen.

»Ich muß noch ausgehen«, sagte sie hastig.

»Ausgehen?« wiederholte die inzwischen völlig benommene Rosie.

»Ja. Ausgehen und Geld besorgen. Zur Bank gehen.«

»Aber sind die Banken am Abend nicht geschlossen?«

»Als ob ich mich mit einer Bank einlassen würde, die geschlossen ist!« rief Mumsie wichtigtuerisch, während sie geschäftig umherhuschte. »Du brauchst nicht auf mich zu warten, Liebling. Ich möchte kein Abendbrot –«

Und ehe die verblüffte Rosie noch etwas sagen konnte, war sie fort – zu besagter Bank, einer glattrasierten, ältlichen amerikanischen mit Hornbrille, von der sie auch den Vorschuß für die acht Shillerton-Kleider bekommen hatte.

Das war am Dienstag abend, und am Donnerstag morgen, nach einem mit den verschiedensten Erledigungen verbrachten Mittwoch, brach sie tatsächlich auf. Von dem Augenblick, da sie die Meldung in der Zeitung sah, bis zu dem Zeitpunkt ihrer Abreise vierzig Stunden später bedeuteten ihr mürrische Töchter und bettlägerige Schwiegersöhne nichts, sie vergaß alles und jeden, verzieh allem und jedem, sie überwand alle Hindernisse oder schob sie einfach zur Seite und war so erfüllt von allgemeinem guten Willen, daß sie Gladys sogar gestattete, den Rest der Sardinen zu verspeisen.

»Es geht ums Geschäft, mein Liebling«, setzte sie der niedergeschlagenen Rosie zu und gab ihr einen Stups unters Kinn. »So müssen wir es betrachten. Ich muß abreisen, du mußt bleiben, wir müssen beide unseren Beitrag leisten, und es hat keinen Sinn, deswegen ein langes Gesicht zu machen.«

Es hatte ebenfalls keinen Sinn vorzugeben, wie Mumsie es manchmal tat, daß sie ein Opfer brachte, denn das war ganz offensichtlich nicht so. Zwar war sie am Mittwoch morgen zunächst ein bißchen verstört gewesen und hatte allgemeine Bemerkungen fallengelassen, dahingehend zum Beispiel, daß Geld heutzutage schwierig zu beschaffen war. Doch bald hatte sie sich wieder erholt, und als Rosie ihr von Geschäft zu Geschäft folgte, von der Paßstelle in Westminster zum Reisebüro in der Pall Mall und zurück zu den Geschäften und noch einmal ins Reisebüro und zur Paßstelle, und sie folgte ihr lieber überallhin, als eine Minute früher als unumgänglich mit Andrew allein zu sein, und während ihr Gesicht im Verlauf dieser Erledigungen mehr und mehr zum Gesicht eines Menschen wurde, der, wie ihre Mutter es nannte, einen Katzenjammer hatte, steigerte sich die gute Laune dieser Mutter immer mehr.

In ihrer Freude wurde sie so freigebig, wie es jemand, dem nach dem Kauf des Tickets und der Ausrüstung so wenig Geld übrigblieb, nur sein konnte. Für Rosie kaufte sie eine Schachtel Pralinen und für Andrew Fleisch für eine kräftige Brühe. Selbst Gladys ging nicht leer aus: sie bekam ein Gesangbuch. Ihre guten Wünsche galten der ganzen Welt und insbesondere Andrew, dessen Fehltritt sie diesen schönen Glücksfall verdankte. So lautete auch ihre letzte Ermahnung an Rosie, als diese am Donnerstag morgen untröstlich auf dem Bahnsteig stand, um ihre Mutter zu verabschieden, daß sie ihren Gatten gewissenhaft pflegen solle.

»Ach – der«, sagte Rosie achselzuckend, aufs tiefste betrübt, mit herabgezogenen Mundwinkeln, während ihre langen Wimpern nur halb die Tränen verschleierten, die nicht zu beachten ihre Mutter entschlossen war.

»Laß es dir gesagt sein«, sagte sie und beugte sich aus dem Fenster, um von den Mitreisenden nicht gehört zu werden, »er ist überaus wichtig. Unsere gesamte Zukunft hängt davon ab, daß er lebt, quicklebendig ist.«

»Quicklebendig?« wiederholte Rosie und öffnete die Augen ein wenig weiter.

Matt und mürrisch zog sie eine Grimasse. Andrew quicklebendig. Hätte sie sich nicht so elend gefühlt, wäre die Vorstellung zum Lachen gewesen. Doch an diesem schrecklichen Tag, da sie ausgerechnet von dem Menschen, ohne den sie verloren war, verlassen wurde, fand sie nichts zum Lachen.

Sie blickte zu ihrer Mutter auf, die Stirn umwölkt, den Mund traurig verzogen.

»Ich wünschte«, sagte sie mit einer Stimme, in der sich tiefste Niedergeschlagenheit und Vorwurf mischten, »du würdest mir sagen, was ich tun soll, wenn dieses Mädchen noch einmal anruft.«

Da wandte Mumsie, halb aus dem Fenster gebeugt, den Kopf ein wenig zur Seite und sprach übertrieben deutlich, damit die Mitreisenden hinter ihr im Abteil sie hören konnten.

»Du meinst Lady Terence Chilgrove?« fragte sie für alle klar verständlich.

In diesem Augenblick ruckte der Zug an, und ihr blieb nur noch Zeit, majestätisch zu winken.

»Antworten natürlich«, sagte sie und überließ Rosie mit diesem unbefriedigenden Ratschlag ihrem Schicksal.

Sechsundzwanzig Stunden später, nach einer dieser ermüdenden, beschwerlichen Reisen, wie sie Menschen, die billig reisen, nun mal ertragen müssen, nach zwei Stunden Aufenthalt in Paris und Gedränge und Wartezeiten in Marseille, langte Mumsie in Cannes an.

Um nach Grasse zu kommen, so hatte das Reisebüro in London sie angewiesen, mußte man über Cannes fahren.

»O ja, ganz in der Nähe«, hatte der junge Mann ihr versichert, ein äußerst hilfsbereiter, angenehmer junger Mann, der keineswegs schlecht aussah.

Ob er wußte, wo sich in jener Umgebung der Sitz der Marquise von Midhurst befand?

Nein, das konnte er nicht sagen, aber dort würde es gewiß jedermann wissen.

»Dort werde ich nämlich wohnen«, sagte Mumsie.

»Tatsächlich. Bestimmt sehr erfreulich für Sie, Madam«, sagte der junge Mann respektvoll.

Der erste Schock traf sie, als sie erfuhr, daß der Zug, den sie von Cannes aus nach Grasse nehmen mußte, länger als eine Dreiviertelstunde benötigte, und daß er in die dem Meer, den Strandanzügen und lockeren Pyjamas entgegengesetzte Richtung fuhr. Was hatte man davon, an die Riviera zu reisen, wenn man nicht dort wohnen wollte? Mumsie, die noch kein Frühstück gehabt hatte, spürte Ärger aufsteigen.

In diesem Zug, einem äußerst zweitklassigen, in dem es erstikkend schwül war, der an jedem Birnbaum anhielt und in dem niemand reiste außer Frauen mit Marktkörben, die einander beäugten und in ihrer eigenen unnatürlichen Sprache miteinander redeten, wurde sie unendlich lange durchgeschüttelt. Als sie, wie man ihr sagte, endlich in Grasse angekommen war – mittlerweile war sie soweit, daß sie alles in Zweifel zog –, bedurfte sie innerlich wie auch äußerlich dringend einer Auffrischung.

Wie die meisten Gewohnheitsmenschen konnte Mumsie auf leeren Magen nicht liebenswert sein, und genausowenig konnte sie liebenswert sein, wenn sie wußte, daß ihr Gesicht, um das sie sich nur sehr flüchtig hatte kümmern können, weil der Schnellzug so gerüttelt und ihre Hand hatte abgleiten lassen, nicht so war, wie es sein sollte. Also war sie nur zu bereit, verärgert zu sein. Hätte sie nur Französisch gekonnt, um diesem Ärger Ausdruck zu geben! Sie beherrschte das Französische jedoch nicht und sah sich gezwungen, stumm einem übereifrigen, gestikulierenden Gepäckträger zu folgen, der sie in einen Bus zur Stadt schob, wo sie vor einem offenbar sehr schäbigen Hotel ausgeladen wurde.

»Ich halte nicht allzuviel hiervon«, sagte Mumsie, trat ein und schaute sich um.

»Bitte?« sagte der Besitzer, der, wie er ihr versicherte, Englisch sprach.

»Schlamperei«, sagte Mumsie und hob die immer noch hübsche Nase.

»Bitte?« sagte der Besitzer.

Nun, es würde gehen. Es war ja nicht so, daß sie sich lange würde aufhalten müssen. Nichts ist wichtig, sagte sie oft zu Rosie, wenn man weiß, daß es nicht von langer Dauer ist – was auch der Grund war, wie sie manchmal hinzufügte, wenn sie noch mitteilsamer als üblich war, warum sie selbst sich stets Ehemänner vorgerückten Alters ausgesucht hatte. Und ermutigt von ihrer eigenen Maxime drang sie kühn weiter in die Schlamperei ein, nahm für ein paar Stunden ein Zimmer, bestellte etwas zu essen und ein Bad und fragte, wo sich der Sitz der Marquise von Midhurst befände.

»Bitte?« sagte der Besitzer.

Das war der zweite Schock für Mumsie. Es hatte sie schon überrascht, daß das Reisebüro in London keine Auskunft geben konnte, trotz der Berühmtheit von Shillerton, Ballymackonochie und des Hauses am Grosvenor Square, doch daß ein Hotelbesitzer in Grasse, in eben der Stadt, in deren Nähe laut Meldung der Abendzeitung Lady M.s Besitz gelegen sein sollte, es nicht wußte, verblüffte sie vollends. Man mußte doch annehmen, daß ein solcher Besitz nicht nur eine Hauptsehenswürdigkeit in der Gegend, sondern auch die wichtigste Grundlage ihres Wohlstands wäre. Es war wirklich merkwürdig – sehr merkwürdig. Sie konnte es sich nur erklären und sich gleichzeitig Mut machen, indem sie sich sagte, daß der Mann entweder kein Englisch verstand oder taub war.

»Sind Sie taub?« fragte sie daher sehr laut.

»Bitte?« sagte der Besitzer.

Sie gab es auf. Ohne weitere Worte zu verschwenden, schritt sie schweigend hinter ihm her nach oben. Gleich nachdem sie ein Bad genommen und gegessen hatte, wollte sie ausgehen und in der Stadt Erkundigungen einziehen. Außerdem wollte sie den besten Friseur und den besten Schönheitssalon ausfindig machen, denn wenn sie vor Lady M. erschien, wollte sie nicht unvorteilhaft aussehen. Ohne Rücksicht auf die Kosten würde sie sich zunächst einmal von einem Experten Dauerwellen legen, sich maniküren und schminken lassen, und schließlich fielen ein paar Francs mehr oder weniger nun auch nicht mehr ins Gewicht, da sie im Begriff war, die beste Freundin einer sehr reichen Frau zu werden.

Wieder voller Optimismus, da sie gespeist hatte, wenn auch schlecht, und ein Bad genommen hatte, wenn auch nachlässig, begab sich Mumsie auf der Suche nach Lady M.s Anschrift in die Stadt. Aber was war das für eine Stadt. Sie versetzte ihr den dritten Schock. So ganz anders als alles, was sie erwartet hatte. Kaum ein Mensch war unterwegs; schon gar niemand, den sie als chic hätte bezeichnen können. Die sonnendurchflutete Straße war fast leer, und die Leute, denen sie sich mit ihrer Frage nach dem Besitz der Midhursts näherte – Männer, versteht sich, denn mit Frauen konnte Mumsie zu keiner Zeit etwas anfangen –, schienen sich in nichts aufzulösen, sobald sie den Mund aufmachte.

Ihre Suche wurde behindert durch eine Kette von Mißverständnissen. Der erste Mann, auf den sie zuging, mit strahlendem Lächeln als Entschädigung für ihre nichtvorhandenen Französischkenntnisse, lief schneller, als er sie kommen sah, und tauchte in einer Nebengasse unter. Der nächste murmelte etwas für sie Unverständliches, tatsächlich aber Dahingehendes, daß er ein *père de famille** sei, und wechselte die Straßenseite, während der dritte ihr, ehe er ebenfalls verschwand, in flüssigem Englisch zu verstehen gab, daß sie sich schämen sollte, zu dieser Tageszeit.

* père de famille: Familienvater (Anm. d. Ü.)

Typisch Franzose, dachte Mumsie geschmeichelt und setzte unbeeindruckt ihren Weg fort, wie typisch französisch, immer nur an das eine zu denken. Diese Schmutzfinken, alle drei. Als würde eine Frau von ihrem Aussehen auch nur im Traum daran denken –

Und in gutgelaunten Gedanken über die Eitelkeit der Männer und Nutzen und Nachteile dieser Eitelkeit steuerte sie ein Friseurgeschäft auf der anderen Straßenseite an.

Dort verbrachte sie zwei glückliche, einträgliche Stunden, denn der Friseur schnitt nicht nur Haare, sondern schminkte auch und manikürte die Nägel, und als sie ihn verließ, fühlte sie sich in der Lage, es mit fünfzig Lady M.s aufzunehmen.

Doch wie sollte sie die Dame finden? Der Nachmittag verstrich, und sie hätte sie schon gern noch rechtzeitig zum Tee aufgesucht. *Pâté de foie**-Sandwiches, kleine Cremetörtchen, heißen gebutterten Tost mit Chutney, Buttergebäck, Pfannkuchen – nein, im Juni vielleicht doch keine Pfannkuchen, aber gewiß eine üppige Obsttorte mit Mandelsplittern –, Mumsies Vorstellungen kreisten um die Art von Teestunde, die die Midhursts ihrer Meinung nach genießen würden, und sie segelte die Straße entlang mit dem Gesichtsausdruck von Menschen, die voller Vorfreude entweder ans Essen oder an ein bevorstehendes Liebeserlebnis denken.

Sie war auf der Suche nach einem Taxistand oder einem Postamt, in der Überzeugung, daß sie dort am ehesten erfahren würde, wo Lady M. wohnte, doch die Vorsehung oder aber der Duft, der die Straßen immer stärker durchzog, je weiter sie ging, führte sie zu einer der großen Parfümfabriken der Stadt, und da sie Parfüm über alles liebte, sogar unwiderstehlich davon angezogen wurde, wenn der Duft kräftig genug war, ging sie hinein, um eine Flasche zu kaufen.

Grasse. Natürlich. Jetzt fiel es ihr wieder ein. Die Stadt, in der die besten Parfüms hergestellt wurden. Weltberühmt. Eine nicht zu versäumende Gelegenheit, Parfüm billig an der Quelle zu erstehen.

Doch was sie erhielt, war mehr als Parfüm: sie erhielt Daisys

* pâté de foie: Leberpastete (Anm. d. Ü.)

Adresse. Denn die Verkäuferin, die eifrig zu ihrer Bedienung herbeieilte – es war die tote Jahreszeit, und sie war seit einer Woche die erste Kundin –, sprach perfekt Englisch, und auf Mumsies Frage nach dem Besitz der Marquise von Midhurst konsultierte sie den Geschäftsführer, der, überaus höflich und bereit, sich in dieser trägen Zeit Mühe zu geben, schon bald aus seinen Büchern erfuhr, daß eine ausländische Marquise dieses Namens jede Saison ihren Jasmin an seine Fabrik schickte, und daß der Ort, von dem der Jasmin kam, Clos des Jasmins hieß.

Madame, sagte er, müsse nur die Straße in Richtung Draguignon nehmen –

Madame nahm diese Straße. Der Geschäftsführer, ein Bewunderer der Üppigkeit, der sie in ihrem frisch geschminkten Zustand als *une femme superbe** betrachtete, schickte nach einem Taxi, half ihr persönlich in den Wagen und gab dem Fahrer Anweisungen: fünfundvierzig Kilometer die Straße nach Draguignon entlang, dann rechts und über die Brücke.

»Es tut mir leid, daß ich kein Wort Ihrer Sprache spreche«, sagte Mumsie lächelnd, sich ihrer Wirkung bewußt.

»Madame, man kann auch mit den Augen sprechen«, sagte der Geschäftsführer und verbeugte sich.

Typisch Franzose, dachte Mumsie, erneut geschmeichelt, und spreizte sich wie ein Pfau, als das Taxi abfuhr.

Ihre Mühen hatten nun ein Ende. Sie brauchte nur noch ruhig dazusitzen und die Landschaft zu bewundern, bis das Taxi anhielt, und genau das tat sie auch während der ersten fünf Meilen. Danach jedoch hatte sie das Gefühl, daß es ein wenig zuviel Landschaft war, und die Straße wurde immer ländlicher und einsamer, und weit und breit sah sie keine der Sorte Menschen angemessenen Behausungen, die Lady M. besuchen würde. So wurde sie nervös, und als eine weitere halbe Stunde vergangen war und sie immer noch in einer Staubwolke fahrend durchgerüttelt wurde

* une femme superbe: eine imposante Frau (Anm. d. Ü.)

und überhaupt keine Behausung mehr sah, dafür aber Landschaft im Überfluß, verdunkelten Zweifel ihre Freude.

In der Nähe von Grasse? Lady Midhurst hat sich auf ihren Besitz in der Nähe von Grasse zurückgezogen? Das hier war die schlimmste Einöde. Entweder hatte die Meldung in der Zeitung gelogen, oder der höfliche Mann im Parfümgeschäft stand in heimlichem Einvernehmen mit dem Taxifahrer, der sie zu einer einsamen Stelle fahren und ausrauben würde. Zuerst wird er mich wahrscheinlich vergewaltigen, dachte Mumsie nicht ohne Selbstzufriedenheit angesichts der Erinnerung daran, wie der Mann sich verbeugt und die Augen verdreht hatte.

Instinktiv befühlte sie die Locken, die der Friseur ihr in die Wangen frisiert hatte. Was den bevorstehenden Raub anging: In ihrer Tasche befand sich nur noch herzlich wenig – daraus würden sie nicht viel Befriedigung ziehen können. Also erschien ihre Lage ihr eher aufregend als bedrohlich, und Mumsie setzte sich sehr aufrecht, die Büste raus, den Kopf erhoben, auf alles gefaßt, und sagte sich, daß man diese Dinge in einem fremden Land nehmen mußte, wie sie kamen, und das Beste draus machen sollte.

Doch nichts dergleichen geschah, außer daß sie am Ziel anlangte. Nach langer, langer Zeit und nachdem sie auf dem letzten Teil der Wegstrecke gehörig durchgeschüttelt worden war, hielt das Taxi in einer öden kleinen Gasse am Fuß einiger verfallener Steinstufen, und der Fahrer gab ihr zu verstehen, indem er ausstieg und ihre Koffer auslud, daß sie angekommen waren.

Zunächst wollte sie es nicht glauben. Nach einem Blick zu dem erbärmlichen kleinen Haus, von dem sie oben an der Treppe eine Ecke sah, konnte sie nicht glauben, daß es zu den Besitzungen der Midhursts gehörte. Besitzungen hatten zunächst einmal stets ein Tor, und hier gab es nur ein paar baufällige Treppenstufen, die vom Haus herabführten und direkt in die Straße mündeten. Natürlich konnte das Haus, das sie dort oben sah, nur ein Torhäuschen sein – eines der Torhäuschen, aus irgendeinem typisch französischen Grund weit fort von der Straße gebaut, und wenn sie hinaufstieg, würde sie etwas weiter entfernt eine richtige, anständige Riviera-Villa von angemessener Größe finden, doch selbst für ein Torhäuschen sah es geduckt und bäuerlich aus. Überhaupt, was taugte ein Torhäuschen ohne ein Tor, das vom Wärter mit höflicher Gebärde geöffnet werden konnte?

Stark zweifelnd, am richtigen Ort zu sein, und in dem Verdacht, das Häuschen, das sie hinter dem großen schwarzen Baum hervorlugen sah, sollte Schauplatz des Verbrechens sein, das man ihr antun würde, blieb Mumsie unentschlossen im Taxi sitzen und beäugte den Fahrer, der sie mit Hilfe seiner Gebärdensprache zum Aussteigen zu bewegen suchte. Schön und gut, dachte sie, den Blick abschätzend auf den Mann gerichtet, schön und gut, mit den Armen zu fuchteln und Gesichter zu schneiden, doch sie ließ sich nicht treiben. Dies war ihr Auftritt. Wenn sie die Rolle des Opfers spielte, dann war sie es, die bezahlte und entsprechend auch das Tempo bestimmte. Und es sollte zunächst einmal ein langsames Tempo sein, damit sie Zeit zum Nachdenken gewann. Was sie benötigte, war jemand, den sie um Rat fragen konnte, ein zivilisierter Mensch, jemand, der eine vernünftige Sprache verstand, bevor sie sich dieser Treppe und dem einsamen Haus dort oben anheimgab. Wenn so ein Mensch doch nun zufällig die Straße entlangkommen würde, dachte Mumsie, dann wäre sie wirklich sehr verbunden, wirklich sehr dankbar, zumal es spät wurde und sie in eine solche Einöde geraten war.

Und noch während sie das wünschte und sich suchend nach etwas umschaute, was ihr Kampfgeist nicht als Hilfe gelten lassen wollte, kam tatsächlich jemand die Straße entlang – eine Frau, schleppenden Schritts und sehr staubig und zerknittert, aber trotz allem als eine Landsmännin erkennbar.

»Na also. Genau das, was ich brauche, und zwar in letzter Sekunde!« rief Mumsie aus, stieg aus dem Taxi, so schnell ihr eng geschnürtes Korsett und ihre Körperfülle es erlaubten, und schob den Fahrer beiseite.

Freudig eilte sie der sich nähernden Gestalt entgegen, die offenbar in Gedanken verloren war und nicht aufblickte, und kaum war sie in Hörweite, begann Mumsie hastig: »Entschuldigen Sie, können Sie mir sagen –«

Doch sie unterbrach sich, und je näher sie kam, desto starrer wurde ihr Blick, denn die Gestalt, der sie sich näherte, hatte etwas Vertrautes oder vielmehr vage Erahntes, etwas, das sie trotz des Staubs und der Erscheinung müden Alters auf höchst merkwürdige Weise an die strahlende und offenbar doch mehr oder weniger junge Lady Midhurst erinnerte.

War es möglich? Konnte es sein –?

Nein, nein, es war unmöglich. Es konnte nicht sein. Nicht innerhalb einer knappen Woche.

»Ich wußte nicht«, begann sie daher unsicher und kaum fähig, sich soweit zusammenzunehmen, daß sie ein anständiges Lächeln aufsetzen konnte, als sie die Gestalt erreicht hatte. »Ich wußte nicht, daß meine Freundin Lady Midhurst noch eine –«

Mutter hat, wollte sie sagen, unterbrach sich jedoch erneut. Lieber nichts von einer Mutter erwähnen, bevor sie nicht ganz sicher war. Das hätte sie später wurmen können.

Doch plötzlich war Mumsie ganz sicher. Die schmerzliche Sicherheit ließ sich nicht länger abwehren. Und impulsiv streckte sie beide Arme aus und rief: »Meine *Liebe*, Sie Arme! Was haben Sie aus sich gemacht?« Und fügte nach eingehenderer, schockierter Musterung inbrünstig hinzu: »Es war wirklich höchste Zeit für mich zu kommen.«

9

Alles Gute und Mütterliche in Mumsie quoll beim Anblick des Wracks vor ihr in ihrem Busen hoch, ebenso wie das ganze Schuldgefühl, dessen sie fähig war. Dieser Schiffbruch war zumindest zum Teil ihre Schuld, gegen dieses Gefühl konnte sie sich nicht wehren. Vom Gewissen geplagt und sehr bestürzt zog sie ihren Arm durch Daisys und drängte sie zu jener Treppe hin, zu jenem Haus, irgendwohin, wo Schatten war und die arme Seele sich setzen und ausruhen konnte.

Geschieht dies alles tatsächlich mit mir? dachte Daisy. Sie ging wie eine Schlafwandlerin; aufgrund des sie zwingenden Arms, der sie untergehakt hielt, mußte sie gehen.

»Fort aus der Sonne«, erklärte Mumsie, zog sie mit sich und übernahm entschlossen die Führung. »Das ist das wichtigste. Und dann eine Tasse Tee. Was Sie brauchen, ist eine Tasse schönen, starken Tees, und jemanden, der sie Ihnen besorgt. Sie erscheinen mir vernachlässigt, wenn ich so sagen darf. Ich begreife nicht, was Ihre Leute sich dabei denken, Sie in einen solchen Zustand geraten zu lassen – ich begreife es wirklich nicht. Nun, das werden wir bald ändern –« Und noch einmal betrachtete sie in nacktem, unbehaglichen Verwundern das Gesicht, das sie zuletzt so makellos, so heiter und gesund gesehen hatte.

Aufs äußerste vernachlässigt war dieses Gesicht nun. Völlig heruntergekommen war sie, Lady M., zweifellos. Seit Montag um zwanzig Jahre gealtert. Nicht einmal ein Hauch von Lippenstift. Ein Schock, ein Schock, ach, wirklich, ein enormer Schock.

Sie war beherrscht von einem Gefühl der Sorge und des Unbehagens. Dieser Verlust jeglichen Interesses an Lippenstift – war das auch ihre Schuld? Sie vermutete es. Sich vorzustellen, daß sie, die es mit allen nur gut meinte, einen Beitrag zu einem derartigen Kollaps geleistet haben sollte! Trotzdem, nur ein Dummkopf, so wehrte sie sich gegen ihr Gewissen, wird zur alten Frau aus Sorge über etwas, was keinen Gedanken wert gewesen wäre, wenn sie mich nur ruhig bis zum Schluß angehört hätte, statt in Zorn auszubrechen. Mädchen werden stets in fremden Revieren wildern, und in diesen schönen wissenschaftlich geprägten Zeiten erleidet niemand Schaden dadurch, wenn diejenigen, die sie dabei erwischen, bereit sind, den Mund zu halten. Sie war dazu bereit. Sie war bereit, für immer den Mund zu halten, als Gegenleistung für ein wenig Schwesterlichkeit. Und es war zu ärgerlich, daß Lady M. sich das Thema neulich zunächst so schrecklich zu Herzen genommen hatte.

»Jetzt kommt alles wieder in Ordnung, wissen Sie«, versicherte sie mit eifriger Herzlichkeit dem armen, gebrochenen Ding, dem armen, rückgratlosen Wesen, dem sie über die blendendweiße Straße half. »Nun, da wir zusammen sind und schöne lange Gespräche führen und richtig Freundschaft schließen können und uns niemand stören wird, werden wir die kleinen Mißverständnisse bald ausgeräumt haben. Und ich möchte sagen, hier haben wir jede Menge Zeit dazu«, fügte sie mit einem Blick über die leere Straße und die leeren Felder zu beiden Seiten, zwischen denen weit und breit kein Haus zu sehen war, hinzu. »Viel mehr gibt es hier wohl nicht zu tun, schätze ich, außer erklären und zuhören.«

Und während sie redete und die arme Frau stützend mit sich zog und versuchte, nicht in das Gesicht an ihrer Seite zu blicken, weil das, was sie dort sah, sie zu sehr bekümmerte, staunte sie über die ungeheure Wirkung von ein wenig Farbe auf die Einstellung, auf die Neigung, ehrfürchtig zu sein. Ein bißchen Farbe im Gesicht einer anderen, meinte sie. Wenn diese Farbe fehlte, meinte sie. Wie beeindruckt war sie doch gewesen, als sie Lady M. das letzte Mal gesehen hatte. Und jetzt fühlte sie sich so unbeschwert und vertraut mit ihr, jetzt, da sie weiter nichts war als ein staubiges, ausgezehrtes altes Ding, das Hilfe brauchte; sie fühlte sich wie eine Amme einem nackten Baby gegenüber – oder in diesem Fall noch besser, dachte Mumsie, deren Vorstellungskraft zu Höhenflügen angestachelt war, wie einem kranken, abgedankten König gegenüber.

Geschieht das alles tatsächlich mit mir? fragte Daisy sich erneut und ließ sich wortlos weiterführen, den Arm in einem warmen, entschlossenen Griff.

Erst am Fuß der Treppe, wo die Koffer aufeinandergestapelt standen und darauf warteten, hinaufgetragen zu werden, meldete sie sich zu Wort. Dort schaute sie erst die Koffer an, dann Mumsie, und indem sie den Kopf sehr hoch hielt – das arme Ding, es nützt nichts, den Kopf hoch zu halten, wenn das Haar dünn und strähnig ohne Dauerwellen ist, dachte Mumsie mitleidig –, sagte sie mit der Würde ihrer Herkunft, ihrer Stellung, ihrer gewohnten Autorität und ihrer tief empfundenen Empörung: »Wissen Sie, das ist wahrhaftig ungeheuerlich.«

Na – armes Ding. Nicht bei sich selbst, versteht sich, und sie hatte noch nicht begriffen, sonst würde sie einer bedürftigen Freundin gegenüber nicht so große Worte wie ungeheuerlich im Munde führen. Und was brachte es einem zerrupften Lumpenbündel ein, Würde zu zeigen? Würde bedarf des richtigen Hintergrunds, wenn sie Wirkung zeigen sollte: Grosvenor Square am letzten Montag, zum Beispiel, und Daisy perfekt geschminkt und gekleidet, die Perlenkette angelegt, und eine Sekretärin, die sich respektvoll bereithielt, und ein livrierter Diener, der einen kaum vorlassen wollte. Arme Frau.

Und sie begann, beflissen, aber entschlossen Daisy die Treppe hinaufzuhelfen, obwohl Mumsie, wenn es um steile Treppen ging, im Grunde selbst Hilfe benötigte.

Keuchend gelangten sie am Kopf der Treppe an, beide bemüht, so zu tun, als keuchten sie nicht. Doch der Tag war heiß, die Stufen waren steil, und beide waren das, was man eine vollschlanke Frau nennt. Hinter ihnen folgte der Taxifahrer mit dem Gepäck.

»Wir setzen uns erst einmal und ruhen ein wenig aus, bevor wir weiter zu Ihrer Villa gehen«, sagte Mumsie, die Mühe hatte, wieder zu Atem zu kommen.

Sie befanden sich, wie sie feststellte, auf einer vernachlässigt wirkenden Terrasse vor dem kleinen Haus, das ihres Erachtens das Torhäuschen des Besitzes darstellte. Von einem Tor, wohin auch immer es führen mochte, war allerdings nichts zu sehen, aber vielleicht war das in Frankreich so Sitte.

»Wissen Sie –«, begann Daisy erneut, ebenfalls nach Atem ringend.

»Reden Sie jetzt nicht«, fiel Mumsie ihr ins Wort und tätschelte beschwichtigend ihren Arm. »Nehmen Sie alles ganz gelassen.« Und während ihr festgeschnürter Busen wogte, schaute sie sich nach einer Sitzgelegenheit um.

Es gab keine, außer einer niedrigen Mauer hinter einigen Büschen und anderen Dingen. Mumsie hielt überhaupt nichts davon, auf niedrigen Mauern zu sitzen, erstens, weil das Aufstehen wegen des Korsetts und so weiter solche Schwierigkeiten bereitete, und zweitens, weil sie aus kalten Steinen bestanden. Eine erhitzte Frau sollte sich niemals auf kalte Steine setzen, wie sie wohl wußte; tat sie es doch, handelte sie sich Probleme ein. Und sie sagte, indem sie sich vorsichtig anschickte, ihren Arm aus Daisys Armbeuge zu ziehen – vorsichtig, weil sie fürchtete, die augenscheinlich geschwächte Frau könnte, so plötzlich ungestützt, taumeln und stürzen: »Ich gehe und bitte die Leute im Torhäuschen, ein paar Stühle zu bringen.«

»Unterlassen Sie das bitte«, sagte Daisy, und obwohl sie keuchte, gelang es ihr doch, ihre Worte mit diesem, wie Mumsie es nannte, *Vere de Vere*-Tonfall zu unterlegen. »Ich gehe selbst hinein. Es ist mein Haus.«

»Torhäuschen, wollten Sie sagen«, berichtigte Mumsie. »Wenngleich ich mir nicht vorstellen kann, warum Sie kein anständiges Tor dazu haben. Nun, was meinen Sie, können Sie sich aufrecht halten, während ich schnell hineinhusche und den Torwärter um ein paar Stühle bitte?«

Sie lockerte ihren Griff. Daisy vollführte eine Bewegung, die ausdrücken sollte: »Haben Sie die Güte, mich vorbeizulassen«, und blieb unversehens mit dem Absatz, der hoch war, in einer Ritze zwischen den Steinplatten stecken. Wenn Mumsie sie nicht aufgefangen hätte, wäre sie gestürzt.

»Sehen Sie«, sagte Mumsie vorwurfsvoll und hielt sie fest im Griff. »Sehen Sie?« Doch fast im gleichen Augenblick wurde ihr bewußt, daß Lady M., obwohl sie sie fest gepackt hielt, sich noch viel fester auf sie stützte. Sich an sie klammerte sogar, sich an sie klammerte, als wollten ihr die Knie den Dienst versagen.

»Du liebe Zeit, was ist passiert?« rief Mumsie bestürzt aus.

»Ich – ich fürchte, ich habe mich am Fuß verletzt«, keuchte Daisy, leichenblaß im Gesicht.

»O weh, das tut mir so leid. Hier – Sie – Taxifahrer – Monsieur!« rief Mumsie eifrig dem Fahrer zu, der sich mit dem Gepäck die Stufen hinaufquälte, während Daisys Knie mehr und mehr versagten, so daß sie sich an Mumsie lehnen mußte. Mumsie dachte an den Tisch mit den Gardenien, der neulich umgestürzt war. Unter dem Eindruck des Gewichts der Frau sagte sie zu sich selbst: Kein Wunder. Dringlicher noch rief sie: »Mann! Taxifahrer! Monsieur!«

Und gerade noch rechtzeitig ließ der Mann, die Situation erkennend, seine Last fallen, eilte hinauf und nahm Daisys anderen Arm.

Gemeinsam schafften sie sie ins Haus. Entwürdigend mußte sie zwischen den beiden auf einem Fuß hinken, den Hut schief auf dem Kopf, die Lippen vor Schmerzen zusammengepreßt.

»Mir ist – sonderbar«, hauchte sie und schloß die Augen, als sie sie behutsam in den nächststehenden Sessel gleiten ließen, und sie sah auch sonderbar aus, fand Mumsie, mit ihrem verrutschten Hut.

»Aber, aber«, tröstete sie völlig aufgelöst und mitleidig.

War auch das ihre Schuld? Sie vermutete schon, daß es im weitesten Sinne die ihre war. Und nachdem sie den verletzten Fuß auf ein Polster gelegt und den Schuh aufgeknöpft hatte, nahm sie ihr den verrutschten Hut vom Kopf und strich ihr mit Händen, warm und tröstlich, wie diejenigen, die von ihnen gestreichelt wurden, oft genug behauptet hatten, das Haar aus der feuchten Stirn.

Das arme Ding; ihr Haar war an den Wurzeln ganz grau, so hell es auch sonst sein mochte, denn Haare wachsen nach, auch innerhalb einer kurzen Woche. »Aber, aber«, tröstete Mumsie erneut, der trotz ihrer Aufgelöstheit und Sorge nichts entging. »Ist gleich wieder besser.«

Doch Daisy fühlte sich nicht gleich wieder besser. Im Gegenteil, sie fühlte sich schlechter. Denn nachdem sie nach einem Weilchen die Augen aufgeschlagen und sich aufzurichten versucht hatte, um wenigstens ein bißchen von ihrer Würde zurückzuerlangen, verdrehte sie den Fuß erneut, und das schmerzte dermaßen, daß sie zu ihrer tiefsten Schmach, als sie gerade sehr kühl sagen wollte: »Sie sind wirklich zu freundlich«, unterbrochen wurde, weil ihr übel war. Mächtig übel, wie Gladys in Dorset Mansions gesagt hätte.

»Sehen Sie?« rief Mumsie und schaute sich verzweifelt im Raum um, ohne selbst zu wissen, wonach. »Es ist sinnlos, mir gegenüber *Vere de Vere* zu spielen. Ich sage Ihnen, es ist sinnlos. Hören Sie auf meinen Rat und – Mann! Taxifahrer! Monsieur!«

So führte sich Mumsie auf der Jasminfarm ein, und ergriff an diesem Abend, nachdem sie in aller Einsamkeit die schlechteste Mahlzeit ihres Lebens eingenommen hatte – noch dazu von einem Tablett, und sie war nicht an die Riviera gereist, um von Tabletts zu essen –, ihren Stuhl und trug ihn nach draußen auf die Terrasse, um etwas anderes als Knoblauchdunst atmen zu können. Als sie nun in der milden, duftenden Finsternis darauf wartete, ohne Angst vor Sodbrennen zu Bett gehen zu können, rechnete sie ihre bisherigen Gewinne und Verluste gegeneinander auf und gewahrte, daß eben der Tumult bei ihrer Einführung ihr alles so leicht gemacht hatte.

Ohne diesen Tumult hätte sie gewiß eine Menge Distanziertheit und Ablehnung überwinden müssen, bevor sie das Haus als Gast hätte betreten können. Dank dieses Tumults war sie einfach hineingegangen, und Lady M. hatte sich an sie geklammert. Man klammert sich nun mal an, überlegte Mumsie, der die Ursache leid tat, die Wirkung aber willkommen war, wenn man nur auf einem Bein stehen kann. Dann muß einen jemand aufrecht halten, und glücklicherweise war dieser Jemand sie selbst gewesen.

Der Fuß mußte also sicherlich als Gewinn verbucht werden, als unverhoffter Glücksfall im Grunde. Doch wie vieles stand dem gegenüber! Zum ersten, um mit den kleineren Enttäuschungen zu beginnen, befand sich Lady M. in diesem Augenblick oben, eingeschlossen in ihrem Schlafzimmer.

Das war keine nette Geste angesichts der Aufmerksamkeiten, mit denen Mumsie sie seit dem Augenblick überschüttet hatte, als sie sie, sich die staubige Straße entlangschleppend, getroffen hatte, das vernachlässigte Gesicht nackt, wie Gott es geschaffen hatte, was einfach schrecklich war, bis zu dem Augenblick, da Mumsie sie, nachdem sie ihr ins Bett geholfen und ihr einen Schluck Brandy aus der Flasche gegeben hatte, die sie ständig bei sich trug, auf ihre eigene Bitte hin verlassen hatte, damit sie sich ausschliefe. Ein armseliger Dank für ihre Menschenfreundlichkeit, ihr die Tür vor der Nase zu verriegeln. Angesichts eines Riegels blieb einer Dame nicht viel zu tun übrig. Sicher, aus den fadenscheinigsten Gründen riegelten manche Leute sich ein, aber gewöhnlich waren die, die das taten, doch Ehemänner.

Aber was sollte es. Schreib's unter Verluste ab und vergiß es, Belle, sagte sie zu sich selbst und fand, daß sie sich diesen kleinen Rückschlag unnötig zu Herzen nahm. Mach dir keine Sorgen wegen ein paar kleiner nebensächlicher Enttäuschungen. Du bist hier, weißt du, hast dich eingenistet. Das ist das Großartige.

Doch wenn sie an den fröhlichen Optimismus dachte, mit dem sie in London die Pyjamas mit den tiefen Rückenausschnitten gekauft hatte, und an die Umgebung, in der sie sie hatte tragen wollen – an die palastartige Villa an der Riviera mit fröhlich gestreiften Sonnensegeln und Töpfen voller Geranien, mit livrierten Dienern, die Erfrischungen reichten, und womöglich einem Orchester zum Dinner –, dann konnte sie sich nicht gegen den Gedanken wehren, daß sie, wäre sie eine andere Sorte Frau gewesen, angesichts des Vergleichs zwischen dem Erhofften und dem Erreichten vielleicht nicht recht gewußt hätte, ob sie lachen oder weinen sollte.

Glücklicherweise, dem Himmel sei Dank, dachte Mumsie und spähte ein wenig beklommen in die dunkle Umgebung, gehöre ich jedoch nicht zu jener anderen Sorte Frau und weiß, was ich zu tun habe. Niemals weinen, lautete eines ihrer Mottos. Lachen, lachen, immer nur lachen. Es gibt nichts, so pflegte sie Rosie zu unterweisen, und so hatte sie sie, wenn auch ohne Erfolg, erst kürzlich auf dem Weg zum Bahnhof unterwiesen – (Erst kürzlich? Gestern. Man stelle sich vor. Es schien Wochen zurückzuliegen.) –, es gibt nichts, was man nicht durch ein herzhaftes Lachen überwinden könnte. Allerdings ahnte sie, als sie nun ganz allein in der französischen Nacht saß, umgeben von merkwürdigem Zirpen und Quaken in den Büschen, vor ihr diesen großen, schwarzen, an Friedhöfe gemahnenden Baum, der wie ein Tintenstrahl in den Himmel aufschoß, und hinter ihr das erbärmliche kleine Haus, das, wie sie nun wußte, kein Torhäuschen zum Besitz der Midhursts war, sondern den Besitz selbst ausmachte, da ahnte sie allerdings, daß sie sehr viel und gründlich würde lachen müssen, um über dies hier hinwegzukommen.

Nun, sie war die Frau, die dazu in der Lage war, und sie würde das arme Ding da oben, bevor noch ein weiterer Tag vergangen war, aufmuntern und zum Lachen bringen, oder sie hieß nicht mehr Belle De Lacey. Inzwischen aber –

Wieder blickte sie sich ein wenig beklommen um. Merkwürdig, was für häßliche Bäume man im Ausland hatte. Außer diesem tintenschwarzen Baum, der an Friedhöfe denken ließ, gab es eine Menge grauer Stämme, die wie gelähmte Geister die Terrasse umdrängten, bleiche Bäume, aus der Dunkelheit hervorgehoben von dem schwachen Licht, das durch die Ritze unter der Tür hinter ihr drang, unangenehme kontinentale Bäume, die ihr bei jedem flüchtigen Atemhauch mit den Fingern drohten.

Nicht daß sie wichtig wären, redete sie sich streng ein und warf einen Blick über die Schulter zu ihnen herüber, nicht, daß hier überhaupt irgend etwas wichtig wäre, denn es würde nicht von Dauer sein, und hatte sie Rosie nicht ständig eingeprägt, daß man etwas, was nicht von Dauer ist, immer ertragen kann? Dieselben Worte hatte sie erneut benutzt, als sie an jenem Tag – (An jenem Tag? Gestern. Man stelle sich vor. Er schien Wochen zurückzuliegen.) – zum Bahnhof aufgebrochen waren und Rosie so ein langes Gesicht gezogen hatte, weil sie mit Andrew allein zurückblieb. Es hatte allerdings nichts genützt. Das Mädchen schmollte einfach zu gern.

»Andrew ist von Dauer«, war ihre dumme Antwort gewesen. Sie schien selbst jetzt, nach den endlosen Erklärungen, noch nicht begriffen zu haben, wie wichtig eben dies für sie war.

Ungeduldig schüttelte sie sich, als wollte sie Rosie und ihre Dummheit und ihre Undankbarkeit abschütteln, hob den Kopf, um diese unangenehmen Bäume nicht mehr sehen zu müssen, und blickte zu den Sternen hinauf. In unzähligen strahlenden Scharen bevölkerten sie den Himmel, waren ihrer Meinung nach bedeutend mehr, als ein Mensch sich wünschen konnte, und schienen ihr zuzuzwinkern. Also zwinkerte sie zurück, nur um bei Laune zu bleiben. Außerdem lautete eines ihrer Mottos: Zwinkern um Zwinkern, und obendrein war sie nicht willens, vor französischen Sternen den Blick zu senken. Und ihrer Gewohnheit nach war sie ohnehin für jeden Spaß, der sich ihr bot, zu haben.

Mit Sternen kann man jedoch, wie sie bald feststellte, keinen Spaß haben, jedenfalls nicht in einer so gottverlassenen Einsamkeit. Wenn nun ein gestandener Mann bei ihr gewesen wäre, im Abendanzug, hätte es sich machen lassen, und sei es nur als Lückenfüller bis zu dem Zeitpunkt, da die Zärtlichkeiten einsetzten, aber wie sollte so ein Mann an einen Ort wie diesen geraten! Und mit kläglicher Bitterkeit, die sie angestrengt in Belustigung zu verwandeln suchte, durchlebte sie noch einmal diesen schmerzlichen ersten Augenblick, als ihr schwante, daß dieser unglaubliche Ort, dieser abgelegene, menschenleere Ort mit seinem einen erbärmlichen kleinen Haus alles war, was die Midhursts an der Riviera besaßen.

Selten in ihrem Leben hatte Mumsie den Mut verloren, doch in diesem Moment verlor sie ihn. Da war sie, endlich angekommen nach einer langen, heißen Reise, bereit, wie es eine Frau nur sein konnte, für die gesegnete Entspannung im Luxus, für echten, fetten, üppigen Luxus, den sie sich schon als Kind ersehnt und erträumt hatte. Doch kaum hatte Lady M. ihre Übelkeit überstanden, waren zwei schmutzige Figuren in Latschen erschienen, ein Mann und eine Frau, hatten unverständliche Rufe ausgestoßen, Lady M. bei den Armen gepackt und die Treppe hinaufgetragen, und etwas in der Art, wie sie wortlos mit ihnen ging, wie jemand, der sich in sein angestammtes Schlafzimmer bringen läßt, hatte Mumsie in einem schrecklichen Geistesblitz verraten, daß es sich um Dienstboten handelte und daß es außer diesem Haus nichts weiteres mehr gab.

Das hatte ihr den Atem verschlagen, schlicht und buchstäblich den Atem verschlagen. Dienstboten. Diese beiden. Na, sie hätte nicht einmal Gladys, dieser Schlampe, gestattet, in Latschen herumzulaufen. War Lady M. vollends verrückt geworden? Alles, das erkannte sie sofort, würde hier vom selben Niveau wie die Dienstboten sein: Essen und Trinken, Waschgelegenheiten, die Betten und Laken. Auf Shillerton hatte Rosie in seidenen Laken geschlafen; Rosies Mutter hatte sich ihr Leben lang nach seidenen Laken gesehnt. Auf Shillerton hatte Rosie ein Bad aus seegrünem Marmor; Rosies Mutter hatte sich ihr Leben lang gewünscht, einmal ein Bad in einer marmornen Wanne zu nehmen. Der Champagner, so Rosie, floß auf Shillerton in Strömen; Rosies Mutter hatte sich ihr Leben lang dorthin gewünscht, wo der Champagner sich so verhielt. Und was sollte sie, die Mutter dieses Mädchens, nun statt dessen bekommen? Sie würde in grobem Leinen schlafen müssen, und was Getränke anging, würde sie wahrscheinlich mit einem Blechnapf zur Pumpe geschickt, falls sie zu trinken wünschte.

Eine merkwürdige, gegen Rosie gerichtete Bitterkeit stieg in ihr auf, als sie den drei Gestalten nachblickte, die die Treppe hinaufstiegen, eine Treppe, so schmal, daß sie eigentlich nur Platz für eine Person bot, und zwar für eine schlanke. Wenn Rosie nicht gewesen wäre, wäre sie nicht hier, müßte nicht diese Nackenschläge einstecken, und an diesem Punkt hätte jede andere Frau gewiß mit der ganzen Sache nichts mehr zu tun haben wollen und wäre einfach gegangen.

Nur weil sie nicht wie jede andere Frau war, tat sie es nicht. Schließlich war sie es sich selbst schuldig, etwas einmal Angefangenes auch zu Ende zu führen. War sie nicht dreimal verwitwet? Zeigte das nicht, wie beharrlich sie ihre Angelegenheiten zu Ende führte? Außerdem hätte sie nicht gewußt, wohin sie hätte gehen sollen.

Also weigerte sie sich, obwohl ihre Träume in Scherben lagen, obwohl sie den Mut verloren, obwohl es ihr den Atem verschlagen hatte, selbst unter diesem Schlag zu taumeln, sondern nahm ihren Verstand zusammen und schickte sich an, Lady M. nach oben zu folgen, ohne unnütz Zeit zu verlieren. Denn wenn sie sich nicht beeilte, fand sie sich womöglich, wie es manchmal im Eheleben geschehen war, an der falschen Seite der Tür wieder.

So war sie auch die leiterähnliche Treppe hinaufgekeucht, den taumelnden, ineinander verhakten Gestalten dicht auf den Fersen. Sie blieben immer wieder stecken und mußten innehalten und sich befreien. Doch schließlich erreichten sie und Mumsie einen elend engen kleinen Flur, und gleich nachdem Lady M. in ihr Zimmer geführt worden, in ein Zimmer, das ein riesiges Bett nahezu ausfüllte, und sicher auf diesem merkwürdigen Möbelstück untergebracht war – tatsächlich merkwürdig in den Räumen einer Witwe, nicht wahr? – hatte Mumsie unverzüglich wieder das Kommando übernommen und ohne ein Wort zu verlieren, dem armen Ding Schuhe und Strümpfe ausgezogen und sanft den geschwollenen Knöchel massiert.

Das war hochinteressant gewesen, überlegte Mumsie. Während sie nun unter den Sternen darüber nachdachte und die Knoblauchmengen verdaute, vergaß sie, wie unbequem sie auf ihrem harten Stuhl saß und wie sehr sie es verabscheute, allein im Dunkeln zu sein, denn es war tatsächlich hochinteressant zu wissen, daß Lady M.s Zehennägel genauso sorgfältig poliert und rotgefärbt waren wie ihre Fingernägel. Das war schon bemerkenswert, angesichts der Sorte Witwe, die Lady M. repräsentierte. Eine Witwe, so prüde wie sonst keine, nicht fähig, ein alltägliches Wort wie Ehebruch zu vernehmen, ohne gleich Tische umzustürzen. Doch wenn solche Art von Körperpflege auch – vermutlich, räumte Mumsie vorsichtig ein – Verschwendung war, war das Ergebnis doch ungeheuer chic und wirkungsvoll, war genau das, was sie liebend gern mit ihren eigenen Zehennägeln angestellt hätte, hätte sie nur ein bißchen mehr Geld gehabt.

Aber das arme Ding. Komisch, am einen Ende ihr gelbes, erschöpftes Gesicht zu sehen und am anderen diese rosigen Zehen. Beide Enden sollten bei einem Menschen zusammenpassen, überlegte Mumsie und blickte in die endlose sternendurchfunkelte Nacht hinaus. Wenn man oben gelb ist, sollte man auch unten gelb sein, und umgekehrt. Sonst könnte man die Leute bei mancher Gelegenheit hinters Licht führen.

»Danke«, hatte die arme Seele in Abständen geflüstert und sich mit geschlossenen Augen zurück ins Kissen gelegt. Sie sah aus wie irgend jemandes kranke Großmutter. Alle Kraft war aus ihr gewichen. Für eine Weile war nichts mehr von dieser *Vere de Vere*-Art zu erwarten; wohl überhaupt nicht mehr, denn bis der Fuß wieder so weit gesund war, daß sie im Blauen Zug nach England zurückkehren konnten, würde Mumsie ihr zu verstehen gegeben haben, daß sie von ihr und Rosie nichts zu fürchten hatte außer der freundschaftlichsten Zusammenarbeit, und die schwesterliche Wärme, nach der sie sich so sehnte, wäre unumstößliche Tatsache geworden.

»Bitte sagen Sie dieser Frau, sie möchte heißes Wasser bringen«, hatte sie angeordnet, weiterhin kompetente Herrin der Lage, und Lady M., die offenbar genauso flüssig wie Englisch auch Französisch sprach, hatte müde gehorcht.

Dann badete Mumsie den Knöchel und bandagierte ihn mit einem Handtuch – es war kein schlechtes Handtuch, mit Fransen. Allerdings ohne aufgesticktes Krönchen. Verschwendung, fand Mumsie, ein Krönchen führen zu dürfen und es nicht in seine Handtücher einzusticken.

»Danke«, flüsterte Lady M. erneut, immer noch mit geschlossenen Augen und anscheinend einer Ohnmacht nahe.

»Jetzt nur noch einen kleinen Schluck Brandy«, hatte Mumsie befohlen und ihr die Flasche an die tonfarbenen Lippen gehalten.

Gehorsam hatte sie getrunken. All das war auf der Gewinnseite zu verbuchen. Sie durfte nicht vergessen, nur weil das Haus ihr einen herben Schlag versetzt hatte, daß sie in dieser Angelegenheit bereits einiges an Gewinnen zu verbuchen hatte. Allerdings war gleich darauf der kleine Rückschlag mit der Tür erfolgt, denn Lady M., die sich nach dem Brandy zweifellos gestärkt fühlte – nach Mumsies Brandy, wohlgemerkt, und es war einzig und allein ihr freundschaftlicher Gedanke gewesen, ihn ihr zu geben –, hatte geflüstert, daß sie versuchen wolle zu schlafen.

»Ohne sich zuvor zu entkleiden?« fragte Mumsie enttäuscht, was nur natürlich war, denn sie hatte sich so darauf gefreut, ihre *lingerie** zu sehen.

»Ja, ohne mich zuvor zu entkleiden«, flüsterte die Gestalt mit den geschlossenen Augen auf dem Bett.

Also hatte Mumsie, gutmütig wie immer, und wie immer wurde diese Gutmütigkeit ausgenutzt, ihr, wenn auch widerwillig, den Gefallen getan und war gegangen, und als sie, nachdem einige Zeit über der Entlohnung des Taxifahrers verstrichen war, der unter unverständlichem Geschrei davonfuhr, sich der Mühe

* lingerie: Wäsche (Anm. d. Ü.)

unterzog, erneut die leiterähnliche Treppe hinaufzusteigen, um nachzusehen, ob die arme Seele wirklich Schlaf gefunden hatte, wurde sie mit dieser verriegelten Tür konfrontiert.

Eine Enttäuschung und, zugegeben, eine Überraschung.

Nun, was sollte es. Menschen, die sich einschlossen, mußten doch früher oder später wieder herauskommen, und der gesamte Sommer lag noch vor ihr, wenn es denn nötig sein sollte. Außerdem konnte es nicht Lady M. gewesen sein, die den Riegel vorgelegt hatte, denn sie war nicht in der Lage aufzustehen. Es war diese Bedienstete. Wahrscheinlich eifersüchtig, ahnte sie wohl instinktiv, daß Mumsies Ankunft sie vor den Kopf stoßen würde. Entschlossen, sich von nichts auf der Welt entmutigen zu lassen, hatte Mumsie also nicht am Türgriff gerüttelt oder etwas ähnlich Vulgäres unternommen, sondern war still, wie es sich für eine Dame geziemte, gegangen, um sich darauf zu konzentrieren, so fest wie möglich in diesem Haushalt Fuß zu fassen.

»*Coucher** «, sagte sie zu dem Mann in Latschen, den sie unten herumlungernd, offenbar auf sie wartend, vorfand. Das Wort kannte sie, denn in ihrem Leben hatte es einen Franzosen gegeben, der immer wieder *coucher* sagte. Als sie jedoch die weißgestrichene Nische sah, in der sie *coucher* sollte, und in der sich nichts befand außer einem Bett und einem Rasierspiegel – wozu ein Rasierspiegel, hätte sie gern gewußt. War das nicht ein weiteres eher merkwürdiges Einrichtungsstück im Schlupfloch einer angeblich tugendhaften Witwe? –, da empfing sie einen weiteren kleineren, aber bösartigen Schlag.

Gereizte Mutlosigkeit überspülte Mumsie wie eine Welle, als sie im Dunkeln saß und den Tag an sich vorüberziehen ließ. Bis jetzt habe ich schon zu viele bösartige Schläge im Zusammenhang mit dieser Reise einstecken müssen, sagte sie zu sich selbst. Man denke nur an all das Geld, das sie dafür ausgegeben hatte. Man denke an ihre Mühen. Man denke daran, wie glücklich sie sich in

* coucher: zu Bett bringen, schlafen (Anm. d. Ü.)

das Abenteuer gestürzt hatte, das ihrer Meinung nach ein ungeheurer Spaß hätte sein müssen. Viel Spaß gibt es hier allerdings nicht, dachte sie, sich wieder einmal voller Unbehagen ihrer Umgebung bewußt, der extremen, verlorenen Einsamkeit. Schöner Spaß, dachte sie beklommen und blickte über die Schulter hinweg zu den geisterhaften, zitternden Bäumen – eher das, was jede andere Frau als grauslich bezeichnet hätte.

Sie zog ihren Rock bis über die Knie hoch, damit das, was die Nacht an Kühlung zu bieten hatte, ihre erhitzten Beine umfächeln möge – hier war ja niemand, der sich an ihren bloßen Beinen hätte stören können, was einerseits günstig, andererseits aber auch schade war –, und blickte sich trotzig um. Das Wort grauslich existierte, dem Himmel sei Dank, nicht in ihrem Vokabular. Ihr hatte noch nie gegraust, und von kontinentalem Grausen würde sie sich schon gar nicht unterkriegen lassen. Die melancholische Nacht um sie herum mochte seufzen, soviel sie wollte, wen kümmerte das? Und wenn diese merkwürdigen Geräusche in den Büschen, dieses Quaken wie von zurückgestoßenen, unbefriedigten Geschöpfen, nie aufhören wollten, ihr war es gleichgültig. Und was dieses ihr unbekannte Tier anging, das diesen ärgerlichen Ton ähnlich dem Läuten einer kleinen Glocke von sich gab, mal hier, mal da, einmal weit entfernt in den Feldern, dann wieder dicht bei ihrem Kopf, wie bei unzähligen Begräbnissen von Babys zur gleichen Zeit, sie würde sich nur so weit herablassen, darüber zu bemerken, daß sie von einem Land, in dem sogar die Tiere läuteten, nicht viel hielt. Trotzdem, wenn ihr auch nicht grauste, so konnte sie doch nicht unbedingt sagen, daß sie guter Laune gewesen wäre. Angesichts der Tatsache, daß sie ihr Korsett nicht ablegen wollte, für den Fall, daß vielleicht doch noch eine naseweise Zofe von ihrem freien Abend zurückkam, umherschnüffeln, es finden und entdecken würde, daß es kein vernünftiges Korsett war – in Anbetracht dessen, daß dieses Korsett sie zwang, aufrecht zu sitzen, obwohl sie so müde war, und daß sie nicht zu Bett gehen konnte, bevor sich diese Mahlzeit vom Tablett nicht gesetzt hatte, und daß sie allein im Dunkeln sitzen mußte, wäre gute Laune schon eine erstaunliche Leistung gewesen.

Außer im Bett, und auch dort nicht gerade häufig wegen der Ehemänner und diesem und jenem, war sie, ehe sie in die Wohnung an der Dorset Street einzog, seit ihrer Jugend kaum jemals allein im Dunkeln gewesen, und es gefiel ihr nicht. Schon gar nicht diese Art von Dunkelheit, diese leere, gespenstische, ländliche Dunkelheit, die sich meilenweit ausdehnte und nicht von einem einzigen Haus durchbrochen wurde. Kein Wunder, daß die Menschen sich in Städten zusammenfanden und elektrisches Licht und Kapellen hatten. Das war das mindeste, was Licht und Musik bieten konnten, abgesehen davon, daß sie von Natur aus Heiterkeit und Frohsinn verströmten, daß sie einen vor dem Denken schützten. Hier gab es nichts, was sie davor schützen konnte, und wenn sie nicht achtgab, würde sie im nächsten Moment selbst anfangen zu grübeln. Noch dazu in einer Art und Weise zu grübeln –, von der Rosie lieber nichts wissen sollte. Intellektueller Kram, meinte sie. Die Art von Kram, an die jener Gentleman Andrew, seinen hängenden Ohren nach zu urteilen, wahrscheinlich unablässig dachte – Kram übers Geborenwerden zum Beispiel, und übers Sterbenmüssen, und über die Frage nach dem Sinn des Ganzen.

Nun, ein solcher Sinn war kaum zu finden, beschloß sie nach kurzer Überlegung, den Blick zu den Sternen erhoben. Wäre man nicht geboren, würde es niemanden kümmern, und was sie betraf, wäre es tatsächlich von Vorteil. Aber wenn man sich durchs Leben kämpfte und keuchte, nur um am Ende ein für allemal den Atem auszuhauchen, würde ihr bitte jemand sagen, was das sollte?

Und die Liebe, um die man soviel Aufhebens machte. Auch nur ein leeres Wort. Sie vermutete, davon genausoviel wie die meisten Frauen bekommen zu haben, so oder so, und doch hätte es sie nicht überrascht, wenn sie gar keine bekommen hätte. Nicht L i e b e. Nicht das, was man L i e b e nennen würde. Ganz gleich, wie man sich anfangs jedesmal freute und sich dachte, endlich den Richtigen gefunden zu haben, am Ende stellte sich doch immer nur heraus, daß es nichts war als ein weiterer Ehemann. Ob man ihn heiratete oder nicht, machte keinen Unterschied. Sie hatte alle Möglichkeiten ausgelotet. Liebhaber gab es nicht, lediglich Ehemänner. Am dritten Morgen, wenn die Zankerei begann, unterschied sich kein Mann auf der ganzen Welt mehr von einem Ehemann.

Und Kinder. Wozu waren Kinder eigentlich gut? Wußte Rosie auch nur annähernd zu schätzen, was man für sie tat? Würde es sie auch nur im entferntesten berühren zu wissen, daß ihre Mutter einzig und allein ihretwegen – nun, es war doch so, oder? – und um ihr eine strahlende Zukunft zu sichern, nach ihrer langen, beschwerlichen Reise allein auf einem harten Stuhl auf dem Kontinent saß und den Knoblauch verdauen mußte, um dann, wenn das erledigt war, in nichts weiter als einer weißgestrichenen Nische zu schlafen? Eine Mutter schuftete und schuftete und rakkerte sich für ihre Kinder ab bis auf die Knochen, und der Dank dafür war auf der einen Seite eine schmollende Tochter, die sie widerwillig am Bahnhof verabschiedet hatte, und auf der anderen jemand, dem übel wurde. Also, dachte Mumsie, sich stumm an die gleichgültigen Sterne wendend, ist die selbstaufopfernde Liebe einer Mutter doch nichts als Torheit? Vielleicht die größte Torheit überhaupt? Man betrachte nur die Pelikane. Ihr eigenes Blut. Ihr ureigenstes Blut. Das, was sie zum Leben brauchen. Und die Jungen lecken es ohne ein Wort des Dankes auf.

Tiefer, ungewohnter Pessimismus ergriff von ihr Besitz. Tatsache war, das Leben ließ einen im Stich, sinnlos, etwas anderes behaupten zu wollen. Im Stich gelassen war man vom Anfang bis zum Ende, angefangen bei den Eltern, die einen vernachlässigten, über den Beruf, in dem man wie Dreck behandelt wurde, über die Freunde, deren Zahl immer mehr zusammenschmolz, weiter über die Ehemänner und Kinder, von denen man am besten gar nicht redete, bis hin zum allerletzten Im-Stich-Gelassen-Werden, wenn man, wahrscheinlich nicht mehr erkennbar, zu Grabe getragen wurde.

Daß es so mit einem enden muß, dachte Mumsie und gab sich nun nach Herzenslust ihrer mürrischen Empörung hin, daß einem so etwas widerfahren muß, gerade wenn man am wenigsten in der Lage ist, es zu ertragen. Man stelle sich vor, nur weil man sich kürzlich nicht recht wohl gefühlt hatte oder von einem Bus oder Ähnlichem überfahren worden war oder auch nur, weil man nicht mehr die Jüngste war – lauter Gründe für ganz besondere Sorge und Liebe –, man stelle sich vor, deswegen wurde man unter einen Grabhügel oder eine Grabplatte verfrachtet und dort liegengelassen. Widerwärtig fand sie das. Und das Grab brachte einen ja auch nicht weiter. Ruhig war es dort, gewiß, und man hatte keine Sorgen mehr, doch es war ein armseliger Dank für die lebenslangen Bemühungen, jedermann glück –

»Ach, du lieber Himmel!« schrie sie laut auf, kam mühsam auf die Beine und fuhr herum.

Etwas stand ganz dicht hinter ihr, praktisch an ihrem Ellenbogen. Sie spürte es, sie wußte es und war für einen Moment, nicht zuletzt aufgrund der Richtung, die ihre Gedanken genommen hatten, und dieser drohenden Friedhofsbäume und der leeren, schwarzen Einsamkeit, ehrlich erschrocken, wie jede andere Frau es auch gewesen wäre.

Doch es war nur dieser Mann, dieser abgerissene Diener, der sich in seinen Latschen still wie ein Geist hinter ihrem Rücken angeschlichen hatte.

»*Toutes mes excuses, Madame** «, sagte Adolphe, seinerseits erschrocken über den augenscheinlichen Aufruhr, den er heraufbeschworen hatte.

»*Excuses!* Eine Entschuldigung ist wohl tatsächlich angebracht, Affe!« schrie Mumsie wütend, die das eine Wort verstanden hatte.

Höchst verärgert musterte sie ihn von Kopf bis Fuß. Ihre Nerven mußten wohl zum Zerreißen angespannt sein, daß sie so aus der Haut fahren konnte, und natürlich war sie zornig auf die Person, die sie so weit gebracht hatte. Sie vertrat schon lange die Meinung, daß Dienstboten hörbar sein müßten. Ideal wäre es, ihnen Schellen umzuhängen. Dann würde man wissen, woran man war, oder vielmehr, wo der Diener gerade war, und Gelegenheit haben, sich rechtzeitig zusammenzunehmen. Zwar war sie augenblicklich nicht in einer Situation, leider, in der geräuschlose Annä-

* Toutes mes excuses, Madame: Entschuldigen Sie bitte vielmals, Madame. (Anm. d. Ü.)

herungen von Bedeutung waren, aber so erschreckt zu werden, daß sie derart auffahren mußte, war auch nicht unbedingt schön.

»*Madame va se coucher?**« erkundigte Adolphe sich, mit dem Zaunpfahl winkend.

Er wußte, daß er ihr Mißfallen erregt hatte. Es tat ihm herzlich leid. Andererseits war es schon nach elf, und wenn er nicht bald abschließen und zu Bett gehen durfte, wäre er am folgenden Tag womöglich nicht in der Lage, all den merkwürdigen Aufgaben, die das Schicksal ihm so unverhofft aufgebürdet hatte, gerecht zu werden. Wer hätte sich vor vier Tagen schon vorstellen können, dachte er versonnen, wer hätte sich vorstellen können, als er so glücklich den Jasmin rechte, so glücklich, wie er ihn in jedem Sommer seines Lebens gerecht hatte, daß er vier Tage später nicht nur für seine eigene Madame Hausarbeiten verrichten würde – sie zumindest machte nicht viel Arbeit und war bisher mit *café au lait*** zufrieden gewesen, – sondern auch noch für eine weitere, energischere, die Fleisch verlangte, wenn kein Fleisch da war, und es irgendwie schaffte, ihn herumzukommandieren, obwohl sie seine Sprache nicht beherrschte?

»*Une dame bien carnivore****«, hatte er Thérèse zugeflüstert, als sie für einen Moment in der Küche auftauchte, um Milch für ihre bettlägerige Dame zu holen.

»*Tiens*«, sagte Thérèse.

Doch das lag schon mehrere Stunden zurück, und hier war er nun, immer noch auf den Beinen, immer noch in die Pflicht genommen, und wenn er nicht bald zu Bett gehen durfte –

»*Madame va se coucher?*« wiederholte er deshalb und versuchte, ihr durch eine auffordernde Bewegung zur Seite hin zu vermitteln, daß ihr, falls ihre Wünsche in diese Richtung gingen, keine Hindernisse in den Weg gelegt würden.

Mit kühler Würde sagte Mumsie, die *coucher* verstand und den Rest erriet: »*Wieh*****.« Nach dem eben erfahrenen Schock drängte sie weiß Gott nichts, noch länger draußen zu bleiben.

* Madame va se coucher: Madame möchten sich zu Bett begeben? (Anm. d. Ü.)

** café au lait: Milchkaffee (Anm. d. Ü.)

*** Une dame bien carnivore: eine fleischfressende Dame (Anm. d. Ü.)

**** Wieh = oui: ja (Anm. d. Ü.)

Ungeachtet der schwerverdaulichen Mahlzeit war das Bett nun der richtige Ort für sie. Es war natürlich kein schönes Bett, und der Raum glich eher einer Hundehütte, und Rosie hatte auf Shillerton im Luxus geschwelgt, aber zum Kuckuck mit Rosie, zum Kuckuck mit Shillerton, was brachte es ein, sich an Dingen zu stören, die nicht zu ändern waren?

»*Wieh*«, sagte sie daher und machte ihre mangelnden Sprachkenntnisse durch Hochnäsigkeit wett.

»*Bon soir, alors. Bonne nuit, Madame**«, wünschte Adolphe dienernd und wich noch mehr zur Seite, und als sie nicht antwortete, sagte er es, um keine Mißverständnisse aufkommen zu lassen, noch einmal.

»Ach, dann eben gute Nacht, gute Nacht, wenn Sie das hören wollen«, erwiderte sie gereizt, denn sie hatte allmählich genug von Adolphe.

Sie fegte an ihm vorbei ins Haus und quälte sich die schwierige Treppe hinauf. In diesem Haus kosten die gewöhnlichsten Dinge soviel Anstrengung, murrte sie und zog sich an dem Seil, das zu diesem Zweck an einer Seite angebracht worden war – ging es noch primitiver? –, mühsam von Stufe zu Stufe. Man stelle sich vor, in einem Haus wohnen zu müssen, in dem selbst einfachste Dinge wie das Zubettgehen zu einer Art Bergbesteigung werden, dachte Mumsie voller Abscheu.

»*Bon soir. Bonne nuit, Madame*«, trieb Adolphe sie ein drittes Mal an, als die ungeduldig beobachtete Gestalt offenbar keine nennenswerten Fortschritte auf ihrem Weg ins Bett machte.

»Sie scheinen es sehr eilig zu haben, mich loszuwerden, guter Mann«, keuchte sie über die Schulter hinweg.

»*Mais oui, mais oui, Madame*«, beeilte er sich zu versichern, in der Annahme, einen weiteren Befehl erhalten zu haben, und zu dieser späten Stunde bereit, alles zu versprechen. Außerdem war es seines Erachtens wichtig, diese Madames zu beschwichtigen, wenn sie aus ihm unverständlichen Gründen die Geduld zu verlieren drohten.

* Bon soir, alors. Bonne nuit, Madame: Guten Abend, gnädige Frau, gute Nacht (Anm. d. Ü.)

Oben angekommen, wandte Mumsie sich um und fixierte ihn mit so offensichtlich und in jeder Sprache feindseligem Blick, daß er zurückfuhr. »*Wieh?*« wiederholte sie. »*Wieh?* Das ist ja nett. Soso, *Wieh*. Lassen Sie sich eines sagen, Sie Franzose, daß eine andere Sorte von Dame, als ich es bin, eine vulgäre, Ihr *Wieh* ein bißchen dämlich finden würde.«

»*Mais parfaitement, Madame – parfaitement**«, pflichtete Adolphe, nur auf Beschleunigung bedacht, ihr bei. »*Si Madame*«, fuhr er fort, »*a besoin de quelquechose, elle n'a qu'à donner un petit coup de sonnette*** –«

»Um Himmels willen, Affe, halt den Mund!« schrie Mumsie, stampfte mit dem Fuß auf und fügte sehr laut hinzu, wobei sie heftige, scheuchende Bewegungen mit beiden Armen ausführte: »Husch, sage ich! Husch!«

Zu spät für einen Gedanken daran, daß Lady M. sich gleich jenseits der Wand befand, und wenn sie schlief, würde sie jetzt gewiß aufwachen, und wenn sie nicht schlief, hatte sie jedes Wort gehört.

Mumsie schlug die Hand vor den Mund, doch was nützte das jetzt noch? Ihr blieb nur noch zu hoffen, daß Lady M. lediglich aufgeweckt worden war – denn angenommen, sie wäre schon wach gewesen und hätte diese letzten Bemerkungen gehört, mußte sie sie nicht ein wenig gewöhnlich finden?

Niemand verabscheute das Gewöhnliche mehr als Mumsie, und das beteuerte sie Rosie gegenüber oft genug. Gewöhnlich sein kann jeder, pflegte sie zu sagen, aber nur eine Dame kann eine Dame sein. Ihre Bemerkungen diesem Affen gegenüber waren, so fürchtete sie, wohl nicht unbedingt einer Dame würdig, und die Zweifel, zusätzlich zu den schon vorhandenen Zweifeln, Unannehmlichkeiten, Enttäuschungen und ihrer Müdigkeit, ärgerten sie. Doch wer konnte schon unablässig auf der Hut sein? Es

* Mais parfaitement, Madame: Ganz genau, gnädige Frau. (Anm. d. Ü.)
** Si Madame a besoin de quelquechose, elle n'a qu'à donner un petit coup de sonnette: Wenn Sie noch etwas brauchen, gnädige Frau, so klingeln Sie einfach. (Anm. d. Ü.)

war nur menschlich, sich manchmal ein wenig gehenzulassen. Allerdings bedauerlich, daß ihr das ausgerechnet vor Lady M.s Schlafzimmer hatte passieren müssen.

Mit übertriebener Vorsicht, mit einer Hand an der Wand abgestützt, schlich sie zu Daisys Tür und lauschte, hielt den Atem an, so gut sie konnte, was aber wegen der Treppen nicht sonderlich gut gelang.

Kein Geräusch da drinnen, und durch die Ritzen fiel auch kein Licht. Die Tür zu dem Zimmer war noch verriegelt, wie sie feststellte, indem sie sacht die Klinke drückte.

Nun, wenn Lady M. davon nicht aufgewacht war, würde nichts sie wecken, dachte Mumsie, während ihre unglücklichen letzten Sätze ihr noch in den Ohren hallten. Oder wurde sie vielmehr, durchzuckte es sie, denn sie hatte tatsächlich einen gehörigen Lärm gemacht, absichtlich ignoriert, und nichts, was sie tat, sollte Beachtung finden? Hatte Lady M. den Plan gefaßt, sie zu schneiden? Sie zu übergehen? Sich taub zu stellen? Sie zu behandeln wie in einer nicht vollzogenen Ehe, die für null und nichtig erklärt wird – steckte das dahinter?

Soll sie es doch versuchen, dachte sie und steigerte sich in ihren Trotz hinein, denn die Vorstellung war wirklich unangenehm. Sie sollte schnell herausfinden, daß sie sich in ihr, in Mumsie, getäuscht hatte, soviel stand fest. Es wäre nicht das erstemal in ihrem Leben, daß Belle De Lacey sich gegen einen schmutzigen Trick zur Wehr setzte und ihn erfolgreich abschmetterte.

Doch was nützte ihr der Trotz? Noch während sie ihn in sich aufbaute, versiegte er schon wieder. Im Grunde ihres Herzens wußte sie, daß gegen eine ständig verriegelte Tür und ungebrochenes Schweigen wenig auszurichten war.

Kindisch finde ich das, sagte sie zu sich selbst, stärker beunruhigt, als sie sich eingestehen wollte, und durchquerte den Flur – ein Schritt reichte aus – zu dem elenden Eckchen Unbequemlichkeit, in dem sie schlafen sollte. Erniedrigend.

Aber angenommen, jemand entschloß sich, kindisch zu sein, und es störte ihn nicht, sich zu erniedrigen?

Ein augenblicklicher Impuls drängte sie, umzukehren und mit beiden Fäusten gegen die verschlossene Tür zu hämmern. Das wäre eine Erleichterung gewesen, und schließlich konnte das Spielchen ›Es stört mich nicht, mich zu erniedrigen‹ auch zu zweit gespielt werden. Doch sie hielt sich zurück. Sie beschränkte sich darauf, ihrerseits ostentativ ihre Tür zu verriegeln.

Daraus zog sie allerdings nur kläglich wenig Befriedigung. Es verhinderte nicht, daß etwas Heißes, nahezu Unbekanntes in ihren Augen zu brennen begann. Was mich so trifft, ist diese Undankbarkeit, dachte sie und wiederholte es einige Male, während sie sehr schnell die Wimpern bewegte, nicht bereit, sich einzugestehen, was ihr nun wirklich in die Augen geraten war, es ist diese nackte Undankbarkeit. Nachdem ich soviel Mitleid wegen ihres Fußes gehabt habe und alles. Und mein Brandy. Und nachdem ich den ganzen Weg von England bis hierher gekommen bin, mit nichts außer – nichts außer –

Hastig zog sie ihr Kleid aus und löste ihr enges Korsett. So schlecht, so gemein. Sie persönlich hätte nicht einmal einen Hund so behandelt. Schon gar nicht einen Hund, führte sie den Gedanken zu Ende und blinzelte immer heftiger, der den ganzen Weg von England gekommen war, mit nichts außer – nun, war es nicht wahr wie das Evangelium? – mit nichts außer Balsam für ihre Wunden.

10

Doch am nächsten Morgen geschah nichts von dem, was sie gefürchtet hatte. Die Tür zum Zimmer gegenüber stand weit offen, als sie spät, weil sie nach anfänglichem ausgiebigen Hin- und Herwälzen fest geschlafen hatte, aus ihrem eigenen trat. Und weit entfernt davon, sie zu schneiden, sagte Lady M., als Mumsie eintrat und sich aufgeräumt erkundigte: »Nun, und wie geht es uns heute?«, indem sie sie ansah, mit Augen, das muß gesagt werden, die nicht gar so ernst hätten sein müssen: »Wir müssen miteinander reden.«

Reden? Mumsie war entzückt. War sie nicht allein deswegen hergekommen?

»Reden? Der Meinung bin ich auch!« rief sie begeistert und staunte über die Wucht und die Intensität der Grillen, wie sie es nannte, die sie am Vorabend gefangen hatte. »Wir müssen uns die Köpfe heiß reden. Reden bis zum Umfallen. Zuerst allerdings«, fügte sie hinzu, von ihrer Begeisterung überwältigt, »muß ich Sie küssen.«

Morgens war Mumsie immer in Hochstimmung. Ein neuer Tag stieg ihr zu Kopf wie Wein. Ein neuer Tag enthielt so viele Möglichkeiten, meinte sie und sagte es auch zu der Sorte Ehemann, die sich beim Frühstück allzu auffällig hängen ließ. An einem neuen Tag konnte alles Mögliche geschehen, erklärte sie diesen mürrischen Wesen und ermahnte sie deswegen, indem sie fröhlich mit dem Löffel auf den Tisch klopfte, den Kopf nicht so hängen zu lassen.

Und insbesondere dieser neue Tag bewies, wie recht sie hatte. Allein schon, was bisher geschehen war, gab ihr recht, angefangen mit dem unerwartet guten Kaffee, den der Affe auf ihr Klingeln hin gebracht hatte (für einen Augenblick, als sie ihn anstelle einer Frau ins Zimmer treten sah, schoß es ihr durch den Kopf, daß er, als Franzose und daher anfällig für solche Dinge, vielleicht vorhatte, . . .) – und dann sprach Lady M. genau die Worte aus, die sie bei der ersten Gelegenheit hatte anbringen wollen. Kein Wunder, daß ihre Laune überschäumte.

»Wir müssen reden«, sagte Lady M.

»Zunächst muß ich Sie küssen«, war Mumsies entzückte Reaktion.

Irgendwie küßte sie sie dann aber doch nicht. Lady M., von Kissen gestützt, den verbundenen Fuß auf dem Polster, das Mumsie ihm am Vorabend untergeschoben hatte, sah sie an, als sie ihr Vorhaben ausführen wollte, und fragte: »Warum?«

Zwei Silben, die ihre Begeisterung dämpften. Man hätte nicht gedacht, daß zwei kleine Silben so dämpfend wirken können. Doch sie wirkten dämpfend. Sie stoppten Mumsies Vordringen. Sie ließen sie zögern.

»Warum?« wiederholte sie, trotz des Zögerns noch obenauf. »Warum küssen die Menschen sich wohl?«

»Ich habe es mir nie vorstellen können«, sagte Lady M. mit der Stimme einer gelangweilten Eule.

»Aber, aber – das brauchen Sie mir nicht zu erzählen«, schimpfte Mumsie in Erinnerung an den Rasierspiegel und mit einem Blick auf das breite Bett. Außerdem hatte sie am Morgen, als sie den erbärmlichen kleinen Schrank öffnete, die einzige Möglichkeit in ihrem Zimmer, um ihre Kleider unterzubringen, eine hochinteressante Entdeckung gemacht: Darin lag ein gelbseidener Pyjama. Ein Herrenpyjama.

Was nützte es danach noch, daß ihre arme Freundin sich weiterhin prüde stellte? Der Pyjama war, so vermutete sie, eine alte Geschichte, denn die Geschichten wurden mit einem selbst alt, aber gewiß eine Geschichte, und in dem Augenblick, als sie den Pyjama sah, erhärtete ihr Verdacht zur Gewißheit. Sie war überzeugt, daß dieses einsame, versteckte Loch irgendwann einmal Lady M.s Liebesnest gewesen war.

Und warum auch nicht? Mumsie war die letzte, die etwas gegen Liebesnester einzuwenden gehabt hätte. Was sie allerdings störte, oder vielmehr, was sie in diesem Fall amüsierte, war die überlegene Haltung gegenüber all den hübschen kleinen Vorbereitungen eines Liebesnestes, ihr hochmütiges Ignorieren.

Warum küssen die Menschen sich wohl?

Ich habe es mir nie vorstellen können.

Eine Frechheit nannte Mumsie das.

Deshalb machte sie, wie ein Mensch, der sich nicht übers Ohr hauen läßt, ein wissendes Gesicht, doch an Daisy war es verschwendet. Es lag außerhalb ihrer Erfahrung. Sie konnte es nicht einordnen. »Möchten Sie sich nicht setzen?« war alles, was sie sagte.

Mumsie setzte sich. Sie zog einen Stuhl heran und ließ sich darauf nieder. Die verriegelte Tür vom Vorabend war großzügig vergeben und vergessen, und sie ließ sich auch nicht im geringsten durch den Mangel an Reaktion auf das kränken, was ihrerseits nahezu ein Wink mit dem Zaunpfahl gewesen war. Sie ist im

Augenblick ein blutleerer Stein, sagte sie sich und machte gut gelaunt Zugeständnisse, also ist es Zeitverschwendung, etwas Leben aus ihr herauszukitzeln. Doch ihr blieb reichlich Zeit. Das umfassende Gefühl, den ganzen Tag noch vor sich zu haben, Wochen, falls nötig, dehnte ihr die Brust. Sie würde Leben aus ihr herauskitzeln, so dumm es sich auch anhörte, doch es hatte sich nun mal in ihr festgesetzt, sie würde weiß Gott Leben aus ihr herauskitzeln, wenn sie erst einmal anfingen, miteinander zu reden.

Unterdessen saß sie da und strahlte ihre bandagierte Freundin an.

Im nächsten Moment würde sie den Verband lösen.

Man konnte sagen, was man wollte, so ein Verbandwechsel verband ungemein.

»Wie geht es dem Fuß?« fragte sie, setzte sich bequemer zurecht und hob die Hand an ihre Locken, um zu sehen, ob sie richtig lagen. »Muß er noch einmal gebadet werden?«

Ohne jedoch auf die Antwort zu hören, drehte sie den Kopf nach rechts und links und schnupperte begeistert, denn gerade hatte sie bemerkt, daß das Zimmer, dessen drei Fenster weit geöffnet waren, von verschiedentlichen, herrlichen Düften durchweht war. Die letzten Rosen schickten aus dem Garten ihre Süße hinauf, der erste Jasmin duftete von den Feldern. Und außerdem hatte jemand am Weg unter den Fenstern Lilien gepflanzt, die in ihrer Vernachlässigung üppig wuchernd blühten und köstlich anzusehen und zu riechen waren.

Was für Düfte, dachte Mumsie und schnupperte hingerissen. Sie hatte als Stadtkind keine Ahnung, um welche Düfte es sich handelte, doch sie entzückten sie. Noch ein kleines bißchen kräftiger, dann wären sie fast so gut wie die aus der Fabrik in Grasse. An was auch immer es hier mangelte, beschloß sie, niemand konnte behaupten, daß es nicht hübsch duftete, wenn man sich erst an den Knoblauchgeruch gewöhnt hatte. Und außerdem kann sich auch niemand beschweren, daß der Himmel nicht blau genug ist, dachte sie, erstaunt über die Intensität der Farbe zwischen den silbrigen Olivenblättern. Auch diese Bäume sahen bei Tageslicht ganz anders aus und flößten ihr überhaupt keine Angst mehr ein. Merkwürdig, ihre Grillen der letzten Nacht; es sah ihr gar nicht ähnlich, so niedergeschlagen zu sein, und es zeigte nur, was es einem antat, wenn man keine Menschenseele zum Reden hatte. Natürlich war nach wie vor weit und breit kein Haus zu sehen, doch das war jetzt nicht wichtig, da es nur noch eine Frage von einem oder zwei Tagen war, bis sie und Lady M. im Blauen Zug davonfuhren.

»Ein hübsches Häuschen haben Sie hier«, sagte sie selbstzufrieden, in morgendlichem Wohlwollen bereit, sich sogar an der Jasminfarm zu freuen. »Ich würde es allerdings nicht als Besitz bezeichnen«, fügte sie hinzu.

»Ich bezeichne es ja nicht als Besitz«, sagte Daisy.

Sie betrachtete ihre Besucherin in einer Art entgeisterter Faszination. Diese Mrs. De Lacey, das wußte sie nun, diese unglaubliche Person, die sie verfolgte, hatte ihr durch ihre Ankunft einen großen Dienst erwiesen. Das war ihr lange Zeit nicht bewußt geworden. Zuerst hatte ihr Fuß so heftig geschmerzt, daß sie an nichts anderes hatte denken können, und als die Schmerzen allmählich nachließen und sie sich dem Geschehenen zuwenden konnte, war sie so verblendet vor Zorn, daß sie nicht erkannte, wie gut es ihr tat, sich so zu ärgern. Doch, es tat ihr gut. Es zog sie heraus aus dem erbärmlichen Pfuhl sinnloser, von Gespenstern bevölkerter Emotionen, in dem sie ertrank. Es zerrte sie wieder empor an die Oberfläche des Lebens, wo die Probleme einfach waren und die anstehenden Entscheidungen nicht durch persönlichen verzehrenden Kummer verkompliziert wurden.

Daisy benötigte dringend etwas, was sie von ihren Gespenstern ablenkte. Sie war nur zwei Tage allein gewesen, als Mumsie eintraf, doch es hätten ebensogut zwei Jahre sein können, zu so vielen und so seltsamen Orten war ihr Geist gewandert. Ihr Geist war im Grunde zu dem Zeitpunkt, als Mumsie ihr auf der Straße begegnete, noch belasteter als ihre äußere Erscheinung – nichts als ein Haufen wirrer Kram, ein Geist in Lumpen. Sie hatte bisher noch nicht die Kraft aufgebracht, auch nur einen Teil zu ordnen, nicht eine der verzweifelt wichtigen Fragen zu klären, die sie, wie sie wußte, früher oder später entwirren und überdenken mußte.

Sie hatte endlose Spaziergänge unternommen, auf der Flucht vor ihren Gedanken, auf der Flucht vor Midhurst. Haus und Garten waren durchsetzt von Erinnerungen an ihn. Alles, was sie dort sah und berührte, erweckte ihn augenblicklich wieder zum Leben. Aber zum Glück war er kein Mann gewesen, der gern spazierenging, und wenigstens die Felder und Wälder waren frei von ihm. Sobald sie dort und in Sicherheit war, konnte er sie nicht bei jedem Schritt am Ärmel zupfen und deuten und flüstern: Erinnerst du dich?, wie er es auf der Farm in so schmerzlicher Weise immer wieder tat.

Solange sie spazierenging, war sie also frei von Midhurst. Doch abends mußte sie zu ihm zurückkommen. Sie konnte nicht bis in alle Ewigkeit spazierengehen. Und da war er dann, wartete, und da warteten auch in Scharen die lächerlichen, völlig sinnlosen und verspäteten Zweifel, die ganz neu für sie waren. Denn bisher, seit seinem Tod, hatten sie sie nicht einmal leise gestreift, die Zweifel, ob sie wirklich gar so . . ., ob sie nicht vielleicht doch . . ., ob Liebe, Liebe im allgemeinen, selbst Liebe, die gelegentlich rastlos wurde, nicht festgehalten anstatt in dem Augenblick, da sie einem in den Armen zu zappeln begann, kalt fallengelassen werden sollte . . .

Es schien ein Trost zu sein, dank der endlosen Spaziergänge diesen von Geistern heimgesuchten Zweifeln entfliehen zu können. Aber war es wirklich ein Trost? Senkten sie sich nicht letztendlich wie ein Vorhang, wie ein trauriger Vorhang, aber immerhin einer, der die Sicht nahm, zwischen sie und etwas viel Schlimmeres? Denn angenommen, dachte Daisy und stolperte in ihren ungeeigneten Schuhen schneller voran, angenommen, in ihr sollten jetzt Zweifel wach werden, nicht wegen lang vergangener Taten, die sich nicht mehr ändern ließen, sondern wegen der unmittelbaren Vergangenheit, der lebendigen, blutenden Vergangenheit, die nicht weiter zurücklag als Montag, und sie sollte sich fragen, ob sie denn wirklich gar so . . .

Vor solchen Gedanken jedoch flüchtete sie, und ihr Körper rannte beinahe angesichts des Drängens ihres Geistes. Sünde blieb Sünde, versicherte sie sich leidenschaftlich, und die häßlichste von allen Sünden war die, die als Liebe maskiert einherging. Unter dem Einfluß des Elends, das Tom durch seine Abstecher in diese sogenannte Liebe über sie brachte, hatte sie ihr ganzes Leben dem Streben gewidmet, Menschen davor zu bewahren, und wenn sie nicht bereit waren, sich retten zu lassen, was wohl nahezu immer der Fall war, hatte sie ihnen den Rücken gekehrt. Durfte sie nicht den Rücken kehren, weil diese Sünde von ihrer eigenen . . .

Sie konnte das Wort nicht über die Lippen bringen, konnte den Gedanken nicht einmal denken, schon der bloße Gedanke an diesen Gedanken brachte sie fast um. Auf der Flucht vor ihm stolperte sie weiter – schneller, schneller, außer Reichweite der Erinnerung, des Wissens . . .

In diese düstere Verwirrung der Gefühle war Mumsie wie eine Fackel eingedrungen und hatte Daisys Geist mit aufrichtigem unmittelbaren Zorn entflammt. Die Geister entflohen. Midhurst wurde hinausgefegt, und Terrys und Andrews Verworfenheit wurde notgedrungen zur Seite gestellt, während sie sich mit Mrs. De Lacey befaßte.

Anschließend, anschließend, sagte Daisy zu sich selbst, nur zu bereit, den unvermeidlichen Augenblick, da sie dem Schrecken ins Angesicht würde blicken müssen, für eine Weile länger von sich zu schieben. Zuerst mußte Mrs. De Lacey bewältigt werden. Bis sie sie bewältigt hatte, mußte die entsetzliche Aufgabe, die Schande aufzurollen und von allen Seiten zu beleuchten, notgedrungen verschoben werden. Und wenn die Anwesenheit der Frau eine Beleidigung und eine Demütigung war, so war sie doch auch, das erkannte sie, manches andere – eine Oase in der Wüste ihrer eigenen Katastrophen, in der sie einen Augenblick verweilen und Atem schöpfen konnte, eine Erfrischung, die Kraft gab zu neuem Handeln, ein Mittel, das den Geist reinigte.

Eigentlich hatte sie jeden Grund, Mumsie dankbar zu sein, wenn es auch eine Weile dauerte, bis sie das erkannte. Erst als die Sterne verblaßten und die Welt grau wurde, als auf der anderen Seite des Flurs ihr ungeladener Gast, der sich bis dahin ruhelos im Bett gewälzt hatte, in tiefen Schlaf fiel, der sie am nächsten Morgen so spät wieder freigab, begann sie zu ahnen, daß Mrs. De Laceys Ankunft ihr, so unglaublich es schien, guttat. Als die Sonne schließlich aufging, so plötzlich wie unverhoffte laute Musik, als sie hinter der violetten Linie der Hügel im Osten wie ein großartiger Lichtstreifen aufflammte, sah Daisy sich gezwungen zuzugeben, daß diese schlichte, aufrichtige Empörung, die absolut nichts Herzergreifendes an sich hatte, ihr beinahe ein Gefühl von Normalität gab, und als der strahlende neue Tag dann vollends Besitz von ihrem Zimmer ergriffen hatte und sie und auch den geringsten Gegenstand im Raum in warme Pracht hüllte, war sie weit genug, um zu glauben, daß sie der Frau tatsächlich zu Dank verpflichtet war.

Demgemäß schien es nicht sehr freundlich, Pläne zu ihrer Vertreibung zu wälzen, doch Daisy konnte nicht anders. Vertrieben werden mußte sie, und zwar bei der nächstmöglichen Gelegenheit. Wie schwierig aber, eine Lösung zu finden. Sie runzelte die Brauen – sie waren jetzt beweglich, nachdem die letzten Erinnerungen an Madame Valaise verschwunden waren –, sie versuchte wirklich, das Problem zu lösen. An diesem abgelegenen Ort, meilenweit entfernt von allem, ohne Telefon, und hätte es ein Telefon gegeben, hätten doch eine Miss Simpson oder ein Parker gefehlt, um es zu benutzen; außerdem fehlten die endlosen Zimmerfluchten, in die sie sich zurückziehen konnte, während andere gewisse unangenehme Schritte einleiteten; darüber hinaus war sie der Barrikaden beraubt, die Dienstboten und Freunde zwischen ihr und der Schamlosigkeit aufbauten; es fehlte sogar, wenn es zum undenkbar Schlimmsten käme, der Polizist an der Ecke. Wie sollte also die Vertreibung vor sich gehen?

Daisy lag da und grübelte. In Licht getaucht lag sie da und grübelte über Allerweltsprobleme, während die glorreiche Aufführung des Morgens ungesehen vor ihren Augen vorüberzog. Dies war die Stunde, zu der sie hätte beten müssen. E r h e b e d e i n H e r z, drängte dieses Flüstern wieder, wie es sie am ersten Nachmittag gedrängt hatte. Heute wie damals war sie sich seiner bewußt, heute wie damals wischte sie es als bedeutungslos zur Seite. Menschen in ihrer Situation konnten ihr Herz nicht erheben.

Außerdem, was war das für ein Herz, das ausgerechnet sie erheben sollte? Gebrochen war es, und zwar, soweit sie es beurteilen konnte, für alle Zeiten, doch was davon übriggeblieben war, konnte sich glücklicherweise doch noch auf das Problem konzentrieren, wie sie Mrs. De Lacey loswerden sollte.

Also konzentrierte sie sich, und ihre erste Idee, nämlich Adolphe nach Grasse zu schicken, ein Taxi zu holen und ihm den Auftrag zu geben, die Frau hineinzusetzen, wurde verworfen, weil sie nicht wußte, was sie tun würde, wenn die Frau sich nicht hineinsetzen ließe. Daß sie sich weigern würde, war wahrscheinlich, denn warum sollte sie, nachdem sie sich aus den zweifellos empörendsten Gründen der Mühe unterzogen hatte anzureisen, willens sein, unverzüglich wieder abzureisen?

Ihre nächste Idee, nämlich in ihrem Zimmer zu bleiben und kein Klopfen, sooft es auch erfolgen mochte, keine Beschwörungen zu beachten, bis die unglaubliche Person aus reiner Erschöpfung aufgab und aus eigenen Stücken um ein Taxi bat, wurde ebenfalls verworfen, und zwar als ihrer nicht würdig. Sie hatte sich schon unwürdig genug aufgeführt, als sie sich wegen ihres verstauchten Fußes hilflos anklammern mußte, als ihr übel wurde, als sie Thérèse aufforderte, die Tür zu verriegeln, weil sie es unmöglich hätte ertragen können, von Mrs. De Lacey entkleidet zu werden. Derartige Fehltritte durften sich nicht mehr wiederholen.

Besser, sich fünfzigmal von Mrs. De Lacey entkleiden zu lassen, als zu kindischer Feigheit herabzusinken, sagte Daisy zu sich selbst, indem sich das Blut ihrer Vorfahren, allesamt, soweit sie wußte, mutig und würdevoll, in ihr regte. Aus Tradition, aus Gewohnheit regte sich dieses Blut beim geringsten Anzeichen von unwürdigem Verhalten. Daß es ihr gelang, eine gewisse Ahnung vollständig aus ihrem Bewußtsein zu verbannen, eine Ahnung, die ein-, zweimal während ihrer Streifzüge durch die Felder versucht hatte, sich ihr aufzudrängen, eine Ahnung, dahingehend, daß ihre Flucht aus London der Gipfel der Feigheit und des unwürdigen Verhaltens sei, stand hier nicht zur Debatte. Zur Debatte stand auch nicht, daß es ihr gelang, den vollständigen Zusammenbruch ihrer Würde an jenem schrecklichen Nachmittag aus ihrem Bewußtsein zu verbannen, als die zwei, deren Namen sie nicht über die Lippen brachte, sie dazu getrieben hatten, öffentlich, vor ihren eigenen Dienstboten, wie ein geprügelter Hund zu wimmern, denn es gibt Dinge, an die man nicht denken darf, an die man sich nicht erinnern darf, wenn man weiterleben möchte.

Daher setzte sie ihre Überlegungen ungestört fort, schloß aus, beachtete nicht, hielt sich für den Augenblick sorgsam in dem seichten Tümpel, den Mumsie bot, über Wasser, und beschloß, daß sie sich von einer Person wie Mrs. De Lacey unter keinen Umständen zum Feigling machen oder um ihre Würde bringen lassen würde. Damit erwiese sie ihr zuviel der Ehre. Und da sie wegen ihres Fußes – hätte es noch unglücklicher kommen können? – nicht zu ihr nach unten gehen konnte, mußte sie sie nach oben bitten und in ihrem Schlafzimmer sagen, was zu sagen war. Schließlich konnte die Frau ihr nun nichts mehr eröffnen, was sie, tragischerweise, nicht schon wußte; weitere Überraschungen blieben ihr erspart. Und sie würde verlangen, daß die Frau eine Erklärung für ihre Anwesenheit auf der Farm abgab, und sie dann, wenn sie ausgeredet hatte, auffordern zu gehen.

Einfach: perfekt einfach. Es erschien ihr unmöglich, daß die Frau sich weigern könnte. Sie konnte sich womöglich weigern, sich in ein Taxi setzen zu lassen, aber sie konnte sich nicht weigern, das Haus zu verlassen. Kein Mensch blieb, wenn er vom Hausbesitzer zum Gehen aufgefordert wurde. Doch falls sie es, unvorstellbar, versuchen sollte, und es zum undenkbar Schlimmsten kam, konnte man immer noch –

Zum ersten Mal, seit die Katastrophe über sie hereingebrochen war, flackerte in Daisys abgespannten Augen eine kaum wahrnehmbare Andeutung eines Lächelns. Auch dies verdankte sie Mumsie. Die Vorstellung, Mrs. De Lacey den Proviant abzuschneiden . . .

Also war sie, als Adolphe und Thérèse schließlich anfingen, im Haus umherzuschleichen, nach allem Grübeln bei dem drastischen Plan angelangt, zunächst eine Erklärung zu verlangen, dieser würdevoll zuzuhören und dann höflich um die Abreise zu bitten.

Geduld, Höflichkeit, Würde, so hießen die Schlüsselworte, beschloß Daisy. Welche anderen Schlüsselworte konnte es für eine Frau ihres Standes geben, wenn sie mit einer Frau vom Stand einer Mrs. De Lacey konfrontiert war? Alles andere, alle Kränkungen, die diese Dame womöglich erlitten hatte, mußten außer acht gelassen werden, bis die Beleidigung ihres Besuches durch ihre Abreise getilgt war. In Daisys Augen war diese Beleidigung monströs, und nichts, was geschehen war, kein Anspruch, kein Groll, konnte sie rechtfertigen.

Da war sie also nun, und da war, kurz nach elf, auch Mumsie. Und Mumsie, zu diesem Zeitpunkt nur von dem angenehmen Gefühl eines Morgenkaffees erfüllt, und vom Duft der Blumen oder was immer es sein mochte, stand die Zufriedenheit ins Gesicht geschrieben, während sie den Kopf von links nach rechts wandte und glücklich schnupperte.

Sie trug ihren neuen Pyjama-Anzug und kam sich sehr chic und rivieramäßig vor, wenn auch am Rücken ein bißchen nackt, solange sie sich nicht daran gewöhnt hatte. Chic, attraktiv, in der Blüte ihres Lebens fühlte Mumsie sich, und ihr Make-up von gestern, welches abzuwaschen sie nicht übers Herz gebracht hatte, war noch fast so gut wie frisch. Was stelle ich doch für einen krassen Gegensatz zu der Gestalt auf dem Bett dar, dachte sie. Schade, daß kein Mensch mit Augen im Kopf anwesend war, um das zu sehen.

Daisy beobachtete sie und fand sie äußerst merkwürdig, diese offensichtliche Zufriedenheit. Warum war die Frau so vergnügt? Worüber freute sie sich? War ihre Tochter, diese arme kleine süße Rosie, die sie doch natürlich anbeten mußte, nicht ihres Gatten beraubt worden, und zwar von –

»Ich würde es allerdings nicht als Besitz bezeichnen«, hörte sie Mumsie in dem Moment sagen, als sie noch vor einem der beiden Namen zurückzuckte, die sie nicht über die Lippen brachte.

»Aber ich bezeichne es ja nicht als Besitz«, antwortete sie mit einem hastigen Atemzug, so nahe war sie daran gewesen, im Geiste diesen einen kostbaren Namen auszusprechen.

»Aber die Zeitung. Wir haben den ›Evening Standard‹ gelesen, und dort stand, Sie hätten sich auf Ihren Besitz in Südfrankreich zurückgezogen.«

»Die Zeitung?« wiederholte Daisy. Und noch einmal: »Die Zeitung?« Sie beugte sich vor. »Haben Sie dadurch erfahren, wo –«

»Ja. Durch die Zeitung«, sagte Mumsie und zupfte an einem Schulterträger, der zu rutschen drohte; daß ihr Pyjama noch tiefer herabglitt, konnte sie nicht zulassen. »In der Nähe von Grasse, stand in der Zeitung. Also habe ich mich nach Grasse erkundigt und bin sofort aufgebrochen. Kein Gras – na, wenn das kein Wortspiel ist!« unterbrach sie sich selbst. »Würde in einer Revue gut ankommen, nicht wahr? Ich wollte sagen«, fuhr sie fort, während Lady M.s Gesicht den eulenartigen Ausdruck beibehielt, »kein Gras, das die kleine Belle nicht wachsen hört, wenn sie erst einmal in Fahrt ist.«

Doch Daisy starrte nun ins Leere und sah sie nicht. Sie war sich der üppigen Gestalt nicht mehr bewußt, die so unzulänglich gekleidet neben ihr auf dem Stuhl saß. Ein Abgrund des Verrats, des Ungehorsams gegen ihre Anordnungen, gähnte zwischen ihr und der einzigen Person, der sie zum Schluß noch vertraut hatte. Miss Simpson. Miss Simpson hatte diese Meldung an die Presse gegeben. Selbst Miss Simpson betrog sie.

Es war sonderbar, wie sehr dieser letzte Verrat, der im Vergleich zu Terrys und Andrews Verrat eigentlich nur geringfügig war, sie kränkte. Niemals hätte sie vermutet, daß Miss Simpson überhaupt etwas von Bedeutung tun könnte, doch dies hier war von Bedeutung. Und es traf sie nicht nur bis ins Mark, es ängstigte sie auch. War sie denn völlig ungeschützt, stand nichts mehr zwischen ihr und jedem Beliebigen, der beschließen mochte, ihr zu folgen? Man schaue sich nur diese Frau an, die empörenderweise bereits hier eingetroffen war. Und sie hatte sich eingebildet, in eine durch nichts zu störende Einsamkeit zu fliehen!

Mit leerem Blick starrte sie Mumsie an. Auch wenn sie Miss

Simpson nicht ausdrücklich angewiesen hatte – und wie leicht mochte das in dem Entsetzen und der Verwirrung übersehen worden sein –, daß niemand von ihrem Ziel erfahren durfte, war es nicht in den strengen Vorschriften enthalten, die sie ihr, wie sie sich erinnerte, gegeben hatte, daß nichts, weder Briefe noch Telegramme, nachgesandt werden durften, bis sie von sich aus nach Neuigkeiten fragte? »Ich möchte *nichts* hören, über *niemanden*«, erinnerte sie sich, Miss Simpson eingeschärft zu haben, die zitternd wie Espenlaub vor ihr stand. War das nicht dasselbe, als hätte sie gesagt, sie wolle auch nicht, daß irgend jemand etwas über sie höre?

»Sie brauchen nicht durch mich hindurchzuschauen, als wäre ich nicht da«, bemerkte Mumsie leicht gereizt angesichts dieser ausgedehnten Leere, »denn ich bin noch da. Sogar sehr«, fügte sie unwillkürlich hinzu, und hatte wie beim Betreten des Hauses am Grosvenor Square das Gefühl, das Haus mit sämtlichen Bewohnern in der Hand zu haben.

»Ja«, sagte Daisy, sammelte ihre schweifenden Gedanken, konzentrierte sich wieder auf das Unmittelbare, also auf Mumsie, und sparte sich Miss Simpsons Betrug für spätere Überlegungen auf. »Weiß Gott, das sehe ich. Aber – sagen Sie mir, warum.«

»Wieso warum?«

»Warum Sie hier sind.«

»Nun, das ist schnell gesagt«, meinte Mumsie. »Zunächst einmal, um Ihnen Ihren inneren Frieden wiederzugeben –«

Wie seltsam die Worte in Daisys Ohren klangen: *den inneren Frieden wiederzugeben*. Ach, gäbe es doch auf der ganzen weiten Welt nur einen Menschen, der dazu in der Lage wäre! Und sie sah Mumsie mit einem so bitteren Lächeln an, daß die gutmütige Frau mitten im Satz innehielt, um ihre Hand zu nehmen und sie begütigend zu tätscheln.

Es gelang ihr jedoch nicht, sie zu ergreifen, geschweige denn, sie zu tätscheln. Irgendwie entglitt sie ihr und blieb verborgen.

»Schauen Sie doch nicht so säuerlich drein«, mahnte sie, oder vielmehr, bettelte sie fast, denn das Lächeln schmerzte sie. »Warten Sie, bis Sie mich angehört haben. Also, zunächst einmal bin ich gekommen, um Ihnen den inneren Freiden wiederzugeben, und wenn ich das erreicht habe, nehme ich Sie mit zurück nach London.«

Hier allerdings lachte Daisy laut, und es war ein so überaus unangenehmes Lachen, daß jeder anderen Frau an Mumsies Stelle das Blut in den Adern gefroren wäre, jawohl, gefroren wäre angesichts der Kränkung. Sie aber sagte sich, daß kein Mensch ein so offensichtliches Wrack ernst nehmen könne. In ihrem mit Schleifchen verzierten Spitzennachthemd – genug Schleifchen, um ein Dutzend Bräute auszustaffieren, schätzte Mumsie, und das helle Morgenlicht unterstrich all die Dinge, die die meisten Frauen aus guten Gründen ihr Leben lang zu verbergen suchen – war sie zu bemitleidenswert, als daß sich jemand hätte gekränkt fühlen können. Am besten, dachte Mumsie, behandle ich sie wie ein Kind, wie ein krankes Kind, das Hilfe und Aufheiterung benötigt.

»Lachen Sie nicht so«, gab sie daher vor zu schelten und schlug zu jedem Wort leicht die Hände zusammen, als würde sie Backe-backe-Kuchen spielen. »Lachen ist etwas Schönes, glauben Sie mir, und sollte nicht mißbraucht werden, um gemein zu sein.«

»Sie haben vollkommen recht«, sagte Daisy plötzlich sehr ernst. »Entschuldigen Sie bitte.«

»Ach, schon gut, schon gut«, versicherte Mumsie herablassend. »Mit Entschuldigungen brauchen wir uns nicht aufzuhalten, Sie und ich. Wir sind Freundinnen – so sehe ich es zumindest. Und Freundinnen müssen nicht so steif und höflich miteinander umgehen, wissen Sie.«

»Aber wieso sind wir Freundinnen?« fragte Daisy, das mittlerweile ernste Gesicht Mumsie zugewandt, deren Gesicht wiederum den Ausdruck eines Menschen zeigte, der entschlossen ist, sich durch nichts aus der Ruhe bringen zu lassen.

»Warum, warum. Ich kenne keinen Menschen, der so oft nach dem Warum fragt«, scherzte sie.

»Ja. Aber ich möchte es wissen. Ich möchte das geklärt sehen«, sagte Daisy finster.

»Nun, zum einen haben wir die gleichen Interessen«, antwortete Mumsie. »Und zum anderen können wir uns gegenseitig vor einem Skandal bewahren.«

»Ach?« schnappte Daisy. Und hielt inne. Und fügte hinzu, sich ihres Entschlusses erinnernd, die Frau bis zum Ende anzuhören: »Erklären Sie bitte.«

»Aber, aber – erklären«, tadelte Mumsie. »Als ob Sie weggelaufen wären, wenn Sie es nicht wüßten.«

»Warum ich hierhergekommen bin, weiß ich selbstverständlich«, sagte Daisy, der das Wort weglaufen einen Stich versetzt hatte. »Allerdings weiß ich nicht, warum Sie gekommen sind.«

»Aber ich sagte es doch bereits – um Ihnen den inneren Frieden wiederzugeben. Ich hätte es schon neulich tun können, als ich Sie in der Stadt aufsuchte –«

»Ja. Deswegen bitte ich um Entschuldigung«, fiel Daisy ihr ins Wort. »Ich meine, dafür, daß ich Sie nicht erklären ließ, was Sie von mir wollten. Es hätte Ihnen die Reise erspart.«

»Es hätte Ihnen die Reise erspart«, entgegnete Mumsie. »Ich hätte Ihnen gesagt, daß Sie keinen Gedanken an diese kleine Affäre verschwenden müssen, sondern gemütlich in all Ihren schönen Häusern bleiben können, als wäre nichts geschehen, um sich mit Ihren Freunden zu vergnügen. Nur mit dem einzigen Unterschied, daß Sie eine neue Freundin haben. Eine neue, eine gute Freundin, und eine verschwiegene. Verschwiegen wie das Grab.«

Schweigend sah Daisy sie an. Jemanden wie diese Mrs. De Lacey hatte sie noch nie erlebt, jedenfalls nicht aus der Nähe, nicht im Gespräch. Vielleicht hatte sie etwas Derartiges mal auf der Bühne gesehen, aber näher war sie nie gekommen. Und da die Frau ihr nun nichts mehr antun konnte, nun sie das Schlimmste wußte, warum sie noch ernst nehmen? Lächerlich, sich über jemanden dieses Standes zu ärgern. Sie war ein Kind. Am besten war es, sie als solches zu behandeln und sich nicht an ihr zu stören.

Ihr erster Gedanke war daher der, dem armen Ding etwas zu schenken. Sie wirkte so pathetisch in ihrem billigen, unzulänglichen Pyjama, in ihrem unschlagbar mutigen Versuch, weiterhin jung und schön zu sein, obwohl sie beides sicherlich schon seit langer Zeit nicht mehr war – wie du, kam es ihr für einen Moment unbehaglich in den Sinn, so wie es ihr, gleichermaßen unbehaglich, an jenem Morgen am Grosvenor Square in den Sinn gekommen war. Natürlich ein absurder Gedanke, denn wirklich, worin sollte eine mögliche Ähnlichkeit denn überhaupt bestehen ...

Und wie sie an jenem Morgen den Wunsch verspürt hatte, der armen Frau ein paar frische Gardenien zu schenken als Ersatz für die schäbigen künstlichen an ihrem Mantel, so hatte sie auch jetzt das Gefühl, ihr, wenn sie schon unbedingt einen Pyjama tragen wollte, einen gut geschnittenen, teuren zu schenken. Schließlich war sie ein gutmütiger Mensch und hatte ihren Fuß sorgfältig und gekonnt bandagiert. Daisy würde gern etwas für sie tun, wenn sie sich dann still zurückzog. Zum Beispiel sie bei ihrem Aufenthalt in Paris zu Schiaparelli schicken, mit einem Brief, der ihn anwies, der Frau einen wirklich guten Pyjama zu schneidern. Miss Simpson sollte dann die Rechnung begleichen.

»Was wir tun müssen, Sie und ich«, betonte Mumsie, die strahlenden schwarzen Augen auf das ihr zugewandte Gesicht gerichtet, wobei sie jeden Wechsel im Mienenspiel verzeichnete und keinen verstand, »ist, an einem Strang zu ziehen und den Skandal zu vertuschen. Allerdings ist es unsinnig, an einem Ort wie diesem an einem Strang zu ziehen. Man kann nichts vertuschen, wenn niemand da ist, der es merkt. Also müssen wir zunächst einmal zurück nach London. Dort gibt es viel zu erledigen. Jede Menge Lästermäuler. Und für den Fall, daß schon etwas durchgesickert ist, müssen wir uns zusammen blicken lassen«, fuhr sie mit Nachdruck fort. »Auf Partys und so weiter. Ascot. Cowes. Moorjagden und so. Ich wäre schon immer gern mal auf einer Yacht gewesen, und ich glaube, gegen Moorjagden hätte ich auch nichts einzuwenden, wenn ich mir Zeit dafür nehmen dürfte. Es müßte schon mit dem Teufel zugehen, finde ich, wenn der Klatsch nicht aufhören sollte, sobald man Sie und mich überall wie ein Herz und eine Seele gesehen hat. Sie wissen natürlich so gut wie ich, daß es in einem Fall wie dem unseren gegen die menschliche Natur wäre, wenn die beiden Mütter Freundinnen wären, wenn es denn wirklich einen Fall gäbe – die Mutter, der Unrecht getan wurde, und die Mutter, die – nun, natürlich ist es nicht Ihre Schuld, aber so ist es nun einmal.«

Sie hielt inne. Daisy starrte sie an. Ein Wort drängte sich ihr auf, das zu benutzen oder auch nur zu denken sie bisher noch nie Anlaß gefunden hatte. Das, was es bedeutete, war ihr ganz und gar unbekannt, und trotzdem schwante ihr, daß das, was Mrs. De Lacey im Schilde führte, Erpressung war.

Ein häßliches Wort. Ein häßliches Vorhaben. Es kam über sie wie ein letzter Tropfen in ihrem ohnehin schon randvollen Kelch. Und dennoch löste es in ihr einen diesem Anlaß und den tragischen Umständen völlig unangemessenen Lachzwang aus, statt sie aufzuregen und das Blut ihrer Vorfahren nun auf höchster Stufe zum Kochen zu bringen. Und diesmal klang das Lachen keineswegs so sehr bitter.

Denn war es nicht eine eher komische Erpressung? Von der Art, wie es sich ein Kind, das sich aus purem Übermut versuchen will, ausdenken könnte? Partys und so weiter. Sie und Mrs. De Lacey in der Londoner Öffentlichkeit, einander tatkräftig schützend vor dem Anprall des Skandals! Unmöglich, auf ein so schlichtes Gemüt verärgert zu reagieren. Diese Schlichtheit, diese plumpe Unkenntnis der Welt und der nicht zu überwindenden Kluft, die Mrs. De Lacey von dieser Welt trennte, weckte beinahe den Wunsch, das arme Ding zu streicheln – beinahe, aber nicht ganz. Wie äußerst unglücklich würde sie sich auf Partys und so weiter fühlen, wie abgrundtief einsam, wenn ihre fröhlichen Annäherungsversuche mit starren Blicken abgeschmettert würden, von eisiger Verwunderung oder bestenfalls einer demütigenden Höflichkeit begleitet, gefolgt von sofortigem Rückzug.

»Ja«, sagte sie nach einer Weile ernst, als hätte sie diese Vorschläge erwogen. »Ich verstehe das alles. Und es ist sehr großherzig von Ihnen, willens zu sein –«

»Na, ich finde es wirklich äußerst großherzig von mir«, fiel Mumsie ihr ins Wort und spreizte sich wie ein Pfau. »Schließlich wurde meine Rosie im Stich gelassen –«

»Ja, so ist es«, fiel Daisy ihr ihrerseits ins Wort. »Nur, ich kehre nicht nach London zurück.«

Was hatte sie zu diesen Worten bewogen? Sie wußte es nicht. Sie hatte den Gedanken noch nicht zu Ende gedacht. Er war ihr einfach so in den Sinn gekommen.

»Im Augenblick natürlich noch nicht«, stimmte Mumsie zu. »Erst wenn Ihr Fuß wieder gesund ist.«

»Überhaupt nicht«, sagte Daisy und wurde daraufhin von solcher Überraschung erfaßt, daß sie Mumsie verwundert ansah.

Mumsie jedoch mißverstand sie. »Sie meinen«, sagte sie, »Sie würden es vorziehen, auf einem Ihrer Landsitze zu residieren. Nun, ich persönlich halte nicht viel vom Landleben, aber ich denke, für einen guten Zweck könnte ich mich damit abfinden. Wir werden Hauspartys feiern. Sie müßten schon in größerem Rahmen angelegt sein, damit unsere Freundschaft sich möglichst weit herumspricht.«

»O nein«, sagte Daisy, immer noch mit diesem erstaunten Gesichtsausdruck, und ihr war, als spräche jemand anderer für sie, »das meine ich nicht. Ich meine, ich werde hier bleiben.«

Jetzt war es an Mumsie, sie verblüfft anzustarren. Natürlich konnte man das arme Ding in ihrem derzeitigen Zustand nicht ernst nehmen, aber es hatte doch so geklungen, als ob sie es ernst meinte.

»Aber, aber«, ermahnte sie und gab sich alle Mühe, heiter zu wirken. »Hier bleiben? Wie – in diesem elenden Loch?«

»Sie haben es eben noch als hübsches Häuschen bezeichnet.«

»Mag sein. Und mag sein, daß es auch ganz hübsch ist, für ein Picknick oder einen kurzen Aufenthalt von ein, zwei Tagen – mit einem netten Mann«, fügte Mumsie in Gedanken an den gelben Pyjama hinzu. »Aber erzählen Sie mir nicht –«

»Ich versichere es Ihnen. Ich kehre nicht zurück. Überhaupt –«, Daisys Augen waren nun groß vor Verwunderung über ihre eigenen wiederholten Beteuerungen, darüber, wie sie sich mehr und mehr zu einem unwiderruflichen Entschluß auswuchsen, »– nie mehr.«

Schweigend sahen sie einander an, Mumsie ungläubig, Daisy

mit diesem Ausdruck der Überrumpelung durch ihre eigenen Worte. Hatte Mrs. De Lacey, so fragte sie sich, erneut Klarheit in ihre Gedanken gebracht, und diesmal so gründlich, daß sie wie in einer Glaskugel sehen konnte, was sie als nächstes zu tun hatte? Niemals zurückkehren, aufgeben, den Kampf und die Schande und den Versuch, für das Gräßliche geradezustehen, hinter sich lassen – welch ein Friede, welch ein Friede.

Ihre Blicke, nun verhangen, schweiften an Mumsie vorbei über die anmutige, in der Sonne liegende Gegend hinter den Fenstern. So heiter und völlig unbeschwert lag sie vor ihr. London und alles, was dort geschehen war, schien weit entfernt und lang vorüber. Im All verloren. Von Stille zugedeckt. Konnte man hier, außerhalb der Reichweite von Hohn und Spott, nicht vielleicht alles vergessen? Ja, dachte sie und betrachtete die stillen Hügel, hier konnte man womöglich alles vergessen – nach einer kleinen Weile zumindest, wenn mehr Zeit vergangen war. Und wenn man vergaß, wäre es vielleicht leichter –

Zu vergeben. Seinen Frieden zu machen.

Die Worte seufzten sich in ihr Bewußtsein und beendeten den Satz für sie. Sie seufzte ebenfalls, mit einer Versonnenheit, die wie ein Schmerz war. Ach, wenn man das könnte! Wie himmlisch. Welch eine unendliche Erleichterung. Angenommen, sie wäre in der Lage, noch an diesem Tag anzufangen, genau diesen Tag mit einem Leben zu beginnen, das von aller Vergangenheit und ihren schmerzhaften Grausamkeiten reingewaschen war, mit einem ganz neuen, schlichten Herzen, frei von Wut und Empörung, das keine Urteile mehr fällte, sondern fähig wäre zu verstehen und, da es verstand, zu vergeben.

»Wissen Sie, ich bin immer noch hier«, bemerkte Mumsie spitz.

Doch Daisy beachtete sie nicht. Sie hatte Mumsie vergessen. Sie gab sich ganz dem Verlangen hin, sich beinahe um jeden Preis aus der Qual zu erlösen. Und ohne es selbst zu wissen, vollführte sie eine kleine Handbewegung, hob sie einen Moment an und ließ sie dann zurück auf die Bettdecke fallen, und ohne zu wissen, daß sie es sagte, flüsterte sie mit erschöpfter Stimme, den Blick auf die fernen Hügel gerichtet: »Ich habe – genug.«

Da erwachte Mumsies Zorn. Sie kannte diese Art von Zorn und wußte, daß sie jedesmal, wenn sie sich von ihm überwältigen ließ, hinterher Grund hatte, es zu bereuen. Also versuchte sie, ihn niederzukämpfen. Nun aber wirklich, so etwas Albernes. Hier bleiben? Hier darben, während sie in all ihren schönen Häusern an gefüllten Fleischtöpfen leben und andere Menschen daran teilhaben lassen konnte? Wenn niemand erfuhr, was ihre Tochter getan hatte, war es dann nicht fast so, als hätte das Mädchen es nie getan? O nein, man konnte nicht von Mumsie erwarten, daß sie sich mit solchem Unsinn zufriedengab. Verwöhnt war diese Lady M., heillos verwöhnt. Bestand nur noch aus Launen.

»Na, das ist ja wohl eines von den Dingen, die ich als morbide bezeichnen würde«, setzte sie an, bemüht, vernünftig zu bleiben, sogar bemüht, in einem gutmütigen Tonfall zu reden.

Vergebliche Mühe. Das Bild der spitzenumrieselten Gestalt im Bett, der alles in der Welt zu Füßen lag, die es in der Hand hatte, anderen Menschen alles in der Welt zu Füßen zu legen und das alles aus einer Laune heraus wegwerfen und sich hier verstecken wollte, obwohl es nichts gab, wovor sie sich hätte verstecken müssen, war zuviel für sie.

Sie gab den Kampf auf. Ihr Zorn wallte auf.

»Vogel Strauß!« brach es aus ihr heraus, und sie schlug sich auf das behoste Knie.

Es hörte sich schrecklich an. In ihren eigenen Ohren hörte es sich schrecklich an. Es schien im Zimmer umherzupoltern und die Einrichtung zu zertrümmern.

Damen, soviel wußte sie, nannten einander nicht Vogel Strauß, doch das Wissen half ihr nicht weiter. Aufhören, aufhören, drängte etwas in ihrem Inneren, doch auch das half ihr nicht weiter. Sie konnte nicht aufhören. Unmöglich für Mumsie aufzuhören, wenn sie einmal in Fahrt war. In diesem Fall, in dem soviel auf dem Spiel stand, hätte sie es vielleicht doch geschafft, wenn Daisy nur reagiert hätte, doch das tat sie nicht. Nach einem einzigen aufgeschreckten Blick, einem raschen Sich-zu-ihr-

Wenden, senkte sie lediglich den Kopf und starrte mit äußerster Konzentration auf ihre eigenen ineinander verschlungenen Finger.

Das trieb Mumsie zum Wahnsinn. So auf dem hohen Roß zu sitzen, so verletzend zu sein, einen zu behandeln, als wäre man gar nicht da, als wäre man es nicht wert, daß jemand mit einem sprach! »Vogel Strauß, habe ich gesagt, und das meine ich auch«, erklärte sie daher lautstark. Adolphe, der auf dem Weg von den Jasminfeldern zum Essen unter dem Fenster vorbeiging, hielt angstvoll inne. »Wie soll man Ihr Verhalten sonst beschreiben? Nur ein Vogel Strauß würde hierherkommen und den Kopf in den Sand stecken und glauben, auch der Rest von ihm wäre unsichtbar! Blaues Blut, pah! Gelb wie Vanillepudding, gelb wie die Feigheit!«

Auch das hörte sich schrecklich an. Vanillepudding. In ihren Adern, anstelle von Blut. Und ihr das auch noch ins Gesicht zu sagen. Aufhören, aufhören, drängte die innere Stimme.

Doch Mumsie konnte nicht aufhören.

»Und wenn Sie meinen, Sie haben genug«, schrie sie, stürzte sie sich kopfüber in ihren Zorn, »wahr ist, Sie haben genügend, aber ich nicht. Vollgestopft mit allem, was das Herz begehrt, sind Sie« – ein schreckliches Wort, vollgestopft, zugegeben, das wußte sie, aber sie konnte nicht aufhören – »und ich, ich habe nicht ein einziges Mal in meinem Leben von irgend etwas genügend gehabt. Na«, fuhr sie fort, und ihre Stimme wurde angesichts der Erinnerung an derartige Ungerechtigkeiten immer lauter, »um nur ein kleines Beispiel zu nennen, das wohl nicht viel zu bedeuten hat, für mich aber doch: Ich habe noch nie genug Hummer gehabt – nicht so viel, wie ich wollte, nicht genügend, um nicht nach Hause gehen und denken zu müssen, wie schade, daß es nicht mehr gab. Weil Hummer nämlich teuer ist«, erklärte sie bitter, »und die Männer, die einen zum Essen ausführen, immer geiziger werden. Sie haben sicherlich keine Ahnung, wie es ist, sich mehr von etwas Schönem zu wünschen und es nie zu bekommen, und es ist Ihnen wahrscheinlich auch noch nie in den wohlhabenden Kopf gekommen, wie schwer es ist, eine Fassade aufrechtzuerhalten, hinter der sich nichts weiter befindet. Aber ich würde wirklich gern wissen«, fuhr sie fort, entschlossen, sich jeden Groll vom Herzen zu reden, wenn sie schon einmal angefangen hatte, »wo man landen würde, wenn man die Fassade nicht aufrechterhielte. Niemand bereitet einem Vergnügen, wenn man nicht aussieht, als wäre man vergnügt. Niemand lädt einen zum Essen ein, wenn man nicht gesättigt wirkt, oder macht einem Geschenke, wenn man nicht aussieht, als wäre man ihrer überdrüssig. Und da liegen Sie hier, Sie, die immer satt gewesen sind und vermutlich alle fünf Minuten ein Geschenk erhalten, und sagen mir, Sie haben genug. Daß Sie vollgestopft sind, sieht doch jeder. Aber ich bin es nicht, und Rosie ist es nicht, und wir glauben, es könnte uns zur Abwechslung mal gefallen.«

Sie hielt inne, um Luft zu holen. Ihr Busen wogte, ihre Nasenflügel bebten. Oh, sie war noch lange nicht fertig, doch sie mußte erst zu Atem kommen. Was kümmerte es sie, daß ihre Worte, während sie in ihrer schönen hitzigen Stimmung schwelgte, immer schrecklicher wurden? Es würde Lady M. guttun, einmal in ihrem Leben Fraktur zu hören. Würde ihr die Augen für ein paar Tatsachen öffnen.

Das Zimmer wirkte in dem Augenblick, da sie aufhörte, es mit Geräuschen zu füllen, grabähnlich in seiner Stille, und Daisy war, den Kopf gesenkt, den Blick noch immer auf ihre verschlungenen Finger gerichtet, so still wie das Zimmer.

Reglos saß sie da, von Kissen gestützt. Sie schien kaum zu atmen. Sie hätte ein Leichnam sein können, oder eine brütende Glucke, dachte Mumsie, während sie sie nach Luft ringend musterte. Kein Rückgrat und Kampfgeist in Leichen und Bruthennen, und um den Zorn bei der günstigen Temperatur zu halten, die nicht an Folgen denken läßt, war schon etwas Kampfgeist von der anderen Seite erforderlich.

Sie stand kurz davor, sie mit der Frage, was für eine Mutter sie überhaupt wäre, sich aus dem Staub zu machen und ihre Tochter gerade dann im Stich zu lassen, wenn sie am dringendsten Hilfe benötigte, vielleicht ein wenig wachzurütteln, als Lady M. doch etwas äußerte. Mit einer Stimme, so schwach, daß sie kaum hörbar war und Mumsies im Vergleich wie Gezeter erscheinen ließ – das war Absicht, eindeutig, um sie ins Unrecht zu setzen –, ohne den Kopf zu heben, den Blick immer noch auf ihre Finger gehef- tet, sagte sie: »Reden wir nicht ziemlich aneinander vorbei? Ich meinte, ich habe genug – Sorgen.«

»Ach, Sorgen«, wiederholte Mumsie mit einer gereizten, verächtlichen Gebärde. »Davon habe ich weiß Gott auch genug.« Und sie stand auf, ging hastig ans Fenster, um sich von Lady M.s Anblick, wie sie ihre Nägel betrachtete, nicht noch mehr zur Wut hinreißen zu lassen, und blickte böse nach draußen. Sorgen, soso. Ihr brauchte niemand etwas über Sorgen zu erzählen.

»Wenn man dreimal verheiratet war, weiß man, was Sorgen sind«, sagte sie, trommelte mit den Fingern aufs Fensterbrett und schaute hinaus in die unbewohnte Gegend. »Man verliert den Mann. Muß immer wieder Schwarz tragen. Es nimmt kein Ende. Das mindeste, was man von einem Mann verlangen kann, der eine Frau zu unterhalten hat, ist, am Leben zu bleiben. Man möchte doch meinen, daß von den dreien wenigstens einer das hätte fertigbringen müssen. Aber keineswegs. Und die Art, wie Mr. De Lacey sich seiner Verantwortung entzogen hat, war mir eine Lehre. Nie wieder, habe ich mir geschworen. Und es ist nie wieder geschehen. Vulgär finde ich das«, rief sie unter dem Eindruck der Erinnerung wieder mit lauter Stimme aus – Adolphe, unter dem Fenster, der sich behutsam wieder in Bewegung gesetzt hatte, hielt erneut angstvoll inne –, »regelrecht vulgär, herumzuschreien, man habe die Nase voll und sich dann in einem Zimmer einzuschließen und sich das Gehirn auszupusten. Und es stimmte nicht einmal. Er hatte wahrhaftig nicht die Nase voll. Wir waren erst ein paar Jahre verheiratet, und ich war ihm gegenüber die Sanftmut in Person – es sei denn«, schloß sie und trommelte noch heftiger mit den Fingern, »in den Fällen, in denen Sanftmut Wahnsinn gewesen wäre.«

Empört stand sie da und starrte hinaus. Die Art, wie Mr. De Lacey seinen Abschied genommen hatte, wurmte sie von jeher. Letzten Endes war auch in seinen Adern nur Vanillepudding geflossen, wenngleich man ihn, hörte man das Gebrüll, das er um jeder Kleinigkeit willen anstimmte, mindestens für einen Tiger hätte halten können. Tja, wenn er wenigstens bis Kriegsausbruch durchgehalten hätte, sagte sie oft zu Rosie, wenn er so aufs Sterben versessen war, hätte er doch wie ein Mann sterben können, indem er für England im Gas den Heldentod starb.

Diesmal machte Daisy nicht die geringste Bemerkung, und als Mumsie wieder ein wenig zu Atem gekommen war, bemerkte sie die Stille in ihrem Rücken. Absolute Stille. Sie hätte allein im Zimmer sein können, mit all den beklagenswerten Ausdrücken, die ihr unkontrolliert über die Lippen gestürzt waren und nun in den Ecken hingen wie verklebte Spinnennetze in einem alten Gewölbe.

Widerlich, dachte Mumsie, wenn ein Zimmer, im Augenblick, da man aufhört zu reden, derartig still wird; es verlieh dem Gesagten solchen Nachdruck. Die Nase voll, zum Beispiel: auch einer dieser Ausdrücke, die man am besten nicht benutzte. Wie einem diese Wörter herausrutschten! Doch das Besagte war ein Zitat. Das mußte Lady M. doch wissen. Das ging auf De Laceys Kappe. Trotzdem hätte sie seine Vulgaritäten nicht aussprechen dürfen. Sie hatte ohnehin entschieden genug gesagt und hätte nicht noch vulgär werden müssen.

Ein Frösteln befiel sie. Sie verlangsamte das Trommeln ihrer Finger, hörte dann auf. Sie hatte das Gefühl, ganz allein zu sein mit all dem, was sie geäußert hatte. Draußen, so unbewohnt die deprimierende Landschaft auch sein mochte, war doch zumindest irgend etwas zu hören; draußen sang fröhlich ein von Illusionen verführter Vogel – merkwürdig, die Vorstellung, daß es ein französischer Vogel war, obwohl er sich gar nicht so anhörte –, und ein Auto rumpelte in der Ferne dahin, ein glückliches Auto, an die Zivilisation gemahnend, doch hier drinnen, wo man doch gewiß ein Recht auf irgendeine Antwort hatte, fühlte sie sich, als wäre sie allein in ihrem Grab.

Voller Unbehagen lauschte sie auf ein Lebenszeichen von Lady M. Stummheit auf seiten des Gesprächspartners hatte Mumsie schon immer schneller als alles andere besiegt. Sie schien einen dermaßen ins Unrecht zu setzen! In ihren Augen war es ein ganz gemeiner Trick. Sollten die Menschen doch lieber offen vortreten und sich einen guten, fairen Streit liefern, statt sich hinter einer Mauer des Schweigens zu verstecken. Außerdem, erkannte die Dame denn überhaupt nicht, in welcher Lage sie sich befand? War ihr noch nicht in den Sinn gekommen, daß die betrogene Rosie diese in fremden Revieren wildernde Terence durch ein Scheidungsverfahren zerren könnte und würde, wenn man es anordnete, und daß es ihrer Mutter aufgrund dessen gut anstand, höflichere Reden zu führen? Vielmehr überhaupt zu reden. Lieber unhöflich als gar nicht.

Doch Daisy blieb stumm, und Mumsies Zorn, ohnehin nie sonderlich langlebig, ebbte immer mehr ab, bis ihr nichts mehr blieb als ein kühler Kopf. Ein kühler Kopf. Etwas, was sie zu jedem Zeitpunkt verabscheute, ein Zustand, in dem man, zutiefst entmutigt, begann, die eventuellen Kosten des Sich-Gehen-Lassens aufzustellen.

Voller Unbehagen sah sie aus dem Fenster und fragte sich, welcher Teufel sie geritten haben mochte, diesen Ausbruch nicht zu unterdrücken oder doch wenigstens in ihrer Wortwahl behutsamer zu sein, da soviel auf dem Spiel stand. Man stelle sich vor, daß eine Dame zu einer anderen, noch dazu zu einer so empfindlichen Dame sagt, sie sei ein Strauß und sie sei vollgestopft, ganz zu schweigen von De Laceys Ausspruch über seine Nase. Hatte sie sich selbst schachmatt gesetzt? Wenn ja, bedeutete es Krieg, und Krieg wollte sie nicht, sie wollte Frieden. Krieg brachte nichts ein, Krieg hatte noch niemals etwas eingebracht. Frieden war das Gute – Frieden und Wohlstand, mit Rosie, wie es ihr aufgrund des ihr angetanen Unrechts und ihres Aussehens zustand, im Mittelpunkt und Rosies Mutter natürlich in unmittelbarer Nähe.

»Manchmal«, begann sie, offenbar an die Landschaft draußen gewandt und in so kleinlautem Tonfall, daß Adolphe unter dem Fenster beruhigt seinen Weg fortsetzte, »sage ich mehr, als ich ursprünglich wollte.«

Keine Antwort. Das Zimmer hinter ihr und Lady M. blieben mäuschenstill.

»Natürlich«, fuhr sie nach einer Pause fort. »Wenn Sie beleidigt sein wollen –«

Keine Antwort.

»Ich möchte sagen«, nahm sie nach kurzem Warten den Faden wieder auf, inzwischen sehr, sehr niedergeschlagen – wie schäbig, wie schäbig von Lady M., ihr nicht einmal den kleinen Finger zu reichen! Sie selbst pflegte einen Menschen, der sich entschuldigen wollte, ungestüm in die Arme zu schließen –, »ich möchte sagen«, nahm sie den Faden mit fast versagender Stimme wieder auf, »ich hätte manches nicht so kraß ausgedrückt, wenn ich mich nicht so aufgeregt hätte.«

Immer noch keine Antwort.

»Und ich kann nicht mehr tun, fürchte ich, als mich zu entschuldigen. Also«, schloß sie, nachdem sie wieder ein Weilchen gewartet hatte, um der unmenschlichen Lady M. Gelegenheit zu geben, etwas zu sagen, und in dem Versuch, munter zu wirken, als wäre ihr ein Stein vom Herzen gefallen, »sollten wir nicht lieber mal nachsehen, wie es Ihrem Fuß geht? Ich glaube, es ist an der Zeit für einen frischen Verband –«

Und rasch trat sie ans Fußende des Bettes, den Kopf tief gesenkt, da dasselbe heiße, brennende Gefühl wie am Vorabend in ihre Augen gestiegen war, und um nichts in der Welt, um nichts in zehntausend Welten, wollte sie Lady M. etwas davon bemerken lassen.

Zweimal innerhalb von zwölf Stunden! Vorher nicht ein einziges Mal in vielen Jahren! Sie hatte geflennt, oder zumindest beinahe. Sinnlos, sich einzureden, es wäre kein Flennen gewesen. Lady M. hatte sie geschlagen, mit ihrer widerlichen, unfreundlichen Art, nicht zu antworten und einem das Gefühl zu geben, zu gewöhnlich zu sein, um leben zu dürfen. Anständig wäre es, dachte Mumsie heftig blinzelnd, das Gesicht sorgfältig abgewandt, während sie den Verband löste, eine Frau zu unterbrechen, wenn sie zu weit geht – ihr eine Chance zu geben, sich rechtzeitig zusammenzureißen, ein wenig schwesterlicher zu sein, sich ein wenig um sie zu kümmern. Aber das war nicht die Art dieser *Vere de Vere*-Typen. O nein. Bestimmt nicht. Sie lehnten sich höchstens zurück und sahen zu, wie man sich selbst die Schlinge um den dummen Hals legte.

»Wo ist das frische Handtuch?« fragte sie und tastete mit der freien Hand auf dem Bett umher, weil sie den Kopf nicht wenden wollte. »Ach, da. Gut.«

Eilig entfernte sie den Verband und legte einen neuen an. Sie erstickte den schrecklichen Drang, sich durch Schniefen zu verraten. Lady M. sollte doch wenigstens nicht sehen, wie sehr sie sie am Boden zerstört hatte. Diesen Triumph gönnte sie ihr nicht.

Doch Daisy beugte sich vor und berührte sie sanft am Arm. »Weinen Sie?« fragte sie.

»Wer – ich? Unsinn! Warum sollte ich?« antwortete Mumsie nachdrücklich. Und im selben Moment drang trotz all ihrer Mühe etwas Heißes zwischen ihren Wimpern hindurch und tropfte auf Daisys nackte Zehen.

»Na, das war's«, bemerkte Mumsie und trocknete die Zehen mit einem Zipfel des Handtuchs ab, das sie gerade beiseite gelegt hatte. »Dann kann ich mich ja genausogut gehenlassen.«

»Es tut mir so leid«, flüsterte Daisy, so bekümmert, daß es sie nicht weiter beeinträchtigte, naß geworden zu sein.

»Das ist genug, um einen Stein zu erweichen«, sagte Mumsie und ließ sich dermaßen gehen, daß Adolphe und Thérèse sie in der Küche hörten und im Essen innehielten, um ehrfürchtig zu lauschen.

»*C'est l'autre, cette fois – la carnivore**«, flüsterte Adolphe.

»*Tiens*«, sagte Thérèse.

»Ja, ja«, stimmte Daisy tief betroffen zu, in dem Versuch zu trösten, und bereit, alles zu tun, um ein derartiges Wehklagen zu beenden. Denn Mumsie war in allem exzessiv, was sie begann, ihr Weinen eingeschlossen.

»Das Leben ist auch so schwer«, erklärte Mumsie schluchzend. »Man strampelt sich ab und tut sein – sein Bestes –«

* C'est l'autre, cette fois – la carnivore: Es ist die andere diesmal, die Fette. (Anm. d. Ü.)

»Ich weiß.«

»Und es ist doch nur ein aussichtsloser Kampf. Kämpfen, kämpfen – nicht nachgeben, sagt man – sagt man sich immer wieder. Und die ganze Zeit – die ganze Zeit ist man schon dabei nachzugeben – erst nur ein bißchen, und dann – dann, wenn man älter wird, immer mehr –«

»Ich weiß, ich weiß.«

»Müde, nach einer Weile wird man müde«, schluchzte Mumsie. »Hunde – hundemüde –«

»Ach, ich weiß doch!«

»Wenn Sie das wissen«, Mumsie wandte sich ihr plötzlich zu, tränenüberströmt, »warum benehmen Sie sich dann, als wüßten Sie es nicht? Eben gerade, als ich versucht habe – versucht habe, mich zu entschuldigen, haben Sie – kein Wort gesagt. So etwas – verstehe ich nicht – so etwas – Unfreundliches.«

»Soll ich es Ihnen wirklich sagen?« fragte Daisy völlig überwältigt, schrecklich zerknirscht.

Sie wußte recht gut, warum die arme Frau weinte. Es war schon öfter in ihrem Leben vorgekommen, daß Delinquenten oder Menschen, die sie als Delinquenten aburteilte, allein durch ihr Schweigen zum Weinen gebracht wurden. Sie hatte selbst Midhurst einmal zum Weinen gebracht, zu Beginn seiner Karriere als Delinquent. Natürlich, später schien er unter ihrem Schweigen aufzuleben und an seinen Sünden zu gedeihen, doch einmal war er in Tränen ausgebrochen. Und nun war da dieses arme, gutmütige Wesen, dieses große Kind, das nichts vom Leben verlangte außer Glück und luxuriöses Essen, und weinte auch, war geschlagen wie eine hilflose Fliege unter der erbarmungslosen Klatsche.

Ach, ich bin es nicht wert zu leben! dachte Daisy in plötzlicher Bestürzung über ihre eigene Härte, sowohl die vergangene als auch die gegenwärtige. »Soll ich es Ihnen wirklich sagen?« fragte sie, beugte sich wieder vor und berührte noch einmal Mumsies Arm. »Weil ich unausstehlich bin.«

Da unterbrach sich Mumsie mitten im heftigsten Naseputzen und starrte mit roten, verblüfften Augen über das Taschentuch hinweg. »Sagten Sie unausstehlich?« fragte sie, als traute sie ihren Ohren nicht.

»Unausstehlich, unversöhnlich und nicht zu entschuldigen –«

»Aber, aber, das geht jetzt zu weit«, fiel Mumsie ihr ins Wort und hob protestierend die Hand.

Es sollte gesagt werden, daß Daisys Mahlzeiten seit ihrer Ankunft lediglich aus *café au lait* und Brot und Butter bestanden hatten. Bisher hatte sie sieben solcher Mahlzeiten eingenommen. Da als Alternative, wie sie am ersten Tag festgestellt hatte, nur ungenießbare Ekelhaftigkeiten zur Wahl standen, Ekelhaftigkeiten, deren Anblick allein schon unerträglich war, sagte sie jedesmal, wenn Adolphe sich erkundigte, was sie zur nächsten Mahlzeit wünsche: *»Café au lait.«*

Das ist keine kräftigende Kost. Sie füllt den Magen für den Augenblick, hinterläßt ihn jedoch schon bald wieder leer und hohl – nicht hungrig, sondern wirklich hohl. Sie wußte, daß gehetzte Frauen, die vor unvorstellbarer Schande fliehen, niemals hungrig, wohl aber hohl sein können und sind, wie sie bald am eigenen Leib verspürte. Solche Kost ohne dauerhaften Wert schwächt eben die Widerstandskraft des Körpers gegen die geistigen Impulse, die manchmal als Ausdruck des wahren und daher besseren Ichs gelten, wie liebenswürdigerweise angenommen wird.

Dieser plötzliche Einblick in Lady M.s besseres Ich stürzte Mumsie ernsthaft in Verlegenheit. Darauf war sie nicht vorbereitet, und es ging, wie sie protestierend feststellte, zu weit. Fast hätte sie die *Vere de Vere*-Art einer derart unnatürlichen Selbsterniedrigung vorgezogen. Gespräche, bei denen einer der Partner zu Kreuze kroch, taugten nichts und gaben einem lediglich ein Gefühl des Unbehagens. Steh auf und sei ein Mann, pflegte sie zu ihren Ehemännern zu sagen, wenn sie Anstalten machten, unter den Tisch zu kriechen, wie sie das nannte. Sie wußte, daß sie selbst diesmal mit dem Kriechen angefangen hatte, doch das war kein Grund, daß Lady M. sich auch auf alle Viere herablassen mußte.

Der Schock jedenfalls ließ ihre Tränen versiegen. »Was Sie brauchen, ist eine anständige Mahlzeit«, sagte sie und traf instinktiv, zumindest teilweise, ins Schwarze.

In ihrem ganzen Leben war Daisy niemals so brüskiert worden. Unverzüglich, wie eine Schnecke, deren Hörner berührt wurden, zog sie sich in ihr Haus zurück. Zu denken, daß sie sich so weit hatte gehenlassen, sich selbst leidenschaftlich anzuklagen, daß sie auf der Schwelle zu echter, wenn auch unglaublicher Intimität gestanden hatte, nur um dann zu hören zu bekommen, daß sie eine anständige Mahlzeit brauchte! Und sie war um so tiefer beleidigt und verletzt, weil sie sich schon gegen Mittag des zweiten Tages ihres verzweifelten Marschierens durch die Felder und Wälder ertappt hatte, wie sie nicht nur flüchtig von irgendwelchem Essen, sondern ausgiebig von den Spezialitäten träumte, die André hervorragend zubereitete.

Sie konnte sich nicht erinnern, jemals zuvor an bestimmte Gerichte gedacht zu haben. Es hatte ihr einen Schock versetzt. Trotzdem schwelgte sie weiter – in Gedanken an sein geeistes *consommé** zum Beispiel, so köstlich abgeschmeckt, so voller goldener Kraft. Wie würde es die Lebensgeister in ihr wecken, wenn sie einen Teller voll davon haben könnte, mit frisch gebackenem Toast dazu und der herrlichen Butter von Shillerton. Und dann seine Art, Zartes, je nach der Jahreszeit, zu verarbeiten, zum Beispiel Entenküken –

Doch an diesem Punkt war sie angewidert zurückgeschreckt. Nur vier kummervolle Tage waren vergangen, und schon dachte sie an Entenküken. Das war, als hätte sie in einem Totenzimmer schmausen wollen. Sie war seicht, offensichtlich seicht, nicht wert, einen großen Schmerz anvertraut zu bekommen . . .

»Es ist dieser Knoblauch«, fuhr Mumsie fort und ging zum Fenster, augenscheinlich, um das benutzte Handtuch auszuschütteln, in Wirklichkeit aber, um beiden Gelegenheit zu geben, ihre Haltung wiederzufinden.

Daisy sank in die Kissen zurück.

* consommé: Kraftbrühe (Anm. d. Ü.)

»Wir sind ein Paar Heulsusen, wie?« fuhr Mumsie fort, inzwischen genauso beschämt wegen ihres Tränenausbruchs und ihrer Entschuldigungen, wie sie durch Daisys unerwartetes Benehmen peinlich berührt war.

Daisy schloß die Augen.

»Sentimentalitäten bringen einen nicht weiter«, sagte Mumsie, im Begriff, das Handtuch energisch auszuschütteln. »Doch was kann man erwarten, wenn eine Frau nichts Richtiges zu essen bekommt? Das Zeug, das man mir gestern zum Abendbrot vorgesetzt hat, und Ihnen vermutlich auch, war nicht eben gehaltvoll. Und das bringt einen auf dumme Gedanken. Bringt einen dazu –«

Der Rest wurde Daisy jedoch erspart. Der Satz wurde nicht beendet, das Handtuch nicht ausgeschüttelt. Denn in diesem Augenblick tauchte auf der Treppe zur Terrasse direkt vor Mumsies Augen langsam ein Hut auf, ein blaßgrauer, weicher Filzhut, wie man ihn in den Morgenstunden des Sommers auf den Köpfen von Herren in feinen Gegenden wie Piccadilly sieht.

Erstarrt, wie angewurzelt betrachtete Mumsie diese Erscheinung. Das Handtuch hing schlaff aus ihrer Hand. Sie vergaß all die trüben Dinge wie Lady M.s und ihre eigene Kompromittierung. Und als der Hut, so schnell die steile Treppe es gestattete, von einem perfekt gekleideten Herrn – ihrem Wertmaßstab entsprechend – gefolgt wurde, machte sich ihre Erregung in einem freudigen Ausbruch Luft.

»Nanu!« rief sie, plötzlich wieder im Höhenflug bester Laune, und Lust am Leben und an seinen hübschen Möglichkeiten wischten jede Spur der vergangenen trübsinnigen halben Stunde aus, »ich schätze, Sie bekommen Besuch! Einen Mann. Und noch dazu so einen gut aussehenden Mann!«

11

Mr. Torrens war nicht gutaussehend, aber er war ein Mann, und Mumsie hätte in diesem Moment jeden beliebigen Mann als gutaussehend bezeichnet. Außerdem trug er ein Monokel. Mumsie liebte Monokel. Er klemmte es ins Auge, als er am Kopf der Treppe stehenblieb – »Er verschnauft ein bißchen«, erklärte sie über die Schulter hinweg hastig in Daisys Richtung, die sie sprachlos und angewidert musterte –, um das Haus zu betrachten.

Natürlich sah er das heraushängende Handtuch sofort und auch Mumsie, die es in Händen hielt, sich vorbeugte und ihn erfreut lächelnd willkommen hieß.

Der blaßgraue Hut wurde leicht gelüpft. Das Gesicht darunter sah eher überrascht als grüßend aus. Warte, bis ich dich unterm Sternenhimmel habe, mein Junge, sagte Mumsie voll glücklicher Gewißheit zu sich selbst.

»Ist das hier Lady Midhursts Haus?« erkundigte sich Mr. Torrens zögernd, geneigt zu glauben, der Taxifahrer, der seiner Sache offenbar sicher war, hätte sich womöglich doch geirrt.

»Hütte, wollten Sie sagen«, berichtigte Mumsie aufgekratzt.

»Ist sie – hier?«

»Eine berechtigte Frage.«

»Das ist George«, kam ein schwaches Flüstern vom Bett her.

»George? Wie – der, dem der gelbe Pyjama gehört?« warf Mumsie hastig über die Schulter, nicht willens, den Besucher auch nur eine Sekunde lang aus den Augen zu lassen, aus Angst, er könnte wieder verschwinden.

Daisy schrumpfte in ihre Kissen. Viel mehr konnte sie wirklich nicht ertragen, weiß Gott nicht.

»Darf ich sie besuchen?« fragte Mr. Torrens, der inzwischen näher gekommen war.

»Darf er Sie besuchen?« gab Mumsie die Frage über die Schulter hinweg weiter.

»Nein, nein«, hauchte Daisy mit entsetztem Gesicht.

»Nein – Sie sehen nicht unbedingt gut aus, nicht wahr?« pflichtete Mumsie ihr verständnisvoll bei. Unangenehm, wenn der Liebhaber gerade in einem Moment auftaucht, da man nichts Faszinierenderes zu bieten hat als rote Nägel an Händen und Füßen. So war sie selbst einmal überrumpelt worden, als sie, im Glauben, es sei der Milchmann, an die Tür ging, das Haar noch auf Wickler gerollt. Er ging fort und kam nie wieder. Und er war reich gewesen.

»Ist Lady Midhurst dort oben?« wollte Mr. Torrens wissen, der den hastig geflüsterten Austausch nicht bemerkte.

»Sind Sie hier oben?« gab Mumsie weiter.

»Nein, nein – ich kann nicht – ich bin nicht –«, keuchte Daisy so offensichtlich erregt, daß Mumsie sich für einen Moment fragte, ob sie vielleicht gar nicht vor ihrer Tochter, sondern vor George davongelaufen war. Vielleicht vor beiden. Vielleicht hatte das Mädchen auch George nachgestellt, nicht nur Andrew. Mußte ja ein nettes Früchtchen sein, dieses Mädchen. Ihr war wohl nichts heilig, nicht einmal das Alter – denn als sie sich ihm wieder zuwandte, sah sie, daß Mr. Torrens, der jetzt nahe herangekommen war und direkt unter dem Fenster stand, seinen Hut in der Hand, eine Glatze hatte.

Das war eine Enttäuschung. Er hatte unter dem blaßgrauen Hut so jung ausgesehen, keinen Tag älter als achtunddreißig. Schade, daß er ihn überhaupt abnehmen mußte. Trotzdem, besser ein Glatzkopf als ein Niemand mit vollem Haar, sagte sie zu sich selbst, machte auf ihre unverwüstliche Art das Beste daraus und rief, indem sie sich aus dem Fenster beugte und den Kopf gewissenhaft hoch trug, wohl wissend, daß sie, von unten betrachtet, aussehen könnte, als hätte sie ein Doppelkinn: »Sie sagt nein, sie ist nicht hier.«

»Oh –«, stöhnte Daisy hilflos, wandte den Kopf zur Seite und verbarg das Gesicht im Kissen.

»Albernes Frauenzimmer«, sagte Mr. Torrens.

In seiner Erleichterung lächelte er sogar, doch abgesehen von dieser Erleichterung, seine Beute nach endlosen, sorgenvollen Erkundigungsfahrten endlich gestellt zu haben, sah er wenig Grund zum Lächeln. Doch nun war er am Ziel.

»Albernes Frauenzimmer«, sagte er lächelnd.

»Wer – ich?« fragte Mumsie und erwiderte sein Lächeln höchst freizügig.

»Sie beide«, sagte Mr. Torrens, denn selbst in Zeiten voller Streß und Sorge hatte er eine gute und bereitwillige Hand im Umgang mit Frauen.

Mumsie war entzückt. Schon wurde sie mit Lady M. in einem Atemzug genannt. In deren eigener Umgebung, am allerersten Tag. Sie beide. Bald würden sie nicht mehr zu unterscheiden sein.

»Wenn Sie einen Augenblick warten möchten«, strahlte sie und wedelte ein bißchen mit dem Handtuch in seine Richtung, »komme ich nach unten und erkläre –« Und schon verließ sie das Fenster, ging rasch zum Spiegel und begann in großer Hast, ihr in Unordnung geratenes Gesicht so gut wie möglich herzurichten.

»Das ist das Beste, nicht wahr?« sagte sie und sah sich gehetzt nach Puder um. Das Weinen hatte die Reste des gestrigen Make-ups verheerend zugerichtet. Dummes Weib. Sich derartig die teure Farbe abzuflennen. »Wo ist Ihr Lippenstift? Ach, ich vergaß – im Augenblick haben wir mit Lippenstift ja nicht viel im Sinn. Ich laufe schnell in mein Zimmer und hole meinen eigenen. Überlassen Sie George nur mir. Kein Problem zu sagen, Sie seien bettlägrig wegen des Fußes. Stimmt ja auch. Sie wollen ihn also nicht sehen? Nicht einmal, wenn er auf Knien zu Ihnen gerutscht kommt? Recht haben Sie – und ich weiß, was ich zu tun habe.«

Und indem sie hastig ihren Pyjama zurechtzog, huschte sie aus dem Zimmer.

Daisy, allein gelassen, wurde von den widerstreitendsten Gefühlen heimgesucht. Bald wünschte sie, zu George zu eilen und ihr Gesicht an seiner tröstenden Schulter zu bergen, sich an ihn, der aus ihrer eigenen Welt, aus ihrem eigenen Leben stammte, zu klammern, damit er sie vor Mumsie bewahrte, und halb – ganz im Gegenteil dazu – wollte sie hinter Mumsie wie hinter einem Schild sich verstecken, damit sie sie vor George bewahrte.

Sie versuchte aufzustehen, aus dem Bett zu steigen, besessen von irgendeiner verzweifelten Vorstellung, sich ankleiden zu müssen, bereit sein zu müssen; wofür, wußte sie nicht recht. Doch kaum hatte sie sich erhoben, schmerzte ihr Fuß wieder so heftig, daß sie sich nur zurück in die Kissen sinken lassen konnte, wo sie liegenblieb, die Hand auf das wild pochende Herz gepreßt.

George – nein, selbst wenn sie hätte laufen können, dann bestimmt nicht zu ihm. Sie konnte nicht zulassen, daß er sie in diesem Augenblick des Verfalls sah. Wie schrecklich von ihm, sie in eine solche Lage zu bringen. Kein Feingefühl. Kein Anstand. Oh, sie wußte, warum er gekommen war – um sie zur Rückkehr zu bewegen, damit sie mit dieser grauenhaften Angelegenheit von vorn beginnen mußte, die ihr in den Jahren von Midhursts Sünden beinahe das Herz gebrochen hatte. Gab es denn in seinen Augen keine Grenze für das, was eine Frau an Schande ertragen konnte?

Ihr Herz klopfte so wild, pochte so laut in ihren Ohren, daß sie das schwache Stimmengesumm unten aus dem Wohnzimmer kaum hörte. Es klang wie das Summen von Bienen an einem Sommertag und bestand aus Mrs. De Laceys Bemühen, ihn fernzuhalten, und natürlich aus seinem Widerstand. Wie aufwühlend, wie erschreckend zu wissen, daß nur ein paar Treppenstufen und eine einzige Tür sie von ihm trennte, und daß ihn, falls er sich entschloß, sich an Mrs. De Lacey vorbeizudrängen, nichts am Heraufkommen hindern würde, und dann würde er sehen –

Sie preßte die Hände noch fester aufs Herz. Sie versuchte, nicht daran zu denken, sie versuchte, sich dem Eingeständnis zu entziehen. Aber bezog sich das wahre Erschrecken über Georges Ankunft nicht weniger auf die Unverschämtheit, jemanden zu verfolgen, der ganz offensichtlich in Ruhe gelassen werden wollte, als vielmehr darauf, daß er, falls er es schaffte, an Mrs. De Lacey vorbeizukommen, zum ersten Mal in seinem Leben entdecken würde, wie es wirklich aussah? Ihr Gesicht, meinte sie, ihr Gesicht, das so lange Zeit sorgfältig hergerichtet worden war, anfangs noch mit geringem Aufwand, dann mit immer größerem, als seine Schönheit schwand, hier ein bißchen und dort ein bißchen, Fältchen auf Fältchen geschickt beseitigt, Runzel auf Runzel ausgemerzt, bis es schließlich, wie sie wohl wußte, fast nur noch aus Make-up bestand.

Tränen der Beschämung traten ihr in die Augen, und voller Bitterkeit senkte sie den Kopf. In einem solchen Augenblick an ihr Gesicht zu denken, so unheilbar oberflächlich zu sein, daß nicht einmal die größte Tragödie sie aus ihrer Eitelkeit reißen konnte! Und sie dachte daran, wie sich ihre Gedanken kürzlich ums Essen gedreht hatten, um Entenküken genauer gesagt, während sie Gott weiß an anderes zu denken hatte. Es schien ihr, als hätte sie überhaupt keine Wertmaßstäbe, als sei sie von dem Leben, das sie geführt hatte, so korrumpiert und geschwächt, daß ihr Körper ihr ein und alles geworden und ihr Geist nun nicht mehr in der Lage war, sich zu den Höhen aufzuschwingen, die das Leid ihr eröffnete.

Verloren lag sie da und verachtete sich selbst. Das Stimmengesumm im Zimmer unter ihr wurde lauter, doch sie war zu gebrochen, um es wahrzunehmen. Als sie es dann doch hörte, bekam sie Angst, denn dieses Lauterwerden bedeutete, daß Mrs. De Lacey Probleme hatte, George loszuwerden, und daß Georges Entschlossenheit, sich nicht abwimmeln zu lassen, immer unerschütterlicher wurde.

Sie lauschte mit angehaltenem Atem. Wer würde siegen – ihr Angreifer oder ihre Beschützerin? Und ein paar Verse, die sie in ihrer Kindheit hatte auswendig lernen müssen, wehten durch ihren unruhigen, chaotischen Geist, komplett mit der Melodie:

Unter deinen Schutz und Schirm
Fliehen wir . . .

so lauteten sie, und plötzlich packte sie das Verlangen, wirklich merkwürdig unter diesen Umständen, es packte sie das Verlangen zu lachen – immer lauter, immer schockierender zu lachen über die Vorstellung, was die arme kleine Mrs. De Lacey wohl davon hielte, daß jemand sie, wenn auch nur in seinen Gedanken, als seinen Schutz und Schirm bezeichnete.

Das würde dir auch nicht gefallen, flüsterte diese Stimme wieder, diese schon bekannte lästige Stimme.

Nein, nein, bestimmt nicht, pflichtete sie diesmal hastig bei und hielt an sich, denn sie spürte, daß sie, wenn sie nicht achtgab, in Hysterie verfallen würde. Wir sind uns im Grunde sehr ähnlich. Abgesehen davon, keuchte sie nach kurzer Pause und erstickte das schreckliche Gelächter, irgendwie unter dem Zwang, den Tatsachen ins Auge zu sehen, abgesehen davon, daß sie ein besserer Mensch ist als ich.

Es war Mittag, man befand sich in der Provence und es war Sommer. Mr. Torrens hatte deshalb nicht draußen in der Sonne gewartet, sondern war, als er eine offene Tür sah, wie jeder vernünftige Mann es getan hätte, ins Haus getreten.

Er fand sich in einem kleinen Wohnzimmer mit asketischer, aber geschmackvoller Einrichtung wieder, mit einer steilen kleinen Treppe zum Obergeschoß, und er stand da und blickte diese Treppe hinauf. Er sah nicht erwartungsvoll aus, wie Mumsie es sich gewünscht hätte; Mr. Torrens zeigte keinerlei Begeisterung. Beschäftigt mit Gedanken, die nichts als sorgenvoll und unglücklich waren, stand er nur da und schaute.

Es war Sonnabend, und sorgenvoll und unglücklich war er seit jenem Augenblick am Montag, als Cilly Jones ins Unterhaus kam und Terry holte, die mit ihm zu Mittag aß. Terry war an einer Debatte interessiert, die ihrer Überzeugung nach Wunder bewirken würde, in seinen Augen aber nur leeres Geschwätz war.

Er war bei ihr, als sie die Nachricht erhielt. Sie waren zusammen nach unten gegangen und hatten von Cilly, die in der Lobby wartete und erregt und geheimnisvoll aussah, gehört, daß Daisy krank sei und daß Terry unverzüglich nach Hause kommen sollte.

Zu diesem Zeitpunkt war Mr. Torrens nicht so sehr unglücklich als vielmehr besorgt gewesen, und seine Besorgnis wuchs, als sich am Abend Gerüchte über seltsame Vorkommnisse an diesem Tag am Grosvenor Square ausbreiteten; Gerüchte über eine in letzter Minute abgesagte Lunchparty, und daß der am Morgen vorausgegangene Besuch einer unbekannten Frau namens Mrs. De Lacey die Ursache sei.

Natürlich hatte er Terry vom Unterhaus aus anzurufen versucht, sobald sie zu Hause angekommen sein mußte, um sie zu fragen, wie es ihrer Mutter gehe, und später noch zweimal, aber nur einmal kam Terry selbst ans Telefon, und sie sagte nur, daß der Arzt gerufen worden sei, und daß ihre Mutter übermüdet sei und Ruhe benötige.

»Ist mit Ihnen alles in Ordnung, meine Liebe?« hatte er gefragt, aufgeschreckt durch irgend etwas in ihrem Tonfall.

»Ja, vielen Dank, lieber George«, antwortete sie.

»Ich könnte vorbeikommen, wenn Sie es wünschen«, sagte er, nicht zufriedengestellt.

»Das wünsche ich immer, aber Sie dürfen nicht im Traum daran denken zu kommen, wenn Sie soviel zu tun haben«, antwortete sie.

Er kam doch vorbei, schlüpfte nach dem Dinner aus dem Unterhaus, nur um sich von Parker sagen zu lassen, daß die gnädige Frau sich zu Bett begeben habe und Lady Terence niemanden zu sehen wünsche.

»Nicht einmal mich, Parker?« fragte Mr. Torrens.

Parker erklärte mit allem nötigen Respekt, nein, nicht einmal ihn.

Erst später, in seinem Club, begann Mr. Torrens, sowohl unglücklich als auch besorgt zu sein, und sein Unglücklichsein hatte sich in den folgenden Tagen mit solcher Geschwindigkeit gesteigert, daß er sich nicht erinnern konnte, jemals eine schlimmere Woche durchgemacht zu haben. Am Grosvenor Square anzurufen war, wie er bald einsah, sinnlos, und dorthin zu gehen war ebenso sinnlos. Am nächsten Tag war Daisy mit unbekanntem Ziel verreist, unbekannt so lange, bis er die Meldung in der Abendzeitung las. Terry war nie zu Hause, wenn er zu Besuch kam, Miss Simpson, die er einmal antraf, machte ihn noch viel unglücklicher, so daß er geradezu Angst hatte, noch einmal in ihre Nähe zu kommen. Und die ganze Zeit über kursierten in London die Geschichten, die vor Wochen schon einmal die

Runde gemacht hatten, jetzt aber nicht länger als Gerüchte, sondern als detaillierte, häßliche Tatsachen – verbürgt, wie man sagte, von Mrs. De Lacey selbst.

»Und wer, bitte, ist Mrs. De Lacey?« hatte Mr. Torrens verächtlich, trotzig gefragt, als er den Namen zum erstenmal vernahm.

Mrs. De Lacey war Leighs Schwiegermutter, die Mutter des kleinen Mädchens, mit dessen Gatten Terry Chilgrove durchgebrannt war –

Durchgebrannt! Mr. Torrens schäumte vor Wut ob dieser boshaften Ungenauigkeit. Unter all den augenscheinlichen Tatsachen war hier endlich so etwas wie ein Gerücht. Er stürzte sich darauf und riß es in Fetzen. Er verfluchte den mondgesichtigen jungen Mann, der es so bereitwillig wiederholte. Terence Chilgrove, so informierte er ihn mit der tönenden Stimme, die seine öffentlichen Äußerungen so entschieden bedeutungsvoller erscheinen ließ, als sie in Wirklichkeit waren, hielt sich im Haus ihrer Mutter in London auf und würde unverzüglich aufbrechen, um sich ihr im Süden anzuschließen. Er hatte noch am selben Tag mit ihr gesprochen. Ein Mann von Anstand, wütete Mr. Torrens, würde solche infamen Lügen entkräften, statt sie weiterzuverbreiten. Und er drehte sich auf dem Absatz um, verließ den Club und eilte sogleich zum Grosvenor Square, um noch einmal das Gespräch mit Terry zu suchen, und sei es nur, um das, was er eben gesagt hatte, in die Wirklichkeit umgesetzt zu sehen.

Doch da war Parker mit der üblichen Floskel auf den Lippen, sie sei nicht anwesend – Parkers Lippen wirkten übrigens in den letzten Tagen sonderbar verzogen, als müßte er unablässig eine bittere Medizin schlucken.

»Dann möchte ich Miss Simpson sprechen«, sagte Mr. Torrens und verzog vor Widerwillen gegen eine weitere Dosis von dieser so ansteckend panikbefallenen Person seinerseits die Lippen.

»Miss Simpson ist fort, Sir«, sagte Parker.

»Fort?«

»Ja, Sir. Heute morgen abgereist, Sir. Zu ihrer Schwester in Ealing, glaube ich. Ein Krankheitsfall in der Familie, wenn ich Miss Simpson recht verstanden habe.«

»Aber wer –«

»Wir tun unser Bestes, Sir, bis die gnädige Frau zurückkehrt.«

Daraufhin befiel die Panik auch Mr. Torrens. Er eilte heim und wies seinen Privatsekretär an, ihm für den nächsten Tag einen Schlafwagenplatz im Zug nach Cannes reservieren zu lassen. Diese Terry. Dieses närrische Mädchen. Was hatte sie sich dabei gedacht, sich selbst und alle anderen derartig ins Chaos zu stürzen? Das schlimmste an diesen keuschen Jungfrauen war, daß sie nie an die Interpretationen dachten, die die weniger Keuschen unfehlbar für ihr freies, furchtloses Verhalten zur Hand hatten – denn Mr. Torrens gehörte zu der kleinen, schwindenden Gruppe derer, die sich beharrlich weigerte zu glauben, Terry wäre etwas anderes als wertvoll. Nun, genau das warf er ihr ja vor, eben daß sie so wertvoll war, so tugendhaft, beinahe nicht einmal eine Frau. Und angenommen, es wäre vorstellbar, daß sie nicht so gut wäre, wie sie wirkte, dann war sie bestimmt nicht wegen eines älteren, unangenehmen Burschen wie Leigh von ihrem bisherigen Verhalten abgerückt. Das Garn soll man gefälligst den Seemännern vorspinnen, empfahl Mr. Torrens hartnäckig. Doch war er in den geheimen Winkeln seines Bewußtseins, hinter den Gedanken, die er sich gerade noch zu denken gestattete, keineswegs so hartnäckig.

»Morgen. Nach Cannes. Schlafwagen«, wies er seinen Sekretär an.

»Aber am Wochenende fahren Sie nach Chequers«, mahnte sein Sekretär.

Chequers war Mr. Torrens völlig gleichgültig.

»Aber am Morgen um zehn kommt diese Abordnung.«

Die Abordnung war Mr. Torrens völlig gleichgültig.

Und am nächsten Tag brach der impulsive, von Zuneigung getriebene Mann auf, erfüllt von dem Gefühl, daß nichts wichtig sei, außer zu seiner tragischen Daisy zu gelangen und ihr irgendwie zu helfen, ihr seine sehr aufrichtige Liebe zu beteuern, und am Tag darauf trat er, nicht mehr so frisch, ein und fand sich statt seiner bekümmerten Freundin einer üppigen, spärlich bekleideten Dame gegenüber, die ihn wissen ließ, daß er am besten gleich wieder kehrtmachte und zurückfuhr.

Dieses Niveau von Bissigkeit war nicht unmittelbar erreicht. Die Begegnung begann mit *badinage**. Mr. Torrens reagierte rein gewohnheitsmäßig auf die ihm zugeworfenen Stichworte, während er hastig versuchte, sich zu sammeln. Denn die Dame überraschte ihn doch sehr, und er versuchte zu erraten, wer sie sein mochte. Sie hatte ihn schon überrascht, als er sie nur teilweise sehen konnte, gerahmt vom Fenster. Doch in voller Größe überraschte sie ihn noch um einiges mehr.

Die Treppe kam sie, während er dastand und hinaufschaute, seitwärts und langsam herab. Er war so beeindruckt von diesen in gemächlicher Folge auftauchenden Stücken Frau, daß er seine Sorgen für einen Augenblick vergaß. Zuerst erschienen Sandalen mit bloßen Füßen darin, die behutsam ihren Weg ertasteten. Dann Hosen. Dann Üppigkeit, bedenklich zusammengehalten von einem Taschentuch, und schließlich ein gerade noch hübsches Gesicht, das ihn irgendwie an jemanden erinnerte.

An wen erinnerte? Er hatte keine Ahnung. Doch ein wenig tröstete es ihn zu sehen, daß es das Gesicht eines Menschen von offensichtlich strahlend guter Laune war. Wenigstens konnte Daisy demzufolge nicht gar so krank sein, wie Miss Simpson angedeutet hatte. Das wäre schon mal eine Sorge weniger.

»Sie sind also George«, sagte die Dame und umspannte die ihr hilfreich zur Überwindung der letzten zwei Stufen entgegengestreckte Hand mit warmem Griff. »Willkommen auf Schloß Hinterwald.«

»Danke«, sagte Mr. Torrens, der sich in Kabinettssitzungen angewöhnt hatte, keine Miene zu verziehen. »Ja. Ich bin George. Und nun sagen Sie mir bitte, wer Sie sind.«

»Gut, also nur George. Ich bin Belle.«

»Natürlich mit *très*** davor«, sagte der gewandte Mann, so geübt in Schlagfertigkeit, daß derartige Kleinigkeiten ihm automatisch über die Lippen kamen und ihn in keiner Weise in der gleichzeitigen und bei dieser Gelegenheit ziemlich panischen Sammlung seiner Gedanken störten.

* badinage: Schäkern, Geplänkel (Anm. d. Ü.)
** très: sehr (Anm. d. Ü.)

»Aber mein Kosename ist Mumsie«, fuhr sie fort, des Französischen nicht so weit mächtig, daß sie sein Kompliment hätte verstehen können.

»Was vermuten läßt, daß Sie, so unglaublich es auch scheint, jemandes Mutter sind«, sagte Mr. Torrens und distanzierte sich damit energisch von dieser Aufforderung zur Vertraulichkeit.

»Natürlich bin ich jemandes Mutter. Oder nehmen Sie etwa an, man hätte mich übersehen?«

»Nicht solange es noch einen einzigen Mann auf der Welt gibt«, versicherte er ihr, und Mumsie war hocherfreut.

Das war die erste Phase – völlig reibungslos und nett. Die zweite wurde damit eingeleitet, daß er sein Zigarettenetui zückte und es ihr auffordernd hinhielt, um mehr Zeit zum Gedankensammeln zu finden. Diese Dame war zweifellos freundlich gesonnen. So weit, so gut. Aber –

»Möchten Sie rauchen?« fragte er und streckte ihr das geöffnete Etui entgegen, während er sie neugierig musterte.

»Das ist das einzige Laster, dem ich nicht fröne«, sagte sie, und er glaubte beinahe, ein Zwinkern bemerkt zu haben.

Er wurde vorsichtiger. Schließlich hatte er nicht wegen eines Augenzwinkerns und den dazugehörigen Frivolitäten die Reise unternommen; mit dem Gesicht eines vielbeschäftigten Mannes klappte er das Etui zu, schob es zurück in seine Tasche und blickte auf seine Uhr.

»Ich würde gern mit Lady Midhurst sprechen«, sagte er.

»Kann ich mir vorstellen«, erwiderte Mumsie.

»Hätten Sie wohl die Freundlichkeit, mich zu melden?«

»Nein.«

»Nein?«

»Ich hätte durchaus die Freundlichkeit, allerdings nicht, Sie zu melden.«

»Aber es ist von höchster Wichtigkeit«, sagte Mr. Torrens einigermaßen verdutzt.

»Oh, davon bin ich überzeugt. Alles, was Männer vorhaben, ist von höchster Wichtigkeit, nicht wahr – solange sie es wünschen, versteht sich. Setzen Sie sich, machen wir's uns gemütlich. Ich fürchte allerdings, ich kann Ihnen nichts zu trinken anbieten. Es handelt sich hier nicht um das, was man eine gutausgestattete Hütte nennt.«

»Danke, ich möchte nichts trinken. Aber ich möchte wirklich«, beharrte Mr. Torrens, »Lady Midhurst sprechen.«

»Nun, das können Sie nicht, also setzen Sie sich schon.«

»Aber warum kann ich sie nicht besuchen? Ich bin in dieser Absicht aus England hergekommen, und es ist höchst –«

»Dann hätten Sie dort bleiben sollen. Natürlich freue ich mich, daß Sie es nicht getan haben. Es ist langweilig hier, wissen Sie. Hier ist nichts los, soweit ich das beurteilen kann. Setzen Sie sich, lassen Sie uns ein wenig plaudern«, sagte Mumsie und klopfte einladend auf den Sitz eines Stuhls. »Eine Frau ist so gut wie die andere, oder?«

Mr. Torrens vermied es, darauf einzugehen, indem er erneut auf seine Uhr blickte.

»Ach, lassen Sie doch die alte Uhr«, sagte sie und ergriff ausgesprochen freundschaftlich seinen Ellbogen. »Setzen Sie sich, fühlen Sie sich wie zu Hause.«

Mr. Torrens jedoch wollte sich nicht setzen, und ihre Hand an seinem Ellbogen erhärtete nur seinen Entschluß, fest auf beiden Füßen stehen zu bleiben. Statt dessen begann er in dem Ton zu reden, den Mumsie am wenigsten leiden konnte, in einem Ton, den Andrew bei all den seltenen Gelegenheiten bemühte, bei denen er überhaupt das Wort ergriff.

»So entzückend«, begann Mr. Torrens mit dieser ausgefeilten Höflichkeit, die auf der Bühne nie ihre Wirkung verfehlte, den Zudringling in seine Schranken zu weisen, »so entzückend es auch sein würde, mich, wie Sie mich so freundlich auffordern, zu Hause zu fühlen –«

Sie jedoch war nicht bereit, sich auf so etwas einzulassen. »Werden Sie nicht sarkie«, schnitt sie ihm flugs das Wort ab.

»Sarkie?« war alles, was er, in seinem Redefluß unterbrochen, zu sagen wußte.

»Sarkastisch. Denken Sie nicht, Sie wären mir überlegen. Es würde mich nicht wundern, wenn es umgekehrt sein sollte.«

»Meine Liebe –«

»Nichts da, von wegen meine Liebe. Meine Liebe kommt gleich nach gute Seele, wie Sie sehr gut wissen, und ich auch. Sie halten nicht, was Ihr Hut versprach, George.«

»Mein Hut?«

»Nun kommen Sie, setzen Sie sich bitte, und lassen Sie uns nicht streiten«, sagte sie, griff seinen Ellbogen fester und versuchte, ihn in den Sessel zu drücken. »Dann muß ich nicht fürchten, daß Sie wieder weglaufen.«

»Ich denke nicht daran zu gehen, bevor ich mit Dai – mit Lady Midhurst gesprochen habe«, sagte Mr. Torrens und schob energisch das Kinn vor.

»Ganz recht. Dann werden Sie eine ganze Weile bleiben«, nickte Mumsie, immer noch gut gelaunt, obwohl ihr schwante, daß sie der Wahrheit näher gekommen war, als ihr lieb sein konnte, indem sie sagte, er hielte nicht, was sein Hut versprach. Da war dieser Hut, lag auf dem Tisch und sah so *débonnaire** und zu jeder Schandtat bereit aus, wie man es sich nur wünschen konnte, während George selbst – nun, George selbst wirkte ein bißchen wie ein Fisch, wenn man sie fragte, und um ein Haar hätte sie es ihm gesagt. Außerdem erwachten allmählich Zweifel in ihr, ob er unter dem Sternenhimmel letzten Endes wirklich so gut sein würde.

»Lassen Sie es sich von mir sagen«, riet sie und ließ seinen Ellbogen los – denn was taugte schon der Ellbogen eines Fisches? – »daß sie nicht nach unten kommt, solange Sie hier sind. Außerdem kann sie gar nicht kommen. Sie hat sich gestern in einem der Schlaglöcher dieses Weges, die längst hätten geflickt werden müssen, den Fuß verstaucht und liegt im Bett. Oh, nichts Schlimmes. Es bedeutet nur für ein paar Tage Bettruhe. Aber das ist eines von den Dingen, die einem das Interesse an jedem Liebhaber nehmen können – und die ihm eine Chance geben«, fügte sie hinzu, indem sie Mr. Torrens ihrerseits die letzte Chance gab, »der Liebhaber einer anderen zu werden.«

* débonnaire: sanftmütig, gutgelaunt (Anm. d. Ü.)

Er nahm die Chance nicht wahr. Im Gegenteil, er schaute auf seine Uhr.

Fisch, dachte Mumsie.

»Ich kann nicht lange bleiben«, sagte er mit finsterem Blick auf die Uhr und tat, als wäre ihre letzte Bemerkung gar nicht gefallen, »und wenn Sie so überaus freundlich sein wollten, Lady Midhurst darüber zu informieren, wird Sie mich, dessen bin ich sicher, sogleich empfangen.«

»Wird sie nicht«, sagte Mumsie mit gerümpfter Nase, und sie rümpfte die Nase aufgrund ihrer wachsenden Verachtung für George.

»Sie sagen immer wieder, sie würde nicht, und ich könnte nicht«, sagte Mr. Torrens, inzwischen an der Schwelle zum Poltern. »Warum kann ich nicht, und warum wird sie nicht?«

»Wie ich schon sagte, sie liegt im Bett – wenn das wahrscheinlich auch nicht von Bedeutung ist«, sagte Mumsie in Erinnerung an den gelben Pyjama. »Aber für sie ist es von Bedeutung. Sie will Sie nicht sehen, so ist es nun einmal. Sie hätten ihr Gesicht sehen sollen, als sie Ihre Stimme erkannte und rief: ›Das ist George!‹ Sie hätten ihr Gesicht überhaupt mal sehen sollen«, fügte sie geheimnisvoll hinzu. »Dann wären Sie vielleicht nicht mehr so versessen darauf.«

Und hier, so könnte man sagen, trat diese Begegnung in die dritte Phase, denn Mr. Torrens, natürlich aufgeschreckt von diesen letzten Worten, fragte hastig: »Wie meinen Sie das – ich hätte ihr Gesicht sehen sollen?«

Mumsie antwortete: »Fragen Sie mich nicht, wie ich das meine. Ich bin ihre Freundin, und Freundinnen sprechen nicht aus, was sie denken, sonst wären sie bald keine Freundinnen mehr.«

Er konnte auch diese Bemerkung nicht anders als beunruhigend finden, klemmte sein Monokel fester ins Auge, um die Frau eingehender zu mustern, und wollte wissen: »Kennen Sie Lady Midhurst schon lange?« Und in seiner Frage schwang soviel unverhohlene Skepsis, so viel geradezu geringschätzige Skepsis mit, daß Mumsie gerechter Zorn überkam, zumal sie auf Anhieb bemerkte, daß das Monokel kritisch und nicht bewundernd blitzte. Sie rief aus: »Als ob die Zeit eine Rolle spielte! Wichtig ist das, was man weiß.«

Woraufhin Mr. Torrens von einem höchst unangenehmen Gefühl erfaßt wurde, so als wäre es plötzlich kalt im Zimmer geworden.

Ein kurzes Schweigen setzte ein. Sie standen da und starrten einander an. Mumsie dachte, böse auf sich selbst wie auch auf ihn, daß sie um ein Haar mehr gesagt hätte, als sie durfte, falls sie und Lady M. zu einer Einigung gelangen und ihr Geheimnis gemeinsam hüten sollten. Und Mr. Torrens bedachte die gutmütige Frau, zum erstenmal in ihrem Leben, mit dem Wort unheimlich.

Ja, unheimlich. Sie hatte zweifellos etwas Unheimliches an sich, entschied er und konnte nicht begreifen, wieso er es nicht sofort bemerkt hatte. Der gespaltene Huf. Verborgen hinter bestürzender Fröhlichkeit.

»Würden Sie mir bitte Ihren Namen nennen? Ich meine, Ihren Nachnamen?« fragte er, bemüht, höflich zu erscheinen und den Abscheu, der in ihm wühlte, nicht in seiner Stimme durchklingen zu lassen.

»Sollten Sie nicht lieber Ihren Taschenkalender zücken und sich ein paar Einzelheiten notieren?« war ihre zornige Antwort.

»Mein Name«, sagte er unbeirrt, »ist Torrens.«

»Was?« rief sie aus. »Sind Sie etwa der, den Rosie Mr. Sumpf nennt?«

Er konnte nur wiederholen: »Den Rosie Mr. Sumpf nennt?«

»Ein Scherz, versteht sich. Nicht bös gemeint. Sie hat einen Tick mit Namen – findet immer etwas Komisches an ihnen. Und ich kann Ihnen sagen, ich bin heilfroh, wenn das arme Kind in diesen Tagen überhaupt noch ein bißchen Spaß hat – in diesen scheußlichen Tagen«, fügte Mumsie mit Nachdruck hinzu und erinnerte sich plötzlich all der vielen kürzlichen Enttäuschungen, die darin gipfelten, daß Mr. Torrens sich als Fisch erwies.

Doch er dachte nicht an Rosies Scherz. Wenn er sich später einmal daran erinnerte, fühlte er sich ziemlich getroffen. (Mr. Sumpf. Nach diesem letzten Abend im Küchengarten, als sie –) »Dann sind Sie – ist es möglich, daß Sie Mrs. De Lacey sind?« fragte er, so tief verwundert, sie hier anzutreffen, daß für andere Empfindungen im Augenblick kein Platz blieb.

»Na, das gefällt mir. Warum sollte es nicht möglich sein? Wollen Sie meine Heiratsurkunde sehen?« sagte Mumsie und warf den Kopf in den Nacken.

An diesem Punkt setzte schließlich eine richtige Bissigkeit ein. Der Mann, der vor einer ihm unerträglichen Frau mit Erfolg seine Mißbilligung verstecken kann, muß schon sehr geschickt sein, und Mr. Torrens hatte keinen Erfolg. Die Feindseligkeit stand ihm ins Gesicht geschrieben. Seine Stimme war rauh vor Ablehnung.

»Meine Verwunderung«, sagte er, und Mumsie hätte dumm sein müssen, um nicht zu bemerken, wie er vor ihr zurückschauderte, »beruht auf der Tatsache, daß Sie hier sind.«

»Na, sind Sie denn nicht auch hier?« entgegnete sie aufsässig.

»Ich bin Lady Midhursts ältester Freund.«

»Ja, das sehe ich«, sagte sie mit einem Blick auf seine Glatze.

Das, dachte Mr. Torrens empört, ist ja primitiv.

»Autounfall oder Feuer, werden Sie mir jetzt wohl erklären wollen«, fuhr die hassenswerte, die unmögliche Frau fort. »Ich habe selbst schon einiges auf Autounfälle und Feuer zurückgeführt. Sie sind damals knapp davongekommen, nicht wahr, George?« bemerkte sie und musterte unverhohlen das, was nun mal wirklich haarlos war.

Mr. Torrens konnte es nicht fassen. Geborgen in der Welt der Gebildeten, aufgewachsen in einer Atmosphäre eingegrenzter Konversation, hatte er noch nicht das Schicksal erlitten, persönliche Bemerkungen hören zu müssen. Selbst im Unterhaus, an Tagen, da die Mitglieder der Labour Party sich ereiferten, fiel nie ein Wort über die Beschaffenheit des Kopfes eines Menschen.

Instinktiv griff er nach seinem Hut.

»Ja, den sollten Sie aufsetzen«, ermunterte sie ihn.

Instinktiv wandte er sich zur Tür.

»Ja, dort sollten Sie hinausgehen«, ermutigte sie ihn.

Mit größtmöglicher Würde schickte er sich dazu an. »Ich werde draußen warten«, sagte er – als ob es irgend jemanden interessierte, dachte Mumsie.

»Aber ich würde an Ihrer Stelle über dem Warten nicht meinen Zug versäumen«, riet sie ihm.

»Das«, sagte er steif und setzte seinen Hut auf, »ist meine Angelegenheit.«

»Zwanzig Jahre jünger«, bemerkte sie billigend, als er ihn aufgesetzt hatte. Es war wirklich ungemein schwierig, seine Würde nicht zu vergessen.

Mr. Torrens' einziger Wunsch bestand darin, außerhalb ihrer Hörweite zu gelangen. Das war im Moment alles, was ihm wichtig war. In seinem ganzen Leben hatte niemand jemals so zu ihm gesprochen, und daß ausgerechnet eine Frau so mit ihm reden sollte, ein Mitglied des Geschlechts, das er immer so geschätzt hatte, machte es doppelt schmerzhaft. Er war in seinem dringenden Verlangen zu gehen so aufgewühlt, daß er tatsächlich den Grund seines Kommens vergaß, und erst als die Harpyie ihm nachrief: »Glauben Sie bloß nicht, daß Sie Ihre Daisy noch zu sehen bekommen«, erinnerte er sich mit einem Schock daran.

Doch es hielt ihn auf seinem Weg zur Treppe nicht auf. Im Augenblick hätte ihn überhaupt nichts aufhalten können. Er wollte nur Distanz zwischen sich und diese Frau legen, der Reichweite ihrer Stimme entkommen. Zuerst einmal das, und später konnte er überlegen –

»Ich habe Anweisung«, verfolgte ihn die verhaßte Stimme, »Sie fernzuhalten, und das werde ich tun.«

Da ließ Mr. Torrens seine Würde fahren, stieg hinab in die Niederungen grober, ungebildeter Straßenjungen – beklagenswert, das wußte er, aber doch tröstlich – und rief über die Schulter zurück: »Sie würden jeden fernhalten.«

»Miserabler Abgang, George«, waren die letzten Worte, die er hörte, die ihm in der stillen Luft nachhallten, und er mußte leider zugeben, daß sie gerechtfertigt waren.

12

Sie sah ihm nach, bis er unter den Stufen verschwunden war, und wartete, bis sie den Wagen abfahren hörte. Dann ging sie zurück ins Haus, zog sich an dem herabhängenden Seil die Treppe hinauf, betrat Daisys Zimmer und verkündete mit vor Aufregung über die Begegnung hochroten Wangen: »Ich habe George die Suppe versalzen.«

Doch Georges Suppe war nicht zu versalzen, falls sie damit zum Ausdruck hatte bringen wollen, daß er verjagt wäre. Beschämt war er, und so wütend, daß es ihm peinlich war, da er sich nie für eitel gehalten hatte, und da es doch völlig unwichtig war, was eine Xanthippe sagte, und da seine Herzenssorgen immer gewichtiger wurden. Doch verjagt war er nicht. Er war nicht gegangen. Es sah nur so aus, hörte sich nur so an, als wäre er gegangen.

Mr. Torrens war nicht nur ein unbeirrbarer Freund, den nichts, was irgend jemand sagte oder tat, daran hindern konnte zu retten, oder in kleinerem Maßstab gemessen, Trost und Hilfe zu bieten. Durch seinen Beruf auch im Täuschen geübt, hatte er den Rand der Terrasse noch nicht erreicht, als diese Routine schon Oberhand über seine Empörung gewann und er sich darauf konzentrieren konnte, Mumsie zu überlisten.

Kein Politiker, das war ihm klar, konnte es sich leisten, sich auf seiner Empörung oder einer Beleidigung auszuruhen. Seine Aufgabe bestand darin, mit kühlem Verstand zu kämpfen, und wenn eine Situation sich nicht mit Aufrichtigkeit bewältigen ließ, die er natürlich bevorzugt hätte, mußte er aufs Doppelspiel zurückgreifen. Im Kabinett nannte man das Takt, und Mr. Torrens wurde von seinen Kollegen so viel Taktgefühl attestiert, wie ein Mann es sich nur wünschen kann. Gewiß wand er sich aus Schwierigkeiten besser heraus als die meisten anderen, und auch aus dieser Schwierigkeit, das war ihm klar, konnte er, ja mußte er, einen Ausweg finden.

Daher unterdrückte er seine persönlichen Gefühle, seinen merkwürdigen Groll und den Abscheu vor dem schändlichen Benehmen dieser Frau und verlegte sich unverzüglich darauf, eine List zu ersinnen. Er verbrachte eine wohlbemessene Zeitspanne unten auf der Straße, wies den Taxifahrer an, irgendwo essen zu gehen und erst zurückzukommen, wenn es Zeit für den Aufbruch zum Bahnhof war. Dann sah er zu, wie der Mann mit überzeugend endgültigem Abfahrtgetöse wendete und davonfuhr, blieb noch eine Zeitlang stehen und betrachtete ruhig die Jasminfelder am Straßenrand, bis er meinte, Mrs. De Lacey habe reichlich Zeit gehabt, sich wieder zu Daisy hinaufzubegeben, und die Luft sei rein, so daß er zurückgehen könnte.

Allerdings ging er sehr vorsichtig zurück, blieb häufig stehen, als er die Stufen emporstieg, um zu horchen, und sah sich, oben angelangt, sofort nach Deckung um. Er fand sie unter einem überhängenden Feigenbaum an einem Brunnen. Von vielen großen Blättern gegen die Fenster des Hauses abgeschirmt und von einem riesigen Oleanderbusch mit zarten rosa Blüten und scharlachroten Knospen – Mr. Torrens war ein leidenschaftlicher Gärtner und nahm sich einen Augenblick Zeit, um die Schönheit dieses Busches zu bewundern – vor Blicken von der Terrasse her geschützt, setzte er sich auf eine niedrige Mauer, nahm den Hut ab und wischte sich die Glatze, über die die groteske Frau sich so mokiert hatte.

Hier sind wohl Bären notwendig, dachte er und erinnerte sich neidvoll an Esau. Wie klar läge sein Weg ihm vorgezeichnet, wenn unversehens ein paar von diesen tüchtigen biblischen Gestalten auf der Terrasse erscheinen würden, um Mrs. De Lacey nachzusteigen. Wie einfach wurden Probleme im fernen Galiläa – es war doch Galiläa? – gelöst!

Doch Neid kann sich kein Politiker leisten, und er schob sein Taschentuch wieder in die Tasche, legte den Hut neben sich auf die Mauer, zog seinen Rock aus, um mehr Luft zu bekommen, legte ihn zusammen, setzte sich darauf, da die Mauer grob behauen war, und überließ sich dann, in Hemdsärmeln nicht gar so heiß und nicht mehr gar so unbequem sitzend, angestrengtem Nachdenken.

Wie schwer es fällt zu denken, insbesondere angestrengt zu

denken, wenn man die ganze Nacht, ohne ein Auge zuzutun, im Zug verbracht hat, und davor seit Montag den Großteil jeder Nacht von Angst und Sorge wachgehalten worden ist! Und wenn man außerdem noch nicht gespeist hat!

Mr. Torrens bevorzugte regelmäßige Mahlzeiten und hatte an diesem Tag bisher nur eine Tasse Kaffee zu sich genommen, vor Stunden, noch vor Marseille. Daher war er im Nachteil, wenn es ans angestrengte Nachdenken ging, abgesehen davon, daß er dreiundsechzig Jahre alt war, was Mrs. De Lacey ihm gewiß ins Gedächtnis gerufen hätte, hätte sie es gewußt. Vielleicht weiß sie es ja, dachte er und gab sich für einen Moment wieder seinem Groll hin, oder vielleicht hielt sie ihn sogar für noch älter, für dreiundsiebzig womöglich. Zum Teufel mit der Frau.

Doch kein Politiker kann es sich leisten, seine Zeit damit zu verschwenden, daß er Frauen zum Teufel schickt, und Mr. Torrens unterließ es schleunigst, auf diese Weise Kraft zu verschleudern. Er war gekommen, um Daisy zu helfen, nicht um sich über unhöfliche Hexen zu ärgern, und helfen würde er ihr. Er würde nicht weichen, bevor er sie gesehen, mit ihr gesprochen und alles erfahren hatte. Er mußte viel mehr in Erfahrung bringen, als er zunächst vermutet hatte – zum Beispiel den Grund für die Anwesenheit dieser erstaunlichen Gestalt –, und er würde es herausfinden, selbst auf die Gefahr hin, daß er seinen Zug versäumte, selbst auf die Gefahr hin, daß er monatelang Tag für Tag seinen Zug versäumen und seine Arbeit zu Hause zum Teufel gehen würde.

Meg – sie war seine Frau – hatte beim Abschiedskuß angemerkt, daß diese impulsive Reise seine Karriere gefährden könnte, und er war einer Diskussion ausgewichen. »So große Worte von so einer kleinen Frau«, hatte er scherzend gesagt und war zu seinem Wagen geeilt. Aber angenommen, sie hatte recht, und seine Karriere war gefährdet, würde es ihn stören? Später vielleicht, doch im Augenblick ist es mir piepegal, dachte er. Wie könnte er, wenn Daisy in höchster Not war und allzu offensichtlich den Kopf verloren hatte, nicht unverzüglich zu Hilfe eilen? Sollte er sie, nachdem er gekommen war, ihrem Schicksal überlassen und wortlos wieder heimreisen? Lieber werde ich fünfzig Züge versäumen und fünfzig Karrieren gefährden, sagte er sich, denn so unbeirrbar war Mr. Torrens in seiner Freundschaft.

Unterdessen war es jedoch schwierig festzustellen, was er für seine Freundin in Not tun konnte, jedenfalls solange er hier unten im Garten und sie oben in ihrem Zimmer war. Noch dazu in Gesellschaft von Mrs. De Lacey. Das Stimmengesumm aus dem offenen Fenster verriet ihm, daß es Mrs. De Lacey war, die sich bei Daisy aufhielt.

Also saß er verblüfft da, völlig unfähig, einen geeigneten Plan zu entwerfen, der ihn unverzüglich zu Daisy brachte. Außerdem war es unglaublich heiß, und wenn er noch sehr viel länger in dieser windstillen Ecke ausharren mußte, war nicht auszuschließen, daß er womöglich einschlief trotz aller Entschlossenheit, Mrs. De Lacey zu überlisten.

Wenn er schlief, würde er natürlich nichts ausrichten, das war Mr. Torrens klar. Also wehrte er sich gegen die Müdigkeit. Doch die gesamte Umgebung und auch er selbst schienen von heißer, schwerer Süße befallen und nahezu erstickt zu werden. Die Süße stammte von den Lilien, die hier massenhaft ein paar Meter entfernt an der Hauswand blühten, wie sie in seinem heimischen Garten niemals blühten. Und als er sein Monokel ins Auge klemmte, um sie zu betrachten – denn, wie gesagt, er war ein leidenschaftlicher Gärtner –, weckte ihn die Begeisterung für einen Moment aus seiner Schläfrigkeit.

Allerdings nur für einen Moment. Zu einlullend wirkten das monotone Stimmengesumm aus Daisys Fenster und dieses monotone Plätschern von Wasser irgendwo hinter ihm. Seine Hände hingen untätig zwischen seinen Knien, sein Kopf sank, ebenfalls untätig, nach vorn. Diese Jasminfarm der armen Daisy war zweifellos ein Ort der Ruhe – ein Ort, an dem man, sofern man seinen Seelenfrieden hatte, eine schöne, lange Erholungspause einlegen konnte. Er konnte sich gut vorstellen, unter unbeschwerten Bedingungen eine schöne, lange Erholungspause an diesem Ort einzulegen, für eine Weile die Sorgen abzuschütteln, um angeblich wichtige Dinge, die rückblickend gar nicht so wichtig waren, und um überhaupt alles aus der Vogelperspektive zu betrachten.

Vogelperspektive: das ist eine vernünftige Perspektive, dachte Mr. Torrens und nickte sanft. Wenn man sich lange genug hier aufhielt, konnte man sich leicht vollständig die Perspektive eines Vogels aneignen – alles aus der Ferne sehen, umfassend und entsprechend ruhig. Es war wirklich schade, daß man, zumal das Leben so kurz war und ein paarundsechzig Jahre im Handumdrehen verflogen, soviel von seiner Zeit in Unruhe verbrachte ...

Doch an diesem Punkt, gerade als der Schlaf ihn einhüllen wollte, wurde er ins Bewußtsein zurückgerissen. Etwas wehte um die Hausecke herum, zuerst nur schwach, dann allmählich kräftiger, bis schließlich der gesamte Garten erfüllt war und der Duft der Lilien so vollkommen übertönt wurde, als wären sie gar nicht vorhanden.

Ein Geruch! Ein äußerst appetitlicher Geruch! Und da er als Kind des Wohlstands und lebenslanger Bewohner von Häusern, in denen die Küchen abgelegen untergebracht sind, nicht wußte, daß Speisen während der Zubereitung oft besser riechen als das Endergebnis, und da er, wie er jetzt bemerkte, ausgesprochen hungrig war, vergaß Mr. Torrens seine Müdigkeit und Ratlosigkeit, richtete sich auf und zeigte Interesse.

Irgend jemand – er fürchtete, er würde es nicht sein – sollte offenbar in Kürze etwas zu essen bekommen. Er blickte auf seine Uhr. Natürlich. Der Lunch wurde bereitet. *Déjeuner**. Nicht für Daisy, die ja bettlägrig war, sondern für diese gierige Mrs. De Lacey. Er war überzeugt, daß sie gierig war. Sie besaß alle Eigenschaften, die einer Frau nicht gut zu Gesicht standen, warum sollte sie also nicht auch gierig sein? Außerdem waren seines Wissens alle Frauen ab einem gewissen Alter, in dem sie keine Liebe mehr erlebten, gierig.

Ungeduldig blickte er auf seine Uhr. Hätte er seine Karten bes-

* déjeuner: Mittagessen (Anm. d. Ü.)

ser gespielt, statt sich zum Streit verleiten zu lassen, wäre er gewiß eingeladen worden, an den ausgezeichneten französischen Gerichten teilzuhaben, die diese besonderen Düfte vermuten ließen. Der richtige Kurs wäre vermutlich eine Liebelei gewesen. Eine Liebelei! Er schauderte. Trotzdem, man hätte sich vielleicht konsequent auf eine rein verbale Liebelei beschränken können – auf Komplimente und Schmeicheleien –, und das hätte ihn gewiß auf kürzestem Weg zu Daisy geführt. Denn anfangs, als diese Frau die Treppe herunterkam, war sie wie Wachs, so leicht zu manipulieren. Da hätte er mit ihr anstellen können, was er wollte, vorausgesetzt, es hätte irgend etwas gegeben, was er gewollt hätte. Zugegeben, sie schien die Sorte Frau zu sein, die auf die kleinste Ermutigung hin Nähe sucht, doch so schrecklich Mrs. De Laceys Nähe auch sein mochte, noch dazu bei diesem Wetter, er hätte den Versuch unternehmen müssen.

Mr. Torrens kam zu der Überzeugung, daß er sich wie ein Narr benommen hatte. Die Küchendüfte wehten kräftiger, und entsprechend geradliniger wurden seine Perspektiven. Ein Mann von seiner Erfahrung, der sich aufführte wie ein wütender Schuljunge, ein Mann, der halb Europa durchquert hatte, um einer bedrängten Freundin zu Hilfe zu eilen, und sich so sehr reizen ließ, daß er das Haus, das er unter so großen Mühen aufgesucht hatte, tatsächlich verließ!

Er verschränkte die Arme und blickte starr vor sich, versuchte, das kräftige Aroma zu ignorieren, das nun den Garten durchzog. In seinem ausgehungerten Zustand war es leichter, wie er bald herausfand – die Entdeckung beschämte ihn, aber so war es nun einmal – zu ignorieren, wie viele Gelegenheiten er verpaßt hatte, zu Daisy vorgelassen zu werden. Zweifellos eine *cuisine forte**, aber um so besser. Provençal. Erfüllt von der Wärme des Südens. Den sonnenverbrannten Söhnen von Öl und Wein angemessen. Ja, apropos Wein, was für einen Wein würde man dieser Person wohl zu ihrer saftigen Mahlzeit servieren, fragte er sich und fuhr sich mit trockener Zunge über die Lippen.

* cuisine forte: deftige Küche (Anm. d. Ü.)

Mr. Torrens schluckte ein-, zweimal. An einem erstickend heißen Tag, nach zweimaligem Bewältigen steiler Treppen, war es wohl nur natürlich, sehnsüchtig an Wein zu denken. Die Frau hatte gesagt, sie könne ihm nichts zu trinken anbieten, aber sie hatte vermutlich an Cocktails gedacht. Frauen ihrer Sorte meinten immer entweder Cocktails oder Champagner, wenn sie vom Trinken sprachen, da sie die endlosen feinen Abstufungen dazwischen in ihrer krassen Ignoranz nicht zu schätzen wußten. Gewiß würde eine *carafe** voll mit mildem, besänftigenden Rosé auf dem Tisch stehen, der die Mittagsmahlzeit in Frankreich so angenehm begleitet – ein wunderbares Getränk, um im Sommer die *pièce de résistance*** hinunterzuspülen, der ein kühler Salat folgt, und dann eine schlanke Scheibe Brie . . .

Gott, wie hungrig muß ich sein, dachte er und spähte durch die Blätter zu dem Fenster, aus dem das unablässige Summen ertönte.

Und plötzlich fiel ihm etwas auf. Er begann, angestrengt zu lauschen. Er vergaß seinen Hunger und seinen Durst und horchte mit angespanntem Gesicht, sein besser funktionierendes Ohr dem Fenster zugewandt. Er verstand die Worte nicht, doch eindeutig stammte das Stimmengesumm, das die ganze Zeit herausgeströmt war, während er hier saß, so plump mit seinen körperlichen Empfindungen beschäftigt, keineswegs von einer Unterhaltung, sondern von einem Monolog. Wäre er nicht so vertieft gewesen, hätte er es auf Anhieb bemerkt. Nur eine Stimme redete, sprach ununterbrochen jemanden an, der nicht antwortete. Es war Mrs. De Laceys Stimme, und demzufolge war es Daisy, die nicht antwortete.

Merkwürdig, daß diese Kleinigkeit zur Folge hatte, daß es Mr. Torrens wie Schuppen von den Augen fiel, doch so war es. Um sich so leicht lösen zu können, mußten diese Schuppen wohl nicht sonderlich fest gesessen haben, wurden vermutlich hauptsächlich von seiner Entschlossenheit, nicht sehen zu wollen, gehalten: jedenfalls sah er nun klar. Und er sah entsetzt der Wahrheit ins Gesicht.

* carafe: Karaffe (Anm. d. Ü.)
** pièce de résistance: Hauptgang (Anm. d. Ü.)

Erpressung! Deswegen war Mrs. De Lacey hier. Die Gerüchte über Terry und Leigh entsprachen der Wahrheit. Und Daisy wußte es.

Es gibt nur wenig, das einen aufrichtigen Menschen mehr entsetzt als der Verdacht von Erpressung. Mr. Torrens sah rot angesichts der Tatsache, daß über Daisy nicht nur ein entsetzlicher Kummer hereingebrochen war, sondern daß sie obendrein auch noch erpreßt wurde.

In einem ersten Impuls wollte er ins Haus eilen, die Treppen hinaufstürmen und die widerliche Frau hinauswerfen. Daisy war in den Klauen der Unterwelt, Daisy war in den Händen einer – in seiner Erregung bezeichnete er Mumsie als Bande.

Ohne Hut und in Hemdsärmeln verließ er sein Versteck, um der monströsen Nötigung, die sich dort oben abspielte, unverzüglich ein Ende zu bereiten. Doch er hatte sich kaum einen Meter aus dem Schatten gewagt, als er begriff, daß ihm ohne Hut ein Sonnenstich drohte. Als er umkehrte, um ihn zu holen, reichte diese kleine Verzögerung aus, eine durch langes Training erworbene Vernunft die Oberhand gewinnen zu lassen.

Nein, dachte Mr. Torrens und hielt inne, nein. Nichts Überstürztes, nichts Unüberlegtes tun. Warten. Zunächst einmal überlegen. Der Leidenschaft Zügel anlegen. Für einen Tag hatte er der Leidenschaft genug die Zügel schießen lassen und genug gehandelt, ohne zu überlegen. Dem Handeln sollte immer das Denken vorausgehen, und das Handeln, so pflegte sein Kabinett in Krisenzeiten zu mahnen, sollte so lange wie möglich hinausgezögert werden, um die Möglichkeit offenzulassen, daß es sich vielleicht erübrigte. Kommt Zeit, kommt Rat, dachte man im Kabinett, Interessen verlagern sich, fast alles, insbesondere Gewalt, erübrigt sich irgendwann, wenn man lange genug abwartet. Allerdings, in diesem Fall blieb nicht viel Zeit, und die Interessen waren zu grundsätzlich, um sich verlagern zu können. Doch daß die Maxime sich trotzdem bewährte, zeigte sich im selben Augenblick. Denn kaum war er in den Schatten zurückgekehrt, läutete irgendwo im Haus eine Glocke, der summende Monolog verstummte abrupt, eine Tür wurde geöffnet und wieder geschlossen. Es lag auf der Hand, daß Mrs. De Lacey gierig nach unten zum Lunch eilte. Und Daisy allein ließ; Daisy in ihrem Zimmer allein ließ, bei weit geöffnetem Fenster!

Wie froh war Mr. Torrens, daß er nichts Gewalttätiges unternommen hatte. Dank seines Zögerns bot sich ihm eine glückliche Chance. Er entwickelte eine fieberhafte Geschäftigkeit, kramte in seinen Taschen nach Bleistift und Papier. Er würde Daisy eine Nachricht schreiben, sich über den Rasen schleichen und sie durchs Fenster werfen. Zu ihr hinaufrufen konnte er nicht, weil die Frau in dem Parterrezimmer ihn sicherlich hören und nach draußen kommen würde. Und er mußte sich sehr beeilen, weil sie wie alle unzivilisierten Wesen – Hunde eingeschlossen, fand er Zeit, boshaft hinzuzufügen – gewiß ihre Mahlzeit hinunterschlingen und im Handumdrehen wieder oben sein würde.

Wenn ich doch vierzig Jahre jünger wäre, dachte er und kramte mit solcher Hast in seinen Taschen, daß er das Gewünschte nicht fand, obwohl es doch dort war. Wenn ich vierzig Jahre jünger wäre, würde ich die Mauer hinaufklettern, aber mit sechzig Jahren kann ein Mann mit Mauern nicht mehr viel anfangen, und selbst, wenn ich es gekonnt hätte und erfolgreich ans Fenster gelangt wäre, um den kahlen Kopf ins Zimmer einer Frau zu stecken, hätte ich mich doch nur zur Witzfigur gemacht! Kahle Köpfe – seltsam, wie ihn das noch immer wurmte – waren am besten an Konferenztischen und in Clubsesseln aufgehoben – ah, da war der Bleistift, und da war auch eine Karte oder so. Zum Glück war das Haus niedrig, und er konnte – hoffentlich – immer noch gut zielen –

Ich muß Sie sehen, schrieb er auf das Kärtchen, eine von seinen Visitenkarten, wie sich herausstellte. Es ist von verzweifelter Wichtigkeit. Mein Zug geht um sechs. Lassen Sie mich vor. Sagen Sie es ihr. Um Himmels willen, Daisy – und er wollte gerade zum Fenster eilen und seine Nachricht ins Zimmer werfen, als das Motorengeräusch eines Wagens unten auf der Straße ihn davon abhielt.

Im Begriff loszustürmen, hielt er inne. Ein Wagen. Auf dieser Nebenstraße. Der auch noch das Tempo drosselte. Und am Fuß der Treppe anhielt.

Nein, dieser Idiot! dachte Mr. Torrens wütend, überzeugt, sein Taxi wäre schon zurückgekommen, trotz seiner Anweisung, erst wieder zu erscheinen, wenn es Zeit für den Aufbruch nach Cannes war. Idiot, Idiot. Und jetzt würde diese teuflische Frau glauben, er selbst wäre zurückgekommen, und entweder hinauf zu Daisy eilen oder aus dem Haus stürzen und ihn finden.

Verzweiflung packte Mr. Torrens. Nun würde er gezwungenermaßen eine weitere Szene mit Mrs. De Lacey durchstehen müssen, eine unendlich viel schlimmere, und wenn sie nicht freiwillig ging, was höchst unwahrscheinlich war, müßte er sie bei den Schultern nehmen und sie hinauswerfen.

Es widerte ihn an. In seinem Leben hatte er schon viele Frauen bei den Schultern genommen, aber niemals, um sie hinauszuwerfen. Mit seinem ganzen Wesen schauderte er vor einer derartigen Zumutung zurück. Der Taxifahrer würde ihm helfen müssen. Er allein könnte es nicht schaffen – zumal sie so spärlich bekleidet und so üppig war. Vielleicht konnte der Taxifahrer das in die Hand nehmen, während er nur Anweisungen gab . . .

Doch jetzt hörte er den Mann die Stufen heraufkommen, wenngleich er sich keinen Grund dafür denken konnte. Sobald er nahe genug war, würde er ihn anhalten, so daß er sich hinter dem Oleanderbusch über die Mauer beugen und ihm stumm Zeichen geben konnte. Mrs. De Lacey schien noch nichts bemerkt zu haben, zweifellos war sie zu sehr damit beschäftigt, ihre Mahlzeit hinunterzuschlingen. Wenn sie nur noch ein, zwei Minuten geräuschvoll weiterschlang, hätte er Zeit, dem Mann zu erklären, was von ihm verlangt wurde, und dann könnten sie gemeinsam das Wohnzimmer betreten.

Doch der Taxifahrer kam sehr langsam die Treppe herauf. Außerdem keuchte er, als bereiteten ihm die Stufen Mühe, was Mr. Torrens überraschte, da er ihn als einen drahtigen jungen Mann in Erinnerung hatte, der flink aus seinem Wagen und wieder hineinspringen konnte.

Er klemmte sich das Monokel fester ins Auge, teilte die Zweige des Oleanderbusches und spähte vorsichtig hindurch, um dann jedoch unverzüglich den Kopf zurückzuziehen und starr vor Verwunderung stehenzubleiben.

Was in Gottes Namen, fragte Mr. Torrens sich verständnislos, will der denn hier?

Denn es war keineswegs der Taxifahrer, sondern dieser deutsche Graf, dem er zuletzt auf Shillerton begegnet war, anläßlich jener Wochenend-Party, auf der die Probleme ihren Anfang genommen hatten.

Dieser beabsichtigte – und das gereichte ihm seines Erachtens zur Ehre –, Terrys Mutter um die Hand der Tochter zu bitten.

Alles, was er dafür verlangte, abgesehen von einer angemessenen Wertschätzung seiner Großzügigkeit, war die peinlichste Befolgung der Gesetze von Moral und Anstand in aller Zukunft. Geld wollte er natürlich auch, doch das bedurfte keiner Worte. Ein Mann war ohnehin berechtigt, eine Mitgift zu erwarten, und in einem Fall wie diesem konnte er mit Fug und Recht eine ziemlich umfangreiche Summe verlangen.

Das jedoch würde kein Problem darstellen. Diese Midhursts schwammen sichtlich im Geld, und seine vorausschauenden privaten Erkundigungen hatten zu seiner Befriedigung ergeben, daß über den Prunk hinaus sogar noch mehr an gesunder Substanz vorhanden war. Er zweifelte nicht daran, daß seine künftige Schwiegermutter ihm aus Dankbarkeit für die Rettung vor der Schmach, die über die Familie hereingebrochen war, unverzüglich den Bärenanteil oder sogar die Gesamtheit dessen, was ihm nach ihrem Tod sowieso zufallen würde, zur Verfügung stellte.

Und warum nicht gleich das ganze Vermögen? Der alten Dame konnte eine angemessene Apanage gezahlt werden. Außerdem könnte sie in seinem Schloß leben, und dann benötigte sie nicht einmal eine Apanage. In seinem Schloß war reichlich Platz. Dort brauchte er ihr nicht oft zu begegnen, nicht einmal bei den seltenen Gelegenheiten seines Aufenthalts dort. Im Grunde war es überhaupt nicht nötig, ihr zu begegnen. Er hatte es schon immer als im höchsten Maße ungerecht bewertet, daß ein Nachfolger auf den Tod warten muß, bis er endlich in den Besitz dessen kommt, was ihm eigentlich schon die ganze Zeit über zusteht.

Unter großen Unannehmlichkeiten hatte er sich also nach Südfrankreich aufgemacht. In seiner Brusttasche steckte ein Brief, der unter anderem diese Überlegungen enthielt. Er hatte ihn für den Fall geschrieben, daß Lady Midhurst wirklich zu krank sein sollte, um ihn zu empfangen, wenngleich er auch nicht einen Augenblick lang an eine Krankheit glaubte. Ein Versuch, mit Terry zu sprechen, war von seiner Seite nicht unternommen worden. Dieser Anlaß verlangte seines Erachtens nach Förmlichkeit. Er wollte mit allem erforderlichen Ernst eine Chance zur Rehabilitation bieten, und da wären die Grimassen vorgetäuschter Liebe nur fehl am Platz. Man sollte sich aufs Geschäftliche beschränken – natürlich nicht ohne die angemessenen Formen zu wahren, aber eben dennoch aufs Geschäftliche, denn auf der einen Seite stand hier eine junge Frau mit viel Geld, aber ohne Tugend, auf der anderen ein Verehrer von höchster Tugend, aber ohne Geld. Deshalb wäre es für beide eindeutig von Vorteil, eine Verbindung einzugehen und einander aus den jeweiligen Schwierigkeiten zu helfen.

In letzter Zeit hatte ihm die Frage, was er gegen seinen Geldmangel und seinen Schuldenberg unternehmen sollte, beträchtliche Sorgen bereitet. Erst am Tag, als der Midhurst-Skandal in London zum Ausbruch kam, hatte er plötzlich einen Ausweg gesehen. Nun würde sich großzügiges Handeln unmittelbar auszahlen. Gott und Mammon ergaben eine wunderbare Mischung, wenn ein Mann es verstand, sie zu einen. Und wie erfreulich, wie angebracht, wie gerecht, diese englischen Millionen dem Vaterland zu sichern!

Also nahm er sein Ticket und ging tunlichst dem auf typisch englische Weise schwachköpfigen Politiker Torrens aus dem Weg. Offenbar verreiste dieser auch irgendwohin, aber er hatte ihn rechtzeitig entdeckt. Und so langte er nun am Kopf der Treppe an.

Dort strebte er einer offenen Tür zu, nachdem er den Hut abgenommen, sich das feuchte Haar aus der Stirn gewischt – er war ein wohlgenährter Mann und erreichte sein Ziel nahezu noch erhitzter als alle anderen – und sich eine Weile in höchster Verwunderung umgeschaut hatte. Er suchte jemanden, der ihm sagen konnte, ob dieses Haus tatsächlich Lady Midhursts Aufenthaltsort wäre.

Er stieß auf Mumsie.

Das freute Mr. Torrens, der durch die Blätter spähte und wegen der Hindernisse und Enttäuschungen zu Gehässigkeiten neigte.

Sie saß vor einem Teller rasch erkaltender Suppe, die sie, weit entfernt davon, sie zu verschlingen, wie Mr. Torrens sich vorgestellt hatte, halbherzig betrachtete. So fand der Graf die Gelegenheit, sie in Ruhe zu mustern, da sie dank des Getöses, das Adolphe und Thérèse, beide unerfahren in der Servierkunst, in der angrenzenden Küche veranstalteten, weder den Wagen noch die sich nähernden Schritte gehört hatte.

War er sah, gefiel ihm. Er mochte das Füllige. Er mochte es, wenn eine Frau unverkennbar eine Frau war. Wenn man diese Frau rittlings aufs Pferd setzt, dachte er, ist sie immer noch unverkennbar eine Frau. Wenn man seine zukünftige Frau, Terry, aufs Pferd setzte, würde sie sich durch nichts von einem flachbrüstigen, schmalhüftigen Jungen unterscheiden. Er hatte sie im Hyde Park reiten sehen und mußte es wissen. Diese üppige Frau dagegen –

Der Graf mochte das Üppige. Was Frauen betraf, teilte er Shakespeares Meinung, den er dank seiner angemessenen Erziehung fließend beherrschte, daß Üppigkeit oberstes Gebot sei. Üppigkeit und Fülle versprachen einhüllende Wärme. Die Dame vor seinen Augen konnte er sich als perfektes Geschenk des Himmels für kalte Winternächte vorstellen.

Also beobachtete er Mumsie voller Wohlgefallen, die vertieft in den Ekel vor ihrer Suppe saß, und da zudem aus der Art, wie sie ihren ekelhaften Tellerinhalt betrachtete, zu sehen war, daß sie gutes Essen von schlechtem zu unterscheiden wußte – eine weiterer grundsätzlicher Vorzug bei Frauen –, fühlte er sich zunehmend von ihr angezogen, und da eine kräftige gesunde Frau zu dieser Tageszeit gewiß genauso hungrig sein mußte wie er selbst, fragte er sich, ob es nicht vielleicht in der näheren Umgebung ein hübsches kleines französisches Restaurant geben mochte, in dem er und sie zusammen speisen konnten, ehe er sich ums Geschäftliche kümmerte. Er war sehr hungrig, denn er hatte seit dem Frühstück im Zug nichts zu sich genommen, und er glaubte, seine Bewerbung um die Hand der mageren Terence erst dann im genau richtigen Ton vortragen zu können, wenn er gegessen hatte.

Also stellte er sich unverzüglich vor, indem er ins Zimmer trat und seinen Hut in Richtung Suppe schwenkte.

»Das da«, sagte er, »ist ein Schweinefraß.«

Natürlich erschrak Mumsie. Doch zufällig war sie genau derselben Meinung, und als sie auf ihrem Stuhl herumfuhr und an der Tür ihr Ideal von männlicher Herrlichkeit erblickte, einen breitschultrigen, blonden, wunderbaren Herrn, der ihre Gedanken so trefflich in Worte kleidete, vergaß sie vor Überraschung und Entzücken über diesen Glücksfall, wie wütend sie gewöhnlich wurde, wenn jemand sie erschreckte.

Sie starrte die Erscheinung an, den noch immer hübschen Mund halb geöffnet. Das war ein Besucher, der sich lohnte – entschieden besser als der arme Mr. Sumpf. Tadellos gekleidet war er noch dazu, mit einer weißen Nelke im Knopfloch und weißen Auto-Lederhandschuhen in der Hand, die auch den Stock hielt, und mit weißen Gamaschen! Mumsie liebte Gamaschen, liebte sie noch mehr als Monokel. Von einem Monokel, das wußte sie inzwischen, konnte man sich letztendlich doch irreleiten lassen, weiße Gamaschen aber würden immer bleiben, was sie waren – eindeutige Attribute eines Gentleman.

»Na, Sie haben mir aber einen Schrecken eingejagt!« rief sie aus, stand auf und strahlte ihn willkommenheißend an, wobei sie in ihrer Aufregung völlig vergaß, daß man dem anderen Geschlecht, wie sie selbst es lehrte, anfangs niemals mit zuviel Herzlichkeit begegnen dürfe. »Nach und nach, wenn es um einen Mann geht, Liebling«, hatte sie Rosie beigebracht, an die eine derartige Lektion allerdings verschwendet war, weil sie überhaupt niemals über das Anfangsstadium hinauszugehen bereit war.

Bevor er noch etwas sagte, fuhr sich der Graf mit seinem Taschentuch – mit aufgesticktem Krönchen, wie Mumsie erregt feststellte – durchs Krageninnere und über das dichte, feuchte Haar.

Was für ein Schopf, dachte Mumsie und betrachtete die Haarpracht voller Begeisterung, genug, um ein Dutzend Mr. Sümpfe auszustaffieren. »Ihr Kopf wird lange brauchen, um sich durch diese Haarfülle zu arbeiten«, bemerkte sie bewundernd.

Er jedoch wußte aufgrund seiner Unkenntnis des Kontextes nicht, wovon sie redete. Doch da seiner Meinung nach ohnehin nicht zählte, was eine Frau zu sagen hatte, da sie fürs Handeln, nicht fürs Reden zuständig war, fiel es nicht weiter ins Gewicht. Ohne nach dem Sinn zu fragen, ging er zur nächsten Stufe über.

»Mein Name ist von Vosch«, sagte er, steckte sein Taschentuch ein, neigte sich über Mumsies Hand und küßte sie.

Wieder war Mumsie hingerissen. So galant. Außerdem war bekannt, wer die Hand küßt, arbeitet sich schnell weiter hoch, und vor ihr stiegen Visionen mit ihr selbst und diesem großartigen Burschen unter dem Sternenhimmel auf. Kaum war sie nach den zahlreichen Enttäuschungen der letzten Zeit in der Lage, an ein so unverhofftes Glück zu glauben.

Lady M. blieb in ihrem Zimmer und war wieder ausgesprochen schwierig gewesen, hatte nicht ein Wort des Dankes dafür übrig gehabt, daß sie, Mumsie, auf ihre eigene Bitte hin George abgewimmelt hatte. Im Gegenteil, sie hatte, schon wieder zu Sentimentalitäten neigend, und diesmal zu allem Überfluß noch seinetwegen, gesagt, sie hoffe, ihr alter Frund sei nicht in seinen Gefühlen verletzt worden! Und was war mit Belle De Laceys Gefühlen, die sich eine gestrichene halbe Stunde lang den Beleidigungen eines Fisches aussetzen mußte? Das hatte sie gefragt, und kaum hatte sie ein wenig die Stimme erhoben, verfiel Lady M. wieder ins Schmollen und saß so resigniert im Bett, daß es einen in den Wahnsinn treiben konnte.

Mumsie brauchte also dringend einen Trost, denn zum erstenmal hatte sie, während sie in ihre Suppe starrte und an Lady M.s Unzuverlässigkeit und Undankbarkeit litt, überlegt, ob es je möglich sein würde, mit einer Frau von so sonderbarer Disposition gut auszukommen. Zumal, wenn ihr noch öfter Mahlzeiten wie diese bevorstanden.

Und dann geschah das Wunder, die männliche Stimme – ach, wie sie richtige, kräftige Männerstimmen liebte! – war mitten in ihre grillenhaften Überlegungen eingebrochen, und als sie aufschaute, sah sie ihn vor sich.

»Graf von Vosch«, ergänzte die herrliche Erscheinung und schlug andeutungsweise die Hacken zusammen.

Ein Titel. Es wurde immer besser. »Und die Gräfin?« fragte sie, da sie, selbst in solch benommenem Zustand, immer gern gleich wußte, woran sie war.

»Es gibt noch keine«, erwiderte er, lächelte und zeigte dabei sehr schöne, ebenmäßige Zähne.

Das freute sie natürlich auch. Es gibt noch keine, und dazu die Art, wie er sie ansah. Füreinander geschaffen, schoß es ihr durch den Kopf.

»Nehmen Sie Platz«, lud sie ihn begeistert ein und zog einen zweiten Stuhl an den Tisch. »Sie sind Ausländer, nicht wahr?«

»Deutscher«, antwortete er.

»Mein Name ist Mrs. De Lacey. Belle De Lacey, wenn Sie auf Vollständigkeit Wert legen, Mumsie, falls mein Kosename Ihnen lieber ist. So«, schloß sie dann und klopfte einladend aufs Stuhlkissen, »das ist zu unserer Zufriedenheit erledigt, also nehmen Sie Platz und fühlen Sie sich wie zu Hause.«

Der Graf schien allerdings genausowenig geneigt, sich zu setzen wie vormals Mr. Torrens, und blieb statt dessen stehen, wo er war, und starrte.

Er starrte dermaßen, daß sie schließlich glaubte, irgend etwas stimme nicht, und sie fuhr sich mit der Hand ins Haar, um zu prüfen, ob sich vielleicht ein paar Löckchen gelöst hatten.

Nein, dort schien alles in Ordnung zu sein, und wenn sie etwas am Aussehen ihres neuen Freundes hätte aussetzen wollen, was nicht der Fall war, dann höchstens, daß seine Augen nicht gar so weit aus den Höhlen hätten treten dürfen. Es gab ihm den Anschein zu starren, obwohl es vielleicht gar nicht so war.

»Stimmt etwas nicht, Graf?« rief sie ihn zur Ordnung.

»Sind Sie die Mrs. De Lacey?« lautete die Antwort.

Die Mrs. De Lacey. Wie hübsch das klang. So wichtig. Wie würde das in Fettdruck auf Plakaten wirken!

»Ob ich die Mrs. De Lacey bin, kann ich nicht beurteilen«, sagte Mumsie bescheiden.

»Sie wissen doch sicher, daß Ihr Name in London in aller Munde ist?«

»Ach ja?« sagte sie zutiefst erstaunt.

»Ganz London redet von Ihnen.«

»Ach ja?« sagte sie noch erstaunter und ein wenig verunsichert. Zu jedem anderen Zeitpunkt hätte sie es natürlich hübsch gefunden, und wie hätte es sie damals gefreut, als sie noch auf der Bühne stand, aber ausgerechnet jetzt, da Verschwiegenheit so wichtig war –

»Sie sind Mr. Andrew Leighs Schwiegermutter, nicht wahr?«

»O Gott, ja – als Strafe für meine Sünden«, antwortete sie und verzog das Gesicht zu derselben Grimasse, mit der sie die Suppe bedacht hatte.

»Warum sind Sie dann hier?«

»Warum sind Sie denn hier, wenn ich fragen darf?« entgegnete sie mutig. Groß und herrlich oder nicht, ob mit Krönchen oder ohne, kein Mann nahm sie ungestraft ins Verhör.

Er sah sie an, überlegte angestrengt. Aus welchem Grund auch immer sie hier war, es konnte sich auf sein Vorhaben keinesfalls günstig auswirken. Ob Freundin oder Feindin der Midhursts – und wie hätte sie deren Freundin sein können? – sie würde ihm unweigerlich einen Strich durch die Rechnung machen, es sei denn, er schaffte es irgendwie –

»Ich bin gekommen«, erklärte er, musterte sie, versuchte zu ergründen, wie sie zu handhaben war, »um Lady Midhurst zu besuchen. Man sagte mir, das hier sei ihr Haus.«

»Das ist richtig. Aber Sie können sie nicht besuchen.«

»Wie – ich kann nicht?«

»Sie liegt zu Bett.«

»Zu Bett! Aber ich muß sie sehen. Nachdem ich die lange Reise auf mich genommen habe –«

»Pech, nicht wahr.«

»Verspotten Sie mich, schöne Frau?« rief er aus und packte sie am Arm – und im selben Augenblick, allein durch seine Berührung und ihre Reaktion darauf, wußte er, wie Mumsie zu handhaben war.

»Sagen Sie«, fuhr er fort, mit sehr männlichem Blick, die Hand fest um angenehm kühles Fleisch geschlossen, »was hat es für eine Frau ihres Alters schon zu bedeuten, im Bett angetroffen zu werden?«

»Das ist ja nett«, wehrte Mumsie sich entrüstet, obwohl seine Hand sich so gut anfühlte. Soso, in ihrem Alter. Für wie alt hielt dieser Grünschnabel denn Frauen ihres Alters?

»Wenn Sie es wären, das wäre etwas anderes«, sagte er hastig, als ihm klar wurde, daß er ins Fettnäpfchen getreten war.

»Also wirklich«, antwortete sie, noch nicht besänftigt.

»Sind Sie böse? Aber warum? Warum sind Sie böse?« fragte er und begann, ihren Arm zu streicheln.

Das war natürlich hübsch. Dagegen hatte sie nicht das geringste einzuwenden. Im Gegenteil, sie war der Meinung, wie sie der schweigsam lauschenden Rosie häufig genug erklärte, daß es bedeutend weniger Streit auf der Welt geben würde, wenn die Menschen weniger redeten und mehr streichelten.

»Sie und ich, wir müssen Freunde sein«, sagte der Graf, ohne das Streicheln zu unterbrechen, während er mit zunehmend männlichem Blick die Wirkung seiner Betätigung begutachtete.

»Nun, der Meinung bin ich auch«, sagte Mumsie beschwichtigt. Wenn man von einem Mann gestreichelt wird, hat es nun mal notgedrungen beschwichtigende Wirkung. Für sie zumindest.

»Verbündete«, erklärte er.

»Verbündete?« wiederholte sie.

»Soll ich Ihnen sagen, was ich jetzt mache?« sagte er. »Mein

Wagen wartet an der Straße. Darin werde ich Sie zu einem Restaurant fahren, in dem kein Schweinefraß serviert wird, und während wir speisen, berichten Sie mir, warum Sie hier sind, und ich sage Ihnen, warum ich hier bin, und dann sind wir Verbündete.«

»Ach, wirklich?« fragte Mumsie – skeptisch, trotz der Streichelei.

Nun, es gab nur eine Möglichkeit, Frauen, die einmal mit dem Zweifeln begonnen hatten, davon zu befreien, und ohne ein weiteres Wort zu verlieren, schritt er zur Tat.

Zunächst jedoch legte er Hut und Handschuhe in sicherer Entfernung vom Suppenteller auf den Tisch, für den Fall, daß etwas überschwappen sollte, doch danach verlor er keine Zeit mehr, schlang unverzüglich seine kräftigen Arme um Mumsie und erstickte einen eventuellen Aufschrei ihrerseits mit einem ausgiebigen, wagnerischen Kuß.

Ein Aufschrei war jedoch das letzte, was Mumsie unter solchen Umständen in den Sinn kam. Das war noch nie vorgekommen und würde auch jetzt nicht geschehen. Unsinn, sagte sie manchmal zu der schweigend zuhörenden Rosie, anzunehmen, daß eine Frau, nur weil sie nicht mehr zwanzig oder dreißig oder auch vierzig ist, es nicht genießt, geliebt zu werden. Natürlich genießt sie es. Sie genießt doch auch ihr tägliches Dinner, nicht wahr? Na also.

Auch der Graf genoß die Situation, wenngleich er in diesem Fall von Motiven geleitet wurde, die nichts mit Mumsie zu tun hatten, und entsprechend herrschte für eine Weile vollkommene Harmonie in dem kleinen Zimmer, während Daisy in ihrem Zimmer im Obergeschoß der auf Anhieb erkannten Stimme des Neuankömmlings mit den schmerzlichsten Gefühlen gelauscht hatte – diese Ankünfte, eine nach der anderen! Niemals würde sie Miss Simpson verzeihen. Sie fühlte sich noch bedrückter, als diese Stimme plötzlich verstummte und Schweigen eintrat.

Wo waren sie? Das fragte sie sich sorgenvoll, während die Sekunden verstrichen und die Stille immer intensiver zu werden schien. Waren sie in den Garten gegangen? Oder hatte Mrs. De Lacey, mittlerweile im Training, dem Grafen noch schneller die Suppe versalzen als dem armen George und ihn bereits vertrieben? Aber wenn ja, warum kam sie dann nicht nach oben?

Was für Gefühle sie heimgesucht hätten, wäre sie in der Lage gewesen, durch den Boden zu blicken, kann jeder sich leicht vorstellen. Die Natur hat es barmherzig so eingerichtet, daß sehr viele Substanzen nicht durchsichtig sind. Sie war ohnehin schon verstört genug, und Thérèse ebenfalls, als sie, nachdem die *piéce de résistance* endlich soweit war, sich anständig auftragen zu lassen. Thérèse und Adolphe wußten nach ihrem Kampf mit diesem Teil der Mahlzeit mit Gewißheit, woher sie ihren Namen hatte. In diesem Zustand betrat Thérèse das Wohnzimmer und fand einen Monsieur vor, der die eine der beiden Madames küßte, und zwar die, auf die man sich in der Küche mit *l'autre** bezog.

»*Tiens*«, sagte Thérése und blieb stehen.

Sie fuhren auseinander. Hätten sie es nicht getan, hätte Thérèse die Umarmung vielleicht als legitim betrachtet – als die eines Ehemanns oder Bruders. So allerdings wußte sie, daß es nicht so war, und blieb verstört stehen.

»*Entrez*«, rief der Graf in seiner Verwirrung, und auf deutsch: »Herein«, obwohl sie eindeutig längst eingetreten war.

»Ich sage ja immer«, erklärte Mumsie in lautem, hastigen Plauderton, »daß Dienstboten Schellen tragen sollten.«

»Schellen! Großartig. Wie Schlitten«, sagte der Graf ebenfalls in lautem, hastigen Plauderton. Aufgrund seines naturgegebenen Stimmvolumens plauderte er sogar sehr laut.

Und in diesem Moment läutete es tatsächlich – natürlich war es Lady M., denn außer ihr war ja sonst niemand im Haus.

»Nun hören Sie sich das an«, sagte Mumsie, noch verstörter als alle anderen, denn Thérèse würde, wenn sie nach oben ging, gewiß klatschen.

»Was?« antwortete er, da er wohl ihren Ärger, nicht aber das

* l'autre: die Andere (Anm. d. Ü.)

Läuten wahrgenommen hatte, denn an das Läuten war er gewöhnt. »Was soll ich mir anhören?«

»Lady Midhurst läutet nach der Bediensteten. Die wird ihr ganz bestimmt erzählen, was sie gesehen hat«, sagte Mumsie angstvoll.

»Ah, aber das darf sie nicht, das wird sie nicht«, rief er aus, wohl wissend, daß nichts seinem Vorhaben mehr schaden könnte als das, was Thérèse zu erzählen haben würde. »Sie wird hierbleiben, und Sie gehen hinauf«, befahl er, als es erneut läutete – warum konnte Lady M. nicht Ruhe geben? Niemand tat ihr etwas zuleide, dachte Mumsie geistesabwesend –, »und während Sie oben sind, werde ich sie zum Schweigen bringen. Würden Sie –« er zog den mitgebrachten Brief an Lady Midhurst aus der Brusttasche – »würden Sie Lady Midhurst das hier aushändigen und sie bitten, mir, wenn sie den Brief gelesen hat, eine Unterredung zu gewähren? Versichern Sie ihr, daß es mich nicht stört, wenn ich sie im Bett antreffe, und lassen Sie sie allein, damit sie in Ruhe lesen kann, während Sie und ich das nächste Restaurant aufsuchen. Ich falle um, ich sterbe, wenn ich nicht bald etwas zu mir nehme. Sie auch, schöne neue Freundin, Sie werden umfallen und sterben. Kommen Sie, nehmen Sie den Brief, gehen Sie rasch hinauf und kommen Sie rasch zurück. In der Zwischenzeit sorge ich dafür, daß diese Frau nichts ausplaudert, und dann verbringen wir eine glückliche Stunde und speisen.«

Das, dachte Mumsie, während sie gehorsam die Treppe hinaufstieg, glühend vor Unterwürfigkeit, vor Begierde, einem anderen zu Willen zu sein, ja, glühend sogar vor warmer, fruchtbarer Weiblichkeit, das ist wahrhaftig ein Mann. Und sobald er hörte, wie sich die Schlafzimmertür hinter ihr schloß, nahm er sich mit energiegeladener Tüchtigkeit Thérèse an.

Sie stand immer noch unter der Küchentür, die Schüssel in der Hand, sah nichts außer der Schüssel und hatte keine Ahnung, was sie nun tun sollte, während der Graf sie feindselig musterte.

Geld sollte sie gewiß nicht bekommen, das dumme Geschöpf. Wie bitte? Gutes deutsches Geld an eine schurkische französische Bäuerin verschwenden? »*Je n'ai pas vu ma femme depuis longtemps**« informierte er sie in kehligem, aber verständlichen Französisch.

Das entsprach völlig der Wahrheit – schließlich hatte er gar keine Frau. Und ihn ging es nichts an, wenn die Frau seine Worte anders verstand, als sie gemeint waren.

»*Tiens*«, sagte Thérèse, den Blick auf die Schüssel gerichtet.

»*Quand on n'a pas vu sa femme depuis longtemps, on l'embrasse***«, informierte er sie weiter, mit noch lauterer Stimme, ungewiß, welche Skepsis hinter der einsilbigen Antwort und diesen gesenkten Lidern verborgen sein mochte.

Doch mehr war aus Thérèse nicht herauszubekommen. Sie sagte nur noch einmal »*Tiens*« und stellte die Schüssel so unbeholfen auf den Tisch, daß der flüssige Teil ihres Inhalts überschwappte, und wäre er nicht vorwärtsgeschossen, um seine Handschuhe und seinen Hut zu retten, wären sie ruiniert gewesen.

»Schmuddelfink!« schrie er wütend auf deutsch.

»Hübsch, nicht wahr«, sagte Mumsie mit glückstrahlender Miene und unterbrach sich in dem, was sie gerade zu Daisy sagte, um lauschend die Ohren zu spitzen, »hübsch, einen Mann im Haus zu haben.«

Während dies alles sich drinnen zutrug, wartete Mr. Torrens in seinem Blätterversteck darauf, daß der Graf wieder aus dem Haus trat. Daß er bald herauskommen würde, und zwar im Zustand höchster Verwirrung, bezweifelte er nicht, und so geduldig, wie es ihm möglich war, richtete er sich aufs Warten ein. Es blieb ihm schließlich gar nichts anderes übrig, als sich aufs Warten einzurichten, da ihm die Hände gebunden waren und er nicht zu Daisys Fenster gelangen konnte, solange der Bursche im Haus war und jeden Moment wieder auftauchen konnte. Was für ein Alptraum,

* Je n'ai pas vu ma femme depuis longtemps: Ich habe meine Frau lange nicht gesehen. (Anm. d. Ü.)

** Quand on n'a pas vu sa femme depuis longtemps, on l'embrasse: Wenn man seine Frau lange nicht gesehen hat, umarmt man sie. (Anm. d. Ü.)

sich nicht rühren zu dürfen, während die Minuten verflogen! Tröstlich für ihn war nur der Gedanke, daß nicht allzu viele Minuten verfliegen würden, bevor dieser überraschende Besucher zum Teufel gejagt wurde.

Doch hier irrte Mr. Torrens. Als der Graf schließlich tatsächlich wieder auf der Terrasse erschien, war nicht zu übersehen, daß er keineswegs zum Teufel geschickt worden war. Er wirkte viel zu munter und zufrieden. Er setzte seinen Hut auf, in einer Art, die bei verstörten Menschen nicht zu beobachten ist, wirbelte im Gehen seinen Stock und befand sich augenscheinlich bei bester Laune. Er hätte ein Bräutigam sein können, wie er da in Erscheinung trat und entlangstolzierte. Als Mr. Torrens ihn nun von vorn sah, mit seiner weißen Blume, den weißen Handschuhen und den weißen Gamaschen, wurde dieser Eindruck noch verstärkt. Was um alles in der Welt führt er im Schilde, dachte Mr. Torrens, daß er sich so aufgeputzt hat? Ihm fehlte wirklich nur noch ein Zylinder, und sein Aufzug wäre komplett gewesen.

Sehr verwundert sowohl über sein Fortgehen als auch über sein Kommen überhaupt, sah Mr. Torrens ihn sich umwenden, als er am Rand der Terrasse angelangt war, und wartend stehenbleiben, ziemlich nahe bei seinem Oleanderbusch, die Augen auf die Haustür gerichtet, ganz wie ein Bräutigam vor den Altarstufen. Und er schien genauso ungeduldig wie ein Bräutigam, denn er klopfte unablässig mit dem Stock gegen seinen Stiefel und fing schließlich sogar zu pfeifen an.

Er pfiff! Hat er etwa einen Hund bei sich? fragte Mr. Torrens sich und spähte angestrengt. Nein, einen Hund nicht, doch nun trippelte auf seinen Pfiff hin die erpresserische Xanthippe auf die Terrasse hinaus, unter einem enormen roten Strohhut. Sie wirkte jetzt gar nicht mehr wie eine Xanthippe und war nur schwer in Verbindung mit Erpressung zu bringen, wie Mr. Torrens zugeben mußte, als sie so glücklich die Hand in die Armbeuge des Burschen legte – Mr. Torrens war versucht, sich die Augen zu reiben – und zu ihm auflächelte. Und sie sah sogar hübsch, zweifellos sah sie recht hübsch aus, und harmlos, so harmlos, wie zufriedene Frauen nun mal sind!

Nun, was geschehen war, lag auf der Hand. Mrs. De Laceys Gesichtsausdruck ließ keine Mißdeutung zu. Er selbst hatte in seinem Leben nicht eben selten, das durfte er wohl behaupten, einen solchen Ausdruck in die Miene einer Frau gezaubert. Eine kleine Tändelei war vorausgegangen. Dort im Zimmer war eine unheimliche Xanthippe ausgetrieben und durch ein glückliches, leicht zu handhabendes menschliches Wesen ersetzt worden, während er, weil er versäumt hatte zu tändeln, schwitzend in seinem Versteck hinter der Mauer saß. Durch so einfache Methoden, alt wie die Berge und von ewiger Gültigkeit, waren an die Stelle der Krallen Samtpfötchen getreten.

Doch die Vollständigkeit dieser Metamorphose verwunderte ihn sehr, und er konnte für einen Moment, während er das lächelnde Paar abschätzend und mäuschenstill durch die Blätter hindurch beobachtete, an nichts anderes denken. Dann dämmerte es ihm allmählich, daß der Graf, aus welchem Grund auch immer er auf diese sanften und ersprießlichen Methoden zurückgegriffen haben mochte, damit jedenfalls nicht beabsichtigt hatte, zu Daisy vorzudringen. Er stieg die Stufen hinunter, entfernte sich von ihr, er war Mrs. De Lacey beim Einsteigen in seinen Wagen behilflich, sie fuhren zusammen fort und ließen Daisy allein zurück.

Das alles sah und hörte Mr. Torrens, und seine Aufregung wuchs. Er wagte es kaum, seinen Augen und Ohren zu trauen. Wie bitte – Mrs. De Lacey ließ sich tatsächlich fortbringen? War der Bursche aus dem Grund hier aufgetaucht – um sie abzuholen? Und war er selbst dann endgültig der Notwendigkeit enthoben, sie hinauswerfen zu müssen?

Das Motorengeräusch erstarb in der Ferne. Stille legte sich wieder über den Garten. Und Mr. Torrens wurde bewußt, als er sein Versteck verließ, daß er nichts weiter tun mußte, als ins Haus und geradewegs hinauf in Daisys Zimmer zu gehen.

13

Im Wohnzimmer hielt sich niemand auf. Es war still und leer wie der Garten. Thérèse befand sich, den protestierenden Adolphe an ihrer Seite, auf halbem Weg zu ihrem eigenen Haus in den Feldern, nachdem sie verkündet hatte, sie würde nicht in einem Haus bleiben, in dem *des moeurs tapageuses** herrschten. Die Luft war völlig rein, und die Treppe, zumal sie aus Stein war, kündete mit keinem warnenden Knarren von einem weiteren Besucher.

Daisy – Mr. Torrens nahm zumindest an, es handele sich um Daisy – saß von Kissen gestützt im Bett und las einen Brief. Die Tür stand offen, und er sah sie, bevor sie ihn sehen konnte. Einen Moment lang fragte er sich, ob er sich nicht lieber rasch und geräuschlos davonstehlen, ohne ein Wort nach England zurückkehren und sie nie wissen lassen sollte, daß er sie bespitzelt hatte, als sie in der Nacktheit eines Schiffswracks schutzlos ausgeliefert dasaß, doch augenblicklich begriff er auch, daß sie in ihrem Kummer zu weit fortgeschritten war, um sich Gedanken zu machen oder auch nur einzusehen, wie schrecklich sie aussah.

Nicht fähig zu reden oder sich zu regen, mit einem geradezu körperlichen Schmerz im Herzen, stand Mr. Torrens an der Tür und betrachtete wie vom Donner gerührt die Ruine seiner Freundin. Sie war nicht mehr, seine Schöne, war ausgelöscht, als hätte es sie nie gegeben, und dieses Zerrbild, diese respektlose Erinnerung war alles, was an ihrer Stelle geblieben war. Die Schwierigkeit bestand darin, sich selbst zu überzeugen, daß diese Geisterfrau auf dem Bett Daisy war, die Schwierigkeit bestand darin, in wenigen Sekunden seinen gesamten Plan umzustellen und seine Zuneigung einer Fremden zuzuwenden. Und angenommen – schon der bloße Zweifel ließ ihm, dem vorher unbehaglich und warm gewesen war, nun unbehaglich und kalt werden –, angenommen, es gelang ihm nicht?

Da sah sie von dem Brief auf, und ihre Blicke begegneten sich.

* des moeurs tapageuses: skandalöse Sitten (Anm. d. Ü.)

»Lieber George«, sagte sie, und nun bestanden keine Zweifel, keine Schwierigkeiten mehr, denn das war schließlich seine Daisy, ihr süßes Wesen, durch den Wegfall ihrer äußerlichen Schönheit und sorgfältigen Gepflegtheit zusätzlich ausgestattet mit etwas, was er stets hinter dem Wohlstand ihrer Lebenssituation geahnt hatte, etwas Edles und Schlichtes und Mutiges, das sie am Ende doch nie im Stich lassen würde, etwas, wovon er sich immer in brüderlicher Liebe zu ihr hingezogen fühlte, wenn er nicht gerade närrisch und verliebt war.

Er ging zum Bett, nahm ihre Hand und legte sie an seine Wange. Er sah sie nicht an. Er konnte es nicht.

»Irgendwie habe ich gespürt, daß Sie nicht wirklich fort waren«, sagte sie.

»Nein, ich bin nicht fort«, antwortete er, das Gesicht auf ihrer Hand.

»Würden Sie etwas für mich tun?«

»Was immer Sie wünschen.«

»Telegrafieren Sie Terry, bitten Sie sie zu kommen.«

Das also war das unerwartete Ergebnis des gräflichen Briefs. Als Tropfen, der das Faß zum Überlaufen bringt, als Kaffeesatz in der Tasse, als all das, was jenseits des Erträglichen liegt, versetzte er Daisy durch den Schock in einen Zustand der Ruhe und vermittelte ihr einen klaren Blick für die Wirklichkeit. Nachdem sie ihn gelesen hatte, blieb ihr nur noch ein Wunsch: Terry in die Arme zu schließen, sie festzuhalten, für immer in den Mantel ihrer Liebe zu hüllen.

Nichts war für Daisy mehr von Bedeutung außer dem einen: das kostbare Kind zu lieben und zu schützen, das für alle zur Zielscheibe von Beleidigungen geworden war. Was immer sie auch getan hatte, so etwas hatte sie nicht verdient. Und wer war sie, um sich ein Urteil anzumaßen über das, was sie getan hatte, sie, die selbst nie über Leidenschaft oder Phantasie verfügt hatte und nicht wußte, in welche Höhen und Tiefen beides ein junges Ding auf ihren glänzenden, heißen Schwingen tragen konnte?

Sie hatte aufgehört zu urteilen. Es hatte ihr im Leben so manche melancholische Phase eingebracht; in Midhursts Fall hatte der Tod die Tür zugeschlagen, in diesem Fall war der Weg hinaus noch frei, Gott sei Dank. Und sie hatte auch aufgehört, sich um die Sünden anderer Menschen zu bekümmern. Sie wollte lieber vor der eigenen Tür kehren. Sie sah sich selbst jetzt ganz klar und betrachtete das, was sie war, ohne mit der Wimper zu zucken: eine Frau, die durch den Mangel an Übermut in ihrem Leben, durch die Unfähigkeit zu überschwenglicher Liebe, zu kleinlich zu bereitwilligem Verzeihen geworden war; eine gezierte Frau mit genauso schäbigen Ambitionen wie der obskurste Aufsteiger. Wie dumm zudem, jedesmal das Wesentliche für ein Schattendasein aufzugeben. Und nahezu unverzeihlich grausam, ihren Liebling, ihre einzige Tochter in dem Augenblick zu verlassen, da sie sie am dringendsten benötigte.

»Würden Sie das Telegramm bitte unverzüglich aufgeben?« sagte sie, nur noch von der Angst getrieben, daß etwas geschehen könnte, bevor sie Gelegenheit hatte, Terry nicht nur zu verzeihen, sondern Terry um Verzeihung zu bitten.

Ohne ein Wort ging Mr. Torrens nach unten, um jemanden zu suchen, der die Nachricht aufgeben konnte. Er öffnete eine Tür rechts von der Treppe und fand sich in einer leeren Küche wieder. Er öffnete eine Tür, die aus der Küche hinausführte, und fand sich in einem verlassenen Hof wieder. Tauben pickten dort zwischen den Pflastersteinen und flogen bei seinem Erscheinen mit heftigem Geflatter aufs Dach eines kleinen Nebengebäudes oder Anbaus, wo sie sitzen blieben und ihn angurrten. Doch ein menschliches Wesen war nicht aufzuspüren, denn Adolphe und Thérèse waren noch auf ihrem Weg fort vom Haus, er immer noch protestierend und beschwörend, und sie, stur wie das Maultier, mit dem er zur Erntezeit den Jasmin nach Grasse brachte, wenn es um *les moeurs* ging, noch immer mit taubem Ohr.

Entsprechend wußte Mr. Torrens, dem dieses Gefühl allmählich vertraut wurde, nicht, was er tun sollte, und nur ein *débris**

* débris: Trümmer, Scherbenhaufen (Anm. d. Ü.)

von Küchenresten auf dem Herd und einer ekelhaft auf dem Wohnzimmertisch verbreiteten Mahlzeit, die seiner Meinung nach dringend abgeräumt gehörte, ermutigte ihn zu glauben, daß das Haus nicht endgültig verlassen sei.

Er ging zurück ins Wohnzimmer und füllte die Zeit bis zur Rückkehr der pflichtvergessenen Dienstboten damit aus, das Telegramm vorzubereiten. Auf einem Sekretär fand er Papier und auch eine ›Morning Post‹, die er während der Wartezeit gewohnheitsmäßig durchzublättern begann. Wären seine Gedanken nicht in diesem erregten und labilen Zustand gewesen, in dem sie sich auf nichts konzentrieren können und nicht von Gefühlen zu unterscheiden sind, hätte diese Zeitung, deren Datum ihm nicht aufgefallen war, ihn verwundert. Aber er konnte nicht mehr richtig denken, er konnte nur noch überwältigend fühlen, und es war höchst ärgerlich, ein Telegramm von so lebenswichtiger Bedeutung nicht abschicken zu können, weil niemand da war, den man damit beauftragen konnte.

Er warf die Zeitung zu Boden und begab sich wieder in die Küche. Immer noch war kein Mensch zu sehen.

Er öffnete die Tür zum Hof. Immer noch nichts außer Tauben.

Dann ging er zu dem gegenüberliegenden kleinen Gebäude, in der Hoffnung, dort vielleicht Dienstboten beim Mittagsschlaf vorzufinden. Doch es war verschlossen und hüllte sich in Stille.

Nun begann Mr. Torrens zu fürchten, daß er selbst die Botschaft aufgeben, ungeachtet der Hitze zu Fuß ins nächste Dorf aufbrechen müßte, und die Aussicht setzte ihm zu. Zwar war er erfüllt von dem wirklich leidenschaftlichen Wunsch, alles in der Welt für Daisy zu tun, aber ihm wäre es schon lieber gewesen, wenn es nicht ausgerechnet diese Aufgabe gewesen wäre. Er war Fußwanderungen nicht mehr gewöhnt, und eine solche an einem Juninachmittag in der Provence unternehmen zu müssen, auf der Suche nach einem vermutlich weit entfernten und glühendheißen Dorf, das war nun gar nicht nach seinem Geschmack. Und doch waren seine Ergebenheit und Selbstlosigkeit so unermeßlich, war er so überzeugt von der äußersten Dringlichkeit des Telegramms, daß er zu dem Schluß kam, ihm bliebe nichts anderes übrig. So ging er zurück ins Wohnzimmer, um als einleitende Maßnahme schon mal seinen Hut zu holen.

Zunächst brauchte er seinen Hut. Ohne Hut konnte er sich nicht auf den Weg machen. Und noch während er überall nach dem Hut suchte, unter den Sesseln, hinter dem Sekretär, und ihn natürlich nicht fand, weil er dort lag, wo er ihn zurückgelassen hatte, nämlich draußen im Garten auf der Mauer unter dem Feigenbaum – während er also suchte, ließ ein leises Geräusch ihn plötzlich herumfahren, und da, an der Tür, stand Terry.

Sie beobachtete ihn schweigend. Sein erster Gedanke – was sind wir doch für schwache Geschöpfe, so wenig fähig, uns über längere Zeit hinweg auf dem hohen Niveau der Tragödie zu halten – sein erster Gedanke war: Gott sei Dank, jetzt brauche ich mich nicht mit dem Telegramm auf den Weg zu machen. Sein nächster, während er Terry anstarrte, war, daß dieses Mädchen, der Grund für das zerstörte Gesicht dort oben, ein äußerst schlechtes und äußerst verdorbenes Mädchen, das sie alle zweifellos jahrelang hinters Licht geführt hatte, daß dieses Mädchen wahrhaftig unverschämt gut aussah. Sie hätte Jeanne d'Arc sein können oder eine andere junge Heilige – ein junger Heiliger, denn sie trug Fliegerausrüstung –, wie sie da bloßhäuptig in der Tür stand, den Helm in der Hand, während die Sonne auf ihr blondes, zerzaustes Haar niederbrannte und ihre gesamte schlanke Figur mit lichtem Glänzen rahmte.

Mr. Torrens mochte dieses Glänzen nicht, und er mochte es nicht, wie die Sonne in ihrem Haar spielte, weil beides sie höchst unpassend mit einem Heiligenschein zu versehen schien. Sie war ein abscheulich schlechtes Mädchen, und es war monströs, daß sie auch nur für einen flüchtigen Augenblick einen Heiligenschein zu tragen schien. Konnte er als ihr Pate, so fragte er sich, ihr die Ohren langziehen? Er war nicht fähig, sie zur Rede zu stellen, ihr aufs heftigste zu sagen, was er von ihr dachte, weil Daisy ihn unter Umständen hören würde. Aber er konnte ihr die Ohren langziehen. Als Geste hätte es eine immense Bedeutung, zumal als Geste von ihm, der, wie sie wohl wußte, nie in seinem Leben etwas Derartiges getan hatte, und es würde wahrscheinlich nachhaltiger als alles andere ihr Schamgefühl wecken. Denn Schamgefühl schien sie nicht zu besitzen. Sie stand dort völlig unbefangen, dachte offenbar gar nicht an all ihre Schuld, die ihrem Benehmen nach zu urteilen wohl entweder gar nicht existierte oder aber etwas so Natürliches und Unvermeidliches war, daß es keiner Diskussion bedurfte –, so zumindest schätzte er sie in seiner Entrüstung ein.

Klar, unbelastet, unbeschwert, kühl – wo hatte er das gelesen, und war es nicht empörend, daß sie ihn daran erinnern sollte? Die Worte beschrieben, wie ihm nun einfiel, den Zustand eines Menschen, der nach der üblichen Mühsal sicher durch die Pforte des Todes geschritten war und aus der kühlen Grube zu Frieden und Freuden aufstieg.

Er glaubte nicht, daß Terry Frieden finden würde, doch er fürchtete, sie würde freudig willkommen geheißen. Das war ebenfalls empörend. Das liebende Herz dort oben wartete, bereit, willkommen zu heißen. Und noch empörender war es, so sagte er sich, während er das ernste junge Gesicht an der Tür böse musterte, daß die Jahre des Doppellebens, das sie geführt hatte, die Jahre der unvermeidlichen Heuchelei und Lüge dieses Gesicht in keiner Weise gezeichnet hatten.

Nein, in keiner Weise war nicht ganz zutreffend, glaubte er bei näherem Hinsehen zu bemerken. Etwas an ihr war doch verändert – eine Veränderung, die sich erst eingestellt hatte, nachdem er sie zuletzt gesehen hatte.

Und als er in die ruhigen, auf ihn gerichteten Augen blickte, wußte er, worin die Veränderung bestand: Sie hatte inzwischen erfahren, was Kummer ist.

Er hat sie im Stich gelassen, war Mr. Torrens plötzlich überzeugt und war unverzüglich, so unlogisch es auch war, so zornig auf Andrew, daß er schwor, ihm an den Kragen zu gehen, sobald er wieder in England war.

Sie hauchte, indem sie das Wort eigentlich nur mit den Lippen formte, statt es auszusprechen, denn kaum ein Laut entschlüpfte ihnen: »Mutter?«

»Ja, Mutter«, schleuderte er ihr entgegen, wagte zwar kaum mehr als ein Flüstern, war aber doch bedacht, sie, so gründlich er konnte, zu verdammen, bevor Daisy, der arme liebende Engel, ihr großherzig vergab. »Nachdem Sie sie halb umgebracht haben, kommen Sie nun zu dem, was von ihr blieb, zurückgekrochen.«

Aber was für ein dummes Wort war kriechen, angewandt auf diese aufrechte und äußerst würdevolle Gestalt in der Tür. Gleich als er es ausgesprochen hatte, erkannte er, wie dumm es war. Worte sollten eigentlich objektiv beschreibend sein. Sie sollten schon irgendwie passen.

»Ist noch etwas übrig? Für mich, meine ich?« fragte sie ernst.

»Oh, ihr Herz, vermute ich«, sagte er bitter mißgünstig und sah sich gezwungen, das Telegramm, das er geschrieben hatte, vom Sekretär zu holen und ihr zu reichen.

Sie las es und sagte, sorgsam darauf bedacht, leise zu sprechen, nachdem sie nun wußte, daß ihre Mutter sich in diesem kleinen Haus befinden mußte: »Dann darf ich sie sehen?«

»Ich betrachte es als geradezu unerträglich, daß Sie dürfen«, antwortete er, und sie sah ihn nachdenklich an und sagte: »Armer George – so zornig, weil Sie noch nicht verstehen.«

»Verstehen!« wiederholte er. »Wirklich, Terry.«

Sie trat über die Türschwelle, ging auf ihn zu und legte ihm die Hand auf die Schulter.

»Es ist der Beginn unseres wahren Glücks«, sagte sie kaum hörbar. »Für Mutter und mich. Wir sind beide –«, sie schien nach dem zutreffenden Wort zu suchen, – »mit Gewalt befreit worden.«

Und Mr. Torrens hielt sich sehr steif und abweisend, während er mit dem höchst unlogischen Wunsch kämpfte, die Hand auf seiner Schulter in die eigene Hand zu nehmen, oder, noch schlimmer und noch unpassender, beide Hände auf ihren Kopf zu legen und ihr seinen Segen zu geben, bevor sie zu Daisy hinaufging, und sagte: »Ich sehe mich außerstande zu verstehen –«

»Aber Sie werden verstehen«, versicherte sie, ihn unterbrechend. »Eines Tages.«

Und sie hatte recht. Er verstand.

»Komisch war das alles, weißt du«, bemerkte Mumsie ein paar Monate später häufig Rosie gegenüber, und käute in beinahe immer wieder denselben Worten, wie es ihr mehr und mehr zur Gewohnheit wurde, an Winternachmittagen vor dem Kamin ihre Erinnerungen wieder. »Alles endete so völlig anders als erwartet.«

Beide trugen inzwischen Schwarz, Mumsies gemildert durch ein paar Tupfen Rot, nicht in der Kleidung, sondern in einer bunten Blume an ihrem Busen, und das Feuer prasselte, und die Wohnung lag in der Jermyn Street, und darin sah man überall Zeichen von Wohlbehagen.

»Aber glücklich«, fuhr sie dann fort, nachdem sie ein weiteres Likörpraliné verspeist hatte, »wenn ich auch nicht immer daran geglaubt habe. Ich glaube, wir hätten den Umgang mit Lady M.s Freunden nicht recht genießen können.«

»Schrecklich«, schauderte Rosie in Erinnerung an Shillerton.

»Dieser Mr. Sumpf zum Beispiel. Ein netter Vorgeschmack, muß ich sagen, auf die übrigen.«

»Schrecklich«, sagte Rosie schaudernd, in Erinnerung an den Küchengarten.

»Und überhaupt hätte es gar keinen Umgang gegeben, denn Lady M. kommt ja nicht zurück. Ich möchte wissen, wie es ihr und dem Mädchen ergeht, da unten am französischen Ende der Welt. Komisch, nicht wahr, gern dort bleiben zu wollen. Ich habe ihnen eine Woche gegeben, bis sie es leid wären, aber sie sind immer noch dort. Jedenfalls liest man in den Zeitungen kein Wort mehr über weitere Entwicklungen bei den Midhursts, und das liegt vermutlich daran, daß keine Entwicklungen stattfinden.«

»Ich schätze, sie sind damit beschäftigt, Besserungsanstalten für die Franzosen zu errichten«, vermutete Rosie und verspeiste ihrerseits ein Likörpraliné. »Es liegt ihnen im Blut –«, worauf Mumsie bemerkte, wenn es so wäre, dann könnte sie es angesichts des gelben Pyjamas, von dem sie Rosie berichtet hatte, und des allseits bekannten Verhaltens des Mädchens nur als Frechheit bezeichnen, und nachdem beide übereinstimmend festgestellt hatten, daß die Frechheit der Midhursts wohl durch nichts zu überbieten war, begann sie gewöhnlich, sich in Erinnerungen an jenen letzten Nachmittag zu ergehen. Dieser hatte sich als ihr letzter Nachmittag auf der Jasminfarm erwiesen. Als sie nach ihrem kleinen Ausflug mit dem Grafen nach oben gegangen war, hatte sie das Mädchen halb kniend, halb sitzend auf dem Bett gefunden. Sie hielt die Mutter in den Armen, und die Mutter hielt sie, und beide sprachen kein Wort.

Nur für einen Augenblick hatte Mumsie sie für einen jungen Mann gehalten, da sie nur lange Beine in Gamaschen und kurzes Haar sah, und das hatte ihr einen hübschen Schock versetzt. Doch schnell kam sie darauf, zumal sie unten an der Straße einen richtigen jungen Mann in der gleichen Gewandung gesehen hatte, aber mit einem Helm auf dem Kopf, die Fliegerbrille in die Stirn geschoben. Er hatte auf den Stufen gesessen, zusammen mit Mr. Sumpf, und sie hatten den Grafen aufgehalten, als er an ihnen vorbeigehen wollte. Sie hielten sich fest in den Armen – das Mädchen und die Mutter natürlich, nicht Mr. Sumpf und der schlaksige junge Mann –

»Das wird Geoffrey gewesen sein«, flochte Rosie beim erstenmal ein, als sie das Wort schlaksig vernahm. »Er war verrückt nach ihr. Warum allerdings –«

»Ich habe kaum zusehen mögen«, fuhr Mumsie schon fort, »so intim erschien mir die Szene.« Sie war rasch hinausgeschlüpft, ohne daß sie von den beiden bemerkt worden wäre – »Du hast mir nie gesagt, daß das Mädchen wie ein Junge aussieht«, schloß sie dann gewöhnlich. »In dieser Fliegerausrüstung und mit dem kurzen Haar war überhaupt kein Unterschied zu einem Jungen zu sehen. Noch dazu zu einem netten Jungen. Komisch, daß sie nicht wie ein schlechter Junge aussah.«

»Typisch«, bemerkte Rosie.

»Das sage ich auch«, war Mumsies Antwort.

Und dann wurde die erfreuliche Kette von Ereignissen, das Ergebnis ihrer Initiative und Geschicklichkeit, noch einmal durchgesprochen, was zu hören Rosie nie müde wurde, denn es war wirklich wunderbar, was ihre Mumsie erreicht hatte. Und sie schämte sich in Grund und Boden, beteuerte sie, und rieb reumütig ihre Wange am Arm ihrer Mutter, daß sie eine so dumme, aufsässige, zweiflerische Tochter gewesen war.

Es war tatsächlich eine erfreuliche Kette von Ereignissen. Zwar nicht das, was man sich zum Ziel gesetzt hatte, aber im Grunde doch viel besser. Die einzige Episode, über die Mumsie sich nicht im Detail auslassen wollte, war die, die den Grafen betraf. Ihn ließ sie aus. Es wäre nicht gut für Rosie, allzuviel über den Grafen zu hören; sie könnte auf dumme Gedanken kommen, und in Mumsies Vorstellung von einem anständigen Familienkreis hatten Kinder keine dummen Gedanken. Außerdem war er Vergangenheit, und es hat keinen Sinn, einen Mann zur Sprache zu bringen, der der Vergangenheit angehört.

»Vergiß das nicht, mein Liebling«, sagte sie manchmal laut.

»Was denn, Liebes?«

»Daß alles früher oder später Vergangenheit ist –«, und gut so, fügte sie im stillen hinzu, in Gedanken an das Tempo, das der Graf vorgelegt hatte, und wie schwer es ihr nach einer Weile gefallen war, mitzuhalten. Wenn die Deutschen so sind, hatte sie oft gedacht, hätte ich ihm begegnen müssen, als ich noch jünger und kräftiger war. Zum Schluß war er ziemlich unhöflich geworden, aber der Schluß ist ja im allgemeinen immer unhöflich. Sie trug ihm nichts nach. Das Leben war zu kurz, bemerkte sie dann laut, um jemandem etwas nachzutragen.

»Vergiß das nicht, mein Schatz.«

»Was denn, Liebe?«

»Nichts nachzutragen.«

»Ich glaube, jetzt trage ich keinem Menschen auf der ganzen Welt mehr etwas nach«, sagte Rosie voll glücklicher Überzeugung und reckte sich genüßlich auf dem weißen Fellteppich – ihr Leben lang hatte Mumsie sich einen weißen Fellteppich gewünscht, und endlich hatte sie ihn doch noch bekommen.

»Du meinst, seit unser armer Gentleman uns verlassen hat. Nun, Gottes Wille geschehe, versteht sich, und er war bis zuletzt ein Gentleman und hat uns wie ein anständiger Mann im Bett verlassen und sich nicht vollständig bekleidet das Hirn ausgepustet wie mancher, den ich hier erwähnen könnte, aber laß dir sagen, das Witwendasein birgt große Gefahren –«

Denn Rosie, der von den Midhursts, darauf bedacht, möglichst viel wiedergutzumachen, zweitausend im Jahr ausgesetzt worden waren, war eine Tochter, an der man festhalten sollte und die man um keinen Preis in die Klauen eines Mitgiftjägers fallen lassen durfte, der womöglich nicht wollte, daß ihre Mutter bei ihnen wohnte.

»Ich wüßte nicht, welche, solange sie Witwe *bleibt*«, sagte Rosie.

»Genau darum geht es ja«, sagte Mumsie mit besorgter Stimme.

»Ich bin für mein Leben gern Witwe«, schnurrte Rosie, kuschelte sich an die kaminwarmen Knie ihrer Mutter und ließ ihre entspannten süßen Glieder in der gemütlichen Wärme schwelgen, während in ihrem Inneren die Likörpralinés wohlige Hitze verbreiteten. Ihre Zukunft lag, sobald die Trauerzeit vorüber sein würde, strahlend mit neuen Kleidern und ohne Gatten vor ihr. »Ich bin's für mein Leben gern. Nie, niemals möchte ich etwas anderes als Witwe sein.«

»Das ist das Beste, was das Leben zu bieten hat«, versicherte Mumsie ihr feierlich.

Elizabeth von Arnim

Elizabeth auf Rügen
Ullstein Buch 30228

Vater
Ullstein Buch 30272

Ullstein

Die sieben Spiegel der Lady Frances
Ullstein Buch 30292

Fräulein Schmidt und Mr. Anstruther
Briefe einer unabhängigen Frau
Ullstein Buch 30314

Vera
Ullstein Buch 30335

Liebe
Ullstein Buch 30349

Sommer ohne Gäste
Ullstein Buch 30360

Die englische Reise
Ullstein Buch 30371

Die Farm im Jasmin
Ullstein Buch 30372

Die Glücksammlerin
Ullstein Buch 30374

Das Geheimnis der Schwestern
Ullstein Buch 30375

Priscilla und das Haus in Devon
Ullstein Buch 30376

Als gebundene Ausgabe:

Jenseits des Meeres
Ullstein 06734